Una chica diferente

MEREDITH ADAMO

Una chica diferente

Una amistad rota. Un secreto peligroso. Una verdad que nadie quiere enfrentar.

Título original: *Not Like Other Girls*

Copyright del texto: © 2024 por Meredith Adamo
Diseño de portada: Planeta Arte & Diseño / Raymundo Ríos Vázquez
Traducido por: Mónica López Fernández

© 2024, Editorial Planeta Mexicana, S.A. de C.V.
Bajo el sello editorial CROSSBOOKS M.R.
Avenida Presidente Masarik núm. 111,
Piso 2, Polanco V Sección, Miguel Hidalgo
C.P. 11560, Ciudad de México
www.planetadelibros.com.mx

Primera edición en formato epub: octubre de 2024
ISBN: 978-607-39-2078-0

Primera edición impresa en México: octubre de 2024
ISBN: 978-607-39-2007-0

Impreso en los talleres de Corporación en Servicios Integrales de Asesoría Profesional, S.A. de C.V.,
Calle E #6, Parque Industrial Puebla 2000, C.P. 72225, Puebla, Pue.
Impreso en México - *Printed in Mexico*

A la chica que fui cuando más necesitaba este libro.

Esa chica definitivamente habría puesto los ojos en blanco y negado que necesitaba el libro, y se habría rehusado a creer que merecía una bondad así.

Pero lo necesitaba.

Yo lo necesito.

Y a todas las demás chicas que lo necesitan: ustedes también lo merecen.

1

Bien, pues este es el problema con chicas como yo...

Le robé esta frase a mi madre, por cierto. A esa mujer pásenle un trago doble de whisky luego de un largo día en la estación de noticias y tres minutos más tarde, la verán sentada en flor de loto en el piso de la cocina con una caja de zapatos llena de fotos, buscando la mejor imagen de mí.

JoJo a los catorce, con *brackets* en la boca pero hermosa, con una tiara puesta encima de sus cabellos dorados como el sol.

Joey a los quince, presidenta de la generación de primer año, sorprendida de su aplastante victoria.

Joles a los dieciséis, la mejor vendedora de helado del mes de junio en Costello's Frozen Custard, posando orgullosamente con el cheque de su bono.

Sin importar qué tanto repitamos esta escena, y créanme cuando les digo que es muy seguido, mi madre nunca se desvía del guion.

«Ay, Dios, Jo-Lynn, mírate nada más», le encanta decir con su acento de Tennesee, que se le sale por el alcohol. «Mira quién podrías ser si aún lo intentaras».

«Sí, la verdad es una pena que desperdiciara mi oportunidad en concursos de belleza, grupos de preparatoria *y también* en opciones de helado...», le digo a veces, cuando me quiero pelear con ella.

Aunque, la mayoría de las veces me aguanto su ira en silencio hasta que ella suspira, no enojada, solo decepcionada y dice:

«Pero no lo vas a intentar. Nunca lo haces. Ese es el problema con chicas como tú».

Se refiere a chicas alocadas. Chicas imprudentes. Chicas difíciles que son contestonas e irresponsables, que molestan a los chicos inteligentes con futuros brillantes y voltean los ojos cuando otras chicas se atreven a hablar. No lo dice en mal plan necesariamente, pero tampoco lo dice con amabilidad.

También pueden escoger un sinónimo de «mala», ese es el tipo de chica que soy.

O era. Tiempo pasado. Estoy tratando de ser mejor, de verdad lo intento. O al menos no ser tan terrible. Pero el problema con chicas como yo es que se nos facilita echar a perder las cosas.

—Está bien, está bien —digo ahora, sola en mi recámara—. Todo está tranqui.

No estoy entrando en pánico. Aún no. No, ahora mismo estoy de *multitask:* mientras me pongo unos leggins, busco en la canasta de la ropa un suéter limpio y llamo a Miles Metcalf desde mi viejo celular plegable. (No uso un teléfono viejo y plegable porque me guste, esto es una «consecuencia de mis acciones»). La línea suena una vez. Dos veces. Al tercer timbrazo, me deshago con los dedos un nudo del cabello empapado y enmarañado. Al cuarto *bip* me pongo un suéter de cuello de tortuga verde monótono, dos tallas más grande, que encontré en la canasta.

Al quinto, suspiro con fuerza.

—Ay, por Dios, Miles, contesta ya.

No me contesta. Aviento el teléfono a la cama y entonces entra el buzón de voz: *Hola, estás llamando a Miles Metcalf. Lamento no estar disponible, pero te devuelvo la llamada en cuanto pueda.*

—¡Ey!, soy Jo —digo mientras saco la cabeza del suéter—. *Dude,* necesitas cambiar ese mensaje urgentemente, ¿cómo que «te devuelvo la llamada»?, ni que tuvieras noventa y tantos. —Me detengo para regresar al punto. Levanto el teléfono y digo—: Sé que probablemente ya estás en la escuela o de camino o yo qué sé, pero necesito que me lleves, ¿se puede? Serías mi héroe por siempre. Besos, chau.

Cierro el teléfono y el sonido espanta a mi gata, Bay Leaf. Desde la ventana donde se encaramó, mira sin parpadear. Aún no se da cuenta de que el vidrio tiene una costra de hielo que no deja ver nuestra calle nevada. Tal vez Bay sea hermosa, pero dentro de esa cabecita no hay más que música de elevador.

Le apunto con el dedo.

—Nada de juzgarme, Bay Leaf.

La culpa de todo (el *multitasking*, el no entrar en pánico) la tiene mi alarma descompuesta.

Okey, descompuesta en el sentido de que olvidé activarla anoche, a pesar de que escribí «¡Poner la alarma!» en una nota adhesiva rosa fosforescente y la puse en el espejo de mi baño. El recordatorio estaba justo ahí, en mi cara, mientras me cepillaba los dientes antes de irme a la cama, y pensé «Ah, sí, debería ponerla», y luego no lo hice.

Pero no estoy entrando en pánico, ¿recuerdan? Me embarro maquillaje para tapar un barro gigantesco en la barbilla, levanto mi mochila del piso y corro al pasillo. Bay me rebasa corriendo, baja las escaleras, pero yo no la sigo, tengo que hacer una parada crucial antes.

—¡Lee! —Golpeo con el puño la puerta de la recámara de mi hermano. Su colchón rechina, se remueve, pero él no dice nada. Golpeo más fuerte. Anda, sé que estás despierto. Necesito que me lleves a la escuela.

—¿Eh?

—Perdí el autobús —digo más fuerte y abro la puerta. Mis ojos se esfuerzan por ver en la oscuridad, sus cortinas *blackout* están cerradas y encima enrolló una cobija de felpa en el cortinero. Parpadeo para poder enfocar—. ¡Dios mío!, ¿estás en tu lecho de muerte?

—Me duele la cabeza —dice, como si hablar también le doliera, como si yo fuera tan ingenua para no detectar la botella abierta del mejor whisky americano de mi papá en su buró. Él bosteza, se estira y dice—: pero estoy bien.

—Qué bueno, porque tenemos que irnos ya. —Entrecierro los ojos para ver su reloj, son las 7:04, eso quiere decir que tengo veintiséis minutos antes de que suene la campana de la segunda clase, momento en el que más vale que mi trasero esté en el salón de Diseño Digital II o el profesor Chopra me va a matar. Paso saliva, preocupada—. O sea, ahora mismo.

—Dile a papá.

—Papá nos abandonó.

—¿Para siempre?

—¡Peor! —Me apoyo en el marco de la puerta—: se fue a desayunar.

Es una tradición bimestral: papá y sus amigos chefs se reúnen en el Flower City Diner en honor a sus días de gloria de antaño, en los que salían dando tumbos de sus restaurantes, borrachos, a las cinco de la madrugada, en busca de café y hot cakes.

—Entonces, diles a tus amigos. —Hace una pausa—. Corrijo: amigo.

Grosero, pero no equivocado.

Es solo que Miles, a quien le encanta sobresalir en clase, llega una hora antes a la escuela. La mayoría de las mañanas califica reportes de laboratorio para la facultad de ciencias o practica escalas en su saxofón barítono. Algunas veces desayuna —un bagel frío de moras con mantequilla— con la directora Lund.

¡Tan solo por diversión!

Supongo que ser un lamebotas es lo que le asegura el título de *valedictorian,* el promedio más alto de la generación, y la beca de quince mil dólares que lo acompaña, y «que es posible gracias a la generosidad del fondo de alumnos honoríficos de la Preparatoria Culver y espectadores como ustedes, gracias», y yo… nunca lo seré.

Volviendo al punto.

—Miles no puede. ¿No puedes hacer solo esto por mí, Lee? Nunca te pido nada —y rápida y sonoramente agrego—: con excepción de un traslado ocasional.

—No, eso no sucederá. —Se voltea bocabajo—. No es mi culpa que seas…

—¿Qué? —Lo digo como desafiándolo: «Anda, dilo, inténtalo».

Lee levanta la cabeza en un movimiento lento. Adolorido. Me mira fijamente, el cabello castaño aplanado de un lado, ojos vidriosos en la oscuridad de su habitación. Luego descansa la cabeza nuevamente.

—Cierra la puerta cuando salgas, ¿sí?

Podría pelear con él por esto; decirle «no finjas que soy la única desastrosa de los dos». Pero ya se me hizo muy tarde. Me voy de su cuarto y hacia las escaleras, haciéndole señas obsenas con ambas manos y dejando la puerta abierta.

Desde el descanso de la escalera le grito:

—¡Tienes suerte de que cuento con un plan B!

Aunque no tanta suerte por lo que ese plan implica. Camino a la cocina, permeada del fuerte y amargo olor del café mañanero de papá, y me robo las llaves del auto de Lee que están en la barra. Solo porque reprobé mi examen de manejo cuatro veces no quiere decir que no pueda manejar; simplemente quiere decir que no soy buena para eso. En especial para estacionarme en paralelo y dar vuelta a la izquierda, pero ¿quién necesita eso?

Soy, al menos, perfectamente capaz de manejar el tramo de tres kilómetros a Culver.

Bay Leaf me sigue al vestíbulo y me maúlla como diciendo «uy, sí, ¡claro!».

—Cierra el hocico, Bay. —Suelto las llaves sobre la mesa del recibidor, junto a la foto de graduación de Lee, donde se ve como todo un chico de oro: esmoquin impecable y ojos brillantes, y una reluciente sonrisa que hace que se le marquen los hoyuelos de las mejillas.

Mi retrato «no es apto para exhibirse». Tengo una copia guardada en el cajón de mi escritorio, medio escondida debajo de una docena de clips, tres condones caducados y una bolsita de mota que le gorroneé a Cody Forsythe el otoño pasado, cuando aún le hablaba.

Cuando le hablaba a alguien.

—Está bien —agrego en voz baja.

Ese es el problema con chicas como yo: nos decimos mentiras hasta que suenan a algo parecido a la verdad. Mientras me amarro las botas: «está bien»; en lo que me subo todo el cierre de la chamarra y el peluche me hace cosquillas en la barbilla: «¡está bien!»; al abrir bruscamente la puerta para ver la blanca mañana invernal…

—Ay, mierda.

Afuera, la nieve cae en copos grandes y pesados, y el cielo amarillo grisáceo es brillante y oscuro a la vez. Dios no lo quiera y el distrito declare un día nevado. Es el efecto secundario de un invierno de Rochester: estamos demasiado preparados. Los quitanieves, los camiones de sal, la confianza desmerecida detrás del volante…

Bay vuelve a maullar: «Ve con Dios, ¡babosa!».

¿Cuál es mi otra opción aquí? ¿Seguir llamando a Miles un millón de veces? O, peor aún, ¿llamar a mi madre al Canal 12 y admitir que metí la pata, otra vez, y comprobar que soy exactamente la chica que cree que soy?

Ese sí que es un trago amargo.

Me estiro para tomar las llaves y salir por la puerta en un solo movimiento veloz. Que fue demasiado veloz. Las llaves caen al piso y yo termino afuera, con las manos vacías. Suspiro, maldigo, pero cuando me doy la media vuelta…

—¿Buscas esto? —Lee cascabelea las llaves. Está pálido enfermizo, su rostro de un verde nauseabundo. Aun así—: Buen intento, Jo. —Se las arregla para sonreír burlonamente. Enseguida, azota la puerta en mi cara.

La fuerza de aquello sacude el cristal emplomado y cierra la abertura del buzón. A mí me deja tan atónita que ni siquiera se me ocurre tomar la manija de la puerta, hasta que se oye el *clic* rotundo del cerrojo.

De golpe recargo la cabeza contra el emplomado.

—Mátenme.

—¡Si eso quieres!

Enderezo la cabeza. Cualquier otro día, podría bromear sobre eso. «Vaya, ¡qué servicio tan eficiente!, ja, ja, ja». Pero no hoy. Hoy suspiro profundamente, mi aliento saca una nubecita fría y hago lo único que nunca de los nuncas hago: mirar al otro lado de la calle.

Como una cámara que se enfoca, ahí está la linda y cordial Maddie Price. Parada bajo la luz del último poste aún encendido, un rayo dorado brilla sobre ella y, esta parte es crucial—, su estúpido Prius blanco. Una mano enguantada cepilla la nieve del parabrisas, la otra sostiene el celular en su oído.

—Ya te dije que está bien. —Sus palabras apenas son firmes, pero su tono es cortante. Tal vez está irritada.

Borren eso, ahora suelta una risita. Debe de estar hablando con Cody. Han estado saliendo durante, ¿qué, tres meses? ¿cuatro? Ay, pero se pone tan sentimental cuando habla de él, como si fuera el mejor novio del *mundo mundial,* tanto que pensarías que es la primera chica que se ha enamorado. Y qué más da si nada de lo que dice es cierto.

Créanme, yo conozco al verdadero Cody Forsythe. Algún día Maddie también lo hará.

Pero por ahora…

—¡Nos vemos pronto! —Y cuelga con una sonrisa ensoñadora.

Y llega la excelente oportunidad para…

—¡Maddie! —le grito.

Ella voltea hacia mí bruscamente, sobresaltada, pero desvía la mirada con igual brusquedad. Si tuviera que adivinar, diría que está pensando «¡Ash!, ¿qué quiere?». Me lanzo a la acera nevada, hacia ella.

Maddie me da la espalda mientras quita la última capa de nieve de su parabrisas. Si por ella fuera, me ignoraría eternamente, excepto porque me resbalo en un pedazo de hielo y azoto contra la cajuela de su auto, con fuerza, lo cual es objetivamente muy chistoso, pero ella no se ríe. Ni sonríe. Ni parpadea.

Levanto la barbilla hacia ella y me levanto.

—¿Qué onda?

—¿Estás perdida? —Se quita un copo de nieve de la mejilla, claramente fastidiada.

—Eh, no. —Y con el pulgar señalo hacia atrás—. Vivo justo allá.

—Era broma.

—Claro. Yo también bromeaba. —Y suelto una carcajada fingida. A ella no parece hacerle gracia—. O sea, la broma es que seamos vecinas… así que…

—¿Querías algo, Jo? —Se cruza de brazos. Se estremece. Tiene el rostro dolorosamente rosa debido al aire frío. Las puntas de sus orejas se ven rojas. Su atuendo del día (pantalones ajustados, botas de tobillo, un suéter color crema debajo de un abrigo de lana sin abotonar) se ve tanto funcional como a la moda.

—¡Vaya!, te ves como salida de un catálogo de L.L.Bean —suelto.

—¿Eso es lo que querías decirme?

—Sí. De hecho, no. ¿Me puedo ir contigo? Casi hago mi propio *Grand Theft Auto*, pero…

Y lo que en realidad quiero decir es «tú eres mi única esperanza». Y Maddie lo sabe. Se sabe de memoria el horario del autobús gracias a sus días previos a tener licencia. Sabe que llegaré tarde sin su ayuda. Ella suspira, fastidiada, pero juro que la orilla de aquellos ojos azul hielo se suavizan. Estoy segura de que su postura se relaja. Estoy segura de que…

—No.

—¿Qué dijiste? —pregunto riendo, más o menos.

Maddie da un paso largo hacia mí. Estamos lo suficientemente cerca para que pueda ver un poco de bálsamo rosa embadurnado en la comisura de sus labios, para que pueda oler su perfume de flor de naranjo. Ella es 13 centímetros más alta que yo, pero no me dejo intimidar. Me rehúso.

Ni siquiera cuando dice...

—Dije que no, Jo. Nunca. —Con una sonrisa tan amplia que prácticamente le divide la cara en dos.

Nos quedamos ahí paradas, calladas, una eternidad.

Hasta que...

—Esto sí que apesta —digo, mientras me reacomodo un mechón de cabello detrás de la cabeza.

—¿Qué esperabas? —Maddie abre la puerta del auto, luchando contra una ráfaga de viento que le alborota las suaves ondas de su cabello—. No es mala onda, pero ¿por qué tendría que ayudarte?

—Porquc sí, Maddie. —No tengo vergüenza al desafiarla a recordar cuando esto, o sea nosotras dos, juntas, hablando en la acera, se sentía tan normal tan solo hace unos años. Yo sé que ella también se acuerda.

Por un segundo Maddie pierde la compostura: su sonrisa se aplana, el entrecejo se le arruga un poquito.

Pero estamos hablando de la linda y cordial Maddie Price. Jamás quise que la rima se le quedara y la persiguiera hasta el segundo año de preparatoria. Pero no es como si yo le hubiera arruinado la vida, tampoco es como si no fuera cierto. Esta chica tiene asistencia perfecta, calificaciones de las más altas y admisión previa a la Universidad de Nueva York garantizada. A eso agréguenle el novio estrella futbolística, los amigos populares y todo acerca de ella es lo que esperarías.

Nadie lo piensa dos veces tratándose de una chica así.

Maddie niega con la cabeza, como si se sacudiera el pensamiento y se mete al auto.

—Suerte con tu transporte.

—Maddie, espera. —Meto el pie antes de que cierre la puerta—. Sabes que no puedo llegar tarde. Simplemente no puedo.

Sus labios se retuercen.

—¿Y a qué se debe eso?

Es una pregunta retórica: llevo seis semanas bajo supervisión académica y quién sabe cómo, todo mundo se enteró. Un retardo agregaría una semana a mi sentencia, que de otro modo expiraría mañana, cuando publiquen las calificaciones del primer semestre. Así que «no, Maddie, no puedo llegar tarde».

—Dios, Maddie, ¿quieres que te suplique? Eso haré. —Me hinco y extiendo los brazos a los lados—: Sabes que nunca te lo pediría si no estuviera desesperada, pero estoy más allá de…

Ella azota la puerta y el sonido hace eco por toda nuestra calle, y me cala los huesos.

Supongo que así es como todo termina: Maddie yéndose y yo quedándome sola.

Pero antes, baja la ventana y se asoma, y mientras la nieve cruje furiosamente a su paso:

—Nadie más que tú tiene la culpa.

Me trago otra carcajada, pero esta duele. Quema. Con una última sonrisa dulce, Maddie mueve la palanca y se aleja de la banqueta. Y me abandona.

Me arden los ojos. No voy a llorar. Yo no lloro. No lloré cuando tenía nueve y me rompí los dientes cuando tropecé contra la acera, la boca llena de sangre. No lloré el verano pasado cuando me perforé el pie con un clavo oxidado, tampoco lloré el verano anterior, cuando los chicos se emborracharon y me dijeron que ellos fueron quienes escribieron mi nombre en el baño de hombres aquella vez, y que qué más daba, porque era una broma y ya.

Así que no, Maddie Price tampoco hará que me desbarate.

En vez de eso, me levanto y me sacudo la nieve medio derretida de las rodillas empapadas.

Y pienso, inexplicablemente, en otra foto: una que mi madre nunca debe ver.

Del otoño pasado, en octubre. La noche de la fogata en la playa de Durand Eastman. En la foto traigo shorts de mezclilla, unos

Keds blancos desgastados y una sudadera negra de cierre que no es mía. De por sí está fatal cómo inclino la cabeza y se me ve un chupetón bien marcado en el cuello, pero lo peor es mi sonrisa. Pícara. Esquiva. Como si supiera más en este momento de lo que algunas chicas jamás sabrán.

No sabía ni mierda.

Sobre todo, no sabía entonces que cuando el cielo nocturno se llenara de estrellas, cuando crujiera el fuego a medio morir, cuando cada teléfono sonara con SEIS NUEVAS IMÁGENES, así sin más, yo me volvería la peor versión de mí: Jo a los diecisiete, una marginada.

Pero supongo que ese es el problema con chicas como yo. Siempre obtenemos lo que merecemos.

2

Bastaron dos minutos para que se me entumecieran los dedos. La nieve se mete en mi bota un minuto después. En dos más, doblo la esquina donde está el mercado de pescado y me resbalo con el hielo hasta donde está la parada del autobús.

—Mierda-mierda-mierda —susurro.

No hay necesidad de susurrar; no hay nadie alrededor que me oiga. Incluso la plaza al otro lado de la calle está muerta, desde el cajero automático para autos hasta el 7-Eleven donde yo y los chicos (cuando los chicos eran mis amigos) solíamos ir a satisfacer nuestros antojos. Yo siempre me compraba la misma combinación chatarra: Cheez-Its, un paquete de rollos de canela y una caja de Capri Sun.

Mi corazón da un vuelco. No puede ser que extrañe esas tonterías. Cómo me atragantaba seis bolsas de jugo de un jalón. Cómo desgarrábamos el empaque de los rollos y les quitábamos el betún con los dedos. Cómo casi me ahogo tratando de no reír, porque éramos estúpidos y estábamos drogados, y ciertamente nada podía afectarnos.

El reloj digital cambia de 7 °C a 7:21 a. m.

El corazón me vuelve a dar otro vuelco, más duro. Más furioso. La extensión de mi supervisión es inevitable, así como el deleite de Maddie. Ya puedo verla abrazando el cuello pecoso de

Cody y rozando su oreja con los labios para decirle «Jo se pone de rodillas con cualquier cosa, ¿verdad?».

Detrás de mí, oigo un claxon. Saco la mano del bolsillo, haciendo una seña obscena, pero el claxon suena una y otra vez. Estoy a punto de echar bronca cuando me asomo al auto y veo a…

—¡Mi héroe!

Miles Metcalf sonríe mordiéndose la lengua con los dientes.

—Me halagas.

—Solo cuando lo mereces. Y te lo mereces, *dude*.

Él se encoge con timidez.

—Estaba regando sal en la acera para mis vecinos, porque son unos ancianos muy amables, cuando escuché tu mensaje de voz antes de irme, pero supuse que olvidaste tu teléfono, así que decidí conducir por… —Se detiene cuando ve mi cara—. Perdón, estoy divagando. ¡Súbete!

Abro la puerta y salen volando dos latas de Red Bull vacías. Hay diez más en el piso, más una docena de dulces de corazón quebrados en el asiento del copiloto.

—Ups, lamento toda esta basura. —Con la palma limpia los pedazos de caramelo y me mira como diciendo «¿qué hago con un puño de corazones rotos?». Luego se endereza en su asiento.

—No pasa nada —digo mientras me subo y pateo el montón de latas—; además, tu auto siempre está así.

Él frunce el entrecejo, pero no discute. ¿Cómo podría? Miles vive de azúcar y cafeína; guarda paquetes de caramelo ácido en los bolsillos y toma bebidas energéticas como si fueran agua. Si algo le acelera el pulso o le mancha la lengua de azul, lo consume.

Tomo un Starburst del portavasos, le quito la envoltura y me lo meto a la boca.

—Acelera —le digo. Se espera a que me abroche el cinturón y nos vamos, rechinando llanta y con el volante vibrando bajo sus nudillos blancos de tan fuerte que lo sostiene. Me agarro de la manija de pánico—. Pero por favor maneja bien.

—Perdón, perdón, perdón. —Mete freno hasta que las llantas recobran tracción. De nuevo bajo control, exhala—. Nada mal para mi primera vez, ¿eh?

Me robo otro Starburst.

—¿Tu primera vez?

—Mi primera vez conduciendo con un clima inclemente. El invierno no ha sido tan crudo, así que… —Miles vuelve a divagar y el rostro pálido se le sonroja. Este chico se sonroja ferozmente. Lo mínimo lo pone como tomate: respuestas incorrectas de un examen, pelirrojas con fleco recto, la simple mención de S-E-X-O.

Después de que leímos *Romeo y Julieta* en la clase de Inglés de primero de secundaria, el profesor Hardy nos dejó ver la adaptación cinematográfica con la condición de que le prometiéramos que no perderíamos la cordura durante el milisegundo en que se ven las bubis de Julieta. La mayoría de los niños babeaba a la espera de la escena. Excepto Miles, él rebotaba una rodilla y eso hacía que su escritorio se sacudiera. Apretó tanto el lápiz que casi lo rompe en dos.

Conforme se acercaba la toma y todos estábamos al borde de nuestros asientos, Cody murmuró «No hay moros en la costa, bro», por lo que Miles alzó la vista en el momento exacto (¿o no?). Enseguida bajó la cabeza, mortificado, pero no fue lo suficientemente veloz. Sí vio.

Peor aún, todos vimos que él había visto.

No le dimos tregua. Los chicos se carcajearon, le patearon la silla, aventaron su lápiz por todo el salón. Yo le di un toquecito en el hombro. «Ay, por Dios, ¿se te paró?».

Él trató de hablar, escupir una negación, pero no logró sacar nada. ¿Qué es un rojo intenso? ¿Escarlata? ¿Carmesí? Así tenía el rostro. Los demás, yo y los chicos, *mis* chicos, chicos que pensé eran mis amigos, nos reímos y reímos del pobre y tímido e inocente Miles.

¡Pero mírennos ahora! Miles, que estaba esperando justo cuando todo explotó el otoño pasado, y yo. Mi amigo, en singular.

Le pellizco una mejilla.

—Es un honor que tu primera vez sea conmigo.

—Sí, claro. —Suelta un manazo para quitarse mi mano de la cara—. Te crees muy chistosa, ¿verdad?

—Soy chistosa, ojalá todos fueran tan chistosos como yo.

Miles escupe una carcajada y juguetea con sus rizos sueltos, aplastados por el gorro tejido. Empieza a hablar, creo, pero deja que las palabras mueran en sus labios. Esto le sucede seguido: nuestras burlas se interrumpen y se esfuman en un triste y desinflado silencio.

—*Toing, toing* —digo de broma, en serio.

El silencio entre nosotros permanece mientras entramos al desnivel. Cuando salimos del túnel, aparece el horizonte de la ciudad, serrado y gris, un cielo incluso más oscuro. La nieve perderá su encanto pronto, pero justo ahora es hermoso.

Digo, lo sigo odiando: Rochester es lo único que conozco hasta ahora y ya me quiero ir. Con urgencia.

Pero a veces imagino cómo sería si me quedara.

Cuando lo hago, pienso en la lenta caída de nieve durante las mañanas frías como esta, cuando se siente como si el mundo se detuviera. Como si yo simplemente pudiera… respirar. Cuando el cielo permanece gris durante seis meses seguidos o escucho a alguien susurrar «¿Ves a esa chica de ahí?, es la chica de las *nudes*…».

Mis ojos se encuentran con el reloj del tablero.

—Miles, quisiera pedirte algo. —Sus cejas gruesas se fruncen un poquito y yo sonrío de una manera que espero que sea dulce; indefensa, incluso.

Y entonces apunto al velocímetro.

—¿Podrías acelerar al fondo?

Le quita una década de vida, pero Miles conduce a dos kilómetros por hora más rápido que el límite permitido y se pasa no una sino dos luces amarillas, pero llegamos a Culver con un minuto extra.

Brinco del auto antes de que pare por completo.

—¡Graciasportraerme!

—¿Qué? —Miles se pelea con el cinturón de seguridad—. ¡Espera!

No tengo tiempo. Corro por el helado estacionamiento y atravieso la puerta del salón de ensayos de la banda y la salita de música (retumbos de teclas de piano, chillidos de cuerdas de violín y aullidos escupidos del trombón la hacen un lugar en el que nadie quiere pasar el rato).

Mejor aún, pude esquivar a la directora Lund. Cada mañana ella, junto con los demás administrativos, se paran en la puerta de entrada para saludar a los estudiantes, sus radios crujen colgados de sus caderas. Si me viera ahora, les apuesto a que me soltaría aquella sonrisa fría y tensa, y diría «le sugiero que se apresure, señorita Kirby».

Me estoy apresurando, lo juro.

Doy vuelta a la izquierda por el ala de los chicos de último año y entro bruscamente al laboratorio de Diseño justo en el segundo en que suena la campana. Habría sido impresionante si no hubiera azotado la puerta contra la pared. El profesor Chopra alza la vista desde sus anteojos sin marco visible mientras presiona el plumón contra el pizarrón.

Cierro la puerta con delicadeza.

—Perdón.

—Gracias por honrarnos con tu presencia. —Y continúa con su autorretrato—. Toma asiento y trata de no lastimarte, ¿sí?

Yo le apunto con la mano en forma de pistola, le guiño y chasqueo la lengua. Luego me voy directo a la mesa de la impresora. Nadie es sutil al respecto. Ni los gemelos Kyle y Tyler Spencer, que sonríen idénticamente, ni April Kirk, que me fulmina con la mirada a través de su feroz fleco cobrizo.

Tampoco Hudson Harper-Moore.

Él sigue cada uno de mis pasos hasta que llego a la última fila, donde nos sentamos, con una silla vacía entre nosotros. Está masticando el agitador de plástico de su vaso desechable de café, pero la manera en que trata de esconder la sonrisa es evidente. La manera en que me mira y una de las comisuras de su boca se levanta...

Gesticulo con la boca: «no lo hagas».

Pero lo hace.

Se apoya en las patas traseras de su silla y dice para que solo yo lo escuche:

—Llegas un poco acalorada, ¿no crees?

Le pongo la mano entre los hombros y lo empujo. Hudson se levanta antes de caer, pero la silla de metal hace un estruendo contra el piso de linóleo.

El profesor Chopra se voltea del pizarrón.

—¿Por qué estás parada, Jo?

—¡No fui yo!

—¿Por qué sigues parada? —pregunta de nuevo. Me siento. Él es la viva imagen de su caricatura: brazos cruzados sobre el pecho, boca de raya, nada divertido pero tampoco mala onda—. ¿Todo bien?

—Sí, ya terminé. —No lo digo como broma, pero Hudson oculta una risita tapándose la boca. Me quito la chamarra, de pronto siento mucho calor—. Cállate, Hudson.

Estira el brazo a lo largo de la silla vacía.

—Perdón, ¿acaso dije algo?

—Nop, no jugaré a esto contigo.

—¿Jugar? —Él inclina la cabeza, todo inocente, y de su oreja cae un mechón de su cabello ligeramente largo. El ángulo me deja ver todo su rostro: las pecas regadas en su nariz, ojos castaños y cálidos, la pequeña cicatriz en su labio superior.

Y luego se atreve a sonreírme.

Y bueno, Hudson no es completamente terrible. Es agradable a la vista y bastante decente, pero no somos amigos, ya no. Y, sí, de acuerdo, tal vez hubo un momento (o dos) en que fuimos muy, muy amigables el uno con el otro, pero la fogata, las fotos, las repercusiones mataron de inmediato lo que sea que hubo entre nosotros.

Pero Hudson nunca se puso en mi contra como el resto de esos imbéciles.

Aunque sí me saca de quicio.

—¿Sabes qué? —Y le pinto dedo con ambas manos—. Eres la tercera persona a la que le hago la seña hoy, pero a ti te la dedico con más ganas.

—Gracias. —Esconde otra sonrisa detrás de un trago de su café, como si hubiera ganado esta ronda del juego que finge que nunca juega. El que nos hizo ganar la mención a El Mayor Ligue.

El juego en el que yo ya no puedo participar.

Azoto las palmas contra la mesa y gesticulo otra frase para él, entonces medio se ríe y medio se atraganta con el café y lo escupe de regreso al vaso.

Y mientras se limpia la barbilla:

—Profesor Chopra, Jo me acaba de decir que me vaya a la...

—Dos minutos. —Chopra se pellizca el puente de la nariz—. Solo faltan dos minutos.

Yo comienzo:

—¿Qué pasa dentro de dos...?

Hudson voltea el monitor de su computadora hacia mí.

¡¡NO LO OLVIDEN!! Hoy es el **último día** para registrarse a la Experiencia Profesional de los próximos a graduarse.

Cualquier solicitud que se envíe después del **5 de febrero a las 11:59 p. m.** se regresará sin revisar. **¡Sin excepción ni prórroga!**

Para celebrar este día tan emocionante, la directora Lund invita a la generación de tercer año al gimnasio durante la primera hora de clase para una **SORPRESA ESPECIAL** de parte de sus mentores. Habrá bocadillos.

La asistencia es **obligatoria.** :)

Me hundo en la silla hasta que mis nalgas quedan volando.

—Esa carita feliz se está burlando de mí.

—De ti y de mí —murmura Hudson.

La Experiencia Profesional es un programa anual de mentores que conjunta a los alumnos de Culver próximos a graduarse con los líderes prominentes del mañana. (Sí, le robé la frase al volante pegado en cada cubículo de los baños en el edificio). Desde la «invaluable experiencia del mundo real» hasta el dulce *networking*, amigos, el programa es un sueño húmedo para los estudiantes sobresalientes de la mejor escuela del distrito.

Y sin embargo, a pesar de las **negritas,** LAS MAYÚSCULAS y los dos signos de exclamación (¡¡!!), a mí se me olvidó la fecha límite, pero tengo una razón de peso.

Y esa razón es que me importa un rábano.

—Muy bien, chicos —dice Chopra después de pasar lista, lo cual de cierta forma cuenta como que la clase terminó. Todos meten sus sillas, cierran sus mochilas. Luego, como una ocurrencia tardía—: Jo, ven un momento, ¿sí?

—¿Tengo que? —pregunto. Su cara me dice que sí. Me acerco a su escritorio mientras el salón se vacía, levanto un bolígrafo y dibujo una serie de caritas tristes en su lista de asistencia—. ¿Cuál es la sorpresa especial?

—Un convivio con los mentores —responde. Agrego cejas furiosas a la última carita triste, por lo que es la más triste y fúrica de todas. Él me quita el bolígrafo—. Jo, no me has entregado tu diseño.

—¿Cuál diseño? —Estoy desviando la conversación. Él se refiere al diseño de la sección de generación graduada del anuario, mi proyecto de diseño más importante para aprobar. Quizá sí, quizás no, existe la posibilidad de que tenga dos semanas de retraso.

—Y me debes seis minidiseños. ¡Seis! Tuve que… —Chopra se calla y con el bolígrafo presiona una tecla—. Conti me pidió ver tu portafolio.

Se me revuelve el estómago.

—¡¿Qué?! ¿Por qué?

Pero sí sabía por qué. El señor Conti, el asistente de la directora y mi dolor de cabeza, es quien ejecuta mi supervisión académica. He cumplido sus términos y condiciones las últimas seis semanas: no llegar tarde, no ganarme castigos después del horario de clase, no recibir reportes de conducta. Se supone que mañana nos reuniremos para terminar con mi castigo.

Que conste que es para terminarlo.

—Le dije que tenía que convertir el archivo para poder enviarlo, pero que se lo mandaría el miércoles. —Cada palabra es lenta y precisa, cargada de significado, en tono de gravedad. Luego agrega—: No puedo seguir haciendo esto, Jo.

—No, no, ya lo sé. —Camino hacia la puerta—. Será el mejor portafolio que haya…

—Ya vete —me dice.

Y me voy.

3

He aquí el problema: no puedo terminar mi portafolio para el miércoles. No cuando tengo cero avances de los minidiseños y casi nada del diseño del anuario. Empecé, pero me atoré cuando alguien envió la mención «La Más Zorra: Jo-Lynn Kirby», trece veces.

Hice trizas cada hoja de papel y las tiré en la basura como si ni siquiera me importara.

Y no me importa.

He aquí otro problema: preferiría azotarme contra la pared antes que ir a este convivio con mentores. Incluso antes la Experiencia Profesional me importaba un rábano. Simplemente no estoy tan desesperada para demostrar que soy la mejor de las mejores, o para hacer lo que sea necesario para obtener lo que quiero.

Para mí de verdad es algo inconcebible cómo alguien puede saber lo que quiere. O sea, yo apenas sé qué quiero desayunar en las mañanas. ¿Tocino, huevo y queso en un bagel de ajonjolí? ¿Cereal? ¿Nada, porque será la hora del almuerzo para cuando me decida?

—Está bien —me digo. Cada paso que doy retumba en sincronía con los latidos de mi corazón.

—Oye, ¿estás hablando contigo misma?

—Cállate, Hudson. —Camino más rápido, pero él me sigue el paso fácilmente. No es justo, es tan alto que una zancada suya equivale a tres mías. Enfurezco—: ¿No deberías estar en el convivio?

—Guau, qué manera de echar a perder la sorpresa. —Lanza su vaso de café a la basura, le atina perfecto—. Uno, tenía que hacer pipí. Dos, no soy el mejor candidato, así que…

—Ah, claro. —Como que ya lo sabía.

El «mejor candidato» tiene cerebro, ambición, e idealmente, planes de ir a la universidad.

Fue un verdadero escándalo cuando el otoño pasado se corrió la voz de que Hudson Harper-Moore, clasificado en la segunda posición, algo seguro para quedar en la posición *salutatorian*, el segundo mejor promedio con un reconocimiento de $10 000 dólares, no se había registrado para hacer examen de admisión en ninguna universidad.

En serio, la cosa se puso tan ruda que un grupo anónimo de estudiantes exigió que renunciara a su posición. Incluso publicaron una carta en el periódico de la preparatoria implorándole que «hiciera lo correcto» y «fuera considerado con sus compañeros», o sea que «pensara en sus futuros», pero ¿y esto?

Aquellos estudiantes querían subir su clasificación, pero el dinero no es nada para ellos. (Nunca le pregunté, pero tengo la sensación de que para Hudson lo significa todo). El periódico se retractó de la carta luego de que Lund mandara un mordaz *email* acerca de la integridad y bla bla blá, pero aun así…

—Como sea —dice Hudson, mientras en un silencio incómodo llegamos a las puertas del gimnasio.

Aunque ninguno de los dos entra.

El gimnasio está a reventar con los colores de la escuela, negro y plata: de las vigas cuelgan serpentinas onduladas, globos llenos de confeti, el bufet del desayuno. La crema y nata de Culver rodea doce mesas plegables acomodadas al centro de la cancha y hay una fila como de veinte o treinta alumnos.

Ahí está Jack Parker, el chico más insufrible de mi clase de Economía, abriéndose el paso a codazos en las gradas, como si se le hiciera tarde para llegar a una junta de Jóvenes Republicanos. Ahí está Daniele Con Una Ele de Palma, la chillona residente del pueblo y fotógrafa de la generación, capturando con un flash deslumbrante a las ansiosas chicas de la banda.

El zumbido de los nervios y los latidos retumbantes de doscientos alumnos de tercer año es demasiado.

Me apoyo contra la pared.

—No quiero entrar.

—Yo tampoco. —Hudson se queda callado un momento—. Digo, podríamos no entrar…

Lo miro mientras pongo los ojos en blanco y respiro profundamente. Esta es exactamente la pose que Daniele Con Una Ele nos pidió para la foto de las menciones del último semestre: yo con la espalda contra mi casillero; Hudson inclinado hacia mí con una sonrisa a medias y el codo encima de mi cabeza.

Si quisiera, pero no quiero, podría meterme en la curva de su cuerpo y pararme de puntitas para que me viera bien cuando sonrío de manera dulce y provocativa, aunque no tan dulce…

Podría alzarme de hombros de manera dizque recatada y preguntarle «¿qué se te ocurre que hagamos?».

—¡¿Qué?!

—¿Qué? —Me tapo la boca con la mano «¿qué se te ocurre que hagamos?», se me salieron las palabras y de pronto me convierto en la chica que solía ser.

Verán, hay una línea muy delgada entre El Mejor Ligue y La Más Zorra; solo que no sabía que existía hasta que la crucé.

—Ignora lo que dije —suelto con la cara como tomate y me meto al gimnasio.

—¡Jo! —me grita.

Pero enseguida alguien más también grita.

—¡Hudson!

Es Cody Forsythe, reconocería esa voz en cualquier lado, es áspera y ronca, como si todo el tiempo se estuviera recuperando de laringitis. Se para debajo del aro de basquetbol con Ben Sulkin, el pitcher estrella, que es el siguiente en la fila para hablar con un mentor de bronceado artificial y cabello canoso. El póster junto a él dice que es Frank Hatch, de finanzas.

—¡Acá, bro! —le grita Cody haciendo un altavoz con sus manos en la boca.

Hudson titubea, mira a los chicos en sus elegantes trajes y luego su propio atuendo: jeans negros, tenis de bota andrajosos, chamarra de mezclilla encima de una camiseta blanca. Cuando alza la cabeza de nuevo, no mira a los chicos, sino a mí, así que ahora Cody también me ve.

Me da un retortijón cuando veo que su boca se arquea más y más. Tuvimos el mismo ortodoncista hasta primero de prepa, pero la alineación de su mordida se estropeó al año. Ahora Cody no sonríe tanto porque se le ven los dientes.

Le lanzo a Hudson una sonrisa tensa.

—¡Diviértete con tus amigos!

Él vuelve a gritar mi nombre, pero yo ya me entremezclé con el montón de gente, tratando de no pensar en que ellos alguna vez también fueron mis amigos. Y que conste que dije *fueron*.

Aquí, ahora, mis piernas me llevan hasta el bufet. Supongo que podría buscar a Miles, pero eso significaría convivir con sus amigos bobos, que además creen que soy una rubia tonta. (O sea, ¡por favor!, mi cabello claramente es rubio oscuro). Al menos aquí puedo tomar un respiro, aun si el aire apesta a barniz y sudor. Aquí puedo estar sola.

Además, ya saben, hay pan.

Recorro el bufet: rollos de manzana, tartas de cereza, medias lunas espolvoreadas con chispas de chocolate oscuro. Me estiro para tomar un plato desechable cuando alguien, una mujer, lo toma antes que yo.

—Mil perdones por meterme —dice—, pero estoy al borde de un ataque intenso de hambre. —Y para ilustrar chasquea unas pinzas como si mordieran—. Y ahora me siento culpable. ¿Qué querías?

—Eh… Un rollo glaseado —digo. Ella coloca uno en el plato y me lo acerca para que tome el rollo—. Disculpe, pero ¿usted es uno de…? —señalo burdamente hacia las mesas de mentores— ¿ellos?

—Pareces sorprendida.

Simplemente ella no es lo que me imaginé. Para empezar, es joven. ¿Quizás esté al final de sus veintes? Está peinada con un chongo al aventón y su suéter está estirado, arrugado, y se le corrieron las medias del tobillo a la rodilla. En ambas piernas.

Parece que me lee la mente cuando dice:

—Solo acepté por la comida. —Muerde un hojaldre y le caen migas a su vestido de mezclilla—. ¿Por qué no estás lamiendo botas como todos los demás?

Como si le dieran una señal, la voz de Cody resuena por encima de los demás. Anda en *mood* chismoso, y también Ben Sulkin. (Parece que Hudson abortó la misión). Los chicos se aflojan las corbatas y ríen como si fueran amigos de antaño de la fraternidad conmemorando sus días de gloria. Y Fran Hatch, de finanzas, parece deleitarse.

La mentora del hojaldre los señala con un gesto.

—¿Amigos tuyos?

Debe de estar bromeando. No hay forma de que espere que diga que sí. Intento ver lo que ella ve: mi postura desgarbada, cabello largo y enmarañado, ropa súper holgada para ocultar mi cuerpo, como si quisiera desaparecer por completo.

Niego con la cabeza.

—Examigos.

—¿Ah, sí? ¿qué pasó?

No hay forma de que espere que le cuente la verdad. ¿Qué podría decirle? «Ay, sí, ellos y yo éramos uña y mugre, pero hice enfurecer, o algo así, al más bajo, Cody. Ash, ya sé, claro que se llama Cody… así que él envió mis *nudes* a toda su lista de contactos».

Esa no es una historia que le cuente a las personas.

Así que alzo los hombros, tranqui. Sin alterarme.

—Solía ser popular, pero ya no, así que ya no le caigo bien a nadie. —Bajo la mirada a mi plato—. De hecho, resulta que nunca le caí bien a nadie.

—¿Y eso por qué?

—Es incierto. —Tomo el rollo glaseado y le doy una buena mordidota, y, con la boca llena, agrego—: Tengo una personalidad maravillosa.

No hablamos como por diez segundos, los cuento. En el onceavo, ella juguetea con sus anteojos de armazón delgado, como si tratara de enfocar bien cuando me mira.

—¿Cómo dices que te llamas?

—No lo dije, pero me llamo Jo.

—Jo ¿qué?

—Guion Lynn Kirby.

Ella asiente una vez. Dos veces. Y extiende la mano.

—Tess Spradlin.

Miro a Tess y su mano extendida. Ash, ¿esto es *networking?* Tengo cero probabilidades de poder participar en el programa debido a mi supervisión académica; además, no es como que quisiera aun si pudiera. Con todo el potencial del mundo, pero por lo visto nunca logro desarrollarlo, esa es la marca distintiva de Jo-Lynn Kirby.

Casi digo «Yo también solo acepté por la comida».

Pero me quedo callada y estrecho manos con ella.

—Lamento interrumpir… —Es Maddie. Aquí, junto a mí, con una sonrisa pintada en el rostro.

De mi boca sale una especie de risa, amarga y horrible.

—¿Lo lamentas? ¿En serio?

Como si yo no hubiera dicho nada:

—Es un honor conocerla, señorita Spradlin. Me llamo Maddie Price. —Hace una breve pausa después de decir su nombre, como si eso significara algo para Tess—. Yo, eh, estaba haciendo fila en su mesa, pero mis amigas…

Y voltea hacia las gradas donde están sentadas esas amigas que mencionó.

Las Birds.

La culpa del apodo la tiene el profesor Fox, nuestro maestro de Historia de primer año. En cada clase, se daba toquecitos en la barbilla con el bolígrafo, que le pintaba la piel con puntitos de tinta azul y decía «¿Acaso no cerré la ventana?, parece que los pájaros siguen trinando...», mientras ellas reían, ahogaban gritos y se callaban la una a la otra «¡shhh!».

Ahora, Kathleen O'Mara les hace una seña a las demás para que se acerquen y les susurra algo mordaz. Puedo verlo por la sonrisa macabra de Sara Caruso, cuyas cejas están perfectamente arqueadas; por la forma en que Michaela Russell le da un manotazo al brazo de Kathleen tratando de no sonreír. Solo cuando todas ellas voltean hacia nosotros, al mismo tiempo, me doy cuenta de que no solo es un comentario mordaz, sino que es sobre mí.

Se me calienta la nuca y me obligo a bajar la mirada. Desviar la vista a donde sea excepto hacia ellas. Nunca les he caído bien a otras chicas, en especial a las Birds.

Al menos, el sentimiento es mutuo.

—Yo, eh... —Maddie tartamudea, como si buscara la última oración que leyó en un libro. No es como si por lo general exudara confianza y así, pero esto es extraño. Actúa como si estuviera frente a una celebridad de Hollywood—. No podía dejar pasar la oportunidad de conocerla en persona, señorita Spradlin.

—¿A qué te dedicas, Tess? —le pregunto y enseguida le doy otro mordisco al rollo.

—Está en el programa. —Maddie toma un folleto del bufet y me lo azota en la mano.

Ay, Maddie Price, tan linda y tan obvia. Como sea, abro el folleto en las biografías de los mentores.

TESS SPRADLIN es editora en fijo de *ROC Weekly*. Se graduó del prestigioso Arthur L. Carter Journalism Institute de la

Universidad de Nueva York. Trabajó como periodista independiente en la ciudad de Nueva York durante varios años, hasta que regresó a su natal Rochester. Sus escritos han aparecido en publicaciones como *The City*, *Chirp*, entre otras.

Bien podría incluir la cláusula «si no eres Maddie Price ni te molestes en acercarte».

Básicamente es lo que le está diciendo a Tess ahora mismo. Algo sobre *The Eagle Eye*, el periódico escolar que casi nunca leo. Algo sobre que ella también estudiará en NYU. (Aún no es oficial, pero se registró para hacer el examen de admisión anticipada, así que pronto tendrá noticias).

Cuando Maddie dice…

—Creo que estamos hechas la una para la otra.

Hasta yo le creo.

—¿Tú también escribes?

Me toma un segundo asimilar que Tess me preguntó a mí, y en ese segundo, devoro el resto del rollo glaseado. Señalo mi boca y mastico una y otra vez.

—No —digo a medio atragantamiento.

—De nosotras, yo soy la escritora. —Maddie lanza su sonrisa más artificial, mientras se reacomoda el delicado collar de granate, un regalo de Cody de cuando cumplió dieciocho años.

Lanzo mi plato a la basura.

—Seguro que sí, Mads.

Tess la mira y luego a mí, intrigada, pero fingiendo no estarlo. Como si Maddie y yo fuéramos una historia para publicar.

—Perdón, una última pregunta. —Tess me apunta con una uña negra y craquelada—: No escribes, pero ¿puedes hacerlo?

—Puedo formular una oración coherente, supongo.

—Entonces me encantaría ver que te registraras en el programa, Jo.

Y así nada más, ante la rápida y evidente mención de mi nombre, Maddie se desinfla. Se encoje como una hoja de papel arrugada en un puño. Estoy a punto de echarme para atrás («no me interesa, gracias»), cuando Maddie se ríe, una burla de incredulidad antes de pronunciar solo una palabra.

—No.

Dos letras, un enunciado completo.

Pero a mí nadie me dice qué hacer.

De un solo movimiento, tomo una servilleta del montón, rebusco en mi mochila un bolígrafo y escribo: «Te dije que podía formular una oración».

—¡Ten! —Le entrego la servilleta a Tess haciendo una floritura—. Considera esto mi solicitud.

Luego volteo hacia Maddie y hago algo realmente malvado antes de irme: le guiño un ojo.

Miren, sé que yo soy parte del problema por andar aguijoneando a Maddie, por provocarla; pero he tratado de librarme de este desastre incontables veces, explicar que no estoy compitiendo con ella, ni ahora ni nunca, y así. A veces juro que nuestra rivalidad existe solo porque ella no la deja morir.

Aunque supongo que yo tampoco, así que, ¿quién soy yo para juzgar?

4

A veces sucede esto, se me olvida que no soy la chica que puede hacer lo que se le dé la gana y salirse con la suya; se me olvida que tengo una meta, solo una: irme cuanto antes de aquí.

Y cuando digo «aquí» quiero decir la Culver Honors High School, y también Rochester, Nueva York.

Así que, recalibro: mantén la cabeza abajo y la boca cerrada. Calculo cuántos días faltan para la graduación; el resultado es más que desmoralizante. Entonces, me enfoco en mañana. «Un día más». Mantengo la frase en mi cabeza hasta que termina la clase.

—Un día más, ¿cierto? —Miles batalla con los botones de su abrigo—. ¡Y entonces serás libre!

—Esperemos que sí. —Escarbo en mi casillero buscando mi pase de la biblioteca. Parte de mi supervisión académica exige que pase cuatro horas a la semana en la biblioteca de la escuela porque, ¿supongo que Conti cree que haré mi tarea?

Spoiler: No hago un carajo.

—¡Sé positiva! —Miles se apoya contra el casillero al lado del mío, pero de inmediato se endereza.

Supongo que recordó a quién le pertenece: April Kirk.

Verán, Miles y April salieron por un rato candente. Fue lo suficientemente serio para que asistieran juntos al baile de fin de año, pero no tanto como para soportar que ella pasara el verano en el campamento de la banda escolar. Nunca le he preguntado por qué terminaron, porque no me importa; lo siento, pero ella se puso completamente en mi contra, mucho antes que todos los demás: me lanzaba miradas asesinas, me aplicaba la ley del hielo hasta que el frío me quemaba.

Y ni siquiera supe qué fue lo que le hice.

—Celebremos mañana. —Miles trata de darme un ligero codazo, pero falla. Es como cuando Bay se restriega contra mis piernas, pero se le pasa la intensidad y se va de bruces—. Celebremos que mañana serás libre. De tu supervisión académica, digo.

Azoto la puerta de mi casillero.

—Supongo que mañana veremos si no reprobé, ¿eh?

—No vas a reprobar.

—Quizás. —Lo digo un poco de broma, pero… quizás.

En las semanas después de la fogata, mis calificaciones bajaron con cada examen para el que no estudié, con cada ensayo que entregué tarde, si acaso lo entregaba. Y yo solo me quedé mirando, como un observador de mi propia vida, yo dejé que sucediera.

Antes de las vacaciones de invierno, Conti me convocó a una junta de emergencia para hablar sobre «algunos focos rojos». Mi papá asintió en los momentos adecuados y frunció las cejas en las pausas apropiadas. Luego, cuando Conti anunció que me pondría bajo supervisión académica por el resto del semestre, mi papá dijo: «Bueno, estoy seguro de que mi hija está haciendo su mejor esfuerzo».

—No vas a reprobar —vuelve a decir Miles, mientras se asoma por la ventana que da al patio. La nieve ya no cae con tanta fuerza, pero el cielo es más oscuro. Coloca la palma de su mano sobre el vidrio, y el calor de su piel dibuja rayos sobre el cristal—. Yo puedo ayudarte, ¿sabes? Si lo necesitas…

La última campana suena, con la fuerza suficiente para que yo pueda fingir que no lo oí.

Dos minutos más tarde, llego a la biblioteca, pero no tengo ganas de nada. «Un día más» y bla bla blá, pero ya se me pasó. Le pongo mi pase casi en la cara a la ayudante de bibliotecario: la hermana menor de Kathleen O'Mara. Los genes irlandeses son dominantes: ojos verdes grandes, piel muy blanca y cabello muy, muy oscuro.

Ella pone el sello en el pase y mientras lo desliza de vuelta me sonríe con timidez.

—Listo, Jo-Lynn.

—Jo. —Fue una reacción instintiva.

—Ah, perdón.

—¡No!, no te disculpes. Gracias, eh, Clare —respondo. Ella sonríe, conmovida porque sé cómo se llama. (No lo sabía, pero es que trae un letrero con su nombre). Incómoda, le hago una seña para despedirme, y me voy hacia donde están los diccionarios, me dejo caer en un puf que tiene la gamuza ya muy desgastada y manchada con algo que no quiero saber.

Aun así, juego el papel de la estudiante dedicada: abro el cierre de mi mochila, saco un cuaderno. Física. Iugh. Solo Miles, aspirante del MIT, se inscribió al grupo de Física avanzada del profesor Holt. A menos que seas un genio como él, nadie obtiene más de C, el mínimo para pasar. No desde que mi hermano perfecto saliera con un envidiable B-.

Del cuaderno se resbala un examen sorpresa y observaciones pendientes de laboratorio. Y no hay problema, está bien.

Excepto porque un póster que dice «¡Resiste!» se sacude porque la calefacción está justo arriba y un niño que está leyendo manga se la pasa moqueando, y odio como se ve la jota cuando escribo mi nombre, así que cierro el cuaderno y luego también cierro los ojos. Por ahora, solo quiero pensar en no pensar.

La paz dura a lo mucho dos minutos.

Aun detrás de mis párpados puedo percibir la figura de alguien que tapa las luces arriba de mí, como una nube que oculta el sol. Contengo la respiración, me quedo quieta, porque si hago como que estoy muerta...

—¿Jo?

—No. —El silencio se alarga dos, tres, cuatro segundos antes de que abra los ojos. Con desgana, alzo la cabeza y le sonrío con mi más brillante sonrisa a Maddie Price—. Lo que sea que quieres, la respuesta es no.

Maddie se lame los labios, agrietados no por el frío sino porque se los está mordisqueando con los dientes.

—Tenía la esperanza de que pudiéramos hablar. ¿Se podrá?

—Tenías la esperanza de que pudiéramos hablar. ¿Se podrá? —repito. No es en mal plan, esas fueron sus palabras, sus sonidos. Pero Maddie se estremece. Me enderezo y el puf se hunde debajo de mí—. ¿Se trata de la estúpida servilleta?, porque le puedo enviar un *email* a la tal Tess, si quieres.

—No, no. Digo, sí, necesito esa mentoría, Jo, así que sí, deberías retirarte, pero… —Exhala con fuerza y se pasa la mano por el cabello espolvoreado de nieve—. No es eso.

—Okey. Entonces, ¿qué quieres de mí?

Y así nada más, Maddie Price se quiebra. Hunde la cabeza en su bufanda y se le sale un sollozo casi como aullido.

—Oh. —Eso es todo lo que alcanzo a decir. Me levanto y me acerco a ella despacio, como si fuera un gato salvaje enjaulado. Nadie nos ha visto aún, y quisiera que así siguiera.

No puedo dejar, me rehúso a que alguien me culpe por hacerla llorar.

De nuevo.

—Lo siento… estoy tan… —susurra sin aliento.

—Cállate —le digo y la tomo de la mano, para llevarla por los anaqueles hacia el baño del personal que está fuera de servicio. La calefacción se descompuso y el WC solo sirve al tercer intento.

Cierro la puerta con llave al entrar. Maddie apoya las manos contra el lavabo azul claro. Los mocos se le escurren por la nariz y el labio. Trata de inhalar, pero se ahoga. Le dan espasmos como si fuera a vomitar.

—¡Iugh, Maddie! —Le paso una toalla de papel.

Ella se suena la nariz.

—Lo siento.

—Deja de disculparte.

—Yo… —Trata de respirar profunda pero entrecortadamente y de exhalar con fuerza, una y otra vez.

Se siente como una intromisión, esto de verla recomponerse en la persona que finge ser. Me enfoco en todo menos en ella: la pirámide de rollos de papel higiénico, el círculo de jabón rosa apelmazado en el lavabo, los latidos fuertes en mi corazón, que late con un ritmo acelerado, desigual, hasta que, al fin, ella respira más despacio.

Doy un paso muy corto hacia ella.

—¿Maddie?

Ella exhala. Mantiene la vista en su reflejo en el espejo borroso y dice:

—Creo que estoy en problemas.

El calor aumenta con un zumbido de la calefacción que saca una nube de aire. Se me eriza la nuca.

—¿Cómo dices?

—Creo que estoy en problemas —repite, ahora con más firmeza—: pero creo que tú puedes ayudarme.

—¿Yo? —río forzadamente—. Eh, no, ni al caso.

—Por favor, Jo. No puedo pedirle ayuda a nadie más. Ni a mis amigos, ni…

—¡No! —Me sobresalto y mi codo golpea el lavabo. Un tirón de dolor me recorre el brazo—. Digo, ¿qué quieres decir con «problemas»? —Pienso en la palabra y luego ahogo un grito que hace que se me atore la saliva—. Ay, por Dios, ¿estás embarazada?

—¿Qué? ¡No! Eso sería…

—¿Inmaculado?

Se sonroja.

—No tienes que decirlo así.

Esto, que Maddie sea virgen, no debería sorprenderme. Cody es su primer novio, es posible que sea su primer todo. No sé si alguien la había besado antes de aquella noche en la playa, cuando, al calor de las brasas de la fogata, el chico que ella amaba le correspondió, pero solo porque él estaba desesperado por otra cuestión.

Yo oí cómo él decía: «Esta chica haría lo que fuera por mí».

Pero ella no ha hecho todo.

Se pasa una mano por el rostro mojado de lágrimas.

—Te voy a explicar todo, lo prometo, pero no aquí. ¿Tal vez podamos ir a tomar un café?

—Tengo que estar aquí hasta las tres.

—Entonces, ¿nos vemos a las tres en la estación de bicis?

—Aún no accedo. —Que conste que dije *aún*. Maddie también lo nota. Doy marcha atrás, para recuperar el control—. No es mal plan, pero ¿por qué debería ayudarte?

Tal vez eso sea bajo de mi parte, esto de repetirle sus palabras de esta mañana.

Sus ojos se humedecen con nuevas lágrimas.

—Porque sí, Jo.

De alguna manera, esto es aún más cruel.

«No». Dos letras, un enunciado completo. Tan fácil de decir. «No» y punto, así que no sé por qué nunca lo digo bien.

No sé por qué, en lugar de decirle que no, digo:

—Está bien.

Maddie me sigue de vuelta por los anaqueles.

—¿Entonces a las tres? —dice, y me pisa el talón. Me detengo y subo el pie para meterme bien la bota, y ella se sale por la puerta de emergencia sin cerrojo. Ahí, se detiene, se da la vuelta y me sonríe con esa linda sonrisa.

Me rehúso a sonreírle de vuelta.

—Sabes, esto se siente como una trampa.

De qué, quién sabe, llamémosle instinto.

Maddie frunce las cejas.

—Nunca te haría eso.

Excepto que ya me lo hizo, muchas veces. Podría recordarle los mejores éxitos: «¿La fiesta en tu alberca? ¿El fin de tercero de secundaria, cuando me obligaste a invitar a los chicos y le dijiste a tu mamá que fue mi idea? ¿Y qué hay de esa vez en que le dijiste a Cody sobre mí y…?».

—Nos vemos pronto, Jo. —Cierra la puerta, pero titubea a medio salir. Me pregunto si está esperando a que suene una alarma y la descubran. Pero su rostro no muestra emoción cuando me mira de nuevo. Como si nunca hubiera llorado—. Nunca nadie se puede enterar de esto.

Contengo la respiración.

—¿Qué dijiste?

Pero quiero decir: «¿Por qué dijiste eso?».

Esas palabras, en ese orden, ojos azules bien abiertos…

Pero Maddie ya se fue, salió al frío y se agacha al caminar en contra del viento, una sombra que contrasta con la nieve fresca.

5

Estoy esperando a Maddie en las bicis, con las manos bien metidas en los bolsillos y la bufanda tapándome la mitad de la cara. Las capas de ropa solo me dejan un poco de piel expuesta: ojos, pómulos y el puente de la nariz.

Aun así, el frío me cala los huesos.

Quedamos a las tres, ¿cierto? Ya pasaron cinco minutos. Hay varios rezagados corriendo para alcanzar los últimos autobuses. Los antiquísimos motores retumban y traquetean. De sus escapes exhaustos salen nubecitas de humo.

—Apúrate, Maddie. —Brinco de un lado al otro—. Apúrate, apúrate.

Echo un vistazo al estacionamiento de tercer año, buscando un Prius blanco o a una chica con abrigo negro. (Como si eso no describiera a la mitad de las alumnas de Culver en el invierno).

Una chica se dirige hacia acá, pero no es Maddie; tampoco viene sola. Entrecierro los ojos debido al resplandor de la nieve, cuando veo quiénes son doy un brinco detrás del basurero más cercano, pero me resbalo con un charco congelado de desperdicios y emito un jadeo seco.

Solo las Birds me hacen actuar así.

Kathleen O'Mara encabeza al grupo, como siempre.

—¿Podemos apresurarnos, por favor? ¡Gracias!

No se dejen engañar; Kathleen es de lo peor, es maliciosa y seria, y muy, muy católica. No es broma cuando les digo que nunca la he visto sonreír.

Aunque casi sonríe ahora, cuando Sara se va de boca contra el hielo.

—No te caigas, Caruso —le dice irritada. No puedo distinguir si está realmente molesta o no. Sería más fácil si ella tuviera algo remotamente parecido a un sentido del humor.

Equis. Sara se queda perpleja, suelta un aullido, se queda tirada de espaldas y sus labios se ven bien rojos por el golpe contra la nieve.

—¡Ay, mi trasero! —grita con voz ronca, más debido al frío.

Una vez, cuando Miles se emborrachó con cerveza barata en una fiesta el año pasado, nos dijo a Cody y a mí que para él, la voz de Sara es (y juro que no es broma) erótica. Usó esa palabra: *erótica.* Solté tal carcajada que me caí de la silla y Cody dijo arrastrando las palabras: «*Dude*, ¿y a ti quién te invitó?».

Sonrojado, Miles dijo «Eh… ¿tú?», pero ese no era el punto.

Sara sigue chillando que le duele el trasero cuando Michaela Russell se agacha hacia ella.

—No te muevas —dice preocupada mientras le pone la palma de la mano sobre la frente—. Estoy aquí para ayudar, ¿okey?, soy doctora.

—No eres doctora —dice Kathleen.

—Señora, hágase a un lado, no le quite el aire.

—Estamos afuera. ¿Qué tanto aire le puedo quitar?

—¡Voy a tener que sedarla! —Michaela trata de poner cara seria, pero se carcajea un segundo después.

De las Birds, ella es la más tolerable. Éramos las únicas mujeres en el laboratorio de Biología Avanzada, así que insistió en que fuéramos un equipo.

Platicábamos de lo horrible que era su pasantía en los Archivos Locales de Historia de las Personas de Color, de nuestro amor mutuo a las películas de musicales de mala calidad y de cómo

Hudson se la pasaba viéndome el trasero cuando me agachaba para ver el microscopio.

—Ey, sigo aquí. —Sara levanta la mano—. ¿Es posible que me rompa tal cual las nalgas?

Michaela la ayuda a levantarse, pero ella misma se resbala, ambas gritan y se aferran la una a la otra, y ahora Kathleen las arrea hacia su auto. Mientras le da de vueltas al llavero con el dedo, dice:

—Oigan, ¿qué era lo que Maddie estaba celebrando?

—Es sorpresa. —Michaela consulta su celular—. ¡Uy! Ella ya está allá.

Siento cómo la furia se enciende en mi pecho, caliente y pesada. Si Maddie «ya está allá», quiere decir que no está aquí, o sea, la desgraciada me plantó. Ella me tendió una trampa para... ¿para qué exactamente?

—Vámonos antes de que le dé un ataque de histeria —dice Kathleen—. No estoy de humor para estas ton... —¿Te estás escondiendo?

Me caigo de sentón, como Sara. Hudson se aguanta la carcajada y estira su mano. Yo le doy un manazo y me levanto sola, mientras señalo con la cabeza su vaso de café.

— ¿Sabías que la cafeína es una droga?

—Gracias por preocuparte. ¿Qué estás haciendo?

—Estoy esperando a... —«Nunca nadie se puede enterar de esto». Me desconcierta la claridad de la voz de Maddie en mi cabeza. Meto las manos congeladas a los bolsillos—. A alguien.

—Una respuesta cero misteriosa.

—Eso no es misterioso para nada. Si me disculpas, tengo un autobús que alcanzar.

—¡Espera! —Se estira para tomarme del brazo, pero titubea, como si supiera que yo retrocedería ante el tacto. (Y tiene razón, sí retrocedería). Abre su SUV con un rápido *bipbip*. ¿Quieres que te lleve?

Dios, es muy tentador. Detesto el autobús, la calefacción bochornosa, los apestosos chicos de segundo año, cómo el autobús se menea al atravesar las calles heladas y resbalosas. En el autobús me mareo, siempre me sucede cuando las calles están congeladas.

Pero irme con Hudson es demasiado arriesgado. Demasiado... algo. Ya puedo escuchar los chismes: «¿Viste que Jo se subió al auto de Hudson?», «¿adónde crees que fueron?», «¿qué crees que hicieron?».

Se me enciende el rostro. Doy un paso atrás, lejos de él.

—Tú no —digo y me voy sin decir más y sin voltear para atrás.

Mientras camino penosamente a casa, las luces de la calle parpadean, destellos de naranja en la luz tenue. Logré no vomitar en el autobús, apenas. El frío es un alivio para mis manos sudorosas.

Pero este calor me quema por dentro. Hierve bajo mi piel, gotas de sudor me pican en la nuca. No debí confiar en Maddie Price, pero además, esto, las lágrimas, el labio inferior tembloroso, la insistencia de que «nunca nadie se puede enterar de esto», es tenebroso, incluso para ella.

Veo desde la casa al otro lado de la calle, cómo se enciende una luz.

La señora Price pasa por el ventanal estirando el brazo, con el teléfono apuntando hacia su rostro radiante. ¿Una videollamada? Debe ser Maddie, nadie le brinda más alegría como su hija. Regresa al interruptor de la luz para bajar el brillo de la lámpara a lo más tenue.

De pronto y de golpe, se detiene. Frunce las cejas, y lentamente se lleva una mano a la boca.

—Deja de espiar a los vecinos.

Doy un brinco.

—¡Cielos!

Desde los escalones de la entrada, mi madre se ríe, con un cigarrillo en los labios. Se da permiso de fumar dos a la semana. «Es un terrible hábito», le gusta decir. Es lo único horrible en ella.

Aun así como está, sin maquillaje, con una cola de caballo alborotada y pants para hacer yoga metidos en botas de piel de borrego, es injustamente hermosa.

Las madres de los concursos de belleza solían chismorrear lo mucho que nos parecemos. «¡Esos ojos!». (Los de ella son azul cielo; los míos son solo… azules). «¡Ese cabello!». (El de ella es rubio sedoso; el mío es seis tonos más oscuro y siempre está enredado). Todo eso era una simple maniobra para impresionar a Katie Lynn Springer, ex Miss Tennessee adolescente, como si sus hijas pudieran simplemente absorber su hazaña tan solo por proximidad.

Les salió el tiro por la culata. Yo salí de su útero y estoy vetada de las competencias regionales.

Ella señala con la cabeza la casa al otro lado.

—¿Qué es lo que esa familia tiene en contra de las cortinas?

No es una pregunta en sí. Esta es una queja más para su Lista de Reclamos a los Price. Otras incluyen: el color a espuma marina de su casa; Tanner, su anciano perro, que tiene ansiedad de separación y ladra a todo pulmón; la familia de cuatro gnomos en los arbustos del jardín, aún intacto, a pesar de que el verano pasado el señor Price se mudó a un loft en el centro.

—Esas personas simplemente quieren que las vean —dice, y echa la colilla del cigarro en su taza de café.

El humo que permanece nos sigue a la casa, o más bien, irónicamente, el humo viene desde dentro de la casa: el recibidor está todo ahumado, y suena el detector de humo.

Lanzo mi bufanda al registro de calor.

—¿Papá se puso a hornear?

Desde la cocina se oye una retahíla de groserías, por lo que deduzco que sí.

Alguna vez Joseph Kirby fue una leyenda en la escena restaurantera local: hosco y tatuado, propenso a maldecir a los clientes que le faltaban al respeto al personal. Era el chef principal en los mejores lugares de la ciudad y también ayudaba en el taller mecánico de su padre.

Luego, de pronto, tenía dos divorcios y estaba envejeciendo, se estaba fastidiando de trabajar hasta tarde y de tener esta molesta sensación de que algo le faltaba. Entonces se aparece la despampanante presentadora de noticias, nueva en la ciudad y doce años más joven, que le regresa la comida. Dos veces.

Más o menos nueve meses después, pide su incapacidad por paternidad y nunca más vuelve.

Todo esto para decir que papá podía elaborar una comida, literal, con basura, pero es muy mal panadero.

Sale deprisa de la cocina y dice mientras arrastra una silla al detector de humo:

—¡Cállate, infeliz!

—¿Quién hubiera adivinado que esto pasaría?

Mi madre me apunta con el dedo.

—Cuidado con el tono, Jo-Lynn.

—¿Que no deberías estar en la estación? —digo en venganza.

Kate Kirby es el rostro del Canal 12. Durante los últimos veinte años, mi madre ha presentado las noticias de la mañana y auxiliado a presentar las de la noche con varios colegas de mucho tiempo. Si el mundo arde en llamas, pueden pasar días sin que nos veamos, lo cual está bien por mí.

—Hoy no hay tantas noticias —responde. Aun así, se va a la salita para ver el noticiero.

Papá se baja de la silla gruñendo.

—Espero que a tu hermano le gusten los brownies quemados.

Lo sigo a la sala. Él se va directo al carrito de bebidas, pero yo me detengo y suelto la mochila al lado de la bufetera, en ella se está cargando su laptop, está abierta pero suspendida.

Con tono casual, pregunto:

—Y a todo esto, ¿dónde está Lee? —También, «¿de casualidad mencionó que traté de robarme su auto?».

—¡Estoy afuera! —grita Lee desde las escaleras. En el último escalón se tuerce la rodilla y tropieza, su mano sale disparada hacia el barandal. Me fulmina con la mirada—: ¡Cállate!

—Yo no dije nada. —Ni que fuera tonta.

Se suponía que se tomaría un año de descanso de la Universidad de Carolina del Norte, durante el cual aprendería a manifestar ese «potencial crudo» y obtendría un lugar principal en el equipo de basquetbol de los Tar Heels. A las cuatro semanas de haber comenzado el semestre de otoño, su temporada terminó antes de que la empezara siquiera.

Ligamento desgarrado. Fractura completa de la rodilla izquierda.

Regresó a casa para la cirugía reconstructiva y terapia de rehabilitación; terminaría el año escolar remotamente, en realidad no le dieron la opción. Pero regresará a Carolina el próximo año.

Pase lo que pase.

Papá saca un vaso jaibolero.

—¿Tienes planes?

—Voy a la biblioteca, tengo tarea de Astronomía. —Lee toma las llaves del auto, las cascabelea frente a mí, como diciendo «no te delaté, pero podría. Aún puedo».

En voz muy alta, digo:

—¿Qué tal un whiskey americano, papá?

Lee mira el carrito de bebidas, se queda viendo, luego me empuja con fuerza. Choco contra la bufetera y la laptop de papá se despierta. En la pantalla hay un juego de Scrabble y un *email* nuevo.

`ASUNTO: Actualización de situación académica | Kirby`

Por un segundo me pregunto si Lee también lo ve, pero él solo se tapa con la capucha.

—Nos vemos luego.

Veo el reflejo de mi padre en la pantalla polvosa.

—¿Qué tal tu desayuno? —lo distraigo.

—Delicioso. Flower City es lo mejor, sin duda. Pedí…

Abro el correo.

Estimado Joseph Kirby:

Este correo es para recodarle su cita con el asistente de dirección Tony Conti, mañana 6 de febrero a las 12:30 p. m. Favor de notificarme cuanto antes si no le es posible asistir.

Cordialmente,
Dorothy Fitzgerald
Jefe administrativo

¡Mierda! Mierda, mierda, mierda.

¿Yo sabía que habían convocado a mi papá? ¿Él lo sabía? Ahora sigue chismorreando sobre Flower City, que si es la mejor cafetería, que si los hot cakes son perfectos, mientras echa dos, tres cubos de hielo a su vaso. Así que, con toda sutileza, deslizo mis dedos en el teclado y presiono «suprimir».

—Ya está —dice. Yo me doy media vuelta, o sea, lo menos sutil posible.

Señalo el juego de Scrabble con la cabeza.

—*Cuarzo.* Te ganas el triple de puntos con la zeta.

—¡Mira nada más! ¿Cómo es que tengo una hija tan genial? —Sonríe ante su partida ganadora, luego me mira con la misma cara de orgullo—: ¿Tuviste un buen día, corazón?

Mi mirada se va hacia la ventana, hasta la casa de los Price, ahora oscura. Suspiro y me dejo caer en el sillón orejero donde Bay Leaf duerme, acurrucada en estado de coma.

—Estuvo bien.

—Ay, corazón. —Me besa la frente—. Mañana será un día mejor.

6

Hoy no es un día mejor.

Si acaso, estoy más enojada. Algo me despertó a mitad de la noche, lo más probable es que fuera Lee. Su recámara es más grande, pero la mía incluye el baño, así que con frecuencia oigo cómo abre su puerta, la cierra y camina en el pasillo. O tal vez fue Bay Leaf retozando por la cocina con una hebra cruda de linguini.

Como sea, el punto es que estoy cansada y de malas y furiosa con Maddie por asustarme y luego dejarme plantada ayer sin razón alguna, literal. Y porque prefiero estar en cualquier otra parte menos aquí.

En la oficina del señor Conti.

Gracias a tres años de violaciones a las reglas de vestimenta, he memorizado cada centímetro de este espacio. La mancha de café en la alfombra. La regla de madera apoyada contra el librero, a la espera.

Y, desde luego, el reloj de cristal grabado: «Anthony Conti, mejor asistente de dirección del año», orgullosamente dispuesto sobre su escritorio. Todo el tiempo que paso aquí varada cuento cada uno de los segundos que faltan para que pueda irme, así que conozco este reloj íntimamente.

Gracias a eso sé que Conti me ha estado ignorando los últimos nueve minutos. Con furia da clics a su mouse, pero también mira el reloj, ansioso porque mi padre está retrasado para hablar sobre mi estatus académico, esperando para poder quejarse hasta que den los diez minutos, lo cual sucederá justo…

—Dorothy, ¿puedes llamar a Joseph Kirby? —dice Conti en el intercomunicador. Fitzgerald puede intentarlo, pero el buzón de voz de papá ha estado saturado desde hace diez años.

Cambio de posición en la silla de cuero.

—Juro que le recordé de…

—Lamento la tardanza —dice mi hermano al entrar en la oficina, sin aliento, y, un momento, ¡¿mi hermano?!

—No eres el Kirby que esperaba —comenta Conti riendo—. ¿Cómo estás, Lee?

—Bien, bien. —Lee no trae puesto su uniforme de siempre (sudadera de UNC y jeans), hoy se puso una camisa a cuadros y pantalones caqui. Sí, pantalones caqui, tal como los de los chicos de St. Ignatius Jesuit, de quienes nos burlamos cuando nos los topamos por ahí. Lee señala la silla a mi lado—. ¿Puedo sentarme?

—Por favor. ¿Tu padre va a venir?

—No se siente bien, así que me envió en su lugar. —Sus palabras son impecables, miente sin esfuerzo—. ¿No le envió un correo?

—No que yo… ¡ah! —Conti desliza el dedo en la pantalla, balbuceando cada palabra. Vuelve a consultar su reloj—. Señorita Kirby, ¿qué le parece?

Me parece que Lee necesita bajarle a su complejo de salvador. Esto debe violar el protocolo estándar, ¿no? ¿Acaso no viola la confidencialidad? Aunque actúa como tal, Lee no es ni mi padre ni mi tutor, y si yo estoy reprobando no es de su incumbencia. No es que asuma que estoy reprobando, pero como sea.

«¿Qué diablos estás haciendo aquí?», le pregunto por telepatía.

Lee alza los hombros, con actitud de «¿prefieres llamar a mamá?».

Rechinando los dientes, digo:

—Puede continuar.

Y continuamos con la junta como si fuera una mala obra de teatro. El señor Conti, el actor principal, se endereza en su asiento.

—El propósito de esta reunión es evaluar el estado académico actual de Jo-Lynn. Me alegra decir que no ha incurrido en penalizaciones que habrían extendido el periodo de su supervisión. Sin embargo…

Conti desliza un papel por el escritorio: mis calificaciones. No me muevo, así que Lee lo toma y revisa cada una de las calificaciones. Otra vez. Una tercera vez.

—¿Reprobó?

Le arrebato la hoja de las manos.

—¿Reprobé?

—Reprobaste.

Las efes que indican reprobado se revuelven con las des que indican promedio suficiente: F, D, D, F, D, además de una ce menos en Diseño Digital II que no merecía y una inexplicable A (la calificación más alta) en Gimnasia.

Desde siempre, tanto maestros como compañeros y amigos, cuando los tenía se han mostrado atónitos y furiosos de que me sacara buenas calificaciones sin esforzarme. Ni tantito. Jamás, ni una sola vez, ha sido un placer tenerme en clase. Hablo fuera de lugar, molesto a mis compañeros, desperdicio mi potencial.

Cada boleta de calificaciones empieza con: «Jo-Lynn es una chica brillante, pero…».

Pero ahora reprobé.

El señor Conti tamborilea los dedos sin ritmo.

—Lo que más me preocupa es cómo estas calificaciones afecten tu promedio general. —Aquí viene, su grandioso monólogo—. Sí, reprobaste el semestre, Jo-Lynn, pero lo que más me preocupa es que repruebes el año.

—Mierda. —Se me sale la palabra. Meto la cabeza entre las rodillas, mareada.

Lee me toma de la sudadera y me endereza.

—Detente.

—Al ser la mejor de las escuelas imán del distrito, lo cual nos atañe a las regulaciones del sistema de escuelas públicas para poder enfatizar ciertas áreas de estudio, nos enorgullecemos del rigor de nuestros estándares académicos —dice Conti, como si Lee y yo no nos hubiéramos desviado alocadamente del guion—. Jo-Lynn, extenderé tu periodo de supervisión académica seis semanas más. Si para entonces no demuestras mejorías, nos veremos obligados a retirarte tu estatus escolar, que te avala prominencia en ciertas áreas de estudio.

—O sea, ¿me expulsarían? ¡No! No, quiero decir… yo sabía que… pero no pensé que esto…

Lee se abraza el pecho.

—¿Qué esperabas, Jo?

—No es un hecho, ¿cierto? —le pregunto a Conti, ignorando a Lee—. ¿Puedo arreglar esto?

El bigote de Conti se retuerce.

—Me parece que depende de ti —concluye. Mis orejas se sienten saturadas, como cuando buceas. No sé cómo, pero me levanto, Lee también.

—¡Un momento, Lee! Quiero saber cómo te va en la universidad, cómo va tu recuperación, ¡cuéntame!

Me río con amargura.

—Sí, Lee, cuéntale.

Cuéntale que te zafaste la rodilla huyendo de la fiesta de una fraternidad por una redada de protección civil. Cuéntale que te caías de borracho y con eso te ganaste el segundo citatorio del semestre, y que eso significaría suspensión para cualquier otra persona, pero tú no eres cualquiera; eres Lee Kirby, base del equipo de basquet. Cuéntale cómo discretamente te sacaron del dormitorio y te enviaron a casa y te prometieron admisión el próximo año, si y solo si evitabas el tercer *strike*.

Lentamente, Lee se recarga en su asiento. No le dirá a Conti nada de esto. Todos creen que fue una desafortunada lesión deportiva, así que ¿por qué sincerarnos ahora?

Pero yo no quiero escucharlo. Salgo de la oficina y choco de lleno contra el señor Parrish (profesor de Inglés Avanzado, que apenas pasé). Él gruñe, molesto, y aunque hace malabares se le cae lo que trae, dos paquetes de exámenes parciales. El de hasta arriba tiene unos garabatos con pluma roja en la esquina superior derecha: «Kathleen, ven a verme, por favor».

Subrayado dos veces.

Estoy a punto de levantarlo cuando sale Lee, balbuceando.

—Vámonos. —De mala gana me entrega un pase y me lleva por el pasillo, pasamos al guardia de seguridad y salimos. Estoy tratando de seguirle el paso, cuando de pronto se detiene, se da la media vuelta y me dice—: ¿Estás tratando de llamar la atención o algo? ¿Por eso reprobaste?

—No, imbécil, no esto tratando de llamar la atención.

No es por eso... en serio. Ni siquiera estoy segura de si papá le contó a mi madre sobre mi revisión académica. Se lavó las manos con la excusa de tener un horario complicado. La cuestión es que no es difícil, podría sacar buenas calificaciones si lo intentara, pero es increíblemente fácil no intentarlo cuando nadie está al pendiente. Cuando no están al pendiente de cómo mis calificaciones han bajado considerablemente ni de cómo ahora uso ropa holgada ni de cómo ya no tengo amigos o cómo es que todo pasó tan rápido.

¿Es tan terrible desear que alguien (mis padres) estuvieran al pendiente, carajo?

Me refiero a darse cuenta de que estoy reprobando.

Meto los brazos entre las mangas.

—¿Para qué viniste?

—Cuando vi ese *email*... —Lee sacude la cabeza.

Mi hermano no permitirá que eche a perder mi vida, por mucho que lo estoy intentando.

Antes éramos muy cercanos. Lee y yo. A veces no estoy segura de por qué nos dejamos de llevar. ¿Fue porque se hizo bueno en el basquet y finalmente encontró una solución a su vida? ¿O fue cuando, al parecer de un día para el otro, me volví la chica que los chicos sus amigos miraban?

Muchas veces ellos usaban esa frase conmigo: «soy amigo de tu hermano».

No hay forma de que mi hermano tuviera tantos amigos.

En voz baja, le pregunto:

—¿Les vas a decir?

Lee suelta una especie de risita.

—¿Tú qué crees?

Creo que es otro secreto que me va a guardar.

Suspira y saca una nube de vaho, luego mira el estacionamiento de alumnos de tercer año. Mira de nuevo. Se le queda viendo a las hileras de autos y sus parabrisas con una capa de nieve. Hasta que voltea hacia mí es cuando me doy cuenta de lo demacrado que está: ojos sumidos, piel pálida.

—Te ves del carajo —le digo.

—Estoy cansado. —Se voltea hacia el viento—. Reprobaste... Cielos, Jo, ¿qué te pasó?

Ahora soy yo la que suelta la risita.

—Tú sabes qué me pasó.

Lee me rescató la noche de la fogata. Me senté en el piso, con grava pegada en las piernas, derecha solo porque Hudson me dejó apoyarme en sus piernas. Entre los dos me metieron al asiento trasero y Lee me decía una y otra vez que más me valía no vomitar y que en qué rayos estaba pensando.

Yo estaba casi ida, pero no tanto como para no darme cuenta de lo que pasó después: muy apenado, Hudson le contó a mi hermano sobre los mensajes de texto; Lee cerraba los ojos como si también estuviera a punto de vomitar.

Sus antiguos amigos, los que me miraban cuando estaba en primer año y ellos eran chicos de segundo que se pavoneaban en sus Toyota Camry y Honda Civic, autos sensibles para chicos sensibles; esos amigos a los que Lee les prohibió hablarme, de la nada reaparecieron diciendo «¿qué onda con tu hermana, *dude*?»,

«¿cómo está tu hermana, bro?», «¿tu hermana ya cumplió dieciocho?».

Ninguno siquiera recordaba cómo me llamo.

Unos cuantos días después, Lee acompañó a mi papá cuando me llevó a rastras al centro comercial por un teléfono nuevo. Le dije que había perdido el mío, una mentira creíble con mi historial de celulares perdidos o descompuestos. (Sigo llorando por aquel teléfono rosa que desapareció en el verano cuando me gradué de secundaria. Descanse en paz). La verdad es que azoté este último contra el pavimento, harta de todos esos mensajes privados y *dick pics* y mensajes de texto a medianoche, como si mis fotos fueran una invitación abierta.

Como si mi cuerpo fuera una invitación abierta.

El teléfono plegable, de esos que te regalan cuando compras un buen celular, fue mi castigo.

Mi papá se quejaba «no sé cómo puedes ser tan descuidada», y cuando Lee me lanzaba miradas desde el mostrador de tablets, supe que pensaba igual.

Se me enciende el rostro tal como se me encendió esa vez.

—¿Y ahora qué hago?

—Soluciónalo. Mantén un perfil bajo. No digas nada. —Lee asiente, como si estuviera de acuerdo con sus propias palabras—. Lo último que necesito es…

—¿Lo último que *tú* necesitas?, claro, porque el mundo gira a tu alrededor, ¿cierto?

—Nunca dije eso —protesta, pero sé que es lo que piensa. Sé que el hijo dorado detesta que sea lo opuesto a él: la chica alocada, la hermana del infierno. Sé que se avergüenza de mí.

Me froto la piel por el frío.

—No puedo reprobar, no puedo…

«Quedarme varada aquí».

Lee entrecierra los ojos a lo largo del cielo nevoso.

—Pues entonces empieza a rezar para que suceda un milagro.

7

No necesito rezar para que suceda un milagro. Ya tengo uno: mi milagro se llama Miles Metcalf.

Tal vez esté reprobando, pero soy más inteligente de lo que parezco. Y soy lo suficientemente inteligente para leer entre líneas cuando Miles me dice «Yo puedo ayudarte, ¿sabes?». Me puede ayudar tal como ayuda a Cody Forsythe.

Porque pasársela persiguiendo una pelota de futbol, persiguiendo chicas, persiguiendo un *shot* de licor con un trago de cerveza, ¿cómo podría Cody Forsythe tener tiempo para la escuela o tiempo para ver cómo entrar a Duke y en su equipo de futbol soccer?

La verdad: Cody hace trampa. Y sobre todo, Miles hace trampa por Cody.

Lo curioso del asunto es que nunca me habría enterado si Cody hubiera mantenido el pico cerrado. Se le salió la primavera pasada, cuando estábamos en una fiesta en la casa de alguien. Se aferró a su Keystone abierta, la peor de todas las cervezas, y me dijo arrastrando las palabras «Miles tiene mis llaves».

Yo le di palmaditas en el pecho. «Tú no vas a manejar, amigo».

«No, las llaves de mi auto no».

Cody estiró su brazo y lo apoyó sobre mis hombros. Olía a sudor y cerveza y humo, aunque nadie había encendido una fogata. «Las llaves de mis respuestas».

De pronto todo tuvo sentido. Cody tenía que seguir con el legado de los Cuatro Forsythe (el superinteligente apodo que les pusieron a él y a sus tres hermanos mayores) de estudiar en Culver, pero batallaba mucho en clase. Luego su entrenador lo amenazó con quitarle su posición central en el equipo de futbol en segundo año y, de la nada, ya no batallaba con las calificaciones.

No desde que permitió que Miles orbitara a su alrededor.

Ese año, Miles se volvió un adorno en las fiestas, un *simp* que revoloteaba en la periferia como un bicho zumbando en torno a un foco, buscando cómo entrar. Yo reaccioné muy desagradable, tipo «¿quién invitó a Metcalf?» y nunca recibí una buena respuesta. Además, él era inofensivo. Pero esto, lo que Cody dijo de Miles, que tuviera las llaves de sus respuestas, esa era mi respuesta.

A la mañana siguiente, Cody no recordaba lo que me dijo y no le refresqué la memoria. Guardé esa información en mi cerebro para usarla a mi favor cuando la necesitara.

Y de verdad, de verdad la necesito.

Cuando le muestro mi pase, el guardia de seguridad me hace un gesto para que atraviese el detector de metales. Después me abro camino por el salón de ensayos de la banda, donde Miles le está metiendo un dólar a la máquina expendedora. Casi se le cae el estuche del saxofón cuando lo tomo del brazo.

—Tenemosquehablar —digo deprisa y me voy.

—Ah. —La máquina escupe el dólar—. ¿De qué?

Arranco el dólar de la máquina y lo tomo de la mano, lo arrastro hacia la cafetería. Apenas escribo mi nombre en el registro cuando atravesamos la recepción.

—Ahora no —le susurro con fuerza sin mirar atrás. Pero esperen, ese tono con el que pronuncian mi nombre, demasiado familiar, demasiado dulce, demasiado...—. ¡Señora Price! —digo con voz más aguda. Miles inclina la cabeza. Le aprieto la mano sudorosa, o tal vez la mano que suda es la mía—. Te veo allá adentro, ¿sí? —le digo a Miles. Luego me obligo a mostrar mi sonrisa más artificial para la madre de Maddie, que está a unos cuantos metros de nosotros—. Hola, señora Price. Yo no sabía que era usted.

—No te preocupes, Jo-Lynn —responde, con una sonrisa mucho más falsa que la mía.

Desde el momento en que los Price se mudaron al otro lado de mi calle, aquel cálido día de junio (mi cumpleaños dorado: trece años el trece de junio), la señora Price me detestó. Se pasó los primeros días de ese verano atendiendo el jardín frontal, apilando hierbas sobre el césped, con los guantes de jardinero negros de la tierra.

En todo ese tiempo, los chicos y yo rodeábamos la cuadra en bicicleta. La señora Price y Maddie se nos quedaban mirando, sobre todo a mí, porque mi larga cabellera soplaba contra el viento y mis carcajadas se oían por toda la cuadra. Una vez, mientras pedaleaba por su casa con mis shorts más cortos y la parte de arriba de mi bikini, ella acercó a Maddie hacia ella y le dijo: «¿Qué te he dicho sobre chicas como ella?».

Lo hizo con toda la intención de que yo la oyera, estoy segura.

Ahora, me reacomodo los tirantes de la mochila.

—Entonces...

—¡Ah, sí! Le organicé una sorpresa a Maddie —susurra la señora Price, como si esto fuera un secreto que solo yo podía escuchar—. ¡Manicure y pedicure en Del Monte!

—Ah, qué divertido.

Jamás había oído algo menos divertido. Antes del baile de fin de año pasado, yo intenté eso de que madre e hija fuéramos al spa, y nos la pasamos peleando a susurros todo el tiempo y por todo. Mi madre quería que yo me recogiera el cabello, yo lo quería suelto. Ella sugirió un color piel para las uñas, yo quería rosa fosforescente, que además contrastaba por completo con mi vestido, un hermoso tul beige decorado con pequeñas margaritas.

Luego mi madre me acusó de llevarle la contraria para molestarla y yo le recordé que era mi baile de fin de año, no un maldito concurso de belleza, y ella dijo «cariño, tienes suerte de que no sea un maldito concurso de belleza», y yo me salí furiosa con solo seis uñas pintadas y las pantuflas de cortesía puestas.

La señora Price se obliga a sonreír.

—De seguro ya te enteraste de lo que pasó. —Yo frunzo las cejas, como diciendo «¿qué pasó?». Rápido, ella agrega—: ¿Podrías buscarla?, de seguro apagó su teléfono y es un fastidio registrarte y pasar.

Me imagino a Miles en la fila de las botanas preguntándose dónde estoy y qué necesito.

Al salir de la oficina del señor Conti y ver que mi hermano se subía a su coche y se iba, estaba completamente segura de que esto (reclutar a Miles) era mi única opción. Pero a cada minuto que pasa, me vuelvo más cautelosa. Si hago esto, me volveré alguien que hace trampa para sacar ventaja.

Me volvería alguien tan malo como Cody Forsythe.

—Sí, claro. —Me quito el fleco de los ojos—. Enseguida regreso.

La cafetería está llenísima. Rodeo el bote de basura atascado de hamburguesas tiesas, vasos de yogurt apachurrados y bolsas de pretzels vacías, y me asomo hacia la mesa de Maddie. En la que yo también solía sentarme.

Lo que veo es dolorosamente conocido.

En un extremo, los chicos (dotados para la academia y los deportes, comprometidos con escuelas de primera división, como la Universidad de Virginia, Vanderbilt, Villanova) lanzan uvas a la boca de Ben Sulkin, vitoreando. Al otro extremo, las Birds: Michaela Russell da golpecitos a la pantalla de su tablet, Sara Caruso desenreda una bola de estambre amarillo, Kathleen O'Mara bosteza y Maddie… no está ahí. ¿Maddie no está?

Algo (muy pequeño, minúsculo) me punza en las entrañas.

Desde la fila de las botanas, Miles agita los brazos, pero yo levanto mi índice, como diciendo «espera, ya vengo».

Y entonces me voy derechito hacia Hudson Harper-Moore.

Él se sienta en la mesa de los chicos pero apartado de todos, con la cabeza agachada sobre el teléfono. Probablemente esté coqueteando con una de sus múltiples admiradoras de Nuestra Señora de Lourdes, la preparatoria católica solo para niñas.

Pero cuando le susurro:

—Hola.

Y me agacho junto a él, su pantalla muestra el crucigrama del *New York Times*.

Él se quita los audífonos.

—Qué hola ni qué nada.

—Sí, eh, ¿has visto a Maddie? —agrego enseguida—. Su mamá está en la recepción.

—¿No está con…? —Frunce las cejas al ver su silla vacía. Toma una uva de la charola y se la avienta a Kathleen, le atina al cuello con la precisión de un experto—. ¿Dónde está Maddie?

—Ni idea. —Kathleen le lanza una mirada asesina mientras se soba la herida inexistente—. No está aquí.

—O sea, ¿no está en la escuela? —Me aferro al respaldo de la silla de Hudson, no sé por qué. No sé por qué cada palabra tiembla cuando agrego—: Ella tiene un registro de asistencia impecable.

—¿Pasa algo? —pregunta Hudson.

Bajo la vista al piso.

Lleno de granos de palomitas de maíz y envolturas de plástico, grasa de pizza embarrada y trato de pensar, solo de pensar por cinco segundos. ¿Hoy la he visto? No tenemos clase juntas y no es como si yo la buscara. No somos amigas, ¿recuerdan?

Sus amigas son ellas: Sara, que sus agujas de tejer chocan sin parar. Michaela, que tiene la vista pegada a la pantalla oscurecida. Kathleen, que me arrastra lejos de la mesa, hacia la recepción, enterrándome las uñas en la piel.

—Déjame resolver esto —murmura. Lo cual está muy bien, porque yo no quiero esto para nada.

La señora Price se ve incómoda en medio de nosotras.

—¿Dónde está Maddie?

—No está aquí —dice Kathleen fríamente, mientras juguetea con la cruz que cuelga de su cuello—. Le mandé mensaje de texto, pero...

«Pero». Me rasco la nuca, el cuero cabelludo me está sudando.

—¿Está enferma o algo? ¿Estaba bien en la mañana?

—No la he visto... pasó la noche en casa de su... —La señora Price esconde la mano sin argolla detrás de su espalda—. Me dijo que necesitaba un poco de espacio después de lo que pasó.

Y vuelve a salir esto de «lo que pasó». ¿Debería saber lo que eso significa? ¿O Kathleen? Si ella lo sabe, no lo demuestra. En vez de eso, alza los hombros.

—Tal vez deba llamar a su papá.

—Él estaba en un viaje de negocios —explica la señora Price, con aire ausente, luego asiente y da media vuelta hacia el vestíbulo. Por encima del hombro nos dice—: no hay nada de malo en verificar con él, ¿verdad?

Me pongo la mano sobre el pecho tratando de desacelerar mi corazón y callar la voz en mi cabeza que repite «creo que estoy en problemas, pero creo que tú puedes...».

—Relájate —me dice Kathleen. Se mira el barniz de las uñas, un rosa pálido impecable.

Me río, sin saber qué es tan gracioso.

—¿Al menos puedes fingir que te importa?

Ahora Kathleen levanta la vista para verme a los ojos. El aire se me atora en la garganta. Solía ser la chica que intimidaba a las demás. Unos ojos en blanco, una risita amarga bastaba para que ellas se acobardaran.

Esta chica era, sigue siendo, la excepción.

—¿Qué tanto sabes, Jo? —pregunta.

Sé que algo está muy, muy mal.

Incluso desde aquí, oigo cómo la señora Price comienza a hablar frenéticamente. Está aterrorizada. «¿Cómo que ella nunca fue? ¿Nunca llegó? ¿Cómo puedes saber?, entonces ¿dónde...?».

Se le resbala el celular de las manos. La esperanza le abandona el rostro. Da un paso hacia atrás, y otro. Luego se tapa la mano con la boca y solloza.

Es horrible, terrible; nunca había oído un llanto así.

El guardia de seguridad abandona su puesto y grita:

—Cálmese, señora, por favor.

Pero es demasiado tarde. Los estudiantes salen de la cafetería, gritando, amontonándose en la recepción. El señor Conti sale corriendo de su oficina, nos pasa, incluso me empuja hacia atrás y choco contra...

Cody. ¡Cody! Su rostro se pone verde amarillento, enfermizo.

—Mierda —es la única palabra que pronuncia.

Detrás de nosotros, alguien (tal vez todos) pregunta qué pasó, de quién es mamá esta señora, mierda, ¿qué fue lo que dijo? ¿Acaso dijo que está perdida? Perdida, ¿perdida?, ¿quién se perdió? Maddie está perdida. Maddie desapareció.

Detrás de nosotros:

—Un momento, ¿quién es Maddie?

Miro a Kathleen de nuevo y volteo hacia donde ella mira: la vitrina de trofeos. Donde están Sara y Michaela, con los ojos abiertos al máximo, horrorizadas; Sara se tapa la boca con la mano, Michaela le toma la otra mano y la aprieta con fuerza.

—¿Ustedes...? —No sé qué preguntar.

Pero Kathleen no me escucha, en cambio mira fijamente a esas chicas, con la mandíbula tensa, el rostro serio y niega con la cabeza, con un movimiento sutil, casi imperceptible, como si les estuviera advirtiendo.

«No digan nada».

8

Son las 2:32 p. m. Me acerco a Miles en la recepción y le digo que iremos a su casa a pasar el rato, pero que primero debemos pasar a la mía; también le digo que con la pena no me puede decir que no.

Aunque no es como si a mí me dijera que no.

Es solo que no puedo estar sola ahora mismo, no en casa, al otro lado de la casa de…

2:41 p. m. Miles se queda de ocioso en la calle mientras yo corro a mi recámara. Si mi madre estuviera aquí, seguiría mis pasos con una toalla y limpiaría la nieve para no arruinar los pisos de madera.

Pero mi madre no está. De seguro regresó al Canal 12 para preparar las noticias de la noche. Ya puedo verlo: Kate Kirby preparando una jarra fresca de café en su vestidor, luego un productor irrumpe con las noticias del momento.

Desde la cocina, papá ríe.

—¡Ey, Jo! ¿cuál es la prisa?

—¡Miles y yo iremos a su casa! Abro de golpe el cajón de mi escritorio, tiento dentro, mis dedos barren los clips hasta que encuentro lo que busco, lo que necesito—. Solo vine por mi…, eh… algo.

Subo el cierre de mis bolsillos para asegurar el contrabando y corro escaleras abajo. Papá espera al final de las escaleras, mientras se seca los antebrazos con un trapo viejo:

—No tan rápido, corazón, ¿qué tal tu día?

—Perdón, papá, pero ahora no es un buen…

Afuera, una patrulla de policía se estaciona en la calle rechinando las llantas contra la nieve. No se oyen sirenas, no encienden las luces. No parece ninguna urgencia, solo se detiene frente a esa casa. Esa casa.

—Vaya. —Papá se cuelga el trapo sobre el hombro—. Me pregunto a qué se debe eso.

2:54 p. m. Miles no menciona la patrulla. Sus mejillas están demasiado rojas, se sonrojaron antes cuando nuestras manos chocaron cuando ambos desabrochamos nuestros cinturones de seguridad al mismo tiempo.

Ahora se sonroja al tratar de meter la llave en la puerta, se ve que tiene las mejillas bien calientes.

El interior de la casa Metcalf es tranquilo. No como mi casa, con el alboroto constante de ollas chocando con sartenes, el Canal 12 a todo volumen, la pelota de basquet de hule espuma de Lee rebotando contra el aro de su puerta.

—¿Tus padres están trabajando? —Creo que su mamá es ejecutiva de un banco y su papá… también trabaja.

—Sí, hasta las cinco, más o menos. —Mira el reloj y calcula cuánto tiempo tenemos para estar solos. Juntos.

—Perfecto. ¿Subimos al ático?

Las ventajas de ser hijo único: Miles tiene todo el espacio para él. Hay una pantalla inmensa, un Xbox y un espantoso futón morado. La primera vez que lo vi, me lo imaginé abriéndolo para que fuera la cama de él y April Kirk, la imagen fue tan apabullante que me reí en voz alta.

Señalo con la barbilla la pantalla.

—¿Dónde está el control remoto para esto?

—¿Qué? —Miles baja el cierre de su abrigo, luego se sienta en el futón—. Ah, sí...

Se lo arrebato y pongo las Noticias del Nueve, el canal de noticias veinticuatro horas. (Sí, soy una traidora con mi madre, pero no puedo esperar a las cinco). Me hinco frente a la mesita y saco lo que traigo en los bolsillos.

Miles se acerca.

—¿Es mota?

—Sí que eres listo, ¿eh?

Abro la bolsita. Nunca he hecho esto yo misma.

Antes, siempre tenía a alguien, un tipo, que me enrollara el cigarrillo y lo encendiera por mí.

Nunca Miles. Él se pone nervioso con estas cosas, como si el personal de admisiones del MIT supiera que le dio una fumada a un porro. En las fiestas, le daba traguitos a una cerveza ligera y tenía una lista de excusas: «lo siento, vine en auto», «perdón, pero me tomé una pastilla para la alergia». Nadie lo molestaba mucho por eso.

Pero a veces los chicos se ponían muy pesados y trataban de que él también se pusiera pesado. Se le echaban encima y le ponían contra el rostro una cerveza sudada, y le decían «¿Keystone, amigo?».

Yo les decía «ofrézcanle algo mejor», pero nunca bebía nada más que eso.

—Pensé que querías... —Miles se rasca la rodilla, ahí la mezclilla está desgarrada, desgastada—. Olvídalo.

3:01 p. m. Tomo el teléfono de Miles y busco «cómo enrollar un porro de mariguana, por favor».

3:28 p. m. Algo hice mal, no estoy drogada en absoluto.

Más que nada, tengo frío. (La culpa la tiene la falta de sol aquí arriba). Me cierro más el abrigo, subo el cierre hasta mi barbilla y me pongo la capucha. El calentador solo me calienta los pies.

Me senté en el futón junto a Miles; su mochila sirve como barrera entre nosotros, una barrera que puse yo, no él. Él sacó su libro de cálculo mientras yo trato que la mariguana haga efecto. Y el sonido de su lápiz rasgando el papel va a hacer que grite. Me siento tan gruñona que estoy a punto de preguntarle si esta es la tarea de Cody o de él.

Pero me contengo, me muerdo la uña del pulgar y me arranco la cutícula con los dientes.

Justo cuando me sabe a sangre, él dice:

—Estás sangrando. —Y se le va el color del rostro. Él es super chillón, se pone pálido si ve una rodilla ensangrentada o cortadas con papel. Se levanta, mareado, al baño al pie de las escaleras—. Ahora regreso, dame un minuto.

—¿Estás bien? —le grito.

Pero entonces:

«Vamos ahora con una historia en desarrollo...»

Me abalanzo hacia el control y le subo el volumen al máximo.

El presentador de Noticias del Nueve frunce las cejas, todo serio:

«La policía de Rochester está pidiendo ayuda para localizar a una adolescente local. Maddie Price, de dieciocho años, está extraviada, nadie la ha visto u oído desde el lunes.»

La pantalla muestra su fotografía de tercer año y, Dios, creo que yo también me voy a desmayar.

«Las autoridades piden que cualquiera con información acerca de su paradero se comunique al 911. Ahora, vamos con la predicción del clima».

—¿Eso es todo? —pregunto—. No mencionaron su estatura ni su peso, ni su color de ojos (azul), ni el de su cabello (impecable tinte chocolate oscuro), ni señas particulares (una peca en su oreja izquierda). Maddie está perdida y la historia cabe en una cápsula de diez segundos. Regreso el segmento para volver a verlo, y otra vez, y otra vez, luego río y repito—: ¿Eso es todo?

—Qué terrible —dice Miles. No oí cuando regresó. Se vuelve a sentar, esta vez unos centímetros más cerca de mí—. ¿Y si apagamos la tele?

—No. —Presiono *Play* para regresar al tiempo real del nueve. Sabrina Kim, exbecaria del Canal 12, está entrevistando a un hombre de Greece (el suburbio, no Grecia el país), acerca de un fraude con las barredoras de nieve.

Miles coloca el libro de texto sobre sus piernas.

—Yo solo me preguntaba qué querías, parecía algo urgente.

Silencio la tele. No puedo pensar con tanto ruido porque mi cerebro también hace ruido, como si estuviera pasando por todas las estaciones de la radio y simplemente no lograra sintonizar. Cada estación suena al mismo tiempo: el crujido de unas notas de la canción pop de moda, el crujido de una conversación, una corriente de estática.

—Hace rato, cuando me dijiste…

Mi boleta de calificaciones. Parece que fue hace mil años: Conti diciéndome que reprobé, mi hermano diciéndome que lo solucione, yo diciéndole a Miles que tenemos que hablar para que, ya saben, me ayudara.

Pero no quiero su ayuda. Ya no, para nada. Solo me aterroricé un segundo, ¿okey? Saldré de esta sola. O sea, soy mejor que Cody Forsythe, también más inteligente. Tal vez logre escabullirme en la Experiencia Profesional para tener créditos extra. Iugh, no, eso suena peor.

—No me acuerdo —miento—. ¿Me llevas a casa?

Él se talla un ojo y se le enchuecan los lentes.

—¿Estás, eh, enojada conmigo?

—¿Por qué me enojaría contigo? —Me levanto y meto el porro a medio fumar a mi bolsillo. Él también se levanta, torpemente. Es como desguanzado, puras extremidades, como un cachorrito al que aún no le crecen las patas.

—Pues es que Maddie está perdida, *dude*, y yo… yo…

—¿No puedes hacer nada? —pregunta Miles, con tristeza y suavidad y sinceridad—. No la puedes ayudar.

Dios, esto me está matando.

—Estoy bien, pero gracias, Miles. En serio —digo, luego me volteo e inmediatamente me tropiezo con el calentador. Él se estira para detenerme, pero yo retraigo el brazo enseguida y sé que es raro, lo sé, pero aun así pregunto—: ¿Qué creíste que quería?

Miles se rasca la barbilla, rojo como tomate.

—No creí nada.

Tal vez eso también sea mentira, pero al menos estamos a mano.

3:49 p. m. No puedo ir a casa, aún no. No cuando Maddie básicamente está gritando en mi cabeza «creo que estoy en problemas, pero…».

Camino hacia la biblioteca pública.

Dentro, dos chicos de secundaria comparten una silla en la zona de adolescentes, las caras rojas y riendo con sus fantasías candentes. La bibliotecaria de niños sopla burbujas a los chiquitos porque es la hora de la cuentacuentos. Un anciano busca entre los nuevos lanzamientos. Paso mi credencial de la biblioteca en la última computadora de la fila para usar mis quince minutos.

En el buscador escribo «Maddie Price».

Hasta ahora, las Noticias del Nueve es la única estación que cubre a la chica adolescente extraviada: vista por última vez el lunes, dieciocho años, desaparecida. Me pregunto qué es lo que sabe mi madre, si acaso sabe algo. Me pregunto si me diría la verdad o me diría que sintonice las noticias esta noche.

Navego por la pantalla y ¡mierda!, ahí está de nuevo.

La foto de tercer año de Maddie.

Culver tiene reglas estrictas: los chicos de esmoquin, con corbatas de moño supertetas y solapas almidonadas; para las chicas, cortinas de terciopelo. (Y eso que uno de los valores principales de esta escuela es la *inclusión*).

Cuatro días después de la fogata, acondicionaron un estudio fotográfico en el gimnasio, colocaron luces brillantes y un fondo azul. La fotógrafa frunció el ceño cuando vio mi chupetón en el momento en que me colocó el cabello sobre la espalda. Como si estuviera pensando «¿esta chica deja que un chico le muerda la piel? No muy fuerte, no por mucho tiempo, pero ¿lo suficientemente fuerte y prolongado?».

Como si pensara «zorra».

Luego, me pidió que sonriera, una sonrisa de verdad. Me rehusé. En la imagen final, mi mandíbula está tan apretada que los labios se me ven mordidos. Tengo el fleco tan largo que me roza los ojos y mi mirada es asesina.

Me haría gracia bajo cualquier otra circunstancia.

En cambio, la foto de Maddie es, por supuesto, perfecta. Su sonrisa es linda y tierna, aunque no empata con sus ojos azul hielo. Tiene el cabello planchado y un mechón detrás de la oreja. Su cuello no tiene marcas.

Hago zoom en la foto, buscando… yo qué sé. ¿A la chica asustada de ayer? ¿A la chica que me plantó?

Buscando a la chica que solía ser.

Su voz resuena en mi cabeza: «Porque sí, Jo».

Porque alguna vez fuimos amigas, mejores amigas.

No al principio. El primer año que los Price se mudaron frente a mi casa, pensé que Maddie era recatada y engreída, con su uniforme de Nuestra Señora de Lourdes y zapatos de charol. Ella pensó que yo era alocada e imprudente y demasiado llevada con los niños.

Pero ninguna de las dos teníamos amigas de verdad. Sí, yo era amiga de esos chicos, pero no era lo mismo. A ellos no les importaba si me sentía invisible, desesperada por que me vieran, ya saben.

Yo prácticamente gritaba «¡véanme!».

Al fin, ¡al fin!, alguien me vio.

Y cuando yo vi a Maddie, vi una chica que necesitaba que la vieran tanto como yo.

El cambio fue increíble, repentino pero sin tropiezos. Enemigas, luego amigas. Era verano y yo estaba sola en casa, al igual que ella, así que ¿por qué no estar solas juntas? Así que le pregunté si quería ir a caminar, y tal vez platicar. De verdad, fue tan simple como eso.

Ambas estábamos a punto de entrar a segundo año en Culver. Que nos admitieran era nuestro boleto a un futuro mejor. Estaba fatal que no tuviéramos clases juntas, ni siquiera coincidíamos en el almuerzo, pero aún nos quedaba el trayecto en autobús y los fines de semana, y el resto de nuestras vidas para compensarlo.

Luego, de pronto, era verano una vez más, pero nuestra separación sí que tendría tropiezos.

Perder a Maddie fue devastador para mí de una manera que no entendía, ni entonces ni ahora. Al menos con un amor romántico el riesgo de terminar con el corazón roto se factoriza en la ecuación. Es diferente con una mejor amiga, pues ese amor se siente como una garantía, una certeza.

Cuando llamé a Maddie mi BFF sí tenía la intención de que, literal, fuera para siempre.

Nadie sabe lo que pasó, pero todos siguen chismorreando: «¿sabes algo? Ellas solían ser mejores amigas». Escucharía esa frase en nuestros peores momentos, como cuando aplasté esa lata de cerveza contra su cabeza durante la fogata. Como cuando ella rodeó la cintura de Cody incluso después de lo que él me hizo.

Como sea, yo me lo busqué.

Alguna vez pensé que conocía a Maddie mejor de lo que me conocía a mí misma. Pero esta chica, la de la foto, no tengo idea de quién es.

9

A la mañana siguiente, equipos de reporteros de las estaciones rivales de mi madre se aglomeran en la calle afuera de Culver.

—Buitres. —Papá se aferra con fuerza al volante mientras damos una segunda vuelta a la cuadra. En la tercera, se abre un espacio en la acera. Él baja la velocidad, la defensa delantera se raspa contra la nieve amontonada.

Pero no salgo del auto.

—¿Quieres hablar? —me pregunta.

No lo dice de dientes para afuera; a pesar de las apariencias, papá es gentil, cariñoso. En sus redes sociales escribe orgullosamente *padre de casa* en su profesión y tiene un botiquín de primeros auxilios con su navaja de bolsillo.

Pero no quiero hablar de Maddie. Aún no, quizá nunca.

Cuando al fin me salen las palabras, le pregunto:

—¿Dónde está Canal 12?

La camioneta con el hermoso rostro de Kate Kirby no está. Las otras estaciones enviaron a su carne fresca para temblar de frío e imponer micrófonos a rostros aturdidos. Canal 12 debería estar aquí, a menos que…

—Sabes que puedes llamarla —dice papá con gentileza.

O sea, sí, puedo llamar a mi madre, porque a veces una chica necesita a su madre. O puedo llamar a Kate Kirby, la presentadora de noticias estrella, para contarle las noticias del momento.

—No importa. —Abro la puerta bruscamente—. Ni siquiera traje mi teléfono.

—Espera, Jo. Lo del teléfono… tal vez llegó el momento de comprarte un modelo más reciente. Siempre se te olvida y… —Papá juguetea con la calefacción, no me mira—. Es necesario que podamos comunicarnos contigo.

Los escalofríos me recorren la espalda.

—Sí, da igual —balbuceo y azoto la puerta.

Al otro lado de la calle, el señor Conti, empaquetado con una pesada chaqueta de camuflaje, está gritando quién sabe qué acerca de la propiedad escolar. Es una amenaza insignificante, nadie conoce los límites espaciales mejor que un joven reportero sediento de historias. Mi madre sería la primera en admitirlo.

De hecho, hizo una lista de reglas si me topaba con uno por ahí: «No establezcas contacto visual, de otro modo…».

—¡Disculpa! Hola. Soy…

Sabrina Kim, de las Noticias del Nueve. La conozco mejor porque fue becaria del Canal 12, pero mi madre la corrió de la fiesta anual. Yo estaba en primer año de preparatoria y Lee estaba en casa por las vacaciones del primer semestre. Sabrina se ofreció a traernos algo del bar. ¿Qué se suponía que debíamos decirle?

Me apuntó a mí.

—Hija de Kate Kirby… No fraternizo con el enemigo.

—¡Ah! Dile a tu mamá que la mando a saludar.

—No.

Le toma aproximadamente dos segundos ir con alguien más. «Tú, sí tú». Sara Caruso. «Mierda».

Medio fingiendo alegría, Sabrina responde:

—Me encantaría hablar sobre la chica desaparecida.

—¡Oye! —le grito. Sara parpadea, sobresaltada. Tiene los ojos rojos, menos como si hubiera llorado y más como si no hubiera dormido. No sé cómo es que vino hoy, y tampoco sé por qué yo estoy aquí.

Sabrina extiende el micrófono, como si fuera tan tentador.

—¿Cambiaste de opinión?

—Sí, te daré una breve declaración. —Me inclino hacia el micrófono—. Vete al carajo.

Luego tomo la mano enguantada de Sara y la jalo hacia adelante, para cruzar la calle. Al principio ella se tambalea, pero rápidamente retoma el paso.

—¡Jo! —grita al mismo tiempo que un papá en un coche negro nos toca el claxon.

Le levanto el dedo y digo:

—No te atrevas.

Ni siquiera estoy segura de qué quise decir. ¿No te atrevas a decirlo? ¿No te atrevas a iniciar esa conversación? ¿No te atrevas a actuar como si compartiéramos algo ahora que Maddie, tu actual mejor amiga y ex mía, está desaparecida?

Hasta que entramos suelto su mano, pero no desacelero el paso, no cuando la recepción zumba «Maddie, Maddie, Maddie, no puedo creer que esté desaparecida, ¿qué crees que pasó?, ¿crees que la secuestraron?».

«¿Crees que está muerta?».

—¿Qué carajos les pasa?

Las chicas de la banda se callan. Les grité a las pobres chicas de la banda que tienen mucha más razón para estar alteradas que yo. Maddie toca la flauta con ellas, y es buena, aunque no la mejor. Ese título se lo lleva April Kirk; ahora ella se queda mirando sus mocasines desgastados, o tal vez mira el folleto de la Experiencia Profesional que se le pegó en la suela, se ve pálida.

—Perdón, yo... no quise insinuar nada —dice Layla Osman, la clarinetista—. Tengo miedo por ella. Digo, ¡hasta doné a la causa! —Y levanta su teléfono como si yo necesitara pruebas: «¡Ayuda a que Maddie regrese a casa! $5 248 de nuestra meta de $25 000»—. Y espero que esté viva, pero...

Las dejo en cuanto veo a Daniele Con Una Ele.

—¿Qué es lo que sabes?

Ella alza una mano.

—Pregúntame más tarde. —Como si fuera una de esas malditas bolas negras de billar mágicas que adivinan el futuro.

Pero necesito saber ahora. Necesito saber todo sobre Maddie, desaparecida, secuestrada, muerta. O sea, ¿para qué diablos son las donaciones? ¿Para *flyers* y volantes? ¿Para camisetas y una recompensa y…?

«Mira».

Cody Forsythe.

Está sentado en las escaleras junto con Ben Sulkin y… unas que no son sus amigas. No, estas son como *amiguitas*, lamebotas del equipo de soccer, chicas bonitas de segundo año. La expresión de Cody está en blanco. Ben le soba un hombro, un gesto tan tierno que se me cierra la garganta y casi se me pasa que Hudson está parado al pie de las escaleras, excluido del grupo.

Pero tengo que irme, atravesar el pasillo, hasta la última fila del salón de Diseño.

El profesor Chopra me mira, mientras juega a enrollar el cordón de su credencial.

—Feliz miércoles, Jo.

Azoto la cabeza contra el teclado.

Mi portafolio. El que tenía que entregar hoy y que aún tengo que hacer. Es increíble cómo estar al borde de la expulsión no es lo peor de esta semana.

Cuando alzo la cabeza, él está de pie junto a mí, con el brazo apoyado en el monitor.

—Tendré listo el portafolio para…

—Mañana. Lo tendrás listo para mañana.

Si yo fuera de las que lloran, este sería el momento en que rompería en llanto. Chopra regresa a su escritorio antes de que siquiera piense en darle las gracias. Me tallo los ojos; detrás de mis párpados estallan puntitos de estática. ¿Cómo es que pensé que podía hacer esto? No puedo hacerlo. Yo…

—Hola. —Hudson baja la mochila a sus pies—. ¿Cómo te va?

—¿Aparte del hecho de que estoy reprobando y que tal vez me expulsen y que es mi culpa por dejar que sucediera y nadie se dio cuenta? —digo sin pensar—. Sí, estoy superbién.

—¿Te van a expulsar? No, me refería a, eh… Maddie. Sé que ustedes solían ser amigas, así que…

De nuevo, si yo fuera de las que lloran…

Pero no lo soy, no, así que no digo nada en absoluto.

Las camionetas de los noticieros se van un poco antes de que comience la tercera clase del día. Todos susurran en los pasillos, el chisme pasa de boca en boca como un juego de teléfono descompuesto.

Algo acerca de una asamblea con los consejeros escolares a mediodía.

Algo acerca de tener información crucial del caso.

Lo que sea ese *algo*, dudo que sea bueno.

Para cuando me siento en la última silla de la última fila dos minutos antes de las doce, el auditorio está casi lleno.

Me debatí entre esconderme, quedarme en uno de los baños hasta que terminara la asamblea, pero de alguna manera eso me pareció peor que esto, lo que sea que es. Los consejeros probablemente nos ofrezcan su más sincero apoyo o un espacio para compartir nuestros sentimientos o algo. Por ahora, en el estrado solo está Conti, que juguetea con su teléfono.

—Mierda —susurra y se oye un chillido de reverberación del micrófono.

Me encojo en mi asiento, más y más. Veo hacia las puertas, cuando entra Cody, en la parte derecha del escenario. Sube solo por el largo y solitario pasillo, con los ojos sin haber llorado, fijos en el techo. A continuación, las Birds se escabullen al interior; Kathleen guía a las chicas hacia una fila debajo de los palcos.

Un asiento más arriba a la izquierda, Daniele Con Una Ele me sorprende viéndolos, a Cody y a las Birds, el novio y las mejores amigas.

—Estaban en una reunión con Lund. Él también.

—Espera, ¿quiénes? —pregunto mientras Hudson se deja caer en el asiento junto al mío. Me ve y asiente. Yo lo fulmino con la mirada—. ¿Qué haces aquí?

Él estira las piernas.

—Soy alumno de esta escuela, Jo.

—Sí, ya lo sé, pero…

Alguien me calla. Todos en el auditorio callan, pero esto es… extraño. Nadie se atreve a romper el silencio. Me perdí de algo. Alguna interrupción que explique por qué todos bajan la mirada y se les ve el rostro iluminado. Es como si estuviera de vuelta en la fogata y escuchara esos seis timbrazos, vibraciones, tintineos y de pronto fuera yo, toda yo, en la pantalla.

Mis uñas se entierran en el posa brazos.

—¿Qué es esto?

Daniele Con Una Ele se voltea hacia nosotros, los rizos de sus puntas se reacomodan.

—Es una conferencia de prensa de emergencia.

Le doy un manazo al brazo de Hudson.

—Tu teléfono. Canal 12.

—¿Por favor? —Abre el buscador en el noticiero en vivo. (Bendita sea, no es el horario de Kate Kirby). Se queda con el audífono del oído derecho y me pasa el del izquierdo—. ¿Lista?

No lo estoy, pero pulsa *Play*.

Esto no fue lo que imaginé. No sé qué fue lo que imaginé. ¿una simple sala de conferencias? ¿Paredes beige, luces fluorescentes, un podio tambaleante? Pero el policía está parado afuera de la estación como si hubiera salido a almorzar.

Se limpia la nariz, luego comienza:

—*El martes seis de febrero, nos informaron que Maddie Price estaba extraviada luego de no pasar la noche en casa.* —Su ritmo es extraño, está leyendo de una tarjeta—. *Su familia dice que este no es un comportamiento característico. Sin embargo…*

«Sin embargo».

—*… nos hemos enterado de que intencionalmente se ocultó información crucial con respecto a las circunstancias de la desaparición de Maddie. Si bien seguimos admitiendo información en nuestros teléfonos de emergencia, estamos convencidos de que Maddie se fue por voluntad propia.*

Fuera de cámara, los reporteros gritan: «¿Qué pruebas tienen?», «¿qué pasó?», «¿cómo pueden estar tan seguros?».

Luego la transmisión desaparece.

En el auditorio, el silencio termina. Hace erupción. Las palabras retumban en mi cabeza: «Maddie se fue por voluntad propia. Maddie se fue. Maddie se fue, se fue, ella…».

—¿Maddie se fue de su casa? —No sé cómo logro decir las palabras, no sé por qué volteé hacia Hudson. Él alza los hombros sutilmente, lo cual me dice, sin que tenga que preguntarle, que él sabía.

Hudson sabía, y tengo la sensación de que todos los demás, también.

—¿No te enteraste? —pregunta Daniele Con Una Ele. No lo dice en mal plan. Me cuenta los rumores con la paciencia de un tutor—: Bueno, Maddie entró a NYU, pero…

—¿Ah, sí? —No puedo evitar el tono de voz agudo.

Incluso cuando éramos amigas, no entendía la obsesión. Digo, ¡estábamos en primer año de secundaria! A mí lo que me importaba era coquetear, obligarme a que me gustara el café y rezar por que me crecieran las bubis (sigo siendo copa A, así que no tuve suerte). Pero Maddie sabía lo que quería: NYU y vivir en la ciudad. Ella iba a estudiar periodismo, tal vez en el extranjero, luego viviría en Nueva York para siempre, sin mí. Y ahora lo está haciendo.

Con Una Ele levanta el dedo índice, luego me muestra su teléfono. Se ve un artículo del *New York Times*: «NYU se equivoca y publica más de mil admisiones anticipadas».

Leo y releo el encabezado, pero no tiene sentido. Ese verbo…

—¿Cómo que se equivoca? —repito y ahogo un grito tapándome la boca.

¿Qué fue lo que dijo la señora Price? «De seguro ya te enteraste de lo que pasó». Yo no me había enterado, pero lo que pasó fue que Maddie pensó que había entrado a la Universidad de Nueva York, solo que no, porque fue un error. ¡Fue un error!

—Pobre Maddie, ¿no? —dice Una Ele, y parece sincera—. Esos estudiantes estaban en los rechazados, pero hubo un error con el portal de admisiones. Ella ya había publicado que la habían admitido en todas sus redes sociales, antes de que se retractaran. Luego ella se desconectó. Todo desapareció.

Igual que ella. Desapareció, se fue.

Me recargo en el respaldo del asiento. Asimilo todo. Lo digo en voz alta porque necesito escucharlo otra vez:

—Maddie se fue de su casa.

Las bocinas chillan y crujen con estática. Hudson me mira, y asiente lentamente.

—Ella era a quien esperabas. El lunes, en el estacionamiento de tercer año. Esperabas a Maddie.

Lo callo. Pero, ¿saben qué?, al diablo con esto. Me paso por encima de sus piernas y me salgo de las gradas.

Él me sigue.

—¿Por qué?

—¿Por qué, qué? —Me rehúso a mirarlo.

La recepción de la escuela está repleta de alumnos de primero de secundaria riéndose, pegándose los unos a los otros con sus loncheras. Tal vez mi estatura sea lo suficientemente baja y me pueda escabullir a la cafetería sin que me vean, pero Hudson claramente no se ve como alumno de primero, es muy alto y fornido y seguro de sí mismo. Es tan confiado de sí que lo sigo. Yo lo sigo, adentro.

Él toma dos sillas de una mesa vacía, las patas de plástico se tambalean y tienen grafiti pintarrajeado. Una ese bastante divertida, un corazón roto, una figura al azar, ¿un trapezoide?

Cuando él se sienta, nuestras rodillas se tocan, pero él no se mueve, y yo tampoco.

Ni siquiera cuando él vuelve a preguntar:

—¿Por qué?

«Nunca nadie se puede enterar de esto». Solo que ahora no es la voz de Maddie en mi cabeza.

—Me dijo que estaba en problemas. —Rechino los dientes, tratando de callarme, pero fallo—: Estaba muy alterada, pero me dijo que yo podía ayudarla. —Me quito un pelo de gato de la rodilla—. Pero me dejó plantada y luego huyó o lo que sea, así que, ahí lo tienes.

Hudson se queda callado, aunque él nunca hace eso.

O sea, sí, entiendo por qué las chicas de Lourdes, o para el caso, la mayoría de las chicas con pulso, se derriten frente a él. Se parece al chico que nuestras madres odiarían, tan siniestro con esa ropa negra, el cabello largo. (En serio, el cabello le da ese *look)*. Además, Hudson siempre tiene algo que decir.

Excepto ahora. Ahora me mira a la cara con tal intensidad que tengo que desviar la mirada. Me pregunto qué ve. ¿El desastre que soy hoy? ¿Una chica que alguna vez pensó que era bonita?

Finalmente dice:

—Mmm.

—¿Mmm? ¿Eso es todo?

—¿Qué quieres que diga?

No sé. No sé por qué le dije algo para empezar. Pero esto me está carcomiendo y no lo puedo soportar. Tener algo tan grande tan cerca.

—¿Cómo te enteraste? —pregunto—. Que se fue de su casa.

—Lund convocó a algunos de nosotros a su oficina antes de la asamblea y nos advirtió acerca de la conferencia de prensa. Até los cabos sueltos. —Se recorre la cicatriz del labio con el pulgar—. Si Maddie estaba en problemas, ¿por qué recurriría a ti? Sin ofender…

—Sí me ofendo. —No lo quise decir así. Tiene un buen punto—. ¿Quién diablos sabe cuál fue su motivo? Sí, fue extraño, pero después de que no se presentó, supuse que era una trampa o algo.

Hudson posa la mano sobre sus piernas.

—¿Ella haría algo así?

—¿Tenderme una trampa? ¡Claro!

Él asiente de golpe.

—¿Ya le contaste a alguien?

—Mmm… —La verdad, nunca se me ocurrió. Sería un poco estúpido admitirlo, pero no es como si tuviera el hábito de contarle mis cosas a adultos dizque confiables. De todos modos, probablemente no harían un carajo. Agrego—: Tú oíste al policía: creen que huyó de casa.

Mientras más lo digo, más sentido tiene, de alguna manera perversa. Cuando éramos amigas, ella devoraba libros sobre chicas que se aventuraban al bosque y luego regresaban a sus camas con ramitas enredadas en el cabello. Meter unas cuantas prendas en un morral y salir a la aventura para ser como esas chicas más valientes… no resulta imposible que ella intentara hacer lo mismo.

—Maddie se fue de su casa —vuelvo a decir, con más certeza que nunca—. Está bien. No pasa nada…

—Pero ¿y si sí pasó algo? —pregunta Hudson con un perezoso alzar de hombros.

Me inclinó hacia él, el corazón se me acelera cuando se acorta la distancia entre nosotros.

—No pasa nada.

Repito esas palabras una y otra vez, hasta que se me pegan en la mente como una canción.

¿No pasa nada cuando todos, ¡todos!, se ponen en contra de Maddie por atreverse a darnos tal susto? ¿Cómo es posible que la familia se atreviera a aceptar nuestros donativos y palabras de conmiseración, rezos y plegarias, cuando su hija nunca los necesitó? Por cierto, la recaudación de fondos desaparece una hora después.

No pasa nada cuando las Birds se niegan a hablar. «Sin comentarios».

No pasa nada cuando las bellezas de segundo año pululan alrededor de Cody, el novio abandonado. Estas son aves de plumas diferentes, pequeñitas, cuchichean y sacan de quicio a todo mundo por todos lados.

Una revolotea más cerca que las demás: Alexis Fitch. Ella tiene cabello casi morado y pecas falsas en la nariz, puntitos hechos con delineador de ojos. Antes de despedirse, ella abraza a Cody en los casilleros y le recorre la espalda con un dedo.

Excepto que no pasa nada. No pasa nada. Nada.

Luego, como una llamada y respuesta, recuerdo la frase de Hudson. «¿Y si sí pasó algo?».

No puedo pensar eso.

10

Cuando regreso a casa, huele a canela.

¿Canela? Eso no puede ser. Papá es un desastre como panadero, ¿recuerdan? Confunde el bicarbonato con el polvo de hornear, quema los brownies, se le olvida echarle limón a los panes de limón.

Aun así, en la isla de la cocina hay un pay de manzana. La orilla brilla con azúcar, hojaldrada y dorada, pero el plato en el que está se siente frío al tacto. Lo compró en una tienda. No es que yo sea quisquillosa. Me estiro para tomar un tenedor justo cuando papá se materializa, blandiendo una espátula como arma.

—¡No es para ti!

—¡Tengo hambre! —Y como si lo hubiera ensayado, mi estómago gruñe—. ¿Oíste eso?

—Hay comida en el refrigerador. —Papá abre la puerta para demostrar. Saca un molde desechable con ¿lasaña? y lo pone en la barra. A un lado hay un tazón de plástico con ensalada, un frasco con vinagreta, y un trozo de mantequilla para la baguette que está en la isla.

Apunto con el dedo.

—¿Me puedo comer *eso?*

—No. —Corta un trozo de papel aluminio—. Esto es para...

—¿Qué huele tan bien? —Lee entra a la cocina bostezando. Tiene lagañas en los ojos y la almohada marcada en la cara. Tuvo clase, creo, o terapia de rehabilitación, o tal vez trabajó algunas horas en el taller mecánico de mi tía. No lo he visto ni he hablado con él desde ayer que nos despedimos en el estacionamiento de la escuela.

A menos que cuenten este patético mensaje de texto de anoche:

Lee: Lamento lo de Maddie.

—¿Cómo es que crie a un par de glotones? Es para… —Papá sacude la cabeza, luego desenrolla una bolsa de tela—. Lo voy a llevar al otro lado de la calle.

Lee se sienta en un banco de la barra.

—¿Por qué?

—Porque su hija perfecta se fue de casa y ellos lo «ocultaron intencionalmente» —explico. Lee hace una mueca y se talla los ojos para despertar. Le pateo el banco—. ¿Otra vez te robaste algo del carrito bar?

—Vete al carajo, Jo. Estoy cansado.

—¡Oigan, bájenle! —Esto es lo más enojado que papá se pone—. Pásame el pay.

Le rompo un pedacito de la orilla.

—Todavía no entiendo por qué haces esto.

—Un acto de bondad, Jo. —Papá mete el pay en la bolsa de tela—. No puedo ni imaginar por lo que está pasando esa pobre familia. Si se tratara de ti…

—Nunca te haría eso. Jamás. No pasa nada, ¿okey? —No sé cuántas veces tendré que decirlo para creerlo. Hasta que pueda callar esa voz en mi cabeza: «Creo que estoy en problemas, pero…».

¿Qué tal que sí pasó algo? ¿Qué tal que sí pasó algo y ella está en peligro y yo no hice nada?

—¡Espera! —Detengo a papá del codo—. ¿Puedo llevarlo yo?

Esto es algo extraño. O sea, objetivamente raro. Pero papá se enternece, resplandece con una especie de orgullo que no merezco—. Ay, Jo —dice, luego se dirige a Lee—: ayúdala con la puerta.

Lee no ayuda en lo absoluto.

—¿Estás segura de esto?

—¿Por qué no habría de estarlo? —Me cuelgo la bolsa del hombro, que se tambalea por el peso.

—Solo digo…

—¿Solo dices qué?

—Solo digo…

—Eso fue lo que pensé. —Asiento—. Encárgate de la puerta cuando salga.

El timbre de los Price está descompuesto, suena con una campanada desafinada, el sonido es como de casa embrujada.

Adentro se oye una conmoción: el collar del perro cascabelea, alguien se tropieza y maldice. ¡Mierda! Esto fue un error, no quiero estar aquí. Ni siquiera le caigo bien a la señora Price, así que probablemente mejor…

Su mamá no abre la puerta. Es su papá.

Incluso antes de separarse, el señor Price rara vez estaba en casa, que porque le salía un viaje de negocios de último momento, que porque se tenía que quedar hasta tarde en la oficina. No estoy segura de a qué se dedica, pero sé que requiere un traje y un maletín.

También sé que se estaba acostando con la jefa de finanzas de su compañía. Ni hablar…

—¡Hola! —digo con demasiado entusiasmo, como si fuera una *girl scout* vendiendo galletas. Finjo una tos e intento de nuevo—: Eh, hola, yo soy…

—JoJo —dice.

—Ah, sí. —Siempre he detestado ese apodo, y odio que Cody se niegue a dejarlo morir, pero el señor Price lo recuerda. Me recuerda.

—Les preparamos algo. Bueno, mi papá. Yo no sé cocinar. —Mejor cállate—. Así que… si ustedes…

El señor Price toma el molde de mis brazos temblorosos, al igual que la bolsa de tela.

—Qué lindos —comenta, en realidad quiere decir «gracias», creo. Parpadea, somnoliento, tiene ojeras y los ojos hinchados; luego mira detrás por encima del hombro—. ¿Quieres pasar?

Por nada del mundo mundial, pero necesito sacarme la voz de Maddie de la cabeza, como si quisiera pasarle una maldición a alguien más. Así que me obligo a sonreír y digo:

—Me encantaría.

Y, por primera vez desde que tenía quince años, entro en la casa de los Price.

Conozco su estructura como mi propia casa, tengo los planos grabados en la memoria. A la derecha, el comedor; atrás, la cocina; la recámara de Maddie arriba al final del pasillo. La decoración es tan aburrida ahora como era antes, más adecuada para los suburbios que para nuestro vecindario histórico.

La única prueba de que una familia de verdad vive aquí es el muro con fotografías, son muchas.

Maddie en el baile de fin de año pasado. Maddie con el diente que se le cayó. La pequeña Maddie, con un vestido esponjado y unas alas de ángel. Ella fue una bebé milagro, la concibieron mucho después de haber perdido las esperanzas de tener un segundo hijo. Con este altar uno pensaría que ya se murió, o al menos que es hija única.

—Llevaré esto a la cocina —dice el señor Price—. Lisa está en la sala.

Es la habitación que mejor conozco. Maddie y yo pasamos incontables horas aquí, haciendo tarea y comiendo panqué de plátano y mirando programas cursis de bodas, desparramadas sobre el sofá.

Ahora la señora Price se sienta en los cojines desiguales, rodeada de todavía más fotos. Cientos, regadas por toda la mesa de centro, encima de un tapete tejido. Cuando doy unos golpecitos en el marco, ella alza la mirada, perpleja.

—Ah, Jo-Lynn —dice con voz baja—, pasa, por favor.

Despacio me meto y me hinco en el tapete, y con cuidado quito una pila de fotos, con la cautela de no mirarlas a detalle.

—Lo lamento —balbuceo, pero ni siquiera sé de qué me estoy disculpando.

—Seguramente me veo patética con todas estas fotos. —La señora Price se talla los ojos, secos y rojos, como si se hubiera quedado sin lágrimas—. Pensé que necesitaríamos un póster.

Cielos. Detesto que incluso puedo verlo: «PERDIDA» con letras gruesas y el rostro sonriente de Maddie; su altura, peso, lo que traía puesto la última vez que la vieron, la última ubicación donde la vieron… A todo esto, ¿cuál es el último lugar donde la vieron? Yo la vi en la biblioteca, luego ella se reunió con las Birds, ¿cierto? ¿Y luego?

—Geoff dice que nada de pósteres, ni vigilias. Que porque eso solo la alejará más. Que yo la alejé.

—Ah. —No tengo ni idea de qué más decir.

O sea, su mamá era (¿es?) abrumante; siempre rastreaba la ubicación de Maddie, esculcaba sus cajones, buscaba debajo del colchón a ver si escribía un diario. Pero que el señor Price culpe a su esposa (¿exesposa?) de que huyera… Cielos.

Aspira con fuerza y me dice:

—De hecho, me encontré una foto de ella contigo. Ahora la busco.

—No, está bien si…

—Ten. —La señora Price me pasa la foto y yo me congelo. Me obligo a respirar porque por un segundo se me olvida cómo—. ¿Cuándo se la sacaron? ¿Te acuerdas?

—No lo sé. —Sí lo sé. A punto de devolvérsela, ella levanta la mano. Ahora la foto me pertenece. Me la meto al bolsillo.

Levanta otra foto: Maddie con su uniforme a cuadros de Nuestra Señora de Lourdes en su primer día de segundo de secundaria. Es la peor de su etapa rara: un fleco trágico, acné hormonal, postura encorvada, como si ya estuviera tratando de desaparecer.

—Nunca fue mi intención engañar a nadie —susurra la señora Price, con voz quebrada—. Ella desactivó su ubicación cuando revisé, pero jamás pensé... ¿y la nota? No vi la nota.

«La nota». Había una nota. ¿Había una nota? Maddie desactivó sus redes sociales y su ubicación, y dejó una nota, así que de seguro no pasa nada. Seguramente...

—Tengo que decirle algo —le digo, demasiado rápido. Ella no levanta la vista, pero tampoco me detiene. Carraspeo otra vez—. El otro día, Maddie dijo... me dijo que estaba en problemas. No sé qué quiso decir con ello, pero pensé que usted debería saberlo. Así que...

La señora Price coloca la foto suavemente sobre el cojín. Y aún más suavemente me dice:

—¿Cómo te atreves?

Niego con la cabeza.

—¿Disculpe?

—¿¡Que cómo te atreves!? —Y azota un puño contra la mesa de centro. Se tambalean las fotos, y se caen. Yo muevo las piernas y ambas nos levantamos. Por cada paso que yo doy hacia atrás ella da un paso al frente—. ¿Esto te divierte? ¿Inventar esa terrible historia? ¿Lastimar a nuestra familia?

—¿Qué? —De nuevo niego con la cabeza bruscamente—. Señora Price, literal, no sé qué...

—¿Qué está pasando? —El señor Price corre desde la cocina. Sus manos ahorcan el cuello de una botella de vino tinto, su agarre se refuerza cuando voltea hacia mí—. ¿Qué hiciste?

Alzo las manos.

—¡Nada!

—Sabía que eras un problema —dice la señora Price—. Desde el día en que nos mudamos. —El perro aúlla y sale despavorido por el pasillo—. Le dije: «Maddie no puedes confiar en chicas como ella». ¿Y qué pasó? Trajiste a esos chicos aquí...

—Dios, ¿todavía con esa estúpida fiesta en la alberca? Ella me hizo invitarlos. —Lo he dicho por años.

Sus ojos se oscurecen, sus pupilas se dilatan.

—Maldita mentirosa.

Creo que se me paró el corazón.

—Fuera de aquí —gruñe el señor Price, tan cerca de mí que puedo oler el vino, su aliento, su colonia asquerosa. Tiene el rostro enfurecido, esos ojos azules arden. A punto de tomarme del brazo, yo retrocedo y repite—: ¡Fuera de aquí!

Me salgo. Desaparezco.

Una vez afuera, mis dientes castañetean y el frío me cala los huesos. La puerta se azota detrás de mí, pero no miro hacia atrás. No a su casa, ni al jardín lateral donde me senté en el césped, con la espalda apoyada en la orilla de la alberca, la noche de aquella fiesta hace tantos años.

La noche en que tomamos la foto que está en mi bolsillo.

La noche en que dejamos de ser amigas.

Esa noche, no pude irme a casa. Estaba tan avergonzada. Demasiado avergonzada de que Lee tuviera razón cuando dijo que ella no me quería ahí. O, tal vez sí quería, pero solo porque los chicos vendrían por mí. Eso es lo que más me saca de quicio de mi hermano, cómo siempre tiene razón y cómo yo nunca hago caso a sus advertencias hasta que ya es demasiado tarde.

También tenía razón de que no viniera. Atravieso la calle corriendo y subo a mi recámara. Estoy sin aliento cuando me hundo contra la puerta. Dije la verdad, pero la señora Price cree que mentí. Sobre esto y sobre la fiesta de la alberca y ¿qué más? ¿Qué diablos le dijo Maddie?

Esa palabra zumba en mi cabeza: *mentirosa, mentirosa, mentirosa.*

De acuerdo, he aquí la mera verdad: me alegra que esa perra se haya ido.

11

La mañana siguiente es como si Maddie hubiera desaparecido de forma diferente. Busqué su nombre en mi nuevo teléfono (gracias, papá) y leí, releí, volví a cargar las páginas de los nuevos artículos que encontré.

Maddie recibió esa aplastante admisión/rechazo a NYU, así que les dejó una nota a sus padres, luego ella también se fue. Así va la historia. Ningún artículo va más allá, pero ¿por qué preguntarse más cuando claramente no pasó nada, cuando se trata de una historia insustancial y aburrida acerca de una chica buena que tomó una mala decisión?

Ese policía de ayer lo confirma con su más reciente declaración: «Maddie es, ya saben, un adulto ante los ojos de la ley. Si quiere huir o tomar un descanso o comenzar una vida nueva, que así sea».

Pero yo necesito más, desesperadamente, así que hago algo terrible: leo los comentarios.

Donna Mariano: Cómo no ven una maldita NOTA!?!?!?!?! Y luego piden DONATIVOS!?!?!?!?! ESTÁN ENFERMOS!!!!

Jim Sessler: sí… de acuerdo con donna… aunque maddie no es inocente… deberían levantar demandas contra todos por hacer que la policía desperdicie su tiempo…

Silas Ricci: levantar cargos* lol

Silas Ricci: lol oigan está guapa es soltera?

Pam Fitch: mi sobrina va a la escuela c madison (o madeline???) y dice que está saliendo con un tal cory ya lo interrogaron???

Doug Johnson: hago oración por ella..............

Hayden Harbough: Mi primo es policía. Esa pe**a huyó.

Blythe Reynolds: todos son una bola de estúpidos si no creen que está muerta

Después de esto, me quedo un buen rato bocabajo en mi cama.

Más tarde, en la escuela, aun los murmullos «desapareció, la secuestraron, está muerta» se callan, porque sabemos la respuesta: Maddie Price se fue de su casa. Todos lo creen, así que yo también debería. ¡Y lo creo!

Quiero restregárselo en la cara a Hudson, decirle «¿ya ves?, te dije que no pasaba nada», pero él no entró a la primera clase, y, para esto, ¿cuál es el punto? Yo sí tengo cosas de qué preocuparme, maldita sea. Más que nada, de no reprobar.

Me paso la última clase en el laboratorio de Diseño con Miles. (Él malinterpretó mi explicación de no poder almorzar juntos y lo tomó como una invitación). Estoy a punto de ingresar mi tercer minidiseño cuando Chopra llega por detrás y me pregunta:

—¿Qué estoy viendo?

—Ah, sí, bueno —apunto a la pantalla—, esta es una hoja de laurel —vuelvo a apuntar— y ella es mi gata, Bay Leaf, que significa *laurel* en inglés. —Él regresa a su escritorio antes de que siquiera termine la oración. Le grito: ¡El arte tiene muchas formas, profesor!

Miles ahoga una carcajada mientras revisa su celular.

—Aún no dan noticias sobre la Experiencia Profesional —dice, como si le hubiera preguntado. (Como si me importara)—. Oye, nunca me contaste cómo te fue el otro día con Conti.

—Equis, estuvo bien —miento, con poco éxito, por cierto. Pero tal vez Lee tenga razón cuando me dijo que no le contara a nadie. No me interesa la «ayuda» de Miles, fue incluso imprudente siquiera pensarlo, así que, ¿para qué contarle?

—¡Siempre lo supe! —Miles sonríe con tal dulzura que me remuerde la conciencia—. ¿Deberíamos celebrarlo? Te invito una galleta con chispas. Sé que te encanta… Hudson.

—¿Perdón?

Hudson le da un empujón a la puerta abierta con los nudillos.

—¿Qué tal, profesor Chopra? ¿Puedo imprimir algo?

—Genial —refunfuña Miles. Tal vez él y Hudson estén clasificados en la primera y segunda posición, pero realmente no es una competencia; Miles tiene un promedio que lo mantendrá sólido en primera posición. Si hoy hubiera amanecido con espíritu *chingaquedito*, le diría que esta rivalidad es tan parcial que raya en lo vergonzoso.

Pero de verdad, de verdad, necesito terminar este portafolio y que Dios me ayude.

Hudson se sienta en su silla de siempre, a dos asientos de la mía.

—¿Eso es una hierba sobre un gato?

—Tal vez —digo—. ¿Dónde estabas hace rato?

Él mantiene los ojos en su pantalla, pero sí noto una sonrisa traviesa.

—¿Por qué? ¿Me extrañaste?

—Cállate, Hudson.

La impresora comienza a zumbar y resoplar, pero apenas logra ocultar cómo Miles vuelve a suspirar. Mete un cuaderno a su mochila, pero el cierre se atora y él jala y jala, pero no se mueve.

—Necesitas ayuda, ¿amigo? —pregunta Hudson.

—No, sí puedo —miente Miles, que se da por vencido con una sonora exhalación. Luego, una lenta sonrisa con dos dientes incisivos separados se extiende en su boca—. Oye Hudson, ¿viste ese artículo en *The Eagle Eye?*

Hudson se petrifica y mueve la mirada de Miles, a mí, luego a su computadora. Navega en la página del periódico y mueve el cursor en el encabezado: «Fondo de alumnos revela lineamientos de becas meritorias actualizados».

—Solo los estudiantes que soliciten admisión a la universidad serán candidatos y esto tendrá efecto el próximo año. —Miles se limpia una ceja, fingiendo alivio—. Qué suerte para ti, ¿cierto?

—Cierto, qué suerte. —Disperso, Hudson se toca la cicatriz del labio, luego se levanta y va por lo que imprimió—. Gracias de nuevo, profesor Chopra —dice, luego a mí—: nos vemos en Gimnasia.

A Miles no le dice nada. No lo culpo. Miles es inteligente y leal y, por lo general, buen tipo, pero a veces recuerdo por qué los chicos lo noqueaban contra los casilleros en secundaria.

Hudson olvida cerrar sesión en su computadora, así que me paso a su lugar. El cursor parpadea en un archivo PDF: SI ERES UN HIJO QUE PERDIÓ A UNO DE SUS PADRES, *Conoce tus beneficios como sobreviviente.* Cielos. Hudson vive con sus abuelos, así que obviamente sé que su mamá está… eh… muerta. Él lo mencionó de paso cuando nos conocimos en primer año de preparatoria, pero rara vez habla de ello.

—¿Qué es eso? —pregunta Miles.

—Nada. —Cierro el buscador—. Un formulario.

Él logra desatorar el cierre de su mochila y sonríe, orgulloso de sí.

—Entonces, ¿sí quieres ir a pasar el rato?

—Ah, perdón, *dude*, pero eso de Maddie…

—¿Sigues alterada por eso? —pregunta Miles. «¿Sabes algo? Ellas solían ser mejores amigas», como si el pretérito significara un carajo. Luego se sonroja y dice—: No sabía que te importara tanto.

—¿Y por qué a ti te importa tan poco? —Lo digo en mala onda, pero hay algo de verdad. ¿Por qué no le importa? La linda y cordial Maddie Price es innecesariamente paciente con él, lo escucha divagar en las fiestas y se rehúsa a poner los ojos en blanco cuando se pavonea en clase.

Él se prende como mecha.

—¡Sí me importa!, pero Maddie…

—Basta, Metcalf —dice Chopra bostezando, como si no anduviera descaradamente de metiche en nuestra conversación—. ¿Qué tal si te adelantas a la cafetería y dejas que Jo termine? —Miles comienza a protestar, pero se arrepiente. A regañadientes, se levanta lentamente y Chopra silba, mientras le señala la puerta del laboratorio como si fuera de esos que controlan el tránsito aéreo. En cuanto Miles cierra la puerta, dice—: Ese chico es un imbécil.

—¿Tiene permitido decir eso?

Él ignora la pregunta.

—Conti me mandó un *email*. ¿Bajo supervisión académica? ¿En serio? —dice. Detesto esto. Detesto cómo mi nombre implica tanta decepción. Detesto que me dejo caer y fallar, y ahora no puedo culpar a nadie más que a mí misma. Negando con la cabeza, Chopra dice—: Tú eres mejor que esto, Jo.

Pero tal vez no.

Para el final de la clase, termino los seis minidiseños y comienzo (es decir, abro el archivo) el diseño del anuario. Está del carajo, pero ya qué; Chopra me escribió un justificante para poder quedarme hasta más tarde en *after-school*, así que terminaré una vez que pase el trago amargo de la clase de Gimnasia.

Porque de verdad padezco, literal, esa clase.

—Llegas tarde, Kirby —dice el entrenador Burke. La gorra de beisbol le tapa la cara. Hoy trae su *outfit* de corredor azul; suele alternar: rojo, azul y verde, pero aún tengo que descifrar el patrón.

—Perdón. —No llegué tan tarde y no lo lamento tanto. Me dejo caer en las gradas con un suspiro, luego vuelvo a suspirar cuando Hudson se sienta en la banca de al lado.

—¿Crees que estos shorts se me ven demasiado cortos? —susurra. Yo pongo los ojos en blanco, pero sus shorts, de hecho, sí están un poco cortos y dejan ver sus piernas largas y torneadas y… okey, ¿por qué le estoy viendo las piernas?

El entrenador le sopla a su silbato.

—Es un semestre nuevo y saben lo que eso significa.

Me trago un gruñido, eso significa evaluaciones. El entrenador apunta hacia cada estación: dominadas, lagartijas, abdominales, un montón de movimientos hacia arriba. Más tarde nos reagruparemos para la prueba de resistencia, para la que correremos de un lado al otro, de pared a pared, hasta que caigamos muertos.

De nuevo, Hudson:

—¿Habré dado el estirón?

—Señor Harper-Moore —dice el entrenador, fastidiado—, cállese y escoja a su pareja.

—Eh. Jo.

Busco en las gradas a Joey Wilson, sin duda alguna, se refiere a él. No sabía que eran amigos. Joey es una especie de *geek*, toca el trombón en una banda de jazz y Hudson es… Hudson. Pero, ¡bien por ellos!

El entrenador chasquea los dedos como si yo fuera un perro sin adiestrar.

—¡Kirby, a la estación de abdominales!

—No, gracias —le digo. Y a Hudson—: ¿Qué quieres?

—¿Qué te hace pensar que quiero algo? —Me sigue a lo largo del gimnasio y señala el tapete—. Primero las damas… —No me muevo—. Okey, o puedo empezar yo. —Se acuesta bocarriba. El dobladillo de su camiseta se levanta y deja ver un poco de su vientre, tiene una franja de vello oscuro debajo de su ombligo.

Desvío la mirada, con la cara como tomate.

Suena el silbato. Un minuto para hacer tantas repeticiones como puedas, ya. Así que Hudson se pone a hacer abdominales, luego gruñe cuando suena el temporizador. Todo acalorado, me dice:

—No contaste, ¿verdad?

—Nop. —Me acuesto sobre el tapete y miro al techo, temiendo lo que sigue—. Necesito que me detengas los talones, pero si dices una sola palabra acerca de esta posición, te voy a patear la cara.

Aunque no lo dice, apuesto a que lo está pensando: «Esto me recuerda a algo conocido, ¿no?».

El silbato vuelve a sonar y empiezo con un estable y miserable abajo-arriba-abajo. Al siguiente arriba, Hudson dice:

—Bueno, de hecho, sí quiero algo.

Abajo.

—Lo sabía. —Arriba—. ¿Qué? —Abajo.

—Te pasó algo raro con Maddie el otro día, ¿cierto? A mí también.

Me enderezo demasiado rápido y topamos cabezas Hudson y yo, con fuerza. De inmediato él se tapa la nariz, la sangre le escurre entre los dedos. Yo apenas me doy cuenta del dolor en la frente. Todos se apartan, como si fuera contagioso.

—Lo hiciste a propósito —dice riendo.

El entrenador me pasa una caja de pañuelos desechables medio aplastada.

—Llévalo a la enfermería, Kirby.

Hudson saca un montón de pañuelos con los que se tapa la nariz y se da vuelta a la izquierda en el pasillo.

—Vamos en la dirección contraria —le digo. Él continúa, como esperando a que yo lo siga. (Y sí lo sigo, ya qué). Sube al segundo piso, atraviesa el pasillo, hacia…

—Ni loca entro ahí.

—Espérame aquí, voy a ver si hay alguien. —Hudson empuja la puerta de los vestidores de hombres. Fijo la mirada en la puerta hasta que la vuelve a abrir. Saca otro pañuelo de la caja y me pregunta—: ¿Querías oír lo de Maddie o no?

Okey, ya qué, me meto.

Huele asqueroso, como a sudor pero peor. Lo sigo a los lavabos con los codos bien pegados al cuerpo y las manos arriba.

—De seguro se me pega un hongo aquí.

Hudson le da un manotazo a la llave.

—Tal vez si no me hubieras dado un cabezazo...

—Cuéntame lo de Maddie.

—En serio, tienes la cabeza bien dura. —Moja una toalla de papel y se limpia la cara; unas gotas de sangre le manchan el cuello de la camiseta—. Muy dura, Jo.

—¡Hudson!

Él me guía a unos casilleros en la pared del fondo. El metal está pintado de un amarillo obsceno, grafiteado con plumón. Hay penes, algunos tan específicos que de seguro son autorretratos, y una extraña figura en forma de cuña. El rectángulo de un nombre tachado, marcas de conteo, la palabra *zorra.*

Me siento en la banca.

—¿De quién era el nombre ahí?

—¿Eh? Ah, no sé —responde, aunque creo que miente, pero luego se quita la camiseta y mi cerebro hace corto circuito. Hudson (aquí, sin camiseta) me pasa su teléfono, que casi se me cae, y saca una camiseta limpia de su casillero.

Luego (ya con la camiseta puesta) se sienta junto a mí, nuestras piernas se tocan.

—La cuestión es que Maddie explotó después de lo de la decisión. —«Lo de la decisión...», qué manera tan casual de decirlo—. Ella me culpó de que la rechazaran. —Estoy confundida, Hudson se da cuenta, supongo, así que agrega—: Maddie está en la posición veintiuno de la generación. Si yo rechazara mi clasificación, ella subiría al diez por ciento de los promedios más altos.

—¿Eso importa? —Honestamente, no lo sé. Antes de mi revisión académica, yo metí solicitud a dos escuelas: la universidad estatal de Nueva York en Geneseo, que es chiquita, y la Universidad de Rochester, que está aquí. Luego les conté a mis padres que tal vez me tomaría un año de descanso o lo que sea, y ellos nada más me dijeron «suena *cool*» y tan-tan.

Él desbloquea su teléfono.

—Pensé que ella nada más buscaba a alguien a quien culpar, pero… lee esto.

Lunes 5 de febrero

[8:17 p. m.] **MADDIE:** Vete al carajo, Hudson.

[8:19 p. m.] **HUDSON:** eh?

[8:20 p. m.] **MADDIE:** Me rechazaron de NYU.

[8:21 p. m.] **MADDIE:** Por tu culpa no quedé en el diez por ciento más alto.

[8:24 p. m.] **HUDSON:** ay. eso está del carajo, maddie. lo siento.

[8:26 p. m.] **MADDIE:** Debiste renunciar a tu clasificación cuando tuviste la oportunidad.

[8:27 p. m.] **MADDIE:** Debiste renunciar antes de que te la quiten.

[8:29 p. m.] **HUDSON:** k carajos significa eso?

[8:53 p. m.] **HUDSON:** maddie???

«Debiste renunciar a ella antes de que te la quiten». Lo leí dos veces antes de negar con la cabeza y devolverle su celular.

—Hudson, esa clasificación es tuya.

—Aún no. —En su voz se escucha el pánico.

Técnicamente es cierto. En otoño recibimos *emails* con la proyección de nuestra clasificación de tercer año, Lund dijo una y otra vez que es algo tentativo hasta que se integren las calificaciones del primer semestre. Pero esa regla existe para estudiantes como yo, chicas que milagrosamente están en la onceava clasificación, que arruinan su promedio y sus vidas.

Los primeros lugares nunca fluctúan, o rara vez lo hacen. Creo.

—Lo de los lineamientos de becas actualizados es por mí, ¿cierto?

Se pone a tocar un rasguño en la banca.

—Después de que dijiste que Maddie te tendió una trampa, pensé que tal vez ella hizo lo mismo conmigo. Pero ¿por qué?

Mis ojos revolotean de nuevo a la palabra *zorra.*

—¿Crees que ella te estaba advirtiendo?

De pronto alguien abre la puerta de un azotón. Doy un brinco de inmediato y Hudson se reacomoda para que el ángulo de su cuerpo me tape.

—¿Reconociste algo de entre toda esa mierda? —Tyler o Kyle Spencer pasa por donde estamos, con el teléfono al oído—. Siento como que reprobé, bro, pero eso sería… —Pausa—. Espera, tengo que mear.

—¡Iugh! —digo en voz baja.

Y Hudson dice:

—Vámonos.

Cuando regresamos al gimnasio, la prueba de resistencia está a punto de comenzar. El entrenador nos señala las gradas y suena la chicharra. Dos docenas de tenis rechinan en los pisos barnizados. Entierro las uñas en la banca. En algún lugar, estoy segura, alguien ha grabado mi nombre: «Jo es una…».

«Puta», tal vez. «Zorra», definitivamente. Nunca «prosti», y tal vez ahí se pierda la oportunidad de que salga rima porque termina con el mismo sonido de Kirby…

—Ayer hablé con la mamá de Maddie. —No sé de dónde salió eso, ni por qué o por qué ahora digo—: le conté lo que Maddie me dijo, pero no me creyó. Me llamó una…

«Mentirosa». Nunca he visto que me describan así: «Jo es una mentirosa».

Hudson sigue con la mirada a los que van de un lado al otro en la prueba de resistencia.

—Hablaste con su mamá.

«¡Ay, bah, te lo acabo de decir!», quisiera responderle, pero eso no es lo que quiso decir. Quiere decir que sigo pensando en ella, y es verdad, ¿no? ¿Aún no estoy convencida?

Entonces, me pregunta:

—¿Qué fue lo que dijo aquel policía?, que su comportamiento era…

—Que no era un comportamiento característico —respondo con monotonía.

—¡Exacto!, y tiene razón. Y que te buscara a ti y a mí, también; incluso el simple hecho de que se fuera. —Apoya los codos en sus rodillas—. Todos también lo creen. Nadie la está buscando. —Esta oración se queda colgando en el aire. Hudson se endereza—. Supongo que nosotros podríamos…

—¿Podríamos qué?

—Investigar.

—¡¿Investigar?! —Suelto la carcajada—. ¿Investigar qué? Maddie se fue de su casa.

Cada vez es más fácil decir esas palabras. La verdad es que a veces las chicas tenemos comportamientos no característicos; incluso chicas como Maddie, que se pasan la vida haciendo lo que todos esperan que haga.

Ahora ya no puedo parar.

—Digo, si investigáramos, que no lo vamos a hacer, ¿cómo le haríamos? Nadie quiere hablar conmigo. No soy… —Me aprieto las agujetas de los tenis—. Yo estoy afuera.

—Entonces vamos a encontrar la manera de que estés dentro otra vez.

—¿Cómo? —Es una pregunta sincera—. Su novio es un imbécil. —«Su novio envió a, ya sabes, ¡todo mundo!, fotos de mí desnuda»—. Sus mejores amigas me odian. —«Al menos Kathleen; además, mis principios hacen que deteste a las Birds»—. ¡Maddie ni siquiera me cae bien! —Ash—. ¡A ti tampoco!

Él titubea y eso lo confirma.

—Maddie no tiene nada de malo.

—Qué halago tan convincente.

—Bueno, no me cae mal. Además, está saliendo con mi amigo, así que, ya sabes.

—¿Qué?

—Pues, la tolero. —Mira a la distancia, pero veo cómo se va formulando una idea: los engranes comienzan a girar en su cerebro, se le prende el foco arriba de la cabeza y brilla más y más, hasta que estoy segura de que el vidrio se va a quebrar. Se voltea hacia mí con media sonrisa traviesa—. Necesitas una manera de regresar al grupo.

Me toma un segundo que me caiga el veinte.

—Ay, no, por Dios. Definitivamente no.

—Escúchame —dice Hudson, que se desliza más cerca—, si tú y yo estuviéramos «saliendo», sería un éxito.

—¡Claro que no sería un éxito! Literal, ¿quién lo va a creer? —pregunto. Me lanza una mirada intensa. Mi corazón se acelera un poquitín. El aire se volvió más pesado, denso con el sudor. Me tallo la cara. Hudson, tengo mis propios problemas. Como no reprobar y mantenerme lejos de problemas. No, no puedo.

—¿Por qué no?

—Porque no.

—¿Por qué no?

—Porque la traicioné, carajo. —Las palabras brotan de mí, como si un nudo en mi garganta se aflojara. Me pregunto cuánto tiempo tuve ese nudo—. Hay una razón por la que Maddie y yo ya no somos amigas, ¿okey? Y prefiero no hablar de eso.

No puedo hablar de eso.

El gimnasio se queda vacío. No sé cuándo sucedió eso.

Con voz grave y seria, Hudson me dice:

—Si mi clasificación en el ranking está en riesgo y Maddie sabe algo al respecto, tengo que hacer algo. No puedo perder en esto, no me puedo dar el lujo. —Lo dice por los diez mil dólares de la beca. Apoya un codo sobre la banca detrás de él, como todo tranqui—. Voy a hacerlo, Jo. Con o sin ti.

Como si me estuviera retando.

Así que me inclino hacia él; nuestros cuerpos están muy, muy cerca; nuestros rostros, a unos cuantos centímetros. Él no desvía la mirada, pero oigo cómo contiene el aliento.

—Entonces —digo—, supongo que lo harás sin mí.

Soy la última que entra a los vestidores de mujeres.

Las otras chicas ya se zafaron los tenis, se quitaron las camisetas sudadas y se embarraron desodorante en las axilas. Daniele Con Una Ele me mira a los ojos a través del espejo de cuerpo completo.

—Hubo mucha tensión sexual allá en la estación de abdominales…

—No te metas en lo que no te importa, Daniele Con Una Ele. —Me meto a uno de los vestidores que nadie usa excepto yo. Hace unas semanas me encontré una cucaracha bocarriba debajo de la banca, pero con todo, es mejor estar aquí que afuera.

Antes, tenía una confianza casi descarada. Me quitaba la ropa como diciendo «Véanme, mírenme». Ahora es como si mi cuerpo ya no me perteneciera, como si hubiera dejado de ser una persona del todo.

Incluso sola, no soporto verme, así que me cambio rápido. Ya no hay ruido allá afuera.

Luego oigo en voz baja:

—¿Hay alguien aquí?

Contengo la respiración. Subo un pie a la banca, luego el otro. Justo cuando me asomo por el espacio entre una rendija, Sara Caruso pasa por mi vestidor; sus botas tipo militar resuenan contra la mugre de las losetas.

En volumen más alto, dice:

—No hay moros en la costa.

Y entonces aparece Michaela, con el abrigo rosa fosforescente colgando del brazo. Me encanta ese abrigo, se lo dije cuando lo usó por primera vez el invierno pasado y bromeamos con que ella básicamente inventó el rosa fosforescente y me sorprendió lo fácil que era reír con ella.

—Apúrense —dice Kathleen, impaciente—. No quiero que me ganen la mesa de la esquina.

Seguramente van a Java's. Los jueves, los estudiantes de Culver tenemos cincuenta por ciento de descuento con nuestra credencial, pero solo hasta las cuatro. Lo extraño tanto: las sillas de diferentes tapices, los vitrales y sí, la mesa de la esquina.

—Oigan, chicas —susurra Sara un poco ansiosa—: su mamá me envió como cinco mensajes de texto anoche. Me preguntó si Maddie estaba en problemas o algo.

Me pongo la camiseta en la cara para reprimir un grito. La señora Price me dijo que era una mentirosa, pero me creyó lo suficiente para preguntarle a Sara si Maddie estaba en…

—¿Problemas? —repite Michaela.

Al mismo tiempo Kathleen pregunta:

—¿Qué le contestaste?

—Aún nada.

—Aún nunca. Bloquéala. —Kathleen se mira en el espejo y se arregla la raya del peinado con la uña—. Eso o dile que esa perra ya no es nuestro problema.

Todas comienzan a hablar al mismo tiempo.

Michaela susurra azorada:

—¡Kathleen!

Mientras que Sara dice:

—Pero ¿y si ella sabe que nosotras…?

—Ella no sabe nada —susurra Kathleen—. Y nosotras tampoco.

12

Me siento en la banca por tanto tiempo que hasta las luces automáticas se apagan.

Las Birds lo negaron, pero obviamente saben algo, ¿cierto?, ¿sobre lo que pasó o adónde fue Maddie o por qué dijo que estaba en problemas? Pero Maddie no podía pedir ayuda a las Birds, me lo dijo en la biblioteca: «No puedo pedirle ayuda a nadie más». Solo a mí. Yo soy la única que…

—Detente —me digo, luego hago algo peor: pienso en Hudson. Su categoría en el ranking, el dinero, el formulario que imprimió en el laboratorio, los mensajes de Maddie. El plan exitoso que no lo es del todo. Pero no pasa nada.

Está bien.

Mis piernas se doblan, rígidas, cuando me levanto. Necesito enfocarme en mí, en no reprobar y no arruinar esto. «Está bien, está bien», me guía hasta la recepción, más allá de donde algunos estudiantes corren hacia la bahía del autobús, más allá de la figura ante el escritorio del guardia de seguridad que me grita.

—¡Jo Guion Lynn!

Tess Spradlin, sin signo de puntuación.

Con todo esto, sigo olvidando lo de la Experiencia Profesional.

La espero en la vitrina de trofeos hasta que firma, la revisan y la dejan pasar. Ella mira la foto del excapitán de basquetbol Lee

Kirby, de seguro notó que tiene el mismo apellido que yo, así que me preparo: «¿Lee? ¿La futura (próxima) estrella de la Universidad de Carolina del Norte? ¿Tú eres su hermanita?».

En vez de eso, me pregunta:

—¿Ya te vas?

—No, tengo que terminar algo para una materia. Varias cosas para varias materias.

—¿Debido a tu supervisión académica?

Inclino la cabeza.

—¿Cómo...?

—Soy periodista, ¿recuerdas? —Tess se da un golpecito en la sien y me guiña—. Es broma. Perdón, qué vergüenza. No, Lund me dijo cuando te elegí para que seas mi aprendiz. Pero la «óptica» de tu supervisión académica «conflictúa» eso, así que Lund no me dio permiso. De hecho, vine a verla para renunciar al programa.

—Un momento. —Necesito que dé marcha atrás y reinicie —. ¿Me elegiste a mí? Pero si ni siquiera envié una solicitud formal. La servilleta... yo estaba...

Tratando de hacer que Maddie enfureciera. Suena a algo bastante miserable, pero es la verdad, ¿no? Hice lo mismo cuando me postulé contra ella para ser la presidenta de generación en segundo año. Lo volví a hacer después de que gané, cuando hice con ambas manos el gesto de amor y paz, y renuncié al cargo de inmediato.

Lo volví a hacer cuando tomé esa servilleta.

Lo volví a hacer cuando tomé la decisión que terminaría nuestra amistad para siempre.

—Déjame contarte toda la historia —dice Tess, mientras se afloja la bufanda—. El año pasado diagnosticaron a mi madre con cáncer, así que cancelé el contrato del lugar que rentaba en la ciudad y terminé la relación con mi novia. —Suelta una risa forzada—. Juré que nunca regresaría a vivir aquí, pero así fue, y mi mamá murió al mes.

—Lo siento mucho.

Tess continúa como si yo no hubiera dicho nada.

—No hay nada para mí en la ciudad, pero tampoco tengo nada en Rochester, excepto mi trabajo mal pagado y un pitbull que aún espera a mi madre en la puerta. No he escrito en meses. Estoy… atorada. Y pensé que el programa me ayudaría a desatorarme, pero si no puedo tener a la aprendiz que quiero, entonces no lo haré.

—¿Y yo soy la aprendiz que tú quieres? —Me cruzo de brazos—. Ni siquiera sabes si puedo escribir.

—Ese es un mero detalle técnico. Me importa la historia. Por la razón que sea, pensé que tú tendrías una buena historia que contar. —Tess se queda callada en un silencio que yo no me preocupo por rellenar—. Lamento que no funcionara, Jo Guion Lynn.

Yo no lo lamento, pero las palabras me retumban en la cabeza «pensé que tú tendrías una buena historia que contar». Como si Tess viera algo que yo no.

—¡Oye! —grito mientras se va—. Sí me interesa.

Tess asiente, sorprendida, pero al mismo tiempo, no.

—¿Sí?

—Sí, Lund nunca lo permitirá, pero si acepta, entonces lo haré. Quiero hacerlo.

Okey, ¿por qué carajos dije eso? Me poseyó el fantasma de alguien a quien le importa.

Enciendo las luces del laboratorio. Chopra me dejó una nota adhesiva: «junta de personal, regreso a las 3», pero para entonces yo ya me habré ido. Mi computadora se está tardando una eternidad, así que saco mi teléfono. Tengo un mensaje de texto de Miles preguntándome si quiero pasar un rato con él en el laboratorio de Química antes de la primera clase de mañana, pero «¡solo si quieres!».

Honestamente, no quiero, no después de lo raro que se comportó hace rato. Le responderé más tarde.

Una vez que al fin mi archivo se carga, imprimo las fotos de la carpeta en la nube para visualizar mi diseño, o lo que sea, luego bosquejo un diseño innegablemente espantoso y lo envío. Y todavía me quedan siete minutos.

—Gracias a Dios —murmuro y recojo las fotos impresas. Una se cae.

Las Birds.

La foto muestra la línea lateral en la cancha de un juego de futbol soccer de las Culver Eagles el otoño pasado. Kathleen está al frente y al centro, sentada en una cobija arrugada, con una sonrisa sarcástica. Michaela abraza a Sara por la espalda, ambas ríen con las bocas bien abiertas. Y Maddie está borrosa, desenfocada, en la orilla de la cobija.

Coloco la imagen en el montón. Luego la tomo otra vez.

Imprimo cada foto en la carpeta etiquetada como «Price».

Foto número catorce: El foso donde se sienta la orquesta en la obra de *Peter Pan* del invierno pasado. Me toma tal cual diez segundos encontrar a Maddie, apretujada entre Miles (que es muy alto) y April (la mejor flautista).

Foto número veintiséis: El *staff* editorial de *The Eagle Eye.* Maddie, la jefa de redacción, salió con los ojos semicerrados.

Foto número treintaicinco: Una foto espontánea de Maddie en la cafetería, donde voltea la cabeza.

Es un personaje de fondo en cada una de las fotos.

En. Cada. Una.

Lo que pasó es que Maddie perdió lo único que quería cuando la rechazaron de NYU. Ella mantuvo ese sueño, segura de que era un hecho, y en el lapso de una hora se le esfumó de entre los dedos.

Así que se fue. Tenía que irse.

Pero…

Hay algo extraño con las Birds. O sea, Kathleen dijo que Maddie era una perra con tanta facilidad. (Como si yo no lo hubiera dicho también). Susurraron y pusieron los ojos en blanco durante el convivio con los mentores, pero ¿qué tal si no era por mí? ¿Qué tal si era para Maddie?

Y también está Cody Forsythe. Yo nunca veo estos programas de porquería de crímenes verdaderos, pero hasta yo sé que el culpable siempre es el novio. Él deja que esa chica de segundo año, Alexis, lo siga como su sombra y, después de lo que me hizo a mí…

A mí. ¿Yo qué papel tengo en esto? ¿Por qué tenderme una trampa si no iba a sacar nada de ello?

A menos que no hubiera sido una trampa. A menos que…

Doy un paso hacia atrás, como si pudiera hacer un *zoom out*. Entrecierro los ojos, espero a que las fotos tomen forma, pero estoy pasando algo por alto. Espera…

La foto que aún está en el bolsillo de mi abrigo: Maddie y yo en la fiesta de la alberca.

Aquel junio fue caluroso y húmedo, era nuestra primera semana de libertad después del primer año en Culver. Pero casi no había visto a Maddie, estaba demasiado ocupada como niñera de los trillizos de la casa al final de la cuadra, demasiado ocupada con la vacación de la escuela de la Biblia y clases de flauta y reorganizar sus libreros y no sé qué campamento de verano en los archivos de la biblioteca pública.

Ahí, al fin, estábamos juntas nuevamente.

En la foto, estoy estrenando la parte de arriba de mi bikini, un triángulo verde a rayas, el otro fucsia con puntitos negros. Los tirantes del tankini de olanes de Maddie se dejan ver por los ojales de su pareo. Ella está a un paso de distancia detrás de mí, medio escondida, pero ¿no fue porque yo era la que sostenía la cámara?

¿O yo también era el personaje principal en nuestra amistad?

Ambas sonreímos, pero solo mi sonrisa es genuina. En ese entonces no lo sabía, no sabía lo mucho que ella deseaba que ya no fuéramos amigas.

No sabía que en unas cuantas horas, ya no lo seríamos.

Coloco la foto en el centro y mis manos se aferran a cada lado de la mesa. Cada Maddie en cada foto susurra «Creo que estoy en problemas, pero...».

Maddie cree que yo puedo ayudarla.

—Maldita sea. —Azoto la palma de una mano, deslizo las fotografías, y las paso por el triturador de hojas. Excepto la de nosotras, esa me la quedo.

Luego corro.

Atravieso el pasillo, salgo por la puerta, me enfrento al frío, la nieve, las calles empapadas. Corro hasta Java's, donde seguramente están Cody y las Birds y todos (al menos todos los que importan).

Entro bruscamente por la puerta, las campanillas resuenan fuerte y grito:

—¡Hudson! —Él se asoma desde la mesa de la esquina, todos lo hacen. Me aclaro la garganta y ya con más calma, le digo—: ¿Puedo hablar contigo un segundo?

Y me salgo, camino de un lado al otro de la banqueta hasta que esas campanillas vuelven a sonar.

—Hola —dice Hudson, muy casual—. ¡Hola!

Inhalo profundamente, lo miro en su totalidad, todo él: jeans negros, camiseta negra, sin abrigo. Los vellos de su brazo se erizan por el frío. Con el reflejo de la nieve, sus ojos se ven menos cafés y más miel.

Tal vez él también me esté analizando. No estoy maquillada, mi cuerpo se esconde en ropa de una talla más grande porque eso es lo que quiero, ser invisible hasta la graduación y luego ir adonde sea, ser quien sea, alguien diferente.

Hudson da un paso perezoso hacia mí.

—¿Qué onda con esto?

—Tú sabes.

—¿Lo sé? —Su boca se tuerce en una estúpida y sarcástica sonrisa.

Su boca... Me enfoco en esa boca: sus labios carnosos. La cicatriz, nunca le he preguntado cómo se la hizo.

—Voy a abrazarte de la cintura —le digo. A través de la tela, puedo sentir cada músculo, cada músculo firme de su estómago. También huele bien, a ropa limpia y café—. Y tú…

Él pone ambas manos en mi mandíbula.

—¿Así está bien?

—Sí —digo entrecortadamente—. ¿Todos nos están mirando?

Furtivamente, echa un vistazo a la ventana.

—Parece que sí. —Luego a mí—: ¿Hay alguna razón por la que estemos parados así?

—Tú sabes por qué.

—Sigues diciendo eso, pero...

—Bésame antes de que cambie de opinión.

La memoria muscular de su boca con la mía es instantánea. Sus manos se meten entre mi cabello, me acercan más a él, más y más. Y aun así, no es lo suficientemente cerca.

Incluso desde aquí, oigo los gritos y las risas y los silbidos, los golpeteos de una palma contra la ventana. Esto es lo que quería, que todos vieran esto. Que nos vieran.

Con los labios muy cerca, pero sin tocarnos, le pregunto:

—¿La lengua es necesaria?

—La última vez te gustó.

—Ay, por Dios. —Doy un paso atrás, lejos de él. Todo mi cuerpo está que arde—. Regla número uno en este arreglito es que nunca volveremos a hacer eso.

Aun cuando empiezo a caminar por la acera, siento los ojos de Hudson sobre mí. Casi sabía lo que me iba decir cuando gritó:

—¿Este arreglito?

Volteo hacia él por última vez. La nieve cae a nuestro alrededor, leve, casi como polvo, pero aun así, me marea. O tal vez ni siquiera sea la nieve.

—Por cierto, esto probablemente resulte obvio —digo—, pero acepté tu propuesta.

13

«Ya no quiero seguir con esto». No es broma, es como la diecisieteava vez que escribo el mensaje. Sin incluir el número de veces que lo practiqué en la ducha (dos) o lo pensé anoche (un montón).

Y sin embargo, por diecisieteava vez, no doy clic en «Enviar».

Desde abajo, papá grita:

—¿Esperamos a alguien?

—¿Eh? —grito y luego ahogo un grito, corro a la ventana y cierro las persianas bruscamente—. ¡No!

Lee, desde detrás de la puerta de su recámara:

—Deja de gritar.

`[7:04 a. m.]` **JO**`: espérame ahí o te corto`

Porque no puedo.

Definitivamente no puedo explicarle esto a papá ahora.

Me pongo desodorante, me cepillo los dientes, me mancho el cuello de la blusa con pasta de dientes, me cambio, me vuelvo a cambiar y corro por las escaleras.

Papá señala con su taza de café hacia la ventana.

—¿Y él quién es?

—No sé. Digo, sí sé. O sea, no es un extraño, así que... ¡Nos vemos!

Anoche nevó con esa nieve muy húmeda y pesada que corta la electricidad, abre ramas de árboles y se asienta como arena movediza. Para cuando abro la puerta del auto, me arden las piernas.

Hudson me sonríe.

—Buenos días, nena. Sé que digo esto tanto que ha perdido significado, pero…

—Cállate, Hudson. —Él mira al otro lado de la calle.

Miro hacia donde él mira: el convertible de dos plazas color rojo cereza, el Audi del señor Price. Mi mamá lo llamó «el auto de la crisis de la mediana edad» cuando llegó en él, con la capota abierta, el verano pasado y luego, una semana después, se mudó, así que…

—Lindo auto.

—Ciertamente no es tan lindo como el tuyo.

—Es una fuerte declaración de parte de alguien que no tiene auto, ni licencia… —Hudson apoya su vaso de café sobre la rodilla y arranca; el volante rechina, las velocidades truenan—. Mierda, eso sí que suena mal.

Apunto a la segunda bebida en el portavasos.

—¿Y esto?

—Es café frappé de Wegmans. Con crema y sin azúcar, ¿cierto?

—¿Cómo supiste?

—No es una orden difícil de recordar, Jo.

Revuelvo el café. Hudson me compró un frappé en la mejor tienda del planeta porque es *mi novio* y pronto todos, ¡todos!, sabrán que estamos *juntos* y…

—No puedo hacer esto. —Bajo la ventana. Hace muchísimo calor—. Te voy a cortar.

Sin decir nada, me pasa el cable conectado al auxiliar, como si eso fuera a distraerme. (Y sí). Navego entre mis artistas favoritos y Hudson se queda callado, escuchando.

—¿Billy Joel?

—Tú me pasaste el cable.

—No sabía que pondrías Billy Joel.

—Justo por eso deberíamos cortar. —Cierro la ventana, hace frío, muchísimo frío—. Si yo fuera tu novia realmente sabrías que amo a Billy Joel como cualquier *baby boomer*.

Hudson hace una mueca, pero deja que «Scenes from an Italian Restaurant» suene hasta que llegamos a Culver. Entra en reversa en uno de los espacios del estacionamiento para alumnos de tercer grado y abraza el respaldo de mi asiento, su cuerpo ladeado hacia el mío. El auto se detiene de golpe.

—Y... ¿por qué estamos cortando?

—Porque...

—Porque pensé que necesitábamos una distracción para investigar a Maddie —dice. El nombre de ella revolotea en mi pecho. Maddie, mi ex mejor amiga, perdida desde hace cuatro días. Él continúa—: Pensé que necesitábamos descubrir lo que ella sabía sobre mi clasificación en el ranking y por qué te dijo que estaba en problemas y por qué se fue.

—Sí, pero...

Pero Hudson no me está mirando. En vez de eso, mira por encima de mi hombro, más allá de la ventana, a Ben Sulkin y Cody Forsythe. El pitcher y la estrella de soccer, mis examigos.

Ben azota las palmas contra el vidrio.

—¿Conseguiste buen aventón, JoJo? —grita, aunque el vidrio amortigua su voz—. ¿Un lindo y largo...?

Okey, sí, de hecho solo Cody era mi amigo.

Esta mañana se queda a un paso de distancia, con mirada absorta, como si casi no notara a Ben o a nosotros o algo. Como si su mente estuviera en otro lado. Está pálido, tembloroso y le escribe un mensaje a...

Hudson echa un vistazo a la vista previa del mensaje. Desesperado, saca su teléfono del soporte.

Y así sin más, el viejo Cody está de vuelta... ojos resplandecientes, sonrisa de oreja a oreja.

El estómago me da un vuelco.

—¿Qué dice el mensaje?

—Nada —murmura Hudson, los fulmina con la mirada mientras ellos se despiden, luego escribe una respuesta. Se mete el celular al bolsillo y voltea hacia mí, serio—: Quiero que lo intentemos, Jo, por favor. En cuanto tú me digas, lo terminamos, ¿sí? Solo dame una buena razón.

—Una: Cody. Dos: Ben. Tres: básicamente no sabemos nada el uno del otro.

Eso no es cierto, y él lo sabe.

Aun así, me contesta:

—Entonces intercambiemos la información pertinente. Ahora sé que te encanta Billy Joel. También sé que tienes… un hermano.

—Sí. Y tú eres hijo único —dudo—. Eres hijo único, ¿verdad?

—Estoy seguro de que sí. ¿Ves?, esto es genial. Sabemos tanto el uno del otro. —Hudson se baja del auto y yo hago lo mismo—. ¿Cuál es tu color favorito?

—Verde. ¿Qué tan grande es tu pene?

Azota la puerta.

—Información pertinente, Jo-Lynn.

—Yo diría que eso es más pertinente que mi color favorito.

Atravesamos juntos el estacionamiento; nuestros pasos crujen en la nieve; su mano está muy cerca de la mía, pero no la toma.

—¿Las chicas hablan tan abiertamente?

—No sabría decirte, no soy amiga de otras chicas.

—Eras amiga de Maddie.

Esto es para ver si caigo. Como un hilo de pescar, agita la carnada para llamar mi atención a ver si muerdo.

—Y eso terminó tan bien, ¿verdad? —digo sonriendo.

Luego me detengo, y él también. Llegó el momento. En cuanto dé el primer paso en Culver y sacrifique cualquier esperanza real de sobrevivir al año pasando desapercibida, ilesa; en cuanto…

—Pájaros en el alambre —susurra Hudson. Yo miro al cielo—. No, las Birds.

Michaela Russell se pone frente a nosotros haciendo aspavientos. Su abrigo rosa contrasta con el día gris.

—Que conste que yo manifesté esto. ¡De nada!

—Es verdad —dice Sara Caruso, tan cerca de mí que pego un brinco—. Lo hizo.

Y luego llega Kathleen O'Mara, con la cabeza altiva y los brazos cruzados. Y por ese gesto sé lo que hará, cuando se pone malvada, su cuerpo se relaja, como si la cuerda dentro de ella se apretara antes de soltarse.

—¿Cómo tomó la noticia el pobre de Miles?

—¿Miles? —repito, al principio confundida. Luego me tapo la boca y digo—: Mierda. ¡Miles! —Su texto sobre convivir un rato en el laboratorio de Química, hoy, si quiero. Nunca le contesté.

Hudson parpadea para quitarse nieve de las pestañas.

—Él sabe de nosotros, ¿cierto?

Nosotros. Ignoro eso, luego miro a Kathleen y después a las puertas de entrada.

—Eh… ahora regreso.

Tomo la perilla de la puerta abierta del laboratorio de química.

Miles levanta la vista desde el lavabo; tiene las manos sumergidas en agua jabonosa, la espuma le llega a los codos. Unos vasos de precipitado se secan sobre una toalla de papel a un lado. Baja la mirada de nuevo.

—¿Puedo pasar? —pregunto. Él alza los hombros, o sea, sí, no, tal vez ambas. Cierro la puerta después de entrar—. Mira, *dude*, yo quería…

—¿Decirme sobre tú y Hudson?

—Responder a tu mensaje de texto —digo, para terminar mi idea original. Miles se ríe, como si estuviera tranqui, todo bien, da igual. Pero no es cierto, no para él.

Miren, no soy estúpida, sé que le gusto a Miles, y él sabe que yo sé. Su *crush* es una verdad implícita con una regla implícita de que no puede lanzarse, de que eso nunca sucederá.

La cuestión es que, sí he intentado que Miles me guste. Tipo, el invierno pasado, en las vacaciones, cuando me invitó a ver una peli de Marvel. Nunca antes había visto una; la verdad, tampoco me importaba, pero él insistió en que me iban a encantar. Como si le hubiera dicho que no, solo para que me hiciera cambiar de opinión.

Pero fui y estábamos solos en su ático, sobre el futón, y si yo me hubiera hecho un poco más hacia la derecha, nuestras piernas se tocarían de la rodilla a la cadera, y ¿qué no ese es el primer paso para un nuevo «tenemos algo»?, esas sonrisas tímidas, los pretextos tontos para «accidentalmente» tocarnos…

Conforme la escena de la batalla aumentaba, alcé los ojos y de verdad, lo juro, traté de ver bien a Miles. No como el ñoño que conozco desde la secundaria, con sus camisetas de dibujos y sus mejillas sonrojadas permanentemente, sino como alguien que me podría gustar. Incluso a quien podría querer.

Y como si él pudiera sentir que lo veía, me sonrió. «¿Qué?», me preguntó.

Si lo tomaba por partes, cada una estaba ahí: pestañas largas, rizos sueltos, una sonrisa con dientes separados, la peca en su labio inferior. Miles está lindo. Obvio, es inteligente. Pero cuando intenté reconstruir esas partes en el todo, sentí…

«Nada», le contesté. No sentí nada.

Y ahora, Miles está en el lavabo, enjuagando un vaso de precipitado.

—Detesté enterarme por alguien más. Siento que me debes al menos eso, como amiga —agrega, y el rostro se le pone cada vez más rojo—. Es solo que no quisiera que salieras lastimada, eso es todo. Los tipos como Hudson…

—¿Eso qué significa? —Estoy muy a la defensiva.

—No seas ingenua, Jo. —Este es el mismo tono que usa cuando me ayuda con una ecuación de cálculo, como si la respuesta fuera evidente para todos excepto para mí—. Tal vez Hudson actúe como si le importaras, o le gustaras, pero ¿qué crees que quiere realmente?

Este nudo de culpa se aprieta como algo más. Dolor. Ese primer lunes después de la fogata, Miles me encontró en la escalera con la cabeza entre las manos. No estaba llorando, porque yo no lloro. Me pasó un pañuelo por si acaso, como diciendo «lamento que esto te sucediera».

O sea, él y yo, jamás de los jamases.

Se sentía como una promesa.

Trato de reír, pero me carcome la garganta.

—Eres un imbécil, Miles.

Su rostro se desencaja, apenado.

—Espera —dice, y suelta el vaso—. No quise decir que...

Afuera, en el pasillo, Hudson está apoyado en el filo de la ventana. Espero a que lo haga, a que se burle de mí por lo de Miles, me moleste con que soy su *crush* y que cómo pude pensar que esto podía ser diferente, que nuestra amistad fuera suficiente, bla bla blá. Pero Hudson solo extiende su mano.

Quisiera con todo mi ser rechazarla de un manotazo. Terminar con él antes de siquiera empezar.

Pero lo tomo de la mano.

14

Por un breve y asombroso momento, hoy, cuando Hudson y yo sincronizamos nuestros pasos lentos, cuando su mano se deslizó entre la mía, cuando todos nos miraban, me la creí.

Me creí que estábamos juntos: Jo y Hudson juntos.

Esa confianza duró como trece segundos.

Es difícil, ¿saben? Por cuatro meses he sido una nadie y ahora soy alguien. Ahora soy la novia de Hudson Harper-Moore. Las miradas nos queman como el rayo caliente de un reflector. Algunos de los chicos le siguen dando palmadas, como si yo fuera algo que logró.

Como si supieran qué está buscando.

Dios, mi caída de gracia fue tan repentina que nunca lo vi venir. Fui la chica popular por tanto tiempo… Era escandalosa y divertida e intocable, siempre pasándola bien con los chicos; no admitían a ninguna chica más que a mí. Y luego salen esas seis fotos y me doy cuenta muy pronto de cómo me ven realmente.

Mis malditos amigos. Y ahora, Miles también.

Al menos Hudson se compadece de mí y no tiene problema si tomamos el almuerzo en la biblioteca (lit, moriría en la cafetería). En cuanto entramos, él estornuda.

—Información pertinente: tengo alergias —dice.

—Salud —dice Clare O' Mara con timidez, mientras le pasa la hoja de registro y sella mi pase. Su codo se topa con un estuche de flauta. No sabía que la tocaba, tampoco sé por qué tendría que saberlo. Pero cuando Maddie practicaba su flauta en los días cálidos, sus trinos flotan a través de su ventana abierta.

Mis oídos resuenan con una melodía desafinada. Meneo la cabeza para sacudirme la música.

Hudson reprime otro estornudo.

—¿Lista?

—Nop. —Le doy mi pase a Clare y, no sé cómo, por alguna razón, lo llevo al rincón de los diccionarios, al puf de gamuza. Hudson entrecierra los ojos cuando ve la mancha. Con la mano sacudo la mugre del lomo de un libro y digo:

—Aquí es donde Maddie me encontró…

—¿Aquí? Ah. —Hudson asiente, casi con reverencia—. ¿Me puedes contar todos los detalles?

Sí puedo, y lo hago.

Le cuento cómo ella llegó con nieve en la cabeza. Cómo lloró «creo que estoy en problemas, pero creo que tú puedes ayudarme». Cómo la vi desaparecer en el frío, sin saber, porque cómo iba a saberlo, que ella volvería a desaparecer de deveras, esa noche.

—¿Maddie regresó por ti? —pregunta.

No lo había pensado así.

—Supongo.

Hudson me lleva a una mesa cerca del área de ficción entre las letras A y L, y tira su mochila a sus pies. Saca un cuaderno.

—Algunos de nosotros fuimos a Java's ese día. —Ese día, cuando vi a las Birds y a él en el estacionamiento de tercer año, cuando Maddie se esfumó—. La vi saliendo de la escuela cuando terminó la última hora, se veía completamente normal. Luego tú la viste, ¿qué, diez minutos después? —Anota los tiempos—. Entonces, ¿qué pasó en esos diez minutos para que ella se alterara tanto?

—Ella no quiso decirlo. —Me muerdo la cutícula y me desgarro la piel—. Pero me pidió que nos encontráramos en el estacionamiento de bicis a las tres…

—Cierto, donde te vi y te caíste en la basura.

—¡No me caí *en* la basura! Me caí *a un lado* del *bote* de basura.

Hudson estornuda.

—¿Y luego?

—Salud. Luego me plantó para ir con las Birds. —Alzo los hombros, luego los bajo, y ahora que ya pasaron unos días, en vez de furia siento un dolor adormilado—. Supongo que acababa de recibir el correo de aceptación. Luego lo publicó en sus redes y después se enteró de que fue un error, se alteró y se fue. Fin de la historia.

Hudson contempla la hipótesis.

—Entonces, ¿solo fue coincidencia que ella asegurara estar en problemas el mismo día en que la rechazaron de NYU y se fuera de su casa? Qué conveniente. —Suspira y se talla los ojos llorosos—. ¿Y todo esto qué tiene que ver con mi clasificación en el ranking?

—¿Cómo saber siquiera si tiene que ver? Tal vez Maddie sí explotó como bomba nuclear y quería culpar a alguien —sugiero casualmente—, digo, ¿quién se beneficia en todo caso si tú pierdes el segundo lugar?

Él suelta una risita.

—La persona en tercer lugar, la asociación de alumnos, todos excepto Miles.

—Pero tu clasificación no tendría por qué importar. Yo estoy… —Me vuelvo a morder la uña y sopeso qué tanto decirle porque ya le he dicho demasiado—. Yo estoy en onceavo, ¿no? Y no quiero hablar de eso, pero estoy bajo supervisión académica, así que estoy segura de que ya no clasifico en el ranking. De seguro estoy por debajo de Maddie.

Él frunce las cejas.

—Ah, no sabía que era en serio lo de que estabas reprobando.

—Dije que no quiero hablar de eso.

Hudson recarga la barbilla sobre el dorso de su mano y un mechón de cabello le cae en los ojos.

—Okey. Lo agregaré a la lista de lo que no hablamos.

Imito su postura.

—Suena genial, gracias —le digo. Pero ahora mi mente repasa todas las cosas de las que no hablamos. La fogata, el *after* del baile de graduación. (Dios). Cambio de tema—: ¿Le contaste a alguien más lo que ella dijo?

—No con detalles. —La calefacción se enciende con un sonido como de carcacha y le vuela el cabello. Dudoso, agrega—: Aunque sí le mandé un mensaje a Cody.

—Enséñame.

Él me muestra su teléfono, pero enseguida lo retira. Un momento genial para una broma tipo «ah, ¿estás borrando tus *dick pics?*», pero yo no estoy en posición de decirla. Mi teléfono suena con un *screenshot* que me mandó.

Lunes, 5 de febrero

[8:27 p. m.] **HUDSON:** oye, sabes algo de maddie?

[8:35 p. m.] **CODY:** ey

[8:36 p. m.] **HUDSON:** me estás diciendo que sí o es pregunta?

[8:38 p. m.] **CODY:** por qué?

[8:40 p. m.] **HUDSON:** se puso punk conmigo por lo de nyu

[8:41 p. m.] **HUDSON:** dice que es mi culpa

[8:46 p. m.] **CODY:** lol uff necesita relajarse

[8:49 p. m.] **HUDSON:** y si hablas con ella?

[11:33 p. m.] **CODY:** mejor tú

Martes, 6 de febrero

[8:27 p. m.] **CODY:** me das aventón?

[8:35 p. m.] **CODY:** ntp

¡No, bueno! Cody es el novio del año. No puedo pretender que entiendo cómo son las cosas entre Cody y Maddie, pero claramente su novia está devastada y ¿a él le da igual?

Suelto mi celular sobre la mesa.

—¿Por qué es tan cortante contigo?

—No me había dado cuenta de que se estaba portando cortante —dice Hudson mientras se mete el celular al bolsillo.

—Ah. ¿O tal vez no? —Tampoco puedo pretender que entiendo esa amistad. (O, francamente, cómo se comunican los chicos entre ellos en general). Hace cuatro años, él y Cody eran los únicos chicos de primer grado que entraron al equipo de futbol universitario, así que supongo que su amistad se dio por conveniencia.

De todo el grupo, Hudson siempre ha parecido fuera de lugar. Creo que en parte se debe a que ninguno de nosotros lo conocía antes de Culver, porque estudió en una escuela de otro distrito. También puede deberse a que él le gusta mantener un perfil bajo, no le gusta ser el centro de atención. En las fiestas, él bebía o fumaba mariguana igual que todos nosotros, pero en cuanto las cosas se ponían desastrosas, se iba.

Por lo general, se salía de la casa, a estar solo, para fumar un porro y ver las estrellas. Otras noches, yo iba con él al césped, para robarle el porro y molestarlo, tipo «lo haces adrede, ¿verdad?, porque sabes que las chicas te verán contemplando las estrellas y van a pensar que eres supersexy y sensible».

Y entonces él se alzaba de hombros y con una media sonrisa me decía «no sé, ¿está funcionando?».

Ahora Hudson se pasa la mano por el cabello.

—Creo que necesitamos reducir el panorama. Enfocarnos en una sola cosa. —Hace una pausa—. Por ejemplo, por qué Maddie te pidió ayuda a ti.

Pongo los ojos en blanco. Y otra vez cuando dibuja dos círculos que se intersecan, uno con la letra J y el otro con la letra M.

—¡Vaya, un diagrama de Venn! ¿Acabas de pasar Matemáticas de primero?

—¿Cuál es tu promedio actual de Cálculo?

—¿Al menos puedes escribir *sexy* en mi círculo?

Él escribe «una molestia».

—Tenemos que descubrir qué va aquí, en la intersección.

Todas las cosas que se me ocurre (barniz de uñas barato, cajas de macarrón con queso, cámaras desechables y siestas al aire libre bajo el sol de verano) parecen muy equis, pero alguna vez fueron de peso, fue lo que nos unía y lo que conformó nuestra amistad.

También hay dos nombres que entran en la intersección, pero solo hay uno que podría compartir con Hudson, así que le arrebato el lápiz y lo escribo.

Hudson mira la página y asiente solo una vez.

—Eso pude adivinarlo.

En mayúsculas: «CODY FORSYTHE».

Entre Cody y yo no pasó nada. Ni una sola vez, nunca de los nuncas. A todos les parecía imposible que nunca nos besamos, que nos tocáramos tan solo platónicamente: juegos toscos de manos, modos bruscos, nada más. Pero si fuimos unidos por tanto tiempo fue porque no nos gustábamos. Nadie nos creyó.

Sobre todo Maddie.

«¿Segura que no te gusta?», me preguntaba una y otra vez.

Tenía que contener mis ganas de soltar un «¡iugh! ¡¿cómo crees que él?!». Él era el típico hombre que recogía las orillas de rebanadas de pizza de la basura para comérselas, que se atragantaba un refresco de naranja y luego eructaba con tantas ganas que casi vomitaba. Créanme, él no me gustaba, para nada.

Pero el verano pasado, las cosas se pusieron… extrañas. Él estaba más *toquetón* que de costumbre, me susurraba muy de cerca, quesque sin querer me rozaba la cadera con la mano. Luego me mandaba mensajes muy de noche, tipo «k vas a ser al rato?». Yo le contestaba «"a hacer", la diferencia es fácil de entender».

Y luego lo del Día del Trabajo. Sus tres hermanos mayores habían regresado a la universidad, por lo que sus padres se fueron al lago Keuka para pasar el fin de semana largo, así que Cody estaba solo en esa casota suya.

A la mitad de mi turno en Costello's Frozen Custard, me manda un mensaje: «nadamos?». Costello's estaba a reventar y hacía un calor infernal, y mi cliente frecuente menos favorito, Creepy Caleb, estaba más *creepy* que de costumbre, así que le contesté «¡SÍ!».

Jamás se me ocurrió preguntarle quién más iría. Me fui a casa, me puse el bikini y saqué mi bici del garaje. Cuando pedaleé por la entrada de su casa y corrí para aventarme al agua, no me pareció extraño que solo fuéramos nosotros dos, porque ¿qué tenía de extraño si éramos amigos?

Él me vio nadar mientras movía las piernas sentado en la orilla del lado más hondo.

«¿Competencias de clavados?». Me salí de la alberca y caminé por el piso resbaloso hasta el trampolín. El calor de las losetas me quemaba los pies. Me paré en la orilla de la tabla. «¡Cuenta hasta tres!».

«¿Crees que deberíamos tener sexo?».

«¿Qué?». Perdí el equilibrio, me resbalé y me caí del trampolín al agua. Cuando salí para respirar, yo estaba tan segura de que él se reiría, como diciendo «¿pensaste que era en serio?, ¿te cae?», pero su cara era seria. Nadé hacia la escalerilla.

«*Dude*, ¿de qué estás hablando?».

Él alzó los hombros. «Somos amigos y tú estás guapa».

«Qué halago». Me volví a salir de la alberca, pero ahora me fijé en cómo me veía Cody, su mirada era oscura y pesada, con los labios entreabiertos. Me envolví en una toalla y me senté en la mesa de vidrio de pícnic.

Cody se reacomodó para verme. «¿Te gustaría?».

«Nop». Desbloqueé mi teléfono. Tenía un mensaje de James Quinn, el *quarterback* de St. Ignatius. Nos besuqueamos una vez

(¡una!) en secundaria, pero cada vez que su novia de Lourdes lo mandaba al diablo, él me mandaba un saludo nada más para ver qué onda.

También tenía otro mensaje de Miles preguntándome si estaba libre y quería ir por helado o ver una película pero «¡sin afán de presionar!». Entonces no éramos tan unidos como para eso, pero él acababa de cortar con April y yo cometí el error de comentar «eso está fatal».

También Hudson me había mandado una foto de su plato para atiborrarse y el comentario «no te pongas demasiado celosa».

Desde el baile de último año, básicamente durante todo el verano las cosas entre nosotros andaban raras. De hecho, todo era tan incómodo, maldita sea, que apenas podía verlo a los ojos sin sentir que moría por dentro.

Pero apenas habíamos comenzado con la costumbre de hacer platos para atiborrarnos con lo peor de lo peor de Rochester: hot dogs, macarrones con salsa boloñesa, papas fritas, mostaza y aros de cebolla. Conceptualmente me parece horrible, pero me reí cuando él dijo que tengo derecho a expresar la opinión equivocada. Se sintió como algo normal después de tantos momentos no normales.

«¿De qué te ríes?».

«No, de nada» y bajé mi teléfono.

Cody se sentó a la cabecera de la mesa. Su piel era rosa, como esas quemaduras que se descaman por capas.

«Ben se acostó con esa chica».

«¿Cuál chica?». No podía imaginar a Ben Sulkin con ninguna chica. Él era tímido excepto cuando bebía. Y cuando bebía, andaba de peleonero o presumiendo sus estadísticas de pítcher. «De seguro lo inventó».

«Sí, probablemente». Pausa. «Nosotros sí podríamos hacerlo».

«O, no sé, tal vez podrías encontrar una chica a la que le gustes». Jamás mencioné a Maddie, pero él hizo una mueca como si lo hubiera hecho. «¿Cuál es tu problema con ella? Es bonita. Es linda».

«Sí, y ¿sabes lo que dicen de las chicas bonitas y lindas?, que son aburridas». Se sacudió una hormiga del hombro. «Tal vez conozco a Maddie mejor de lo que crees, JoJo».

«¿Eso qué significa?», le pregunté, aunque ella y yo habíamos dejado de ser amigas desde hace años.

Él alzó los hombros, como si no le interesara, pero su sonrisa lo traicionó. «¿Por qué andas tan puritana? Todos saben que haces de todo excepto eso. Y aunque los chicos digan que nunca dejas que...».

«Tengo que hacer pipí», le dije y cometí un error fatal: dejé mi celular en la mesa.

Pero es que no estaba pensando, casi ni podía pensar. Estaba sudando (hacía calor) y estaba mareada (no había tomado agua suficiente). Me dejé caer sobre la taza del baño y traté de respirar: inhalar, exhalar, inhalar, inhalar, inhalar. Claro que había escuchado las palabras que los chicos usaban para describirme: *fácil, zorra, perra,* como si ellos no estuvieran haciendo las mismas cosas que yo. Como si no las estuvieran haciendo conmigo. ¿Pero que Cody usara mi reputación en contra mía?, se supone que era mi amigo...

Inhala, inhala, inhala, exhala. Me eché agua en la cara hasta que me volví a sentir humana.

Luego salí a la alberca como si nada.

«Me voy», le dije así nada más y tomé mi teléfono. Titubeé. ¿Lo había dejado bocarriba sobre la mesa? ¿Estaba inclinado así o recto? ¿La pantalla estaba manchada de huellas?

Más tarde, todos dirían que yo me lo busqué, que por qué no edité las fotos para cortar mi cabeza, que cómo es posible que mi contraseña fuera mi cumpleaños, 0613, que es tan estúpidamente fácil de adivinar...

Pero yo no sabía esto. Todavía no. Ni siquiera cuando Cody sonrió con esos dientes feroces y brillantes y me dijo «avísame si cambias de opinión, JoJo».

«No te preocupes», me puse mis gafas de sol. «No lo haré».

Y le mostré el dedo antes de irme.

Pero ya no importa. En ese entonces tampoco importaba. Le dije a Maddie una y otra vez que Cody era todo suyo, en serio, pero creo que ella solo buscaba una razón para odiarme.

Como si no le hubiera dado suficientes ya.

Hudson me arrebata su lápiz y golpetea la mesa.

—¿Sospecho que no es el mejor momento para decirte que Cody estará en la fiesta de Ben hoy en la noche? —*Tap, tap*—. ¿O que nosotros también estaremos ahí?

—No, Hudson, no lo es.

15

Ni loca voy a la fiesta de Ben Sulkin.

Pero finjo que sí. Le digo a Hudson «sí, a las ocho está perfecto».

En cuanto me deja en casa, me cambio a los pants de yoga más andrajosos que tengo y una camiseta enorme de una carrera de 5k que nunca corrí. Tiene un gran hoyo en la axila y una mancha de blanqueador en la bubi, pero ¿a quién le importa? Nadie me verá esta noche.

Sobre todo Hudson.

Apenas pasan de las siete cuando empiezo a planear que pronto tendré unos cólicos verdaderamente espantosos, momento en el que le enviaré un mensaje de texto a Hudson diciéndole que «qué pena» que me perderé la fiesta pero que ¡lo podemos volver a intentar nunca!

Mi único destino esta noche es la cocina.

Encontrar algo comestible en el refrigerador de mi padre el exchef es arriesgarse a una posible decepción; ya me he quemado antes: tripa chiclosa,, la comida de gato de Bay Leaf (aunque esa fue una curiosidad potencialmente mal guiada de mi parte). Una vez, confundí un bhut jolokia con un jitomate deshidratado y vomité.

Justo cuando pincho un pedazo de ¿queso?, suena el timbre.

—¡Yo voy! —grito, como si no fuera la única opción; mi madre probablemente se acaba de ir a la estación. Los viernes, papá se encarga de las freidoras en el mercado de pescado. En el sótano, Lee está jadeando con sus ejercicios de terapia de rehabilitación.

Quito el cerrojo y...

—Hola, nena —dice Hudson, con el codo apoyado en el marco de la puerta.

—Adiós. —A punto de cerrarle la puerta, él se desliza para entrar y comienza a quitarse el abrigo—. ¡Hudson!

Examina la casa silbando, luego me examina a mí de arriba abajo.

—¿Eso te vas a poner?

—No me voy a poner nada.

—No creo que sea ese tipo de fiesta.

—No me voy a poner nada porque no voy a ir.

—¿Por qué crees que estoy aquí? Sabía que me ibas a fallar —dice. Bay Leaf corre al recibidor y lo mira con ojos grandes y salvajes. Él estira la mano para dejarse oler—. Bay, ¿cierto?

—Su nombre completo es Bay Leaf, como *laurel* en inglés.

Bay ronronea como un motorcito, se deja caer al piso y le muerde las agujetas.

—Qué adorable, sería perfecto para el gato de un chef o... —Se endereza demasiado rápido, tanto que Bay sale volando hacia la sala—. ¡No puede ser! Tu papá es Joseph Kirby, ¡mierda!, ¿cómo es que no me di cuenta antes?

—Quién sabe. Literal, tenemos el mismo apellido.

Hudson baja la voz.

—¿Puedo ver sus cuchillos?

—No creo que le puedas pedir a una chica que te enseñe los cuchillos de su papá.

Cuando entra a la cocina, se queda perplejo, boquiabierto.

—Espera a que les diga a los otros cocineros que estoy saliendo de mentiras con la hija de Joseph Kirby. —Inspecciona el refri, luego mi cara—. Soy cocinero en el Flower City Diner, del primer turno. ¿Información pertinente?

—Bueno, eso explica la adicción al café. ¿Por eso no llegaste a la primera clase ayer?

Cierra el refri.

—No, tenía, eh… terapia.

—Ah. —Esa se siente como una respuesta equivocada. Digo, yo no estoy en terapia, no la necesito, pero bien por él—. Mamá muerta, papá irresponsable, te entiendo perfecto.

Algo inesperado sucede: Hudson se ríe. De una manera suelta y plena y pura, hasta hace la cabeza hacia atrás, abre tanto la boca que puedo ver cómo uno de sus caninos está chueco.

Desde el sótano se oye cómo se cae una pesa.

Hudson señala con la cabeza hacia la puerta.

—¿Y si invitamos a Lee a la fiesta?

Tal vez hubiera peleado más si no fuera porque mi madre (¡mi madre!) entró a la cocina (¿cómo es que no vi las luces del auto y las llaves en la mesita de la puerta?) y así de la nada se transforma en Kate Kirby, Canal 12, con su sonrisa ganadora.

—Jo-Lynn, no sabía que habías invitado a un amigo a la casa.

—No es mi amigo —digo. Hudson me lanza una sonrisa—. Él es…

—¿Hudson? —dice Lee, que emergió del sótano y se reacomoda el cabello empapado en sudor.

—Eso. Sí, Hudson, es… —Me aferro a su bíceps y me sorprendo de lo firme que está y hago algo horrible: ¡le aprieto el bíceps!—. Él es… mi novio.

Lee hace una mueca. Mi madre se congela.

Me toma cuatro, cinco, seis segundos de silencio entender, horrorizada, que sigo aferrada a él, pero enseguida lo suelto.

—Te veo arriba, ¿okey? Lee te puede decir dónde está mi recámara.

Hudson se despide de mi madre asintiendo con la cabeza.

—Es un gusto conocerla, señora Kirby, soy un gran admirador.

—Llámame Kate, cariño —dice ella y, perdón, pero, ¿quién es esta mujer? Ella le sigue sonriendo hasta que Hudson sigue a Lee escaleras arriba, pero se pone toda seria cuando me dice—: Esa puerta se queda abierta en todo momento. —Yo pego la frente a la barra de la cocina—. Enderézate, Jo-Lynn, él es tu primer novio.

Una pregunta implícita se queda en el aire: «¿Él es tu primer novio?».

A menos que cuente a Gabe Figueroa, editor en jefe de *The Eagle Eye* en segundo de secundaria, supongo que sí. No soy una chica que tenga novios. Antes, solo me divertía y ya. Hacía muchas cosas, pero no todo, nunca lo hice, y no esperaba más de lo que aquellos chicos tenían que dar, lo cual no era mucho.

Mi madre (¿Kate?) vuelve a sonreír.

—Está guapetón. ¿Por qué no me lo dijiste?

«¡Dile!». Me retuerzo y parpadeo rápido varias veces, como si me acabara de electrocutar. No hablamos de estas cosas. Ni siquiera había pensado en eso —«¡dile! ¡dile!»— en años. No es como si en ese entonces me hubiera servido de mucho.

—¿Por qué habría de decirte algo? —contesto, furiosa. A mitad de las escaleras, ella me vuelve a gritar sobre la puerta abierta, como si quisiera que Hudson también lo escuchara.

A juzgar por su cara, sí la escuchó.

—Tu mamá es linda. —Cierro la puerta y me dejo caer sobre la cama—. Oye, así no me imaginaba tu recámara.

Mi recámara es, sinceramente, algo hermosa: muros rosa pálido, un tapete afelpado bajo una cama de cuatro postes, un edredón de patrón color durazno, lámparas doradas que hacen cálido el ambiente. Papá me ayudó a redecorar cuando cumplí dieciséis. Había tenido problemas para dormir bien y estaba fastidiada de ver el estúpido brillo de las estrellas, que pegué en mi techo, hasta las dos o tres o cuatro de la mañana.

Me siento en la cama.

—¿Por qué imaginabas mi recámara?

—Por nada. Bueno, ¿qué deberías ponerte para esta noche? —Hudson abre la puerta de mi clóset y, justo ahí, al frente, está mi maldito vestido del baile de fin de año. Él recorre la falda con los dedos. Ahora estoy pensando en la última vez que tocó ese vestido. El tul, las margaritas bordadas…

—Algo he de encontrar —comento, tensa.

Él cierra mi clóset y abre la siguiente puerta.

—Espera, ¿tienes tu propio baño? —Da un paso para zafar la regadera de mano de su soporte, me ve mientras la señala con la cabeza—. ¿La has usado de más?

—¿Qué?

—Ah, perdón, era una broma de masturbación. —Hudson se sonroja, pero yo me sonrojo peor—. Es como lo hacen, ¿no? Kathleen lo ha mencionado. Podría ser un factor para establecer un vínculo con ella.

Tengo tantas preguntas.

—No voy a establecer un vínculo con ella acerca de…

—Jo-Lynn, ¿qué te dije? —pregunta mi madre desde la puerta, ahora abierta.

Hudson sonríe.

—Perdón, Kate. —«Kate», lo odio por eso—. Algunos amigos nos invitaron a una pequeña reunión esta noche; de hecho, estamos a punto de salir.

—No es una «pequeña reunión», es una fiesta; una gran, enorme, fiesta alocada —aclaro—. Con alcohol y drogas. Hudson me iba a enseñar cómo inhalar un *whippet*.

—No sé cómo se inhalan los *whippets* —interfiere él.

Gesticulo hacia mi madre «di que no». Ella asiente como si hubiera entendido. Luego le sonríe a Hudson de oreja a oreja:

—Tráela de vuelta a las doce en punto.

Cuando llegamos, hay una fila de autos estacionados.

Me tomo mi tiempo para llegar hasta la puerta, pisando sobre las huellas de Hudson. Él trata de seguir mi paso y extiende sus zancadas, así que brinco para llegar a las siguientes.

—¿No está del carajo que organicen una fiesta? Tipo, Maddie está perdida —«o secuestrada o muerta»—, y ahora todos actúan como si no hubiera pasado nada. —«Porque no pasó nada»—. Incluyendo a su novio.

Incluyéndonos a nosotros.

Hudson suspira.

—Está del carajo —dice, pero de cualquier modo abre la puerta.

Esta escena tiene un efecto como la casa chueca de las ferias, igual que como los reporteros del Canal 12 se veían tan extraños en mi primera fiesta de las vacaciones; la gente que solo veo en televisión había cobrado vida.

Daniele Con Una Ele captura la escena con su cámara. *Clic.* Gabe Figueroa se está besuqueando con su novio cerca del estéreo. *Clic.* James Quinn, el *quarterback* de St. Ignatius sirve shots de tequila. *Clic.* April Kirk habla acaloradamente con Miles Metcalf, quien frunce las cejas.

Siento un nudo en la garganta cuando veo a Miles; las palabras que me dijo hace rato siguen frescas en mi mente.

—¿Quién invitó a…? —me callo. Aquí yo pertenezco menos que ellos.

Pero solía pertenecer, si entrecierro los ojos, aún puedo verlo. Heme allá, afinando la puntería en un juego de *beer pong.* Allá, guiñándole a alguien para que me invite de su porro. Allá, dejando que un chico, cualquier chico, me tome de la mano y me lleve a un lugar en privado.

Heme aquí, dejando que Hudson me lleve a la sala.

Ben descansa en una tumbona, tiene un vaso rojo. Reconozco a algunos chicos del equipo de soccer de St. Ignatius, y a Alexis Fitch, la chica de segundo año que se la pasa revoloteando alrededor de Cody, el novio de la chica perdida.

Cody está acostado en el sofá de cuero, apoya los pies en la mesa de centro, agachado viendo su teléfono. Levanta los ojos un segundo, luego los baja a la pantalla de nuevo.

Hudson saca su propio teléfono del bolsillo. Su mandíbula se tensa.

Trato de asomarme.

—¿Qué te…?

—¿Por esto has estado ocupado? —le dice Cody, e inclina su botella hacia mí: *esto*.

Hudson frunce las cejas.

—¿Yo he estado ocupado?

—Siento que ya nunca te veo, *bro*. —Le da un trago a su cerveza—. Pero ahora mismo te estoy viendo, ¿cierto? Me asombra que tu carcacha haya llegado hasta aquí.

—Bro, he sido tu maldito chofer toda la semana; no hables de autos. —Ben ahoga una carcajada y se le escurre jugo salvaje de la barbilla. Está demasiado borracho para darse cuenta de la mirada asesina de Cody, pero yo sí la veo.

Hudson también se da cuenta.

—¿Qué le pasó a tu auto? —pregunta.

—Lo llevé a mantenimiento —responde Cody, bostezando. ¡Cielos!, su novia está perdida y él…

—¿… A poco Jo vino?

Volteo. No sé quién dijo eso, pudo ser cualquiera, todos miran hacia acá. No oigo nada más que susurros. «Jo. Jo. Hudson. Aquí. Desnuda. Mira. Jo. Maddie. Perdida. Jo. Ahí».

—Voy por algo de tomar —le aviso a Hudson y me abro paso hacia la barra.

Trey Gardner, cácher del equipo de beisbol de Culver está sentado en el barandal, medio se tambalea, pero está riendo. Es alto y musculoso, con un mechón de rizos decolorados. Se inclina más y más. Algunas chicas de Lourdes gritan hasta que él se endereza.

«Un momento, ¿esa es Jo?».

El barril de cerveza es cortesía del hermano mayor de alguien. No importa quién. Lo que importa es que, sin duda, alguien tiene un hermano mayor con una identificación falsa y cariño por la preparatoria.

«¿Y vino con Hudson?».

De una hielera de plástico de playa se desbordan latas de cerveza. La llenaron con las opciones menos bebibles: Natty Light, Keystone, Labatt. Las bebidas más fuertes están en la mesa de pícnic. Levanto una botella de un licor rosa horripilante.

«Dios, si yo fuera ella, nunca mostraría mi rostro de nuevo».

Bebo un trago y… es vodka de sandía. Detesto la sandía, la odio. Corro al barandal y escupo todo, casi vomitando.

—Esa chica es asquerosa —dice alguien, y no sé si se refieran a que escupí o a las fotos o qué, pero una palabra diferente con una voz diferente resuena en mi cabeza: *asquerosa*.

—Es muy triste lo que le pasó —dice otra chica.

Descanso la frente en el barandal, que se mece de un lado al otro, debido a los movimientos de Trey.

—¿Viste su *post* sobre NYU? Juro que casi muero de pena ajena.

No es sobre mí, es sobre Maddie.

Levanto la cabeza. Dos chicas de Lourdes se acurrucan junto a un calentador ambiental para entibiarse los dedos. Una es rubia con una boina afianzada al cabello, la otra es superalta.

—En serio, yo me suicidaría —dice la rubia, riendo—. Espera, tengo un *screenshot*.

Sin pensarlo, le arrebato el teléfono y ahí está: el *post* del Instagram de Maddie. Es una foto de Washington Square Park, demasiado turística, fuera de foco. Es la foto que cualquier chica tomaría al visitar el campus de NYU. El texto de la foto dice: «Me arriesgué al hacer examen de admisión solo en una universidad, la de MIS SUEÑOS, y hoy mi sueño…».

La chica de Lourdes me arrebata su teléfono.

—Qué falta de modales, Jo.

—Quiero verlo.

Necesito verlo.

James Quinn aparece de la nada y desliza su brazo por encima de mi hombro.

—Yo te ayudo —dice, mientras navega por sus fotos. Sonríe y elige una imagen, es…

—¡Jo! —Sara Caruso me toma del rostro para que la vea directamente—. ¡Te he estado buscando por todos lados!

Michaela Russell se acomoda junto a mí.

—Qué bueno que te vemos —dice y me lleva hacia la puerta corrediza. Miro hacia el calentador ambiental, hacia James y las chicas de Lourdes que ríen a carcajadas.

—Ignora a esos idiotas —dice Michaela una vez adentro—. En serio.

Asiento, un poco alterada.

—Gracias por rescatarme, supongo.

Sara sacude la nieve de mi codo.

—Considéralo un agradecimiento por lo de ayer. ¿Lo de la reportera? Kathleen siempre me regaña por mi bocota, así que eso hubiera sido… —se calla, como si, para variar, hubiera hablado de más—. Además, alguien tenía que estar en la Guardia de Jo.

—¿Guardia de Jo? —repito.

Sara siente *cringe,* hace una mueca y Michaela le lanza una mirada asesina. Se voltea hacia mí.

—No es nada —dice—. O sea, solíamos asignar a alguien para que estuviera de Guardia de Jo en las fiestas y… te cuidara…

La piel me hierve, podría arder en llamas en este momento.

—¿Por qué carajos están aquí?

Lo digo con la intención de ser cruel. Su mejor amiga está perdida y ¡ellas están en una fiesta! (Mi ex mejor amiga está perdida y yo estoy en una fiesta). Pero solo ahora, que se les cae el rostro de vergüenza, es cuando noto los pantalones de pijama y las sudaderas holgadas, Sara trae una de SUNY y Michaela una de Syracuse.

De inmediato, Sara dice:

—Nosotras estábamos en casa, pero luego Kathleen vio en Instagram que…

—¡Sé que él está aquí! —dice Kathleen, que irrumpe en nuestro grupo. Nunca la había visto tan furiosa, y sin maquillaje, el cabello alborotado. Mira fijamente a Trey Gardner en la barra, y de pronto se esfuma.

—Voy por ella —tartamudea Michaela, y nos quedamos nada más yo y Sara… y su bocota.

Me acerco a ella.

—¿Qué está pasando?

—Trey plagió el trabajo final del semestre de Kathleen —explica—. Supuestamente —agrega. En mi memoria resalta una imagen: en rojo, el mensaje «Kathleen, ven a verme, por favor» subrayado dos veces—. Obvio que sí, pero él no para de negarlo. Pero, espera, lo peor es que… —Tienen razón en regañarla por su bocota—. Lund la amenazó con expulsarlos si reinciden en otra violación al código de honor.

Miro hacia la barra: Kathleen, furiosa, justo en la cara de Trey. Él se hace el menso, levantando ambas manos, mientras ella le apunta un dedo al pecho. Trey trastabilla en el barandal, se inclina hacia atrás y, ¡mierda!, todos callamos y nos congelamos y él… recobra el equilibrio.

Sara exhala y se trepa a la barra. Estoy fastidiada de esto, de todo esto. Quiero que Hudson me lleve a casa. Ahora. No está en la cocina, así que busco en el comedor, luego la sala, luego…

Me regreso a la sala.

Clare O'Mara, la hermana de Kathleen mira fijamente y con cautela un vaso de plástico en la chimenea. Trae pijama térmica, así que supongo que las Birds la trajeron con ellas, sospecho que sus padres salieron y tenían que cuidarla.

Ben Sulkin la ve primero. Está tan borracho que se tambalea y se dirige hacia ella dando tumbos.

—A ti no te conozco —dice arrastrando las palabras, mientras le desliza una mano hacia la espalda baja.

Y a mí se me sube la bilis a la garganta.

—¡Oye! —Y sin pensarlo, tomo a Clare del brazo para alejarla de Ben. Sin querer ella vierte su bebida en mis jeans y ahoga un grito, mortificada—. Está bien. Vamos con tu…

—¿Clare? —Kathleen me hace a un lado. La mira a ella y luego a mí, con una expresión indescifrable. Luego toma el vaso y la mano de su hermana y se la lleva.

Mi rostro está que hierve. «Guardia de Clare». Pero ella solo tenía el vaso en la mano; yo fui la chica torpe y ni siquiera lo supe. Odio eso. Odio todavía más cómo Ben se para frente a mí, intimidante. Siempre he sentido que hay algo fantasmal en él, como que tiene la piel traslúcida y pálida, la mirada oscura.

Me toma de la muñeca.

—¿Qué carajos, JoJo?

—Me estás lastimando —le digo y él aprieta más.

No me sorprendió lo rápido que Ben se puso en mi contra después de la fogata. Nunca le caí bien y el tipo es básicamente un imbécil. En las fiestas siempre se emborrachaba, luego se ponía pesado y provocaba a todo mundo, lanzaba golpes y se carcajeaba. A veces me hacía una llave, según esto de broma, pero al día siguiente yo amanecía con moretones en el cuello.

Se pone a refunfuñar.

—Solo hablaba con ella, JoJo. ¿Eso es un crimen? ¿Qué pensaste que estaba haciendo?

Yo… no lo sé. Me falta el aire. No puedo... El volumen de la música es demasiado alto y hace demasiado calor y esto es demasiado. Con trabajo me zafo del agarre de Ben y me abro camino hacia el pasillo, casi choco contra Hudson. Él se pone serio y frunce las cejas, pero yo hablo primero.

—¿Sabías lo de la *Guardia de Jo*?

El pánico en su cara me dice todo lo que necesitaba saber.

Lo empujo para avanzar hasta que abro la puerta del sótano. Ben clausuró el paso desde que Cody accidentalmente quebró la televisión de plasma con un palo de golf en segundo año. La mitad del sótano sigue en construcción, hay varias latas de pintura y unas pesas. Me hundo en uno de los sofás deshilachados con la cabeza entre las manos. No puedo hacer esto, no puedo…

—¿Qué pasa, JoJo? —Es Cody, mierda. Volteo hacia él. Tal vez sea el foco que parpadea, pero se ve más tieso, más viejo. Siempre ha sido un poco infantil: dientes chuecos, cabello rubio claro—. Esta fiesta apesta —dice secamente.

—Sí, me pregunto por qué.

Cody ignora el comentario y se va a la mesa de futbolito. Con el paso de los años la fuimos destruyendo, desgastamos las manijas, abollamos las pelotas de plástico. Uno de nosotros, no recuerdo quién, dibujó un pene en el pubis del portero. Cody saca una pelota de la ranura.

—¿Quieres jugar?

—No.

—Ándale, JoJo. —Así que, Cody los rojos. Yo los azules. Deja caer la pelota en la cancha y nos agachamos, asumiendo posiciones—. Siento que las cosas están raras entre nosotros.

—¿Por qué crees que sea? —pregunto.

Cody nunca ocultó lo que me hizo; su nombre y número estaban justo ahí. Durante semanas yo estuve aterrorizada de que me llamaran a la dirección y me obligaran a admitir que, sí, esas eran mis fotos. Pero nunca pasó nada.

—No quiero que las cosas estén raras entre nosotros, JoJo. Sobre todo si estás con *Hudson* —dice. Tal vez sigo con que sus mensajes eran muy cortantes, pero podría jurar que cuando menciona a Hudson casi escupe su nombre con desprecio.

—¿Tienes algo contra él?

—No, tengo algo contra ti. —Y estira el cuello hacia la derecha, luego hacia la izquierda; es la peor de sus mañas nerviosas—. O, más bien con lo que… ya sabes.

—¿Lo que sé? —Y sin querer lanzo la pelota a su jugador en vez de al mío.

Esto es lo que sé de Cody Forsythe: que come alitas con aderezo ranch en vez de blue cheese. Que hasta la secundaria aún creía en Santa Claus. Que su regalo de cumpleaños favorito fue una consola de karaoke que le regaló su servidora.

Sé que Miles Metcalf hace trampa a su favor.

—Tú y Miles —digo. Su estúpido acuerdo. El secreto que Cody me confesó, borracho, y que mantuve oculto por meses hasta la fogata, cuando se lo eché en cara, aún más borracha.

Él alza los ojos al techo. Como si cualquiera pudiera oírnos aquí abajo. El estéreo está a todo volumen, los bajos hacen que las tuberías vibren. Algo se rompe. ¿La botella de vodka de sandía?

—¿Crees que te voy a delatar? —Se siente bien amedrentarlo.

Su jugador le da a la pelota y casi mete gol.

—Dudo que lo hagas. De hecho, sé que no lo harás. Tu secreto sobre mí es malo, pero yo tengo algo peor de ti. —Me mira a los ojos y sonríe; bajo las luces, su rostro se ve hueco—. ¿Verdad, *Julie*?

Por un segundo, todo se detiene.

En voz baja, le pregunto.

—¿Qué es lo que quieres?

—Una tregua. Yo no diré nada si tú no lo haces. —Porque es capaz de divulgarlo en un segundo. Lo amenacé con acusarlo de hacer trampa, pero él se vengó antes. Las fotos fueron una mera advertencia: «puedo hacer algo peor y lo haré». Cody extiende la mano, su piel está áspera y partida por el frío—. ¿Entonces?

Entonces, estrechamos las manos.

Y luego él me suelta y yo jalo la manija del futbolito y lanzo la pelota. Le meto gol.

—Diablos, JoJo. —Cody alza su cerveza hacia mí—. Qué buen tiro.

16

Hudson me pidió una buena razón para terminar con esto; con nuestra relación de mentiras, con la investigación acerca de qué diablos le pasó a Maddie. Pero puedo hacer más que eso: tengo diez razones.

1. Cody Forsythe, que de nuevo es mi amigo, mi bro, mi compadre.

   El lunes a primera hora nos busca a mí y a Hudson, y antes de entrar a clase, me abraza en una especie de llave, con el codo contra mi nuca y me gruñe al oído: «No olvides nuestra tregua, JoJo». Le contesto «suéltame o te doy en las bolas con la rodilla». Me suelta sonriendo de oreja a oreja. «Me alegra que todo esté bien entre nosotros», dice, en voz alta, para que todos nos miren tal como quería. Quiere que todos conozcan nuestra historia: «Jo y Cody son amigos otra vez, así que eso quiere decir que ~~Jo lo perdonó~~ Jo ya lo superó».

   Apretando los dientes, le digo «A mí también».

   Me odio por esto. Odio cómo la amenaza de nuestra tregua ensombrece todo, tal como se ve el cielo antes de una tormenta. Odio la manera en que Hudson dice con preocupación «eso fue extraño», cuando Cody se va sin decirle nada.

   Odio que sea otro jueguito de Cody que dejo que gane.

2. Michaela Russell y Sara Caruso, dos tercios de las Birds, quienes me acorralan en mi escritorio, el último de la última fila, antes de que empiece Economía Avanzada. (Tenemos un maestro suplente que no sabe que ellas no se sientan aquí). En perfecta armonía, dicen al unísono: «¡Hola!».

«Ay, eso fue *creepy*», dice Sara, mientras se aprieta un arete de duraznos de plástico. «Mic, tú habla».

Michaela se pone cara a cara conmigo. Se puso delineador azul eléctrico en los ojos cafés. «Queríamos disculparnos contigo, por lo de la Guardia de Jo. Aunque teníamos buenas intenciones, claramente te lastimamos...».

«Ay, por Dios, no me sentí lastimada», río, pero el sonido me raspa la garganta.

«No lo hicimos por prejuiciosas», dice Sara, pero lo fue, ¿no? Mi reputación con los chicos es algo de esperar, pero no tenía idea que las chicas vieran algo peor en mí. O sea, para ellas, yo era la borracha tonta que necesitaba protección.

Como si fuera una presa.

Se me calienta el cuello. «Sabía lo que estaba haciendo. O sea, jamás me dejaría caer al grado de...».

«Chicas», dice el maestro suplente, y deja caer un examen sorpresa sobre su escritorio.

Dos filas más adelante, los gemelos Spencer fruncen las cejas ante la hoja, luego intercambian miradas. Kyle o Tyler levanta la mano y lo mismo hace el idiota de Jack Parker. Alguien, en algún lugar, susurra «¿Esto está bien?».

«Perdón, de verdad», dice Sara. «En serio».

«Sabía lo que estaba haciendo», vuelvo a decir, mientras aferro las orillas de mis mangas. «Pero, gracias por disculparse». Suelto mis mangas y flexiono los dedos. «No necesito que sean amables conmigo».

Michaela juega con sus trenzas. «Nunca te odiamos, Jo».

«¿Ah, no? ¿Nada más Maddie y Kathleen?».

Ante el comentario, ellas se quedan calladas.

3. Ben Sulkin, que azota la puerta de mi casillero antes de la hora del almuerzo. Vuelvo a presionar la combinación. «¿En serio?».

   «¿En serio?», me imita. (Aunque no suena para nada como yo, pero no es su intención). Golpea mi hombro con el suyo y se va por el pasillo, riendo, como si esto fuera tan inteligente, como la broma de un *bully* deportista en una comedia de adolescentes. Nada más le falta la chamarra del equipo deportivo.

   Me toco la muñeca, la que me torció en su fiesta. Nunca vi que él y Maddie hablaran más allá de lo cordial: «perdón, gracias, claro». Pero él es capaz de lastimar a alguien. Por cómo me trata… por cómo veía a…

   «Clare».

   «Hola. Ten». Me entrega una nota adhesiva con diez dólares. La nota dice «perdón por lo de tus jeans». «Pensé que podías usar el dinero para llevarlos a la tintorería».

   «No hay problema, Clare», le devuelvo el billete. «¿Estás… bien?».

   Ella sonríe brevemente. «Estoy bien».

   «Qué bueno», me volteo a mi casillero, pero no puedo recordar para qué lo abrí. Pero lo que no quiero es ver a Clare. Necesito… mi pase de la biblioteca. Conti me dio un montón de pases en blanco el día de mi revisión académica con el fin de que yo redujera mis frecuentes (léase «fastidiosas») visitas a su oficina. Saco el montón y me acuerdo del sello de Clare y le digo «aunque creo que hay algo que puedes hacer por mí».

4. «Creo que estoy en problemas, pero creo que tú puedes ayudarme».

Las palabras que Maddie me dijo hace exactamente una semana.

Pero creo que se equivocó.

5. El foro más popular en *College Confidencial*: «¡La generación de NYU de 1316!».

Es casi medianoche y estoy a punto de quedarme dormida con la cara metida en mi libro de Cálculo, cuando Daniele Con Una Ele me manda el enlace y el mensaje. No entiendo por qué.

Hasta que navego en el primer *post*.

¡Bienvenidos! Este es el hilo de la conversación para las 1316 víctimas del escándalo de las admisiones anticipadas a NYU. ¡Siéntanse libres de *postear* sus estadísticas! ¡Ya qué más da!

«Mierda», digo y ahuyento a Bay de mi cama. Ojeo a través de la indignación, la decepción, las amenazas de demandar a NYU, luego me voy a la página más reciente. Si esto era para mi información, seguramente…

«¿Ya vieron esto??? ¡Una chica de admisiones anticipadas SE FUE DE SU CASA!!!!».

Este usuario incluye un enlace a un artículo de las Noticias del Nueve y un *screenshot* de ese *post*, el que Maddie subió a sus redes, como si su admisión hubiera resuelto sus problemas, o tal vez como si nunca hubiera habido problemas.

Reviso más comentarios: «Qué triste. Qué tonta. Ojalá esté bien. Obvio está bien. Claramente no dio el ancho».

6. Miles Metcalf, que me persigue la mañana del martes y me grita: «Jo, por favor, ¿podemos…?».

«No».

7. Los detalles del último ranking oficial, de los que aún no hay noticias.

«¿Ni siquiera una fecha tentativa?», pregunta Hudson por tercera vez. Me arrastró a la oficina antes de almorzar, pero la señora Fitzgerald nos informó que Lund y Conti tenían las agendas llenas, «una disculpa».

Y por tercera vez, Fitzgerald dice «las clasificaciones llegarán cuando lleguen».

«¿Podría, por favor, hablar con la directora Lund?». Y hablando del rey de Roma... «Espero que esta haya sido una lección para ambos», dice Lund fríamente. Kathleen sale primero, con una hoja arrugada en el puño, seguida de...

«Ay, por Dios», exclamo mientras que Hudson dice «¿qué te pasó?».

Trey Gardner solo alza tímidamente el cabestrillo que soporta su brazo izquierdo y hace una mueca de dolor. Tiene el rostro lleno de costras y moretones, y la piel le brilla con ungüento antibiótico.

«Yo, eh, me caí del barandal la otra noche en casa de Ben».

Puedo verlo en mi mente: Trey está borracho, apoyado en el barandal para hacer gritar a las chicas de Lourdes, como cualquier bufón de la corte que no nota la diferencia entre que se rían contigo o de ti. También puedo ver a Kathleen, furiosa, golpeándole el pecho con su dedo índice.

Porque Trey (supuestamente) le robó el trabajo final del semestre y casi los expulsan.

«¿Lo empujaste?», le pregunto.

«Nop». Kathleen rompe su trabajo a la mitad. «Pero ojalá alguien lo hiciera».

8. El espantoso auto de crisis de la mediana edad del señor Price estacionado al otro lado de mi calle. Todavía.

Mi madre me dijo mientras fumaba sentada en el escalón de la entrada de la casa: «¿Creemos que Geoff se mudó de vuelta para siempre? ¿O tal vez hasta que...?».

«Kate, por favor», dice mi papá, pero yo quiero oír el resto. ¿Hasta que Maddie regrese a casa? ¿Hasta que la encuentren, viva o...?

9. Hudson Harper-Moore, mi espantoso novio de mentiras.

Hoy es miércoles, también es el día de San Valentín. Mátenme porque me muero. Justo afuera de la cafetería, un montón de chicos de secundaria del grupo de jazz y con latas de refresco de naranja gritan «¡Un dólar para mandarle un Crush a tu *crush!*».

«No, bueno, claro que te compro uno», dice y deja dos dólares en un bote vacío mientras ojea las tarjetas del Día del Amor y la Amistad. «No mires».

«Odio el refresco de naranja», le digo, sin mirar. Hasta que desliza en mi mano una tarjeta con forma de corazón verde, mi color favorito.

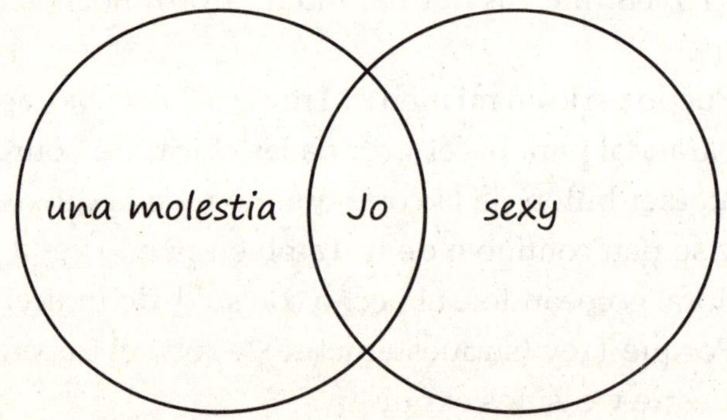

Ahora sí me sonrojé sin poder evitarlo.

10. Mi maldito insomnio. Maddie, «perdida, secuestrada, muerta», me atormenta cuando despierto en medio de la noche. «Perdida, secuestrada, muerta». «Perdidasecuestra-

damuerta». Las palabras retumban en mi corazón como un tambor, más fuerte y más fuerte, hasta que juro que oigo…

Sí oigo algo… El zumbido de la voz de Lee.

`[2:22 a. m.]` **JO:** `¿con quién hablas?`

Nunca me contestó, pero después de eso, todo se queda en silencio.

Conclusión, sí, voy a cortar con Hudson.

Aunque sería más fácil si, ya saben, estuviera aquí.

Ese ruido de su auto, metal rechinando contra metal, empeoró, así que se salió de la escuela para ir al taller, lo cual quiere decir que me abandonó en la cafetería. A Ben solo le tomó dos minutos para *accidentalmente* sacudir su refresco de naranja y abrirla en mi dirección.

Razón #11: Estoy tallando el refresco de naranja de mi suéter blanco.

Estoy semidesnuda, pero no me cubro cuando la puerta del baño se abre (de todos modos, solía usar este bra como top). Levanto la vista por el espejo.

—Ah, qué bien, eres tú.

—Solo me voy a lavar las manos. —Kathleen saca jabón del dispensador. Me mira de reojo, lo que estoy haciendo, pero no dice nada.

—¿Alguna idea de cómo quitarle una mancha naranja a un suéter blanco? —pregunto.

—Nop.

—Okey, ¿alguna idea de cómo masturbarte con una regadera de mano? —le pregunto y de inmediato voltea hacia mí—. Hudson me dijo que tú eres la experta, pero realmente no entiendo la técnica.

Ella le da un manotazo a la llave.

—¿Qué estás haciendo?

—Una conversación casual mientras intento quitar esta mancha.

—No, ¿qué estás *haciendo?* Te haces novia de Hudson ¿y ahora andas muy amiga de Sara y Michaela? ¿Y ahora conmigo? No somos amigas, Jo. —Kathleen prácticamente me gruñe—. No me interesa ser tu amiga.

Mi rostro se enciende y mi quijada se tensa.

¿Cómo es que esto todavía me provoca una punzada tan fuerte? Ese dolor peculiar del anhelo. Era tan fácil llevarme con los chicos, incluso de pequeña, pero no entendía a las otras niñas. Es como si de pronto volviera a tener nueve años, con astillas en los dedos, e invitan a todos a la pista de patinaje excepto a mí.

O como si tuviera quince y mi mejor amiga no me hubiera contado de su fiesta en la alberca.

Lo que más me mortifica es que mientras peor le caigo a Kathleen, más quiero caerle bien.

Ella casi ni se da cuenta de que existo, rara vez me habla. En cambio, sí habla con la gente a mi alrededor, como si el viento atrapara sus palabras y las soplara en mi dirección. Cuando la miro aunque sea por un segundo de más, ella me mira fijamente hasta que yo desvío la mirada.

Y siempre soy yo la que desvía la mirada.

—Ni siquiera me conoces. —Esto es exactamente lo que cualquier chica patética y sin amigos diría.

—Te conozco lo suficiente.

—¿Ah, sí? ¿Qué fue lo que Maddie te dijo?

Tal vez por primera vez en la vida, callo a Kathleen. No sé cuándo ella y Maddie se hicieron amigas, amigas de verdad, pero en el primer día de primero de preparatoria, ellas caminaban por los pasillos con los codos entrelazados, como hacen las mejores amigas para siempre. Como si yo nunca hubiera existido.

Como si ese año en el que fuimos amigas no hubiera existido.

—No es difícil descifrarte —me dice al fin. Apoya la cadera contra el lavabo. Me pregunto si sabe que posé exactamente así en una de esas seis fotos—. Eres una chica diferente a las demás.

Se me acelera el corazón.

—¿Perdón?

—Nosotras somos demasiado drama y superficiales, pero tú te llevas mejor con los chicos, ¿o no? Porque eres tan genial y divertida. Eso es lo que te dicen, que eres *diferente*. ¿Verdad? —Asiente, como si supiera que yo no tengo nada que decir—. Eso pensé.

A pesar de que miro cómo se aleja, me sobresalto cuando azota la puerta. Miro a los ojos a la chica del espejo. Esto es más piel de lo que he mostrado en meses: una franja del vientre, las marcas de mis clavículas, un escote inexistente.

¿Qué carajos estoy haciendo? ¿Por qué estoy buscando la aprobación de una chica que claramente ya decidió cómo soy? ¿Estoy esperando a que Cody no cumpla con nuestra tregua? Maddie se fue y, si es que huyó, lo cual de seguro hizo, entonces probablemente no quiera que la encuentren, así que lo mejor que puedo hacer es no hacer nada.

Abro la puerta. Recojo mi mochila, le mando un mensaje a Hudson, para terminar esto de una vez por…

—¿Le parece que ese atuendo es adecuado, señorita Kirby? —Conti señala mi silueta con la antena de su radio. Su sonrisa sarcástica es menos una amenaza y más una burla, como cuando un policía te dice que te deja ir sin multarte, pero es la última vez que sobrepasas el límite.

Y yo ni siquiera le contesto, tan solo me pongo el suéter empapado.

Su bigote se levanta.

—Así se hace.

Me dan ganas de vomitar.

Todos en el pasillo se carcajean, sobre todo Ben.

—¿Te parece gracioso, Sulkin? —Me acerco furtivamente a él y deja de reírse—. A partir de ahora, no me veas, ni me toques ni me vuelvas a hablar. ¿Entendido?

—Relájate, JoJo —escupe Ben, casi sin aliento.

—*Relájate, Ben* —lo imito—. Estoy tan harta de ti. ¡De todos ustedes! —Señalo a Sara y a Michaela y digo—: Ustedes dos son buena onda, pero ¡tú! —Y me pongo cara a cara con Kathleen—: Me importa un rábano si te caigo bien, no quiero caerte bien. Tal vez creas que soy una estúpida que se llevó su merecido, pero tú no eres mejor que yo, Kathleen.

Porque cambié de opinión. No me voy a dejar intimidar por estos imbéciles.

Alzo los brazos y los dejo caer.

—¿Alguien más?

Detrás de mí oigo una tos fingida: la directora Lund. Me extiende un sobre etiquetado con mi nombre.

Abro el sobre y saco… una servilleta.

Querida Jo Guion Lynn Kirby:
Estás en el programa.

Cordialmente,
Tess Spradlin

17

De acuerdo con los lineamientos de la Experiencia Profesional, pasaré cinco horas a la semana con Tess Spradlin, más medio día con el resto del grupo para visitar cada uno de los lugares de trabajo de cada mentor. Tendremos que escribir reflexiones, preparar pósteres, y presentar un proyecto final.

Desafortunadamente, el programa está más allá del aburrimiento.

La directora Lund me llama a su oficina para que firme mi contrato.

—Estoy haciendo una excepción, pero eso no te hace a ti excepcional, Jo-Lynn. Los ojos de todos están puestos en ti.

—Entiendo —le digo y garabateo una carita feliz junto a mi firma.

De vuelta en casa, papá está tan emocionado que firma todos mis permisos sin leer las reglas, tampoco los términos de mi supervisión académica, que *olvidé* pedirle firmar la semana pasada.

—¿Entraste al programa? Espera. —Lee da clic en el micrófono de su laptop, luego le da clic otra vez para desactivarlo. La barra de la cocina es su clase de Italiano II desde que *la biblioteca* estaba repleta de gente—. ¿Cómo lo lograste?

—Papá, Lee me está *bulleando*.

—Deja de molestar a tu hermana —lo regaña papá—. Esto es fantástico, Jo.

¿Verdad que sí? Tal vez soy un caso perdido, pero Tess Spradlin me escogió a mí. ¡A mí!

El único problema: no tengo idea de por qué.

Al día siguiente, el viernes, mi primer día, estoy escribiendo mi nombre en la hoja de registro de *ROC Weekly* cuando Tess sale de la escalera.

Me recibe con los brazos bien abiertos, como una modelo que muestra un auto nuevo y reluciente.

—¡Bienvenida! Esto apesta.

Me pego la etiqueta con mi nombre al pecho.

—Me alegra estar aquí.

—Por aquí. Tomo el elevador para subir, pero uso las escaleras para bajar. —Pausa—. Tengo ideas más profundas que subir en elevador y bajar por las escaleras, te lo prometo.

El elevador se detiene en el quinto piso, la sala de transmisión de noticias de *ROC Weekly.* Tess me explica que la revista renta el espacio de una filial de la transmisora pública local. Luego me pregunta:

—¿Esto es más aburrido que lo del elevador, o menos?

Con todo, silbo de asombro al salir. La sala del noticiero es enorme, de estas de concepto abierto, con brillosos escritorios blancos, tubos de acero expuestos y muros grises como el concreto. Me acerco a una ventana. Desde aquí puedes ver el estadio de las ligas menores de beisbol y el viejo edificio de Kodak.

—Qué buena vista —comento.

—Una vista gris. Sígueme. —Ella apunta a la fotocopiadora descompuesta y el clóset lleno de tiliches, de donde toma una pelotita antiestrés, una cinta para colgar identificaciones y cuatro cubrelatas.

Para la última parada, me lleva detrás de una mampara, donde está su escritorio, hecho un desastre. La superficie está retacada de libretas usadas, con las hojas arrugadas y manchadas.

Saca un taburete de cuero para mí y rueda una pelota de yoga de debajo de su escritorio.

—Qué pelota tan divertida—le digo.

—Gracias. Hace un mes cumplí veintiocho años, así que ahora me duele la espalda si me quedo sentada mucho tiempo.

—Esta mentoría es tan informativa.

Tess apoya las palmas de ambas manos sobre el escritorio.

—En realidad me ofrecí como voluntaria para dejar que una adolescente me *bulleara.*

—Este es tu castigo por elegirme a mí —le digo un poco en broma, pero en realidad estoy preguntando «¿por qué me elegiste a mí?». Quiero saber por qué me escogió a mí y no a Maddie, y odio que se sienta como una competencia aun si Maddie no está.

Tess se deshace el chongo mal hecho.

—Mira, Jo Guion Lynn…

—¡Ey, Spradlin! —grita un tipo que golpetea una libreta de gamuza con una pluma fuente. Es bajo de estatura, tiene el cabello grisáceo y cara de bebé. ¿Estará en sus veintes? ¿En la mediana edad? Ni cómo saber. Trae tenis tipo *slip ons* a cuadros y una camiseta de una banda que desconozco—. La reunión salió muy bien, ¿no?

Tess se vuelve a hacer un chongo despeinado.

—Estoy ocupada, Justin.

El finge verme por primera vez.

—Ay, olvidé que hoy tenías visita. Soy Justin Lloyd. —Estira la mano y la pluma sale volando hacia mis piernas. Evito estrecharle la mano con el pretexto de devolverle la pluma—. No puedo perder mi pluma de la suerte. Estudias en la misma preparatoria a la que fue Spradlin, ¿verdad?

—¿Necesitabas algo? —pregunta Tess sonoramente.

—Quiero a la chica muerta. La historia de Price.

Chica muerta. Maddie Price, la chica perdida, secuestrada, muerta. Mi corazón se acelera, tartamudea, late al ritmo de la palabra… *muerta, muerta, muerta*.

—No hay información que sugiera que Maddie está… que no está viva, y lo sabes. —Tess lo mira a él, pero sé que lo dice por mí. No le he contado a Tess acerca de Maddie y yo, de nuestra examistad, pero nos vio en acción en el convivio con mentores—. Creo que dejé muy en claro que ella no está en la lista de posibles historias.

—¿Entonces qué estabas escribiendo hace rato? —Y apunta hacia un fólder verde claro debajo de su teclado.

Tess se congela.

—Después hablamos.

—Okey, okey. —Me golpetea el hombro con su pluma—. Nos vemos luego, chica de la preparatoria de Spradlin.

—Adiós, Jason —le grito a sus espaldas. Él se detiene un segundo, pero luego se retira.

—Qué cruel —dice Tess—. Se llama Justin.

Ups…

—Dijo que Maddie estaba…

—No le hagas caso. Ese hombre es nuestro redactor de música y obtuvo este trabajo solo porque su mamá es jefa de administración. No le pondrá ni un dedo a esa historia —explica Tess, seria—. De hecho, *no* es una historia.

—Porque se fue de su casa. —Las palabras se me salen, huecas.

Tess suspira y se reacomoda los anteojos.

—Estamos hablando de una chica bonita de una familia de clase media alta. Si algo nefasto le hubiera sucedido, las noticias no pararían de hablar de ella, pero no es así. La historia más simple es que Maddie huyó de casa. —Y hace aspavientos al ver un cactus en una maceta, muerto, sus brotes pegajosos y podridos—. La cuestión es que esas historias simples son las que tienen riesgo de que las cuentes mal… por no profundizar en ellas, quiero decir.

Frunzo las cejas.

—No entiendo.

—O sea, puedes saber qué fue lo que pasó, pero no por qué. —«¿Por qué Maddie huiría de casa?»—. Ni cómo fue que llegó a eso. —«¿Cómo es que desapareció y adónde diablos se fue?». Tess se remueve sobre la pelota mientras formula sus siguientes palabras—. Maddie estaba batallando con esto en su muestra de escritura para su admisión en el programa de mentoría. A nivel escrito lo hizo bien, pero contaba mal sus historias.

Sigo sin entender.

—Pero, ¿ella no es una historia? ¿No estás investigando?

—No —dice Tess firmemente y mete el fólder verde claro en el primer cajón de su escritorio—. ¿Vamos por un café?, puedo pagarlo con la tarjeta de la compañía.

Deslizo mi celular sobre el taburete de cuero.

—Suena bien.

Tal como prometió, bajamos por las escaleras. En el segundo piso, me detengo y finjo sorpresa mientras me busco en los bolsillos.

—¡Ay, no! Dejé mi teléfono arriba. ¡Nos vemos en el lobby!

Y corro a la sala de noticias, tomo mi teléfono y trato de abrir el cajón.

Está cerrado con llave. Claro. Me busco en la cabeza un pasador, como si ya hubiera forzado una cerradura antes, además, ¡ni siquiera uso pasadores!, pero arriba del cerrojo puedo ver el gancho y creo que mi mano cabe para bajarlo...

Funciona.

Dentro del fólder verde claro: un correo de Maddie, marcado con pluma. Acomodo la hoja para tomarle una foto con mi celular, la regreso al fólder, regreso el fólder al cajón y enseguida...

—¿Tess?

Me tiro al piso, me acomodo debajo del escritorio y pego el rostro a la alfombra. Me asomo entre el espacio de la mampara y, ay mierda, veo unos tenis a cuadros. Es Jason. ¿O Justin?

—¿Tess? —vuelve a llamar, nada más para despistar—. ¿Ya regresaste?

Se acerca al escritorio, sus pies están a centímetros de los míos. Oigo un cascabeleo de metal. El cajón se abre: Justin tiene llave. ¿Debería tener llaves? Saca el fólder, lo abre, murmura.

Y luego, un clic, el sonido de la cámara de su celular.

Cuento sesenta segundos, un minuto exactamente, antes de que el cajón se cierre. Desde la ranura, me vuelvo a asomar: Justin coloca el cuaderno en un escritorio antes de irse hacia el baño.

«Vete».

Gateo fuera del escritorio de Tess, corro por la sala de noticias y me robo el cuaderno. Y también su estúpida pluma. Me voy hacia las escaleras, hojeo el cuaderno: listas de compras, notas a medias sobre las bandas locales, un horrible dibujo de un ojo. «La chica Price». Arranco la hoja y me la meto al bolsillo, luego aviento el cuaderno por el barandal.

Para cuando llego al lobby me falta el aire.

—¡Perdón! Vi a Jason, te estaba buscando.

Tess frunce las cejas.

—¿Ah, sí?

—Sí, quería algo de tu escritorio. Creo que mencionó a Maddie.

Y entonces, Tess Spradlin, que no está averiguando nada sobre Maddie Price, golpea el botón del elevador para subir y murmura:

—Dame un segundo.

Porque creo que tal vez sí está averiguando algo.

18

La hoja arde en mi bolsillo. Aún no la leo, no he tenido la oportunidad. Tess regresó de su escritorio sin mencionar nada de Justin Lloyd o el dichoso fólder verde claro, luego me invitó un café helado, así que ahora estoy ansiosa y con un nivel muy, muy alto de cafeína en el cuerpo.

El cuerpo me burbujea, vibra a flor de piel; le mando un mensaje de texto a Hudson para que nos veamos en la parte trasera de la escalera cuando regrese a Culver. Y no, no es para besuquearnos en el descanso del quinto piso, que suele ser para lo que lo usan todos.

Cuando abro la puerta de una patada, él está sentado en los escalones.

—¡Hola! ¿Cómo te…?

—Tengo pistas.

—¿Pistas?

Me siento.

—Mi mentora es editora, ¿recuerdas? Tess. Supongo que Maddie surgió como posible historia. —«La chica muerta». Meneo la cabeza, luego sacudo la hoja y le digo—: Tess dijo que no era una historia, pero estaba rara, igual que otro reportero. Arranqué esto de su cuaderno.

En la hoja hay tres anotaciones: «recaudación de fondos», encerrado en un círculo; un teléfono con código de área 212 y «¿¿¿EXPEDIENTES???».

—Okey, entonces «recaudación de fondos» puede ser esa página para enviar donativos —sugiero—, la que quitaron.

Hudson asiente.

—¿La crearon sus padres?, porque si ellos sabían, o lo sospechaban, qué asco; ella huyó y aun así pidieron donativos.

Tiene razón. La señora Price afirmó que ella nunca vio la nota que dejó Maddie —¿Dónde está esa nota?—, pero aunque la hubiera visto, aunque la hubiera escondido, había sacado unas fotos para hacer un cartel de persona extraviada. Obvio quiere encontrar a su hija. Y luego el señor Price… él también está ahí.

—Alguien debe recordar algo —dice Hudson—. ¿Daniele? Ella sabe todo.

Suspiro profundamente.

—Desafortunadamente, sé quién también podría saber algo.

[1:13 p. m.] **JO:** quién creó la página de donativos para maddie?

[1:14 p. m.] **KATE KIRBY👩‍💻:** El primo de su papá. ¿Por qué?

Hudson se asoma a mi celular.

—Salúdame a Kate.

—Cállate, Hudson. —Vuelvo a revisar la hoja arrancada—. ¿Qué quiso decir con «expedientes»? ¿Médicos? ¿Secretos X?

—Dudo que los Expedientes Secretos X. Déjame ver el número. —Teclea el código de área—. Mierda, es de la ciudad de Nueva York.

—Llama, anda.

Hudson marca, y se queda escuchando. Se aleja el teléfono del oído con el entrecejo fruncido.

—Es el conmutador de un despacho de arquitectos. ¿Les vuelvo a llamar?

—¡No! —Ambos nos sorprendemos de la fuerza con la que lo dije. Sé por qué Justin-Jason tendría ese número, sé quién probablemente trabaje ahí, pero no puedo decirlo. Siento un nudo en la garganta, un escalofrío conocido me recorre la espalda. Esto no puede estar pasando. No aquí, no frente a él.

—Te apuesto a que, eh, apuntó mal un número… Número equivocado, ¿no? —Se me nubla la vista...—. Mejor dejémoslo…

Abro la foto que tomé del correo en el fólder de Tess y, qué bien, otro maldito teléfono con el mismo código de área 212 garabateado hasta abajo. Hudson marca, esta vez con el altavoz:

«Gracias por llamar a la oficina de admisiones para pregraduados de NYU. Si conoces la extensión…».

Cuelga.

—Eso parece claro.

Es la historia más simple: Maddie estaba triste por lo de NYU, así que huyó.

Hudson señala mi celular con la cabeza.

—¿Puedes hacer zoom del correo?

FECHA: Dic. 12, 10:43 a. m.

ASUNTO: ¡Hola de parte de una periodista de Culver!

¡Hola, señorita Spradlin! Me llamo Maddie Price, soy estudiante de tercer año en Culver Honors High School. ¡Su *alma mater!* Hice examen de admisión para NYU (¡también su *alma mater!)*, y entregarán resultados a mediados de febrero. Hasta entonces, ¡estoy trabajando arduamente en *The Eagle Eye!* ¿Le gustaría que nos reuniéramos? ¡Me encantaría comentar con usted una idea que tengo!

Cordialmente,

Maddie Price

—Vaya que le gustan los signos de exclamación —comenta Hudson.

Releo el mensaje. Me fijo en la fecha: 12 de diciembre. Publicaron los mentores para la Experiencia Profesional a principios de enero, justo después de las vacaciones de invierno, así que o Maddie contactó de la nada a Tess antes de que su mentoría fuera oficial (¿y como por qué?) o consiguió la lista de mentores de algún lado. ¿El periódico?

Me levanto y digo:

—Vamos a hablar con Gabe Figueroa. —El editor en jefe.

Hudson hace una mueca.

—No soy superfán de *The Eagle Eye.*

Por aquello de la carta acerca de su clasificación.

—Un momento… ¡tu clasificación! Aún no sabemos cómo se relaciona con esto, ¿cierto? Tal vez Maddie descubrió algo sobre eso mientras trabajaba en el periódico. —Lo jalo del brazo—. Tal vez ella…

Hudson me deja jalarlo hasta que se levanta.

—Te sigo.

La cafetera dentro del salón del noticiero suena como si estuviera a punto de vomitar. Hace gárgaras, escupe; en serio, esa máquina está enferma. También apesta: huele a café quemado y amargo. Finjo arcadas cuando entramos.

—Fuera de aquí —dice Gabe, secamente.

Él y yo salimos por seis semanas, que en secundaria se siente como una vida entera.

Gabe no fue mi primer beso, ese honor se lo llevó Isaiah Hilton, un chico de St. Ignatius, en un desafío triple, pero habíamos practicado con la lengua, como si todo el asunto fuera un experimento científico.

Luego Gabe me mandó al diablo con un mensaje de texto, por lo de Isaiah Hilton.

—Hola, Gabriel. —Arrastro una silla y cruzo las piernas delicadamente.

Él se levanta de inmediato.

—Declaren su asunto.

No alcancé a planear eso. Miro a Hudson para que me apoye, pero él se sienta en una silla con rueditas.

—Perdón, pero el mecánico me envió un mensaje sobre mi auto —murmura.

Noto una ligera tensión en Gabe cuando Hudson habla, y eso es exactamente lo que necesito.

—¿Te incomoda que Hudson esté aquí? —susurro sonoramente—. Después de lo que hiciste…

—Ay, por favor. —Gabe se va a unos casilleros que construyeron en un rincón del fondo. Mete una llave en el candado del casillero etiquetado como «Editor en Jefe» y dice—: Yo no estuve involucrado en ese desastre. Fue…

Sus ojos miran el casillero a su izquierda: el de la jefa de redacción.

Hudson prácticamente tira su teléfono.

—Un momento… ¿Fue Maddie?

—Sí, y nos metió en un problemón de mierda. —Gabe saca un abrigo de pana de su casillero—. Yo le dije que no publicara la carta. La señorita Clay, la asesora del periódico, le dijo que lo mismo, pero Maddie lo hizo. Se filtró después de que nosotros aprobamos lo que se iba a imprimir. Eso es periodismo irresponsable. —Y agrega—: No me malinterpreten, yo la habría publicado de haber podido, pero sí tengo integridad.

—¿Por qué no podías? —pregunto.

—No pudimos verificar quién la envió —dice Gabe, mientras se abotona el abrigo—. Para Maddie resultó contraproducente, así que por lo menos hubo un poco de justicia para ti, Hudson. —Se inclina hacia mí, como si supiera lo que voy a preguntarle—: Clay se negó a escribirle una carta de recomendación, y ella estudió en NYU, se graduó como periodista.

Giro sobre la silla.

—¿Eso haría una diferencia?

—Claro, Jo. Ciertamente la ayudaría. Digo, yo me sorprendí cuando Maddie publicó que la habían admitido, así que cuando resultó que a la mera hora no, pues… —Gabe alza los hombros—. Esa chica cavó su propia tumba.

Volteo hacia Hudson. Él me mira con los brazos bien cruzados.

Esos mensajes de texto que Maddie le envió, lo estaba acusando de que la hubieran rechazado, ¿no? Claro que fue para desquitar su furia, pero si él hubiera renunciado a su clasificación, ella habría quedado en el primer diez por ciento de nuestra generación. Seguramente por eso estaba tan desesperada de que se publicara esa carta.

Maddie necesitaba un lugar más alto en el ranking.

Pero ¿por qué advertirle a Hudson? «Debiste renunciar antes de que te la quiten», sobre todo si ella estaba involucrada. No tiene sentido, a menos de que primero publicara la carta y luego descubriera… no sé, algo. ¿Algo que comprobara que esto va más allá de un lugar en el ranking?

¿De que se trata de él?

El teléfono de Hudson suena, él maldice y se va al rincón para responder la llamada. Gabe mete su laptop a su funda de neopreno y me dice:

—Oye, dile a tu hermano que abra su maldito correo.

—¿Lee?

—¿Tienes otros hermanos? El aniversario del partido que nos hizo ganadores es el próximo mes y estoy trabajando en una retrospectiva con los jugadores principales. Necesito al jugador principal.

Al mismo tiempo hago bizco y pongo los ojos en blanco.

Los Culver Eagles eran un equipo de mediano éxito en la cumbre de las eliminatorias cuando Lee estaba en primer año. Solo jugó durante los tiempos menos importantes, hasta que su mejor base se rompió el talón antes del partido para calificar. Mi hermano aprovechó la oportunidad y metió nueve canastas de tres puntos. Seguidas.

El equipo perdió casi enseguida durante la primera ronda de eliminatorias. Pero, aun así…

Su estatus de héroe estaba garantizado.

—Ahora, si me disculpan. —El celular de Gabe vibra con una videollamada de Isaiah. Me dice—: Más vale que ninguno de los dos siga aquí cuando regrese. —Y se sale al pasillo.

En cuanto se fue, me dirijo a los casilleros al fondo. «Jefa de Redacción» está marcado con un pedazo de cinta adhesiva. De la ranura del casillero sobresale un papel. Lo saco: es una hoja arrancada y garabateada con un 1211. ¿Será su combinación? Pero el candado que lo cierra no es de combinación, sino de llave. Hago bolita la hoja.

—Mierda.

—Mierda —repite Hudson, pero no sé si es porque me escuchó.

Pega la cabeza contra la mesa.

—Perdón… es que mi auto se jodió. El taller lo va a llevar en grúa a mi casa, pero…

Saco mi teléfono.

—Dime tu dirección.

Él se endereza.

—¿Qué? No suelo tener invitados. Mi casa es un desastre. —Recorre con el dedo un raspón en la mesa—. Y me siento como un idiota por avergonzarme por eso. Así que…

—Entiendo. Dame tu dirección.

Hudson me mira con suspicacia, pero me da su dirección.

19

En el autobús, Hudson se queda callado todo el tiempo. Tampoco habla cuando caminamos por su calle, donde aún no han quitado la nieve, ni cuando damos vuelta hacia la entrada de una casita amarilla con un letrero de «SE VENDE» clavado en el jardín del frente.

Señalo el letrero.

—¿Te vas a cambiar de casa?

—Eh, tal vez. —Abre el candado de la reja de protección y me lleva hasta su lamentable SUV, estacionada frente al garaje. Abre la cajuela y me dice—: ¿Eres una mecánica secreta?

—No, no lo soy, pero... —señalo el auto que se estacionó detrás de nosotros—, él sí.

Papá sale del auto gruñendo. Trae unos jeans manchados de grasa y una sudadera del estado de Carolina, que deja ver los tatuajes que tiene en el cuello.

—Oí que había un auto enfermo por aquí —dice con voz ronca.

Es posible que Hudson se haya quedado sin palabras.

Tal vez por eso es que lo tomo de la mano y le digo:

—Papá, él es Hudson. Mi novio. —Y como no puedo ser cordial por más de cinco segundos, agrego—: Y este es su auto de mierda.

Papá estrecha manos con él.

—Joe.

—No, yo soy Jo. Tú eres Joseph.

—Es un placer conocerte —dice Hudson, que al fin se acuerda de respirar.

Papá apunta al auto.

—¿Él es el paciente? —pregunta y Hudson le explica, aunque no le pongo atención hasta que papá silba debido al presupuesto estimado: cuatro mil dólares. Se asoma a las tripas del motor—: Veamos cuál es el problema. Aquí también es cuando te interrogo, ¿verdad? ¿Cómo que estás saliendo con mi hija?

—Me encantaría que no lo interrogaras, papá.

Me ignora.

—Te llamas Hudson. Eres alto. ¿Qué hay de la escuela? ¿Harás examen de admisión para algunas universidades?

—No... no busco universidad. —Hudson se desinfla un poco con estas palabras. Volteo hacia él, pero él baja la mirada y se queda viendo un hoyo en el pavimento.

Nunca salió a la conversación lo de por qué no irá a la universidad. Es tan inteligente, bien podría conseguir una beca completa para la universidad estatal de Nueva York, o al menos conseguir apoyo financiero. Si quisiera entrar, podría, pero sospecho que simplemente no quiere. Tampoco es como que yo vaya a ir a la universidad.

—Papá, Hudson trabaja en el Flower City Diner.

Esto llama la atención de mi papá mucho más allá que lo académico.

—¡Cómo crees! ¡Qué increíble!, es el mejor restaurante de aquí.

Hudson se rasca la nuca.

—Solo soy ayudante de cocina.

—Nunca vuelvas a decir eso —le responde papá, muy serio—. Eso de solo ser ayudante de cocina no existe, ¿entendido? —Espera hasta que Hudson asiente, luego él también lo hace; después señala con la barbilla hacia el garaje—. ¿Tienes un estéreo ahí dentro? A menos que a tu familia le moleste...

—Ah, no, no hay nadie. Vivo con mis abuelos. Ellos trabajan el turno vespertino.

—¿Ah, sí? —pregunto. Si él sale de casa al amanecer para trabajar en el restaurante, básicamente es como si viviera solo. Meto las manos a los bolsillos, temblando—. ¿Podría entrar? Muero de frío.

Hudson simplemente me da una llave; está demasiado embelesado con mi padre para siquiera mirarme.

Abro la puerta trasera y entro a la cocina: es pequeña pero hogareña. El refrigerador zumba. Me siento a la mesa, me quito el abrigo y saco de mi mochila la tarea de Física. (¡Míreme nada más, señor Conti!). Respondo dos problemas completos, luego descanso la cabeza y cierro los ojos, y sin querer me tomo una siesta como de una hora.

Luego oigo el claxon de un auto que casi me mata de un infarto, y mi celular también empieza a vibrar.

[4:20 p. m.] **DESCONOCIDO:** ¡Hola! Soy Sara. Algunos iremos al Barcade (ash, ya sé), tú y Hudson deberían venir 😊

Supongo que es lindo de su parte, pero siento que nos invita por lástima.

Me sacudo, medio atontada, y deambulo por la sala. Las paredes no tienen nada, solo hay unas manchas cuadradas que marcan donde alguna vez hubo cuadros colgados. Cuando camino se sacuden las fotos en la repisa de la chimenea.

Hudson apenas comenzando a caminar, con cara superseria.

Su foto del kínder. No tiene los dos dientes del frente y trae unos anteojos redondos de ñoño; ni siquiera sabía que usaba lentes. Me detengo al ver la fecha en una esquina. Los cálculos no me cuadran… ¿a menos que lo hayan inscrito a la escuela más tarde?

La última foto: Hudson como de diez u once con su mamá. Ella tiene un lindo peinado de cabello muy corto, tipo *pixie*, y decolorado. Se agachó para recargar la barbilla en la cabeza de él que intenta (sin mucho éxito) no sonreír.

En el marco de la foto hay una tarjeta con una oración y la leyenda «En memoria de Aubrey Harper-Moore».

Cuando rechina la puerta y Hudson entra no finjo no estar de metiche.

—De niño eras lindo —digo.

—Gracias. —Se deja caer sobre el sofá y se pone a juguetear con un desgarre en la tela—. ¿Qué quieres preguntar realmente: si repetí año en el kínder o sobre mi madre muerta?

Me quedo pensando.

—El kínder. De cualquier forma no tenías la edad para entrar, ¿cierto? —Él cumplió dieciocho en septiembre; recuerdo que compró una pipa de agua para mota y un boleto de lotería que no ganó.

—Sí, pero no terminé el año escolar por, eh, exceso de faltas. Nuestro edificio se inundó, así que no tuvimos casa fija por varios meses. —Hudson azota las palmas sobre su rodilla—. Como sea, tengo una noticia buena y una mala. La buena es que vino tu tía, así que ella y tu papá van a trabajar en mi auto hasta que alguien de su taller venga con una grúa.

Me entusiasmo.

—¿La tía Leigh? —Por ella le pusieron Lee a mi hermano.

Hudson se peina el cabello hacia atrás y hasta ahora me doy cuenta de sus movimientos lentos y pausados. Y el inconfundible olor a mota.

—La mala noticia —continúa— es que la hierba de tu papá está potente.

—¡¿Fumaste mota con mi papá?!

—¡Fue sin querer!

—Ay, por Dios —digo y salgo furiosa. La estación de canciones viejitas suena a todo volumen desde un estéreo en el garaje abierto.

Grito:

—¡Papá! Ah, hola, tía Leigh.

Ella me saluda con la mano, sin sacar la cabeza del cofre del auto porque sigue inspeccionando el motor. Junto a ella, papá muy en su papel de ayudante, sostiene una llave de tuercas. El hombre está drogadísimo. Literal, me tomó años entender que sus ojos vidriosos e irritados no eran alergias.

Le lanzo mi mirada más fulminante.

Y me responde:

—¿Ups? —Y alza los hombros con cara de arrepentimiento.

Enseguida estiro la mano y le digo:

—Dame.

Nunca imaginé que hoy terminaría fumando la hierba de mi papá en la cama individual de mi novio de mentiras. Y sin embargo, aquí estamos. Desde la ventana revolotean copos de nieve, así que nos sentamos cadera con cadera.

Tomo la pipa.

—No puedes ni prender un encendedor, ¿recuerdas?

—Lo recuerdo. —Hudson enciende la llama y la inclina; sus nudillos me rozan la mejilla. De seguro ya estoy en el subidón, porque esto me parece… sexy. (Okey, también creo que no estaba bromeando con lo que dijo sobre esta hierba). Cuando exhalo, sus ojos de inmediato se ponen llorosos, así que se estira hacia el cajón junto a su cama, su camiseta se levanta y puedo ver el resorte de sus boxers.

—Me tengo que quitar los lentes de contacto, dame un segundo.

—Ve con Dios. —Y jalo otra bocanada. Luego contemplo su recámara. Pintura beige, alfombra medio blanca, muebles a tono que hay que ensamblar. Casi parece una recámara de visitas, como si fuera temporal.

La flama chisporrotea, así que coloco la pipa sobre el buró y… veo unos condones. Mi novio de mentiras tiene una tira de condones en el cajón de su buró. Es una ecuación simple: Hudson + condones = Hudson ya tuvo o está teniendo sexo, y esa es información que no puedo procesar.

Se abre la puerta de la recámara y me enderezo rápido.

—¿Seguro que no te vas a cambiar de casa?

Él vuelve a encender la pipa.

—Mis abuelos se van a ir a Florida.

—¿Te vas a ir a Florida?

—Espero que no. El mercado de bienes raíces es un asco y el vendedor les dijo que pusieran la casa en venta para empezar a recibir ofertas. —Exhala y se sienta en la cama, muy cerca de mí—. De hecho, Cody habló con sus padres sobre esto, y me dijeron que podía quedarme en una de sus recámaras extra para terminar el año en Culver si la casa se vende antes de la graduación.

—Qué lindo de parte de Cody. —No lo digo en broma.

—Sí, lo fue. Lo es. —Hudson jala de la pipa otra vez—. No sé. Detesto sentir que me compadecen, o que soy una imposición. Lo ideal sería tener mi propio departamento con…

—Mierda, el dinero de la beca —exclamo—. Por eso lo necesitas.

—Para el depósito y los primeros meses de renta, muebles, lo básico. —Cuenta cada elemento de la lista con sus dedos—. Mi sueldo del restaurante es bastante decente, eso y mi pensión como hijo sobreviviente podrían cubrir la renta de aquí hasta la graduación, pero esa pensión expira cuando cumpla diecinueve y… ay, perdón.

Finjo toser.

—¿Quieres hablar sobre tu mamá? Si no quieres, no.

—No, está bien, sí me gustaría. Se apellidaba Harper. Era asistente dental. Amaba las ventas de liquidación de casas y las películas palomeras. Me tuvo muy joven y estábamos superjodidos, pero nunca sentí que me faltara algo. —Se ríe—. Sobre todo, un papá.

—¿Y él…?

—Se fue antes de que yo naciera —dice alzando los hombros—. Luego, cuando estaba en quinto año, a mi mamá le dio bronquitis aguda, algo viral. Mis abuelos la llevaron a emergencias, pero no llegaba al deducible, así que la enviaron a casa.

Dios, odio saber cómo terminó eso.

Hudson se toma un momento.

—La bronquitis se volvió neumonía, que terminó en septicemia, luego le dio un shock séptico y murió. —Se cubre el rostro, pero baja las manos y yo le abrazo la cintura—. Espera, ¿qué haces?

—Trato de abrazarte, imbécil.

Él pone los ojos en blanco, pero cede. Es una posición medio incómoda, pero el abrazo es lindo: cálido, apretado, sus latidos contra los míos.

—Ay, Dios, perdón por llorar. En realidad, nunca hablo de esto con mis amigos. —Se absorbe los mocos, medio riéndose—. Aunque de seguro ahora me vas a decir que no somos amigos.

—No somos amigos.

Hudson se reacomoda.

—Ahora te toca a ti. ¿Qué pasó con Maddie?

Siento un nudo en la garganta y me ahogo con el humo.

—No es una historia interesante.

—No hay problema si me aburro.

Sinceramente, no es una historia interesante.

Pero le digo:

—Pásame la pipa. —Y le doy otra jalada antes de comenzar—. Probablemente no lo recuerdes, pero Maddie organizó una fiesta en su alberca cuando terminamos el primer año de preparatoria. Ella no me invitó hasta que ya había empezado. Pensé que tal vez lo había olvidado o pensó que ya me había invitado, pero Lee…

Había estado viendo a los chicos jugar futbol en el pasto cuando ella finalmente me mandó un mensaje de texto. De vuelta en casa, oí a las chicas gritando, salpicando agua, cantando una canción que odiaba, y Lee me dijo que llevaban horas.

Parpadeo para ahuyentar la punzada de dolor.

—Las Birds estaban ahí. Daniele Con Una Ele. En realidad, muchas chicas estaban ahí. Yo ni siquiera sabía que tenía otras amigas. —Dicho así suena muy patético, así que agrego—: Luego, ella, eh, me pidió que los invitara a ustedes, los chicos, y…

—Espera, ¡ya me acordé! —dice él. Los chicos llevaban ahí máximo diez minutos cuando el señor Price les gritó que se fueran en ese mismo instante, como si representaran un gran peligro.

—Maddie se metió a la casa, así que fui a ver cómo estaba. Estaba llorando con su mamá y le dijo que yo los había invitado a ustedes sin decirle a ella. También le dijo que solo me había invitado a mí por buena onda porque yo no le caía bien a nadie, incluyéndola a ella. —Suelto una risita forzada que me desgarra la garganta seca—. Es una estupidez.

—No es una estupidez —comenta él, muy serio—. Qué horrible.

—Sí, pero luego yo… —Me callo, sorprendida de que estaba a punto de contarle, explicarle que yo la lastimé peor, que hice algo de lo más cruel.

Afuera, suena otro claxon, seguido del grito de mi papá, llamándonos. Me levanto rápido, o tal vez muy lento; el subidón me está pegando duro. Salimos.

Lee salta con un solo pie de la grúa. (Esa cosa está supersucia, tiene tierra por todos lados y las llantas están bien enlodadas). De verdad no sé cuál es el horario de mi hermano. Empezó a ayudar en el taller después de su cirugía reconstructiva, cuando pudo soportar un poco de peso en la rodilla.

—Huelen a mota.

Lo fulmino con la mirada.

—Gracias, es la mota. Ah, y a ver si revisas tu maldito correo, para ver… Se me están olvidando las palabras… ¿lo de la historia? —Lee frunce las cejas con una expresión indescifrable—. ¡Lo del aniversario del glorioso partido!

—Ah. —Es todo lo que dice: *ah*.

—¿Ya se van? —me pregunta mi papá y Lee huye, no sin antes quitarle las llaves a mi papá.

Miro a Hudson.

—Algunos fueron al Barcade.

—¡Suena divertido! Les doy dinero para el autobús.

—Hablando de dinero… —comienza Hudson, pero mi papá lo calla, saca su cartera y le da un billete—. ¿Me vas a dar cincuenta dólares por arreglar mi auto?

—Invítale a mi hija una bebida costosa. Sin alcohol.

—Yo la pago —le contesta Hudson, así que le arrebato el billete a mi papá y me lo meto al bolsillo.

—Ya váyanse —insiste mi papá—. No quiero nada que ver con ninguno de los dos.

De nuevo, Hudson está callando mientras caminamos, aunque no por mucho tiempo.

—Por cierto, Maddie no tenía razón —comenta—. El día de la fiesta en la alberca, dijo que no le caías bien a nadie, pero se equivocaba.

—¿Cómo sabes?

Mira al frente, pero sonríe a medias.

—Porque me caías bien a mí.

20

El Barcade está en una antigua iglesia, porque ¿qué es más sagrado que la cerveza y las maquinitas con *Big Buck Hunter*? El autobús nos deja del lado contrario de la calle, así que cuando no vienen autos, corremos, riendo y tomados de la mano.

Adentro, las luces son tenues y hay destellos estrambóticos azules y púrpuras. También está atascado de gente, muchos son *nerds* que aprovechan la hora feliz y, la verdad, estoy demasiado drogada para esto. Lo siento todavía más cuando Sara abandona la maquinita de peluches para saludarnos.

—¡Vinieron!

Michaela la sigue.

—¡Y vienen pachecos!

—¿Se nota mucho? —Hudson olfatea el cuello de su camiseta.

—¡Hola! —Cody se asoma desde el medio piso, con los codos apoyados en el barandal. Hay una mesa de ping-pong, carriles de Skee-Ball y una cabina de fotos. Grita—: ¡Necesito un compañero! —Y le lanza una raqueta a Hudson, pero casi le atina a mi cabeza, si no es porque me agacho.

Hudson juguetea con la raqueta, como diciéndome «¿debería?».

—Nosotras le haremos compañía —le dice Sara y me toma de la mano para llevarme al bar.

Desde su asiento en el rincón, Kathleen alza la vista, mientras revuelve su malteada de fresa.

—Lamento si Kath está más insoportable de lo normal esta noche —dice Michaela, luego susurra—: Su ex le mandó un mensaje de texto.

Ryan Foley es, era, el novio de toda la vida de Kathleen. (Duraron, tipo, dos años). Él se graduó de St. Ignatius el año pasado, así que básicamente solo he oído de él. Sonaba como un buen tipo, aunque algo aburrido.

Abro el cierre de mi chamarra.

—Oh, lo lamento.

—Gracias —murmura Kathleen. Esto es incómodo, mucho. No se supone que debiera estar conversando con estas chicas y solo lo hago porque Maddie está perdida.

Me tallo la frente. Necesito dormir, o agua. Sería una mejor persona con menos problemas si bebiera más agua. Además, creo que tengo mucha hambre.

Sara se acerca a mí y su *gloss* brilla cuando me susurra:

—¿Ves a la chica que está en la barra? —Miro discretamente. Tiene el cabello corto de los lados, pero con una cresta larga, y un *piercing* en la nariz—. Estoy enamorada de ella.

—Aclaremos: Sara no está enamorada de ella —dice Michaela—, más bien está proyectando su verdadero *crush* en una extraña inalcanzable para evitar que la rechacen.

—¡No sé si Daniele es gay!

—¿Sara Sin Hache y Daniele Con Una Ele? —Echo un segundo vistazo a la barra—. Comprobemos esta teoría —agrego y la arrastro hacia la caja. Pido unos Tater Tots (desde luego un bar de maquinitas no sirve papas a la francesa sino *tots*) y dos aguas minerales, luego saco el billete de cincuenta de mi papá y digo—: ¿Recoges mi orden, Sara?, ¡gracias, bye!

Me voy hacia las mesas, pero choco con alguien: un tipo blanco, medio joven, de estatura y complexión promedio; promedio en todos los sentidos. Trae una sudadera roja y estoy tan segura de que es de Cornell que cuando veo lo que dice, «Bard College», lo veo borroso.

—Ay, perdón. Hola —dice y me extiende una mano—. No te vi.

Me hago hacia atrás antes de que pueda tocarme.

—Estoy bien, digo, está bien.

Está bien, así que no sé por qué el corazón se me sube a las orejas.

Miro hacia nuestra mesa. Sara está desparramada sobre las piernas de Michaela, pero sin mi orden. En el loft, Ben Sulkin le mueve el codo a Trey Gardner cuando está a punto de tirar, y Cody descansa una mano en la cadera de Alexis Fitch; Hudson se talla los ojos secos y luego veo de reojo esa sudadera roja otra vez. El tipo de Bard se está sentando en una mesa debajo de un vitral, donde también está sentada…

—Sabrina Kim, de las Noticias del Nueve —susurro.

Esa misma reportera de la escuela. «Me encantaría hablar sobre la chica desaparecida». ¿Será una primera cita? En este lugar abundan las primeras citas. Tanto ella como Bard College miran sus teléfonos. En vez de un micrófono, ella tiene un coctel rosa intenso.

Me deslizo en el asiento de la mesa de junto.

—Sabrina, ¿cierto?

Ella alza la mirada brevemente, luego la baja, luego la levanta otra vez.

—¡Hola, hija de Kate Kirby! —Entrecierra los ojos—. ¿Recuerdas que me dijiste que me fuera al carajo la última vez que nos vimos? ¿O que hiciste que me corrieran de esa estúpida fiesta navideña hace unos años?

—Eh… Creo que no fui yo. —Definitivamente fui yo.

—Ajá —dice. Su celular tiene abierto Tinder, con todo y que su cita actual está sentada frente a ella. (Respeto el valor para eso). Ella desliza el dedo a la izquierda, izquierda, izquierda, izquierda, se detiene para leer una bio, izquierda.

—Le dije a mi mamá que nos topamos —miento—. Ha estado como loca con aquella chica desaparecida…

Sabrina deja el celular sobre la mesa.

—El Canal 12 es… ¿Cómo? ¿Tu mamá…?

¡Qué tal!, ya pescó mi carnada.

Finjo un entrecejo fruncido.

—¿Las Noticias del Nueve no está cubriendo la historia?

—¿Qué hay que cubrir? —pregunta Sabrina, haciéndose la mensa—. Recuerdo lo inquieta que yo era a su edad. Tu edad —agrega, como si ella no estuviera máximo en sus primeros veintes—. Te apuesto lo que quieras a que esta chica estaba esperando una razón para huir, y ahora se está dando la buena vida. Estoy segura de que va a publicar fotos lindas de ella en la playa muy pronto.

«Esta chica. La chica perdida. La chica muerta».

Como si Maddie ya no fuera una persona, tan solo una historia para contar.

—Detesta la arena —digo, aún bien drogada.

Sabrina alza un hombro y sorbe sonoramente su coctel.

—Aunque —comienza, con los labios manchados de rosa—, sí es un poco extraño que nadie diga nada. Ni sus amigos, ni su novio. Me pregunto si cambiaría de teoría si alguien hablara.

¡Una pista!

—¿Tal vez me puedas dar tu tarjeta? —sugiero—. Por si acaso…

—Por si acaso —dice Sabrina, mientras empuja su celular hacia mí para buscar en su bolso.

El celular sigue abierto en Tinder y… un momento…

Justin, veintiséis, escritor de música en *ROC Weekly*, padre de un solo perro que ama los tacos y *The Office* y escalar montañas y mide un metro setenta, porque al parecer eso importa. (No mide uno setenta). Quiero ver su foto, así que toco la pantalla y…

«¡¡¡HICISTE MATCH!!!». Ups.

Sabrina me da su tarjeta.

—Mándame mensaje cuando quieras.

—Eso haré —le digo con un guiño.

Cuando me levanto, veo a Hudson sentado en una mesa, solo, tratando de leer el menú como si nunca antes hubiera visto una palabra escrita. Cuando me dirijo hacia él:

—Perdí —me dice suspirando.

—Qué sorpresa. —Mi estómago ruge—. Oye, ¿vas por mis *tots*? —Dije *tots*, no *tetas*, Hudson.

—Ah, eso tiene más sentido. —Va a recoger mi orden, tratando de no reír cuando regresa.

Yo pongo los ojos en blanco, fastidiada.

—¿Por qué habría de pedirte algo así aquí?

—No es como si no hubiera sucedido antes.

Dentro de mí se enciende una chispa, como si él hubiera encendido otra llama. Este es el momento en el que le digo que «no hablamos de eso, ¿recuerdas?». Pero en vez de eso, le digo:

—Solo una vez. —Y me echo un *tot* a la boca—. Además, solo fue una, la izquierda, pero déjame te digo que elegiste bien.

—¿Entonces es cierto lo que dicen? —pregunta riendo. Me gusta la manera en que sonríe plenamente las pocas veces que lo hace. Señala con la cabeza una de las maquinitas—: ¿Conduces igual de mal en los videojuegos?

—¿Has considerado la posibilidad de que haya reprobado mi examen de manejo a propósito?

—¿Lo hiciste?

—No, soy mala conductora.

Nos vamos a las maquinitas de carreras, Kathleen está al lado, en la de pinball; en su cara seria se reflejan las luces estrambóticas.

Me deslizo por la orilla del asiento de plástico y piso el pedal, pero no pasa nada.

—¿Por qué no se mueve?

—Pisaste el freno.

—¿Qué? No, yo… —Y la pantalla hace zoom hacia adelante.

Puedo oír a Cody riéndose desde el loft. Como si nada, maldición.

—¿Te incomoda que sea su amigo? —pregunta Hudson de la nada. Como si hubiera querido preguntarme desde hace tiempo y se estuviera conteniendo—. No sé qué fue lo que pasó entre ustedes…

—Entre nosotros no pasó nada —Doy vuelta al volante—. Nunca.

La pantalla refleja azul en su rostro.

—Pero…

—Yo no le mandé esas fotos. Cody las robó de mi teléfono.

De reojo veo que Kathleen voltea bruscamente hacia nosotros y su maquinita de pinball resuena cuando suelta los controles.

Hudson se aferra al volante como un loco y su auto se vuelca en una curva, luego embiste una toma siamesa contraincendios.

—Yo no… pensé que ustedes… No tenía idea.

—Ahora lo sabes. —Me escabullo en una abertura y le pego a un coupé, que da vueltas y choca contra un tráiler, que a su vez le pega a una camioneta y quién sabe cómo logro pasar por entre la colisión y llego en primer lugar. Alzo los brazos en señal de victoria—. ¡Ay, Dios! ¿Ves?, ¡soy una conductora increíble!

Hudson se queda mirando su pantalla que parpadea con: «¡ÚLTIMO LUGAR!».

21

Cuando nos vamos del Barcade, sigo un poco drogada, pero de buena manera: esa manera cálida, contenta, relajada. Michaela y Sara me abrazan al despedirnos, pero olvido regresarles el abrazo y simplemente me quedo ahí parada, sin moverme.

Hudson se ríe de mí, luego le pide a Kathleen:

—Oye, ¿podrías llevarnos a casa?

En silencio, ella se enrolla la bufanda en el cuello, pero no dice que no.

La noche es húmeda y nublada, como presagiando una tormenta de nieve.

—Que nadie se suba al asiento del copiloto. Clare derramó barniz de uñas esta tarde —advierte Kathleen.

—Ah, qué divertido —exclama Hudson y se sube al asiento trasero. (Puede que él también siga en el subidón). Me abrocho el cinturón y, a punto de cerrar la puerta, algo me detiene. Más bien, alguien.

—¿Cabe uno más? —pregunta Cody, con la piel amarillenta bajo las luces del estacionamiento.

Kathleen frunce las cejas.

—¿Dónde está tu auto?

—Se me ponchó una llanta. —Me empuja para entrar, yo me quito el cinturón y me deslizo al asiento de en medio, así que ahora estoy casi sentada sobre Hudson. Murmuro una dizque disculpa.

El aventón a casa será rápido, máximo ocho minutos, puedo soportarlo.

Cody huele a sudor: salado, pegajoso, asqueroso. La letra A (¿de Alexis Fitch?) aparece en la pantalla de su celular, pero él se pega el teléfono al pecho.

—Ey, Hudson, ¿tus abuelos tienen cerveza? —Sus ojos se dirigen a mí—: ¿O planeaban hacer algo más esta noche?

«Algo».

—Estoy cansado —responde Hudson con pereza.

—Qué buen pretexto, hermano. —Cody se mete el celular al bolsillo, cuando lo hace sus nudillos rozan mi cadera. Me retuerzo ante su tacto. La intimidad con la que lo hace. Él levanta las manos—. No te la creas tanto, JoJo.

Kathleen nos mira a través del espejo retrovisor.

—Espera —dice Cody y en la oscuridad sus dientes se ven extra filosos—, ¿recuerdas a lo que jugábamos en el autobús? —Y lo demuestra, con la mano ligeramente en mi rodilla—. ¿Esto te pone nerviosa?

Coloco su mano de vuelta en sus piernas.

—No tengo ganas de jugar.

—Ándale. ¿*Esto* te pone nerviosa? —Me vuelve a poner la mano, esta vez un poco más arriba. Hudson nos mira, su cuerpo se tensa, rechina los dientes, como si quisiera decir algo. No dice nada, o no puede. Cody sube unos centímetros más—. ¿Y qué tal esto?

—Basta. —Intento apartarlo, pero él se aferra; sus dedos se hunden en la costura de la entrepierna de mis jeans. El corazón se me sube a la garganta—. ¡Cody!

—Solo es un juego, JoJo. No seas tan…

Los frenos rechinan, chillan, y el auto se detiene bruscamente. Hudson estira el brazo frente a mi pecho. La cara de Cody se aplasta contra el respaldo del asiento de enfrente.

—¿Qué carajos? —dice mientras se soba la nariz.

—Salte —ordena Kathleen secamente, y con firmeza. Se voltea hacia nosotros—. Cody, salte de mi auto.

—Estaba jugando —le responde mientras se reafirma en su lugar.

—¿Ah sí? ¿Jo, tú te estabas divirtiendo? —pregunta ella, sin quitarle los ojos de encima; luego activa las luces intermitentes de un manotazo, abre su puerta y se va hacia la de él.

Lentamente, Cody se quita el cinturón y sale todavía más lento. Yo me quito el cinturón de mi asiento y me deslizo al otro lugar, lejos de Hudson. Kathleen no da ni medio paso hacia atrás cuando Cody se para justo frente a ella. En todo caso, ella se endereza, desafiante. Cody y Kathleen. El novio y la mejor amiga.

Él se ríe, pero se ve que está furioso. El aire frío le quema las orejas.

—¿Por ella? ¿En serio?

—Sí —responde, así nada más.

Me restriego la entrepierna con una mano, como tratando de borrar el tacto de Cody con el mío. No estoy respirando y necesito aire, y teníamos una tregua, ¿recuerdan?: «Yo no diré nada si tú no lo haces».

—Maldita perra desgraciada —murmura. Lo dice por mí, no por ella. Luego se larga, furioso.

Entonces Kathleen se asoma al coche; su cabello me cae en la cara.

—Hudson —dice furiosa; él hace una mueca y duda antes de obligarse a mirarla a los ojos—, eres un cobarde.

—¿Yo? —contesta con voz débil—. ¿Yo qué hice?

—¡Nada, Hudson! ¡No hiciste nada! —Y enfatiza su punto azotando la puerta. Cuando se sube de nuevo al auto, mete la velocidad con brusquedad y el silencio es tan insoportable que se obligada a prender la radio. Es noche de disco en la estación de éxitos de canciones viejas, lo cual podría empeorar la situación.

Tan solo pasan unos minutos cuando Kathleen da vuelta en mi calle y se detiene en mi casa. Nunca le dije mi dirección, no tenía que hacerlo. Ella voltea hacia la ventana oscura de Maddie. Hudson sigue cabizbajo y se frota la frente con los ojos cerrados.

Me desabrocho el cinturón.

—Eh, gracias por el aventón.

—Cuánto lo siento —dice Kathleen. Yo me congelo a mitad de jalar la manija que abre la puerta—. Siento lo de esta noche y lo de… yo no sabía que Cody te había robado las fotos.

—Bueno, yo le facilité las cosas: mi contraseña era mi cumpleaños.

—¿Y eso qué? Es cruel e invasivo y… Dios, es ilegal. Lo que él hizo fue porno venganza —me dice Kathleen completamente convencida—. De verdad lo lamento.

Le digo algo tipo «gracias», creo, pero se me atoran las palabras en la garganta.

A punto de cerrar la puerta, Hudson se baja del auto.

—Te acompaño a la puerta.

—Creo que conozco el camino.

Él se acerca a mí de todos modos.

—Perdóname, Jo —dice de pronto y muy rápido para que yo no lo detenga—. Kathleen tenía razón. *Tiene* razón. —Hace una pausa—. Por favor, no le digas que te dije esto. —Voltea hacia su auto en la acera, luego me mira—: No es consuelo, pero yo nunca… o sea, yo no… yo sabía que esas no eran para mí, ¿sabes?

Siento que la piel me hierve.

—No eran para nadie. Yo solo me sentí bonita.

Dios, eso es realmente patético, ¿no lo creen? Probablemente sueno tan engreída, tan malditamente ingenua por admitir que tomé esas fotos para mí. Porque me gustó cómo me veía, porque me veía como yo. Y estúpidamente pensé que los demás también me percibían así.

Pero soy solo un cuerpo.

—Dios —murmura Hudson, tan bajo que apenas lo oigo—. Las borré, Jo. Te lo prometo.

Lo sé. Estaba tan borracha en la fogata que él me estaba esperando junto con Lee para recogerme cuando su teléfono, el suyo y el de todos los demás, sonaron una, dos, tres, cuatro, cinco, seis veces. Hudson frunció las cejas al ver la pantalla, como si no supiera qué estaba viendo y luego borró todas al mismo tiempo.

Está empezando a nevar, muy ligero y lindo. Hudson mira al cielo.

—Estoy fastidiado de él, ¿okey? Cody se comporta como un monstruo contigo y…

—No, Hudson, está bien. —De pronto, me estoy congelando—. Los Forsythe te ofrecieron una habitación si tus abuelos se mudan. No quiero que arruines tu vida por mi culpa.

Él se queda callado un segundo, se ve conflictuado.

—Entonces, más vale que consigamos esos diez mil dólares. —Voltea hacia la acera de nuevo. Respira profundo—. No entiendo cómo pudo hacerte eso.

No sé qué decirle, así que no digo nada.

Esta noche la casa está muy tranquila.

Lentamente me voy a mi recámara y me baño con las luces apagadas, luego me pongo una camiseta y me meto a la cama. Estoy agotada, pero no estoy segura de poder dormir. «No entiendo cómo pudo hacerte eso».

Yo tampoco, pero a veces lo intento.

La noche de la fogata fue cálida a pesar de ser finales de octubre. Pero en el aire se sentía un viento helado, una pista de que pronto llegaría el frío.

Le pedí aventón a Cody, lo cual implicaba también ir con Miles para que Cody pudiera perderse en su vodka con saborizante azul.

«Entonces… hoy fui a la cabaña de mi tío», gritó Miles con las ventanas abiertas. «Está justo en la bahía. Dijo que podía usarla cuando quisie…».

«Qué bien», le dije a secas y tomé otro Starburst del asiento.

Cody y yo dejamos a Miles en el estacionamiento y nos echamos una carrera a la playa, pero perdí porque me tropecé con la arena y me reí tanto que no me podía parar. Qué curioso que alguna vez fui esa chica: sexy y graciosa y sin esfuerzo. ¿Qué carajos le pasó a esa chica? ¿Qué me pasó?

De la nada, el sol ya se había metido, o tal vez no me di cuenta cuando el cielo se oscureció, porque estaba borracha, riendo, pasándola bien con los chicos, sobre todo con Hudson. Las cosas más o menos habían vuelto a la normalidad después de nuestro encuentro dolorosamente incómodo en el verano, lo cual me alegraba. O sea, que de nuevo fuéramos amigos.

Alguien cerca del barril de cerveza propuso jugar a la botella. Ash, yo paso. Ignoré el juego hasta que escuché «Te toca girarla, Cody».

Borracho, él la giró, aunque más bien como que la tiró y cayó justo apuntando a Maddie Price. Ella había estado revoloteando por las orillas de los que estaban jugando, y nada más alzó la mirada, aterrorizada, pero medio entusiasmada.

«Yo, eh…», comenzó, «no estaba jugando».

«Pero son las reglas», dijo Cody, y la besó, justo ahí.

Hudson apuntó su cerveza hacia ellos.

«Ya era hora».

Supongo que sí. Maddie y yo llevábamos años sin ser amigas, casi dos y medio, para ser precisas, desde que todo explotó en su fiesta de la alberca. Pero no era como si pudiera evitarla por completo. Nuestras vidas corrían en paralelo, rara vez se intersecaban, y si sí, era solo por necesidad. Obvio me daba cuenta cómo Maddie seguía suspirando por Cody, se reía de sus peores bromas y se le quedaba viendo con ojos pizpiretos y una sonrisa cautivada.

Me froté los brazos. Me había puesto shorts y una camiseta sin mangas, lo cual estuvo bien hasta que oscureció. Pero la cerveza me calentaba un poco, y mi piel hervía cuando veía a Hudson. Como fuera, era mucho más lindo verlo a él que a Maddie y Cody.

«Ey, te ves bien», le dije.

Él pareció sorprendido ante el cumplido, pero es que sí se veía bien.

«Tú también», me dijo y recorrió con su mano la piel de gallina en mis brazos. «¿Quieres una sudadera? Tengo una extra en mi auto».

Cuando me la puse, olía a él: suavizante de ropa, champú especiado, a hombre en general. Me terminé lo que quedaba de mi cerveza demasiado rápido. Este era otro tipo de intoxicación. No sé qué había en él en ese entonces, o desde siempre, pero, aunque era lindo ser su amiga, yo había conocido un mejor lado de él.

Le mostré la botella vacía.

«¿Querías jugar?».

Él me vio con cara de duda, y con razón.

Pero es que yo no estaba pensando en cómo esto probablemente no sería la mejor manera para que las cosas siguieran normales es entre nosotros, o cómo esto, lo que quería hacer, hizo que lo que pasó en el verano fuera tan incómodo en primer lugar.

Yo solo podía pensar en cuánto lo deseaba.

Finalmente, Hudson colocó la botella en el piso y giró; el vidrio rechinó y cuando pisé la botella para detenerla, apuntaba perfectamente hacia mí, justo como yo quería.

Así fue como empecé a besuquearme con Hudson por más o menos cuatro minutos.

De pronto vi unas luces de un auto pasar por el estacionamiento e interrumpí el beso.

«Alguien podría vernos», susurré, y el bajó la boca y me dio un besote en el cuello.

Suspiró, como si lo matara soltarme.

«¿Tal vez podamos seguir con esto más tarde?».

«Eso estaría bien», lo dije en serio. «¿Por qué no te vas primero tú?, si no quieres que nos vean juntos».

Hudson frunció las cejas.

«¿Por qué no iba a querer que me vieran contigo?».

Así que regresamos con los demás, juntos. Y yo traía su sudadera, y su mano constantemente chocaba con la mía, pero él nunca la quitó. Me trajo otra cerveza y me senté sobre un tronco caído cerca de la fogata. Daniele Con Una Ele me tomó una foto y sonreí con mi sonrisa horrible, sin darme cuenta de que sus dientes me dejaron un chupetón en el cuello, sin saber que esto sería una clara foto del antes.

Hudson fue conmigo un segundo después.

«¿Ya viste?», susurró.

Parpadeé para enfocar: Maddie y Cody estaban sentados en la arena, Cody inclinado hacia ella, escuchando, de verdad escuchando. Luego él alzó la vista y miró a través de la fogata a Ben, y le sonrió con travesura.

Fue medio salvaje y cruel y horrible, y ese no era mi amigo.

Maddie siguió hablando, tal vez sobre NYU o todo lo que quizás escribiría, y él la volvió a besar a media oración, como si quisiera callarla.

«No», murmuré y comencé a buscar con la mirada a las Birds. Tenían que parar esto, detenerlo a él, evitar que le rompieran el corazón a Maddie o... No sé... Me paré, tambaleante.

Hudson me tomó de la mano.

«¿Todo bien?».

«Estoy bien... Ahora vuelvo y entonces, ¿tal vez podamos irnos de aquí?».

Él dudó.

«Jo, estás bastante borracha».

«¿Y?».

«Y no va a pasar nada si estás borracha».

«Estoy bien», dije, porque estaba bien. Solo necesitaba espacio.

Seguí el camino arenoso hacia el estacionamiento, luego de inmediato di vuelta hacia la playa, medio escondida entre los árboles; los mosquitos revoloteaban en mis tobillos. Ahí fue cuando lo escuché: hojas moviéndose, ramitas rompiéndose. La voz ronca de Cody por la cerveza, su rostro pálido bajo la luz de la luna.

«No entiendes, bro, esta perra está obsesionada conmigo». Se refería a Maddie. Volví a imaginarla en mi mente, su carita linda y esperanzada cuando aquella botella la apuntó. «Mínimo me llevo una mamada, ¿no?».

Ben se rio.

«Sí, mínimo».

«Mínimo», repitió Cody. «Esta chica haría lo que fuera por mí».

Salí de entre los árboles.

«¿De qué hablan?», les pregunté, pero ninguno respondió; todos sabíamos que los había escuchado. Suavemente le pateé un tenis a Cody con el mío. «¿Podemos hablar un segundo?, ¿solos?».

Ben se volvió a reír.

«Que se diviertan».

En cuanto nos alejamos lo suficiente para que no nos escucharan, Cody se relajó haciendo crujir su cuello.

«¿Qué pasó?».

«Deja a Maddie en paz». Traté de no verme tan borracha. Desde aquí aún podía oír cómo chisporroteaba y crujía la leña en la fogata. «Te estás aprovechando de...».

«¿Cómo es que me estoy aprovechando de ella, JoJo? Le gusto». Y me presionó el cuello con su dedo pulgar, en el chupetón que aún no sabía que tenía. «¿Cómo te hiciste esto?».

Le quité la mano.

«A ti ni siquiera te gusta».

Él alzó los hombros, sin negarlo.

«¿A ti qué más te da? No es como si tú le importaras a ella».

Me apreté el estómago, la cerveza estaba haciendo de las suyas. Tenía razón, yo no le importaba a Maddie, ni ahora y quizá nunca. Pero esa sonrisa y lo que él había dicho...

«Sé que haces trampa». Era todo lo que tenía en su contra. Al principio, Cody frunció las cejas, así que le aclaré: «Sé que Miles hace trampa por ti».

Él se quedó con la boca abierta, pero luego la cerró.

Después, empezó a reírse.

«¿Me estás chantajeando para que deje en paz a Maddie?».

Al oírlo así tal cual me di cuenta de que había cometido un grave error. Esto no era solo acerca de una chica, sino de su futuro. Cody ya estaba muy entrado en el proceso de selección, y ¿por qué esto habría de detenerlo?

Pero yo tenía que detenerlo.

«Vas a lastimar…».

«Tú no sabes ni mierda. Ni de mí, ni de Miles, ni de Maddie, ni nada de nada». La mirada se le oscureció, estaba furioso. «Además», me dijo acercándose más, su aliento caliente justo en mi oreja. «¿Quién te va a creer a ti, Jolie?».

Me llamó *Jolie*.

Y eso me desmoronó. Me llevó de vuelta a la fogata y más allá de mí. No pensé antes de estrellarle una lata de cerveza en la cabeza a Maddie. Antes de que la lata cayera al piso ella ya estaba llorando y todo mundo decía «ay, mierda» y se reía porque es muy gracioso cuando dos chicas pelean, ¿verdad?

Maddie apretujaba el dobladillo de su falda, lloriqueando.

«¿Qué le pasa a…?».

«¿Le contaste lo de Nick?». No supe si le estaba preguntando o haciéndole ver que sabía lo que había hecho. Tal vez si lo enunciaba como pregunta ella me diría lo contrario.

Pero Maddie se quedó callada.

Es curioso, más o menos, cómo yo nada más me robé una botella de vodka y me fui furiosa a la playa, lejos de las Birds haciendo aspavientos alrededor de Maddie; lejos de Cody, quien se quedó parado cerca de la fogata, con su teléfono; lejos de todos los imbéciles que vieron lo que le hice a Maddie sin saber lo que ella me hizo primero.

Alguien, aún sigo sin saber quién, susurró:

«Esa chica es una perra desgraciada».

¿Cuántas veces he escuchado eso? ¿O peor?

«Perra. Zorra. Asquerosa».

«No». Me pongo las manos en la cabeza. Los oídos me retumban, amortiguando el sonido, hasta que entiendo y oigo que se abre una puerta.

Luego se oyen pasos, lentos, cautelosos, por el pasillo y bajando la escalera.

Me asomo por la ventana de mi recámara, justo cuando mi hermano sale y desaparece en la oscuridad de la noche.

22

Duermo del carajo. Más que nada, me quedo adormilada dando vueltas en la cama. Estoy tan inquieta que Bay Leaf abandona mi cama a mitad de la noche.

```
[4:17 p. m.] HUDSON: urge que vengas al taller de
                     tu tía
[4:17 p. m.] HUDSON: o sea ya
```

Corro a la cocina, donde mi madre se está haciendo una taza de descafeinado.

—Necesito que me lleves al taller. —Reformulo—: ¿Me darías un aventón? —Pausa—. ¿Por favor?

—Necesitas esa condenada licencia —me dice, lo que significa que sí me va a llevar.

Hoy es otro día gris y nublado de una serie de días grises y nublados. Agacho la cabeza para enfrentar el viento, por lo que casi no oigo esa cadencia del grito al otro lado de la calle.

—¡Kate! Kate, ¿puedo hablar contigo? ¿Por favor?

—Ay, por Dios —murmura mi madre, luego a todo volumen—: Perdón, Lisa, ¡vamos de salida!

—Nadie quiere hablar conmigo —dice la señora Price, casi para sí. Su perro, Tanner, deambula a sus pies con la correa enredada entre las patas—. Nadie quiere oír lo que tengo que decir.

En mi cabeza resuenan sus palabras, igual que otras que me ha dicho… *Maldita mentirosa*.

—Perdóname, Lisa —repite mi madre mientras abre el auto y enciende un cigarro. Ambas nos quedamos calladas cuando avanza de reversa y sale a la calle. Luego, como si supiera que estoy a punto de preguntarle, me dice—: Lisa está molesta por cómo el Canal 12 cubrió la noticia de Maddie.

—¿Cuál cobertura? —escupo. Ese es el punto: no hay cobertura.

«La chica muerta». Así es como la llamó Justin Lloyd de *ROC Weekly*. Como si quisiera una explicación brutal, como si lo más convincente fuera que ella está muerta. Las pistas que dejó, lo de la recaudación de fondos, los supuestos expedientes (que quién sabe qué es), el teléfono del despacho de arquitectos (ash), no llevan a ninguna parte hasta donde puedo entender.

Y luego está la tal Sabrina Kim de las Noticias del Nueve. En su versión de la historia, Maddie huyó de casa, no de algo, sino hacia una vida mucho mejor. Carajo, incluso tal vez Maddie ahora mismo esté disfrutando una piña colada en la playa, riéndose de que alguna vez nos preocupamos. A menos que alguien tenga algo más que decir…

Tess Spradlin también cree que Maddie se fue de casa, que porque a veces una historia es tan simple como eso. La rechazaron de NYU, la escuela de sus sueños, la única para la que hizo examen de admisión, y por eso se fue. Pero Tess me mintió sobre no estar investigando esto, ¿cierto? Como si no quisiera que yo supiera.

De todas maneras, no sé nada, excepto que Maddie está en problemas, pero cree que yo puedo ayudarla. Y no, aún no tengo idea de cómo o por qué o…

—¿Qué es lo que sabes? —le pregunto, volteando hacia ella. Ella sacude la cabeza, y yo agrego—: Te pregunto como tu hija, no como espectadora.

Ella jala una buena bocanada de su cigarro.

—Geoff llamó a la estación después de que salió lo de la nota. —Otra vez, ¿dónde está esa nota?—. Dijo que este es un asunto personal y que agradecería nuestra discreción al respecto. Le preocupa que esto arruine la reputación de su hija.

—¿La reputación de Maddie? —Recargo la cabeza contra la ventana. De inmediato me vuelvo a enderezar—. Pero si está tratando de suprimir la historia, ¿por qué su mamá quiere hablar?

Mi madre da vuelta hacia el taller.

—Solo te estoy contando lo que Geoff me dijo. Maddie les mintió a sus padres. Él estaba fuera de la ciudad, así que ella le dijo a su mamá que iba a pasar la noche en casa de su papá. Luego... —suspira, luego detiene el auto—. Mira, estoy segura de que Maddie está bien, Jo-Lynn.

No le doy las gracias por el aventón.

En la recepción, Hudson está enfrascado con un crucigrama. Le doy un golpecito en el hombro.

—Ay, mierda, me asustaste. —Luego me lleva adentro del taller. Su auto se ve como nuevo, reluciente.

Pero no es lo que quiere que vea.

—¡Qué carajos! —exclamo—. ¿Ese es...?

El auto de Cody Forsythe.

Lo del mantenimiento de rutina, la llanta ponchada... nada de lo que nos dijo Cody es cierto. La verdad es que su auto está destrozado. La defensa de atrás está abollada, torcida, rota; la calcomanía que tenía de Duke está apachurrada. Presiono la defensa con los dedos, tiene un raspón de pintura blanca.

—Me mandó un mensaje de texto para pedirme aventón la mañana en que Maddie se fue —me cuenta Hudson—, luego Ben dijo que había sido su chofer, ¿recuerdas? Y sé que hay muchos autos blancos, pero ¿y si...?

—Maddie lo chocó con su auto. —Ella tiene un Prius blanco. Que, al igual que ella, está perdido.

Los tiempos son sospechosos, pero la pintura blanca no es prueba suficiente. Necesito más, necesito...

Mi hermano se dirige al escritorio del taller. Se ve desgarbado, con los ojos cansados, la almohada marcada en la cabeza. En mi mente lo vuelvo a ver en la noche, escabulléndose de la casa. Saca unas hojas de una tabilla de formularios, la mete al archivero y lo cierra con el pie.

—Voy a distraer a Lee para que puedas robarte el formulario del auto de Cody —le digo a Hudson, que me hace una cara de que odia este plan, pero yo ya me estoy yendo al mostrador—. ¡Lee!

Mi hermano respira profundo, fastidiado por anticipado.

—Aquí no se debe correr.

—Perdón, no sabía que las reglas de la alberca pública aplicaban aquí —le digo y desacelero el paso—. Tengo una pregunta sobre un auto. —Él no se mueve—. Oye, estoy tratando de aprender acerca del negocio familiar.

Él vuelve a respirar profundo, pero me sigue hacia el interior del taller. Le hago una señal con la cabeza a Hudson y él se va al mostrador discretamente. Me detengo hasta el fondo del taller; Lee hace lo mismo y por tercera vez respira profundamente.

—Ya sé que sabes de quién es este auto —me dice mientras Hudson se agacha en el mostrador.

—Sí, y no es como si pudiera preguntarle a Cody qué fue lo que pasó.

—¿Por qué necesitas saberlo?

—Porque soy una metiche y él era mi amigo. —«Él era mi amigo». Las palabras arden de una manera inesperada para mí, sobre todo después de lo de anoche, de su mano en mi pierna, subiendo. «¿Esto te pone nerviosa?». Sí, sí me ponía nerviosa y aún lo hace, y también estoy aterrorizada por lo de nuestra tregua, porque si suelta la sopa...

—Yo solo hago lo que me pide mi tía Leigh —dice Lee. Más allá de su hombro, veo a Hudson cerrar el primer cajón y abrir el de abajo—. De cualquier forma, mantente lejos de Cody.

Entrecierro los ojos.

—¿Por qué?

—Porque todos tus amigos son unos imbéciles. Él, Miles…

—Ya tampoco soy amiga de Miles —digo, también sorprendida por lo mucho que me arden esas palabras.

Tampoco es como si fuéramos supercercanos. Pero él siempre se esforzó por ser amable conmigo, incluso antes de que fuéramos amigos. Incluso cuando yo no era muy amable con él. Pensé que Miles disfrutaba de mi compañía, que me veía como alguien más que solo una chica con la que quería…

—Un momento… ¿por qué crees que Miles es un imbécil? —Sospecho que sus razones son diferentes a las mías.

—Solo es la vibra —dice Lee, y como que se quiere ir, pero Hudson sigue en el archivero.

Lo jalo del brazo.

—¿Por qué saliste anoche?

Él se queda boquiabierto un segundo.

—Tenía que estudiar, lo cual probablemente sea un concepto poco familiar para ti —dice, pero ya no tengo por qué escucharlo. Hudson me hace una señal desde el otro lado, como diciendo «ya lo tengo», y se agacha debajo del mostrador. Lee me pregunta—: ¿Realmente querías algo o…?

—Bye. —Me voy deprisa (sin correr, gracias) con Hudson. Él me pasa el formulario.

DETALLES DEL INCIDENTE: Colisión con auto desconocido que se dio a la fuga; no se reportó a la policía

UBICACIÓN DEL INCIDENTE: dar seguimiento con el cliente (¿la bahía?)

ASEGURADORA: n/a

TIPO DE PAGO: crédito visa (de su propio bolsillo)

Cody estuvo involucrado en un choque contra un auto que se dio a la fuga, pero no levantó una denuncia con la policía ni llamó a su seguro porque…

—Maddie lo chocó con su auto —digo por segunda vez. Las palabras se sienten más pesadas.

Vuelvo a examinar el formulario y me quedo pasmada viendo la palabra *bahía* con signos de interrogación en la ubicación—. ¿Cómo que en la bahía?

A Hudson se le prende el foco.

—Claro, la bahía. Cody tiene un lugar al que va a pescar —explica. Debo haber hecho cara confundida, porque agrega—: Cody pesca.

—¿Qué pesca?

—Eh, ¿peces?

—Ah. —No lo sabía. ¿Cómo es que no lo sabía? Supongo que nunca pensé en su vida fuera de nuestra amistad. Nunca me di cuenta de que había más para saber.

Ahora saco las llaves de Hudson del bolsillo de su abrigo.

—Pues vayamos a la bahía.

Hudson nos lleva hacia la orilla del sur. Y me lo dice, como si yo supiera dónde están los puntos cardinales.

La avenida baja por la colina, la carretera tiene varias curvas empinadas hasta llegar casi al nivel del agua. Aquí se siente como si el mundo se detuviera, como si estuviera muerto. Hudson acomoda el auto en un estacionamiento de grava en la base de la colina, que está vacío, excepto por un bote tapado con unas lonas, abandonado hasta la primavera.

Hay una pequeña cabaña en el muelle: Ray's Bait & Tackle. El letrero de «Abierto» está encendido, pero las ventanas están oscuras. Hay letreros escritos a mano y pegados con cinta plateada en las tablas de madera: «licencias para pescar», «renta un kayak» y «¡SE VENDE CARNADA FRESCA!».

Más allá de la tienda, el muelle se extiende hacia el agua congelada, la madera brilla por el hielo.

Varias espadañas, me asomo por la ventana del auto.

—Perdón, pero nada más quisiera aclarar: ¿Cody viene a pescar aquí?

—Se ve menos deprimente en el verano. Me invitó a pescar unas cuantas veces —explica Hudson y se sale del auto—. Pudimos estacionarnos en la tienda de pesca, pero creo que el lugar de Cody está por aquí.

Muertas y secas, brotan del borde del lago congelado, deben medir un metro más que yo. Me acerco, arrastro los dedos por los tallos y me estiro para alcanzar una de punta peluda.

—¡Jo, ten cuidado! —grita Hudson y yo brinco para atrás, tambaleando—: Perdón, no te quise asustar, pero esas crecen en el agua, o sea estabas parada sobre el hielo.

Sopla una ráfaga de viento helado. Temblando, me subo la capucha.

Pero tal vez no sea el frío. Tal vez sean los árboles pelones, el olor a pegajoso y podrido, las cubetas bocabajo y los hilos de las cañas de pescar enmarañados, las cañas rotas y los ganchos regados…

—Es aquí. —Hudson se detiene en un lugar en la orilla.

No hay mucho que ver. La bahía se incorpora al lago, el hielo y el cielo se mezclan con el mismo gris aburrido; casi no se puede ver el horizonte. En cada lado del agua hay riscos empinados.

Algunas de las casas de aquí seguro valen millones, fácil, pero también hay cabañitas construidas sobre el risco, con escaleras de caracol que bajan al muelle.

Y en mi cabeza oigo a Miles Metcalf: «Hoy fui a la cabaña de mi tío…».

No quiero pensar en Miles.

No quiero pensar en esa noche en la playa, punto.

En vez de eso, pienso en las historias que a veces cubre mi madre, acerca de lagos y presas y bahías que dragan en busca de cuerpos de personas extraviadas. Aquí, el hielo está intacto. Aun así... Por Dios...

Volteo de espaldas al viento y la bahía. Frente a nosotros, el camino de grava se vuelve de lodo a medio congelar y desaparece en una espesura de árboles. Apunto hacia allá.

—¿Qué es eso?

—Ah, creo que eso es como un sendero que usan las parejitas para estacionarse y fajar.

—¡Iugh! ¡No digas «parejitas»! —Me dirijo hacia allá—. ¿Y si vinieron aquí la noche en que ella se fue?

—Supongo que usarían un solo auto para ir ahí —murmura Hudson y me sigue.

Hay marcas de llantas que se enciman una con otra, cortan el lodo, pero nada que parezca un choque (Maddie estrellándose contra Cody, Maddie destrozándole el auto). De la nada me surgen las palabras *señales de una pelea*.

Pero no hay señales de pelea, ni tampoco de Maddie.

Nada.

—Nada —digo en voz alta, y me decepciono—. ¿Cómo es que no hay nada? ¿Cómo es que Maddie... (está perdida, secuestrada, muerta) desapareció? Quiero decir, logísticamente. ¿Qué no necesita dinero y refugio y un teléfono no rastreable o mierdas así? —Me acuerdo de mi celular plegable viejito. Compras uno y te llevas otro gratis—. ¿Cómo es que lo hizo?

Hudson se queda callado un buen rato.

—No lo sé.

Yo tampoco y me está matando. Nos regresamos hacia el estacionamiento. Él presiona el botón para abrir las puertas del auto, pero yo me voy a ver el muelle. Bajo mi peso, la madera cruje, pero me voy un paso a la vez.

Y entonces se abre de golpe la puerta de la tienda de pesca y sale un hombre furioso. Es viejo, con ese tipo de rostros ajados por los años bajo el sol, y trae un bate de beisbol.

—¡Jo! —grita Hudson, y salgo corriendo hacia él.

El hombre agita el bate hacia el muelle.

—¿Cuántos malditos letreros necesitan? —Hay un letrero que dice «PROPIEDAD PRIVADA. PROHIBIDO EL PASO»—. ¿Quieren que los maten?

—¡No! —digo.

—Estábamos… —comienza Hudson.

—¡Ya sé lo que hacían aquí, chicos! —Se refiere al sendero de «las parejitas». Inclina la cabeza para verme mejor—. ¿Eres una de esas chicas?

Niego con la cabeza.

—¿Qué chicas?

Pero ya lo sé, soy una de *esas chicas* que vienen a la bahía y se suben al auto de algún tipejo solo porque él lo pide, porque él les dice que se suban. Ya lo he hecho antes. No aquí, pero no importa dónde carajos, y no es nada, y yo…

—Les dije a esas chicas que se fueran —dice—, y también quiero que tú te vayas.

23

Es lunes en la mañana, y sigo pensando en la bahía.

Es como si estuviera en la decrépita tienda de pesca y el muelle podrido y el hielo invisible y el cielo y las piedras, atorada en una escala de grises. El sendero de las parejitas lodoso. No me puedo imaginar a Maddie ahí, no iría a ver a Cody pescar, lo cual suena superaburrido, tampoco para treparse al asiento trasero de su auto y…

—Buenos días, señorita Kirby —saluda la directora Lund con una sonrisa tiesa.

Le hago un breve saludo militar, que no parece hacerle gracia.

Hoy es nuestra primera visita a los lugares de trabajo de los mentores de la Experiencia Profesional: el Museo George Eastman. Pero yo ya he venido miles de veces. Eastman fundó Kodak, la compañía de cámaras y fotografía responsable tanto del desarrollo como del diezmo de esta ciudad, así que básicamente nuestro ADN se extiende en rollos de película.

—Por aquí. —Lund me lleva con el resto del grupo y los mentores y… Tess no está—. La señorita Spradlin está retrasada, así que quédate con esas chicas.

Esas chicas. En este contexto se oye tan diferente al del hombre ese del bat en la tienda de pescar que le dijo a «esas chicas» que se fueran. Pero, ¿y si no se refería a chicas como yo?

¿Y si se refería a un grupo de chicas? ¿Tipo las Birds? Digo, qué raro que ellas fueran a la bahía, de entre todos los lugares, pero Maddie y yo también éramos así, deambulando por el vecindario, sentadas en una banqueta equis, como si todo el mundo nos perteneciera.

—Ven con nosotras —dice Michaela y pego un brinco. Sabía que ella estaba en la experiencia con mentores, de hecho este lugar es por ella, pero no la esperaba aquí, justo junto a mí. Ella suelta una carcajada—. Trataré de no tomármelo personal.

—Perdón, la amabilidad básica suele asustarme. —Hago una pausa—. Eso sonó muy deprimente.

—Jo, eso sí que es deprimente —concuerda Michaela, pero se está riendo.

En el grupo somos doce alumnos en total. April Kirk está junto a una mujer con un broche de piano en la solapa. Miles también está aquí, obvio, parado junto a un profesor que parece de esos nerviosos. Y ahí está Frank Hatch, de Finanzas, y…

Me petrifico cuando veo a Cody. No por lo de la otra noche («¿esto te pone nerviosa?»), sino por lo de su auto, la defensa abollada, el raspón de pintura blanca sobre la pintura roja.

—Vamos. —Michaela me lleva a una sala de conferencias. En voz baja, agrega—: Kathleen me contó lo que pasó con Cody saliendo del Barcade. Qué mal plan.

—No pasa nada.

Michaela asiente como si no me creyera.

—Okey, bueno, ¿qué tal un poco de chismecito de los archivos? —me pregunta, cambiando sutilmente de tema—. Es broma, no hay chisme, es que me estoy aburriendo un poco aquí, pero el campo en sí debe ser bastante radical. —Y prácticamente se le enciende el rostro—. La verdad es que nadie se esmera en representar a los archivistas de la cultura afroamericana, así que me gustaría… Perdón, ya me callo.

—No, no, sigue contándome —insisto—. Literal, no sé nada de estas cosas.

—De hecho, asistí a un campamento de archivistas en la biblioteca pública hace dos veranos, con Maddie. —Su nombre pesa en el aire entre nosotras. Michaela baja la mirada, y hace como si se estuviera quitando bolitas del abrigo—. Nos saludábamos en la escuela, pero ese fue el verano en que nos hicimos amigas.

O sea, el verano en que Maddie y yo dejamos de serlo.

Michaela se ríe.

—Ella odiaba el campamento —agrega—. Pero al final hicimos estos archivos personales, algo para recordar el verano cuando cumplimos quince, y ella metió el suyo en una horrible caja con candado rosa para que su mamá no lo viera.

—Bueno, es que su mamá es supermetiche —digo, pero las palabras se quedan atrapadas en el fondo de mi mente.

La horrible caja fuerte con candado rosa. Casi puedo verla, pequeña y cuadrada, portátil, pero no sé por qué habría de saberlo. Nuestra amistad se terminó de golpe.

Pero vive justo al otro lado de mi maldita calle, obvio no fue como si me pudiera zafar de ella para siempre. A veces me asomaba por la ventana y la veía en su jardín, regando las flores o escarbando la tierra, o arrancando malas hierbas. Ella más que nada se la pasaba en el jardín del frente, pero a veces la veía en el jardín lateral, cavando con una pala debajo del arbusto de lilas.

Y entonces yo bajaba la persiana.

La directora Lund se para en el podio, y escucho a medias. «Recuerden, la Open House de familias obligatoria es el próximo lunes en la noche». (Se me había olvidado). «Las propuestas para sus proyectos finales se tienen que entregar esta semana». (Ash). «Bueno, ¿y qué tal si ahora nos presentamos?».

Cuando me toca a mí, digo:

—Eh, bueno, yo soy Jo. Estoy trabajando con Tess Spradlin. Eso es todo.

Y justo entra Tess. Trae un café helado en la mano enguantada y las gafas de sol metidas entre el cabello. Es como una visión mía del futuro.

—Perdón —murmura.

—Nos estábamos presentando, señorita Spradlin —explica Lund.

Tess se sienta junto a mí.

—Hola, soy Tess, editora en *ROC Weekly*. Y estoy trabajando con ella. —Hola, sí, yo—. Y eso es todo.

—La señorita Spradlin es muy modesta —explica Lund, sonriendo—. Es una periodista de primer nivel.

—¿De primer nivel? —susurro.

—Sí, nada indica éxito como una mujer adulta conviviendo con un montón de preparatorianos. —Y entonces su celular se enciende con una llamada de Justin Lloyd. Ella deja que entre el buzón.

Dejo de escuchar las demás presentaciones, aunque la de Michaela es bastante interesante, pero me urge pararme cuando Lund dice:

—Ahora pueden pasear por la exposición libremente.

De niña, esta era mi parte favorita: el papel tapiz chillón, la extravagancia innecesaria.

El museo en sí está en la propiedad de George Eastman; su antigua mansión fue restaurada y está en perfectas condiciones, es como una foto de su vida hasta que terminó en 1932. (¡Gracias por el dato, Michaela!). Las ventanas del atrio dan a los jardines, pero bajo la nieve todo está muerto. Una piel de animal cubre el sofá y hay una cabeza de elefante montada en la pared.

Tess dice:

—No supe que era un elefante de verdad hasta hace cinco años.

Yo no sabía que era de verdad hasta hace cinco segundos.

Pasamos por fotos de Eastman en los jardines con Thomas Edison, en una cacería con Teddy Roosevelt. Arriba, jugamos con las cámaras oscuras e inspeccionamos los documentos exhibidos en las vitrinas: algunas de las primeras patentes de fotografía, su testamento, su nota de suicidio.

Entonces pienso en una de las chicas de Lourdes, chismeando sobre Maddie. «En serio, yo me suicidaba». Me mareo. En una clase de Educación para la Salud nos dieron un folleto con las señales de advertencia, pero ¿cómo saber si sí?

Tess señala hacia las escaleras.

—¿Y si vemos la exhibición temporal?

La galería es oscura, la iluminan pequeños focos que apuntan a las fotos; son autorretratos de mujeres semidesnudas. Bajo la mirada, me cruzo de brazos y meto las manos entre las mangas.

—Son hermosas —comenta Tess, y se detiene a leer la descripción.

A mí me hierve la piel.

—Un autorretrato parece generoso para ser una *selfie* pretenciosa.

—Eso es un poco prejuicioso.

—Bueno, ese es el problema con chicas como yo.

Y sus pasos se vuelven más cautelosos.

—¿Cómo?

—Es algo que mi mamá siempre dice. —Busco un ejemplo, aunque mi mente se pone en blanco y luego se retaca de momentos—. O sea, me despidieron de Costello's Frozen Custard, y mi mamá dijo que el problema de chicas como yo es que siempre arruinamos algo bueno.

—¿Y por qué te corrieron?

—Un cliente me acusó de escupirle en el sundae.

—¿Y por qué haría eso?

—Porque escupí en el sundae.

Tess se sienta en la banca en medio de la galería, esperando a que le cuente el resto.

Me dejo caer junto a ella.

—Lo llamábamos Creepy Caleb. —Aún puedo verlo: alto, de ojos saltones, piel tan pálida que se le veían las venas—. Era un cliente frecuente, siempre pedía un sundae con cubertura de chocolate y cinco cerezas. Y vaya que nos hacía ganarnos nuestras propinas, daba mucha lata. —Me restriego las manos, aún puedo sentir sus dedos demasiado tiempo sobre mi piel cuando le devolvía el cambio—. Ese día estábamos demasiado atareados y no conté bien las cerezas, y me dijo que me la pasaba porque yo podría ser la cereza que le faltaba a su pastel. —No puedo mirar a Tess a los ojos, pero siento cómo se tensa—. Le envié mensaje de texto a mi gerente, pero ella solo se rio. Envié *screenshots* al grupo de chat de empleados. Y sé que fue una grave violación al código sanitario y que merecía que me despidieran, pero…

—¿Y le contaste eso a tu mamá?

Suelto una carcajada forzada.

—Yo no le cuento nada a mi mamá.

Tess asiente, frunciendo las cejas.

—Siento mucho que te pasara eso. Suena a algo superagresivo.

—Equis. —Odio cómo los retratos se me quedan viendo, como si ahora yo fuera la expuesta.

Odio que *cruelagresivoilegal* dé vueltas en mi cabeza.

Tess se quita una pelusa de la rodilla.

—Esta semana hay que entregar la propuesta de proyecto final, ¿cierto? Parece que, y corrígeme si me equivoco, muchas personas cuentan historias sobre ti. O por ti. Así que, ¿qué tal si encuentras una historia tuya que tú misma cuentes en tus propias palabras?

—¿Tipo mi versión de la historia? —El corazón se me acelera de una manera muy extraña.

Tal vez me voy a morir.

—Parece que tienes mucho que decir, Jo Guion Lynn, tal vez deberías hacerlo.

Su teléfono suena con otro mensaje de texto, ella gruñe y lo saca del bolsillo. Marca su contraseña (0127) como si no tuviera nada que ocultar. Y de nuevo en mi mente emerge *cruel, agresivo, ilegal.*

Meneo la cabeza como si así me sacudiera las palabras.

—¿Eres Acuario?

—Sí, *metomentodo.*

Me asomo a la pantalla.

—¿Es Jason? ¿Cómo va su historia?

—Justin, y sí, y no hay historia.

Eso es mentira.

—¿Qué te dice?

—Dijo que alguien le robó su pluma de la suerte la semana pasada. —Y me lanza una mirada insinuante. Luego coloca su celular en la banca—. Voy corriendo al baño.

Asiento, enseguida desbloqueo su teléfono: 0127. Aprecio que confíe en mí, aunque esa confianza sea mal encaminada.

¿A menos que quisiera que lo viera o que lo usara incluso?

[10:15 a. m.] **JUSTIN**: Puedo hacer la historia si logro que hablen?

[10:17 a. m.] **TESS**: No van a hablar, te dije que lo dejaras.

[10:21 a. m.] **JUSTIN**: Solo mira esto, Spradlin...

[10:15 a. m.] **TESS**: El ángulo no es bueno. Te dije que lo dejaras.

Justin también mandó una foto. Es el *screenshot* de un código: SBL, seguido de un montón de números.

Esto no significa nada para mí, pero lo escribo en un pedazo de papel, porque significa algo para Justin, para la historia que Tess le dijo que dejara. Dos veces. Regreso el celular a su lugar, como si yo ni siquiera...

—Hola.

—Ay, Dios. —Mi voz hace eco en la galería.

Miles Metcalf pega un brinco, más sobresaltado que yo.

—¡Perdón! ¡Perdón! —dice, y se sonroja, porque siempre se está sonrojando—. Yo solo... Te vi aquí y quería... o sea, nunca hablamos de...

De cómo insinuó que mi novio (de mentiras) solo está conmigo porque soy una zorra. No usó esa palabra, pero fue lo que quiso decir, todo porque elegí a otro chico cuando Miles ni siquiera era opción. Usó mi reputación en mi contra, igual que Cody.

—Lamento mucho lo que pasó —dice Miles, sin mirarme—. Perdóname, Jo.

Y eso no es nada parecido a Cody. Aunque tampoco es como si esperara una disculpa de parte de él, porque sé que nunca lo hará, así que para qué esperarla. Pero ¿esto? ¿de Miles?

—Ah. —Realmente no sé qué más decir.

Él señala con la cabeza el papel en mis piernas.

—¿Por qué investigas en los expedientes de propiedades?

Expedientes. Las palabras se forman en mi cabeza, garabateadas con la letra chueca de Justin.

—Un momento, ¿esto es un número de expediente de una propiedad? ¿Cómo lo sabes?

—Mi papá es asesor del gobierno de la ciudad, ¿recuerdas? —explica. Definitivamente jamás supe eso. Agrega—: Es un número de SBL: sección, bloque, lote. Si quieres te ayudo a buscarlo.

No sé qué quiero. No sé qué pensar de sus disculpas, porque aunque lo diga en serio, también era en serio lo que me dijo en el laboratorio, ¿o no? Como sea, esto es una pista y Tess está abriendo la puerta de la galería.

—Nos vemos en el laboratorio de Diseño cuando regresemos a la escuela —susurro.

Y fue un error potencial mencionar a Miles cuando hablo con Hudson de esta misión.

Desde su lugar de siempre en la última fila, nos mira (a mí y a Miles).

Con demasiado entusiasmo, le digo:

—Miles nos está ayudando con algo.

Claro que, ups, también se me olvidó decirle a Miles de Hudson.

Creo que esto es un infierno potencial: Miles y Hudson a cada lado, la tensión tangible, el silencio insoportable. Además, la computadora se está tardando años en cargar. Hudson se queda mirando sin parpadear la barra de progreso, pero Miles está inquieto.

—¿Sabes algo de la clasificación, Hudson? —pregunta con voz entrecortada.

Hudson aparta la mirada de la pantalla.

—¿Por?

—Perdón, quise decir que si has oído algo sobre la clasificación. A estas alturas ya deberían anunciar algo.

—Es extraño, ¿verdad? —Hudson acerca su silla y su rodilla le pega a la mía.

—La verdad, me estoy poniendo nervioso —admite Miles—. Ninguno de los primeros lugares tenemos noticias.

La barra de progreso se acelera: 92, 93, 94…

—¿Entonces sabes quién está en tercer lugar? —pregunta Hudson. 97, 98…

Miles se muerde un pellejito del labio.

—Eh… pues… April.

100.

—Oigan, creo que ya cargó la página —básicamente grito y empujo el teclado y el mouse hacia Miles, sin hacer caso a cómo Hudson se me queda viendo. Segundos después, mi teléfono vibra.

[12:43 p. m.] **HUDSON:** CÓMO QUE SU EXNOVIA ES 3ER LUGAR

[12:43 p. m.] **HUDSON:** ?????????

[12:43 p. m.] **HUDSON:** parece un gran motivo para querer mi clasificación, jo

[12:44 p. m.] **JO:** eres cero sutil!!!

Pongo mi teléfono bocabajo.

O sea, ¿sí es un gran motivo? Miles ya es el primer lugar, así que no se beneficia de que Hudson pierda su lugar en el ranking. Claro que su exnovia sí se beneficiaría. ¿Tal vez April necesita el dinero? ¿O Miles piensa que eso lo ayudaría a que vuelva con él? Ay, no, eso es demasiado repulsivo.

Miles copia el número SBL y lo teclea en la base de datos. El cursor gira, está cargando… y ahí está.

—Okey, esta es la propiedad registrada —y apunta a lo obvio—. Al parecer es un complejo de departamentos, ¿un condominio? ¿lofts? En ese caso, si das clic aquí —hace clic en el menú lateral—, puedes buscar por unidad.

De pronto el monitor se pone como en estática y se apaga.

Miles frunce las cejas.

—Eso estuvo raro.

Bajo la mesa, Hudson se queda con el cable en la mano. Menea la cabeza un poquitín.

—Eh, sí qué raro. —Me levanto rápido, casi tiro la silla. Hudson me sigue, Miles también, mientras recoge su mochila. Yo digo—: Se me olvidó por completo que necesito algo de mi casillero, pero ¿tal vez podamos intentar más tarde?

Él se va detrás de nosotros hasta el pasillo.

—Más tarde no puedo, voy a estar con algunos de la banda.

—Ah —digo. No es como si no tuviera permiso de tener vida social, obvio, pero yo fui su vida social durante meses. O tal vez él era la mía—. Bueno, gracias por la ayuda, fue muy útil —agrego mientras Hudson me empuja al rincón de las escaleras. A él, le digo—: Gracias, Hudson, ahora va a pensar que vinimos aquí para besarnos.

Se espera a que la puerta se cierre.

—El expediente de la propiedad decía Geoffrey Price, unidad 1002.

—Ay, mierda. —Saco mi teléfono y encuentro el listado de bienes raíces: Lofts Riverfront, unidad 1002. Fachada de ladrillos, una vista decente del horizonte. Se vendió en julio y esas fechas cuadran cuando se mudó.

Hudson mira mi pantalla.

—¿Se vendió en un millón cien mil? ¿A qué carajos se dedica el papá?

—¿Finanzas? No lo sé. —Necesito decirlo—. Justin escribió *expedientes* en sus notas, también lo de la recaudación de fondos y un número de teléfono (el teléfono del despacho de arquitectos). Pero no es nada. —No es nada—. Tal vez Justin está pensando, ya sabes, que si el papá de Maddie tiene dinero para comprarse un loft de un millón de dólares, ¿por qué pidió donativos? ¿A menos que no tuviera dinero? ¿Por qué los Price están endeudados?

—Porque los Price están endeudados —repite Hudson.

El loft, la hipoteca, el auto de la crisis de mediana edad. Entiendo cómo es que Justin ata cabos, pero no cómo es que esto puede ser una historia ni cómo podría ser la razón por la que Maddie se fue de su casa.

Suena la campana y me tallo la frente, creo que me va a dar un buen dolor de cabeza.

—Vámonos.

—Pero, espera —dice Hudson, fingiendo seriedad—. ¿No querías que nos besáramos?

Se me enciende el rostro.

—Cállate, Hudson. —Y me salgo, para chocar contra…

—¡Hola! Te he estado buscando —dice Kathleen O'Mara. Miro atrás por encima de mi hombro, porque dudo que me hable a mí—. Hola, Jo.

—Ah. ¿Hola? —No quise que sonara a pregunta.

Ella se aplaca el cabello de por sí inmaculado.

—Te quería preguntar si tienes algo que hacer saliendo de la escuela. Sara, Michaela y yo vamos a ir a Java's y creo que estaría bien que vinieras.

Se me calienta el rostro.

—Paso, no me interesa que seas linda conmigo nada más porque me tienes lástima.

—Me ofende que pienses que estoy siendo linda contigo —responde Kathleen, y creo que… tal vez… ¿lo dice de broma? ¿Kathleen O'Mara haciendo bromas? Ella juguetea con su collar—. No te invitaría si no quisiera que fueras, Jo. —Pausa—. Aunque sí siento un poquito de lástima por ti.

No quiero su conmiseración, ni la de ella ni la de nadie, pero al menos es sincera. Y sí necesito acceso a «*esas chicas*». Necesito respuestas acerca de quiénes fueron a la bahía, y qué es lo que saben las Birds, qué esconden.

Así que, lentamente, asiento.

—Me encantaría ir.

Y entonces alguien choca conmigo y me empuja contra Kathleen.

Pasa tan rápido que no me doy cuenta de lo que está sucediendo. Hudson agarra a Cody, el agresor, del tirante de su mochila y lo jala hacia adelante.

—Déjala en paz —dice en voz baja.

Cody escupe una carcajada. Todos nos miran, tal como Cody quiere, de hecho. Excepto que ahora todos miran de la manera contraria. Él busca con la mirada a Ben, para que lo apoye, pero Ben lo ignora. Incluso Alexis, esa chica de segundo año, mantiene los ojos en su celular.

Es un cambio sorpresivo, que las aguas corran a mi favor, como si las jalara mi magnetismo, como si yo fuera la luna. Como si yo fuera lo más brillante en el cielo nocturno.

Como si ahora yo fuera la que tiene el poder.

24

Pasa algo increíble: estoy con las Birds.

O sea, como si fuera parte del grupo.

Esto me vuela los sesos. Cómo, al mismo tiempo, las chicas se ríen de mis bromas, me quieren de pareja para trabajar en clase. Cómo me incluyen sin hacer esfuerzo, como si fuéramos... amigas. Pero las Birds no son mis amigas. O sea, Maddie reaparecerá y comenzará su vida de nuevo y ¿entonces qué será de mí? Necesito recordarlo, repetirlo.

«Estas chicas no son mis amigas».

El jueves saliendo de la escuela, caminamos unas cuantas cuadras hasta Village Gate, una bodega que convirtieron en tiendas y restaurantes y galerías de arte. Estamos en Mythic Treasures, la tienda mística con todos los cristales y barajas de tarot e incienso. Todas, excepto Kathleen, que es demasiado católica como para entrar.

Sara está agachada viendo un recipiente con cristales.

—Jo, mañana sí vas a ir a la noche de boliche de la generación de tercer año, ¿verdad?

—Iugh, ¿es a fuerza?

Michaela recarga el codo en mi hombro.

—Daniele va a tomar fotos para el periódico, así que este será nuestro regalo de cumpleaños para Sara.

—Sacrificio de cumpleaños —confirma Kathleen desde la puerta y agita las manos para alejar el humo de incienso.

Sara me lleva afuera de la tienda.

—Vamos a jugar solo una línea y yo me haré la mensa, luego iremos a mi casa para una pijamada. —Voltea hacia mí y agrega—: ¿Suena bien?

Un calorcito me invade el pecho.

—Suena genial.

—Necesito un atuendo que diga que soy bisexual y estoy buscando a alguien. Tal vez un overol, ¿no? O… ¡Ah! —Sara coloca la palma contra la ventana de Leather & Lace, que vende juguetes sexuales y ropa interior y pornografía—. ¿Qué tal si regresamos el sábado?

Michaela se limpia una lágrima imaginaria.

—No puedo creer que nuestra Piscis favorita va a cumplir dieciocho. Ya puedes comprar tu propio equipo en vez de estar *bulleándonos*.

Nos vamos a Second Act, una tienda de segunda mano que apesta a moho. Me aguanto el estornudo.

—¿Equipo? Ah, ya, como un… —y susurro—: ¿vibrador?

—Sí —susurra Sara en respuesta—, como un vibrador.

Kathleen me señala con la barbilla.

—Jo no necesita uno, ella tiene una regadera de mano.

Tanto Michaela como Sara ahogan un grito. Sí, ahogan un grito.

Alzo las manos.

—Okey, ¿alguien podría explicarme eso?

—Pues tú nada más… ya sabes. —Sara hace su demostración, pero eso no termina de aclararme la pregunta—. ¿O tú te vas a la antigua? ¿O no te masturbas? —Lo dice tan tajante, como si me preguntara por qué odio el perejil. (Excelente para guarniciones, insípida como hierba).

—Sí, eh… lo intenté unas cuantas veces, pero no es lo mío. —No puedo creer que esté hablando de esto con ellas. No puedo creer que esté hablando de esto, punto.

—¿En serio? ¿Por? —pregunta Michaela.

Supongo que nunca me detuve a pensarlo, lo cual es curioso, considerando cuántas horas tuve que soportar a los chicos bromeando sobre jalársela. Bueno, *bromear* quizá no sea la palabra, porque nunca me reí.

—¡Deberías intentar de nuevo! —dice Sara—. Tal vez te guste.

Enseguida Kathleen agrega:

—Aunque no tienes que hacerlo si no quieres.

Michaela se prueba una chamarra de mezclilla, deslavada, raída de las mangas.

—¿Por qué estamos hablando de esto? —Y me pruebo unas gafas de sol de ojo de gato.

—No tengo evidencia que sostenga esta teoría, pero siempre pensé que él sería generoso. —Me mira a través del espejo y parpadea—. Hice un guiño, ¿verdad?

Kathleen se pone un sombrero de vaquero rosa intenso en la cabeza.

—Eso es parpadear, bebé.

—¿Por qué no puedo hacer guiños? —Michaela se saca la chamarra de mezclilla—. Okey, entonces… ¿es generoso?

Sara toma un vestido de flecos del gancho y se lo pone encima para checar cómo se le vería.

—¿Qué tan grande tiene el pene?

«Le dije que era información pertinente», pienso.

—Pues…

—¿Podemos cambiar de tema? Mis oídos castos no pueden con esto —dice Kathleen, pero Sara y Michaela ya están en otro tubo con ropa. A mí me dice—: Perdón por eso.

—¿Perdón de qué?

—Te veías incómoda.

—Nop, está bien.

Kathleen regresa el sombrero de vaquero.

—Supongo que lo interpreté mal.

Es solo que no me gusta hablar de esto. No tengo nada que decir que no hayan dicho ya de mí. Y a veces me canso un montón de tener cuerpo, ¿saben? No sé cómo verlo o tocarlo o que me lo toquen, y me abruma tanto que hasta se me olvida respirar.

—En serio, está bien —repito, demasiado a la defensiva—. Me encanta hablar del pene de Hudson.

Kathleen fija la vista en algo detrás de mí.

—Qué impresión, este sí que fue un mal *timing*.

Me volteo y quedo cara a cara con tres chicas de Lourdes en uniforme: faldas a cuadros, blusas blancas, chalecos tejidos. Las chicas de la fiesta de Ben, la rubia de la boina, la alta, y otra. Ella es perturbadoramente bonita, de cabello lacio peinado de raya en medio, y también se ve bastante perturbada.

No como si fuera a llorar. No, se ve como dolida, pero lo esconde detrás de una risa fingida.

—Claro —dice.

Y así nada más, se van.

Me quito las gafas de sol y las regreso a su lugar.

—¿Qué acaba de pasar?

—Jo, ¿es en serio? —murmura Kathleen—. Esa era Charlotte Daly. —Recorro mi lista de conocidos, confundida—. La ex de Hudson.

—Ah. ¡Ay! Oh, no.

Hudson salió con ella la mayor parte de primer año de preparatoria, pero nunca supe cómo se llamaba. Mis archivos mentales no la consideraron importante y, sí, sé que eso se oye horrible. Y lo fue.

Ahora que le puedo poner nombre (Charlotte) a la cara bonita, reorganizo mi archivo mental: Charlotte rodeando la cintura de Hudson en un partido de futbol; Charlotte en el baile de fin de año con un hermoso vestido azul marino.

Y luego me veo a mí arruinando cada momento.

Aullé como lobo cuando Hudson se quitó la camiseta durante el partido, porque no vi a Charlotte sentada en una silla de jardín. Lo arrastré a la pista de baile cuando pusieron una canción de Earth, Wind & Fire, porque él nació en la noche del veintiuno de septiembre.

—Dios, con razón nunca le he caído bien a otras chicas —confieso—. ¡Era de lo peor!

Sara se acerca a nosotras, batallando para zafarse una pulsera de plástico.

—Sí, pero eras amiga de… —y se calla.

—Maddie, era amiga de Maddie. —Estas chicas siguen siendo sus amigas, tiempo presente. Me rio, pero no sé por qué, entonces digo—: Es raro que no hablemos de ella. Ella se fue y ustedes actúan como si…

—Maddie nos pidió que nos viéramos esa noche —dice Michaela. No como suele soltar la sopa Sara, esto es a propósito. Kathleen la fulmina con la mirada, pero Michaela se mantiene firme.

Mi cerebro comienza a zumbar.

—¿La vieron? ¿Dónde?

¿Sería en la bahía?

Pero Michaela contesta:

—En la planta de energía.

—¿La planta de energía? —Conozco el lugar, no está lejos de nuestro vecindario. Maddie y yo solíamos pasar cuando íbamos a la heladería durante el verano en que fuimos amigas.

—Sara y yo podemos llegar caminando —explica Michaela, más o menos—. Habíamos ido a este lugar de cupcakes con ella cuando salimos de la escuela, luego le llegó el correo de que la rechazaron y quiso estar sola, pero nos pidió si nos podíamos volver a ver…

—¿Cuándo? —Estoy demasiado desesperada.

Michaela frunce las cejas.

—Como a las nueve, creo. Se la pasó diciendo que tenía que irse. O sea, de la ciudad. Pensé que se le pasaría al día siguiente, pero cuando llegamos a la escuela la mañana después ya se había ido.

—Fue horrible —comenta Sara en voz baja—. Su mamá se la pasó enviándome mensajes de texto, pero no es como si supiéramos algo. —Pausa—. O sea, supongo que sabemos por qué, pero…

—Basta. —Kathleen vuelve a ser la chica que pensé que era. Insensible, dura. Con la mandíbula tensa, dice—: No voy a hablar de… —«Esa perra», como la llamó en los vestidores—. Maddie. —Se voltea hacia Michaela con mirada aún más dura—: Ven conmigo —dice y la lleva a Leather & Lace, el único lugar al que Sara y yo no podemos entrar.

—¡Oye! —grita Sara, molesta—. Dios, se supone que no debíamos decirte.

Señalo el pasillo, más allá del estudio de kickboxing. El asqueroso olor a sudor sale de las puertas abiertas, al igual que los jadeos y los golpes de los guantes contra los sacos de boxeo.

—¿Kathleen te dijo que no me dijeras nada? ¿Y eso? —pregunto, pero ya lo sé; sigo estando afuera del grupo. Sara respira profundamente, creo que me lo va a decir, está a punto—. Anda…

—Te dije que te relajaras, *dude*.

La piel se me eriza al oír esa voz: ronca, volumen muy alto. Es Cody. Volteo hacia Sara, ella me mira de vuelta, con los ojos muy abiertos. La arrastro hasta una columna, para escondernos detrás de una higuera crecida.

—¿Qué ha…? —comienza, pero la callo.

Desde aquí, la vista es perfecta: Cody saliendo del estudio con el teléfono en la oreja. Toma agua de un bebedero, luego se limpia la boca.

—Ya te dije que estoy en eso. —Pausa—. Espera, más despacio, ¿qué pasó? —Pausa—. ¿Otra vez? Mierda.

Y se vuelve a meter al estudio.

—¿Qué carajos fue eso? —Realmente no estoy buscando una respuesta.

Sara se endereza, y le da un manotazo a una rama de la higuera.

—Qué me importa. Él es un imbécil y ya. ¿Sabes?, nunca entendí qué es lo que le veía Maddie —dice. Y yo la apoyo—. Estaba tan alterada cuando nos dijo que lo iba a cortar.

—¿Maddie iba a terminar con él? —Mi corazón late más rápido—. ¿Cuándo te lo dijo, cuando se vieron en la planta de energía? ¿Antes de que se fuera?

—Estaba tan perturbada —susurra Sara, hablando tan rápido que no puede parar—. O sea, se puso como loca. Sus padres se rehusaban a hablar el uno con el otro, ¿sabes? Así que ella quedaba en medio. Y el periódico la tenía tan ocupada, y estaba estresada por lo de NYU, y también estaba superenojada con Cody, y nos dijo que él la engañó...

—¿Él la engañó? ¿Ella te lo dijo?

Sara se tapa la boca, pero luego baja las manos.

—Se supone que no debí contarte esto. O sea, Maddie dijo que lo olvidáramos, así que no supe con quién ni nada, pero ella nos hizo jurar no decirle a nadie... —«Nunca nadie se puede enterar de esto»—. Así que no lo repitas, ¿okey?

—Ni una palabra —digo y detrás de la espalda, cruzo los dedos.

25

—Cody estaba engañando a Maddie. —Hudson deja de ver su teléfono y levanta la cabeza. Parpadea, incrédulo. Tuerce la boca como a media mueca, más confundido que nada. Vino por mí a Village Gate para que estudiemos, pero al diablo con el estudio, lo siento. Él mira su teléfono de nuevo, luego a mí, luego dice:

—¿Que él qué?

—Estaba engañando a Maddie. —Azoto la puerta del auto. La neblina ahora es lluvia, la noche es húmeda y oscura—. Las Birds se vieron con Maddie esa noche. —Esa mismísima noche—. Antes de que se fuera. —Por voluntad propia—. Y ella les dijo que Cody la engañaba.

—¿Con quién?

—¿Alexis Fitch? —sugiero. Esa bonita niña de primer año con el *piercing* en el labio y el cabello decolorado. Aunque, nunca los he visto más que platicando, excepto por aquel abrazo el día de la conferencia de prensa, cuando anunciaron que Maddie se había ido.

Hudson no se ve convencido.

—Pero no sabemos si se están acostando.

—O sea, tienes razón. —Me muerdo los pellejos del dedo, pensando—. Okey, okey, qué te parece esto: Maddie suele compartir su ubicación, ¿sí? Cuando éramos amigas, ella me hizo bajar la aplicación. —Omito decirle la parte en la que también me hizo agregar a Cody para que pudiéramos rastrear los movimientos de su superaburrida vida—. ¿Qué tal si vio que Cody estaba en la bahía y sospechó?, por lo del sendero de las parejitas. Ella va a confrontarlo y lo cacha en pleno… con Alexis Fitch…

—¡Guácala! ¿en pleno qué?

—Usa tu imaginación. Maddie se altera y le choca el auto y…

¿Se va? El auto de Cody estaba destrozado; el de ella debió de quedar peor. Si ella lo confrontó, tal vez él también pudo hacer de las suyas, pero entonces Alexis, o quien fuera, habría quedado como testigo. ¡Mierda!

Nos quedamos callados durante cuatro ciclos de los limpia parabrisas.

Luego él dice:

—Mira.

Cody está corriendo por el estacionamiento con su paraguas de Duke. Abre su auto (ahora reluciente y sin abolladuras) y saca una mochila tipo morral de la cajuela, luego se sigue a pie por la calle.

—¿Adónde va? —susurro, luego en voz más alta—: ¿Por qué estoy susurrando?, ¡no puede oírme!

Hudson apaga el motor.

—Lo voy a seguir.

—¡Yo también! —Me apresuro a tomar la manija de la puerta, pero de inmediato me regreso, porque el cinturón tiene el seguro de niños. Medio me río y medio me ahogo; Hudson me ayuda a desabrocharme el cinturón de seguridad y nos vamos.

—Mantente cerca —murmura Hudson y, agachado, estira su mano para que la tome. Se pone detrás de una pickup naranja, y yo hago lo mismo, aferrada a su hombro.

Más adelante, Cody mira hacia ambos lados (izquierda, derecha, izquierda), luego se baja de la acera y…

—¡Hola! Cody, ¿cierto?

—¡Puta madre! —susurro—. Yo lo conozco, es…

—Justin Lloyd, de *ROC Weekly*.

Cody se aleja un paso, con cara de susto.

—¿Me seguiste o algo así?

—¡No!, perdón, no quise asustarte. —Justin alza ambas manos—. Sigo el gimnasio al que vas en Instagram, postearon una foto de tu clase de hoy en la noche —dice, aunque eso no hace que esta emboscada sea menos siniestra—. Pensé que te gustaría conversar… tú eres el novio de Maddie Price, ¿cierto?

Hudson y yo nos quedamos increíblemente quietos.

Cody también, hasta que se harta y escupe:

—Yo no quiero conversar contigo, maldita sea. —Se baja de la acera y se va a Bianchi's Old-Fashioned Pizzeria, al otro lado de la calle. (¿Cómo? ¿Eso es todo lo que está haciendo, ordenar pizzas para llevar?)—. Y dile a esa señora que también se aleje de mí.

¿Habla de Tess? Ella le dijo a Justin que dejara la historia por la paz, así que tal vez ella quiera escribirla sola. Pero ¿cómo es que esto, lo de que Cody Forsythe sea el novio, funciona para la historia de Justin? Hasta donde me quedé, él investigaba la parte financiera.

Justin mira cómo Cody se mete en la pizzería, suspira y también se va.

—Una cosa más —susurra Hudson y atravesamos la calle.

Lo espero afuera, escondida junto a la ventana, tratando de ver. El asqueroso olor a pepperoni quemado se cuela por la puerta. Odio su comida, odio los manteles a cuadros y el chile rojo molido, y también cómo Ben Sulkin atiende la caja con una camiseta de empleados manchada de salsa. Él está de brazos cruzados y con las cejas fruncidas mientras Cody cuenta billetes y monedas en el mostrador.

Ninguno de los dos se ve muy contento que digamos. No el uno con el otro.

Especialmente cuando llega Hudson.

No puedo oír nada, pero los puedo ver: Hudson está siendo amable, los chicos se muestran fríos. Cuando Cody se pone a buscar algo en su morral, se le sale el celular del bolsillo y… ¡Su celular! Me quedo parpadeando la lluvia en mis pestañas cuando veo que Hudson toma el celular de Cody y se lo mete al bolsillo y… ay, vean la hora, me tengo que ir, bye.

—¡Hudson! —susurro con fuerza cuando él sale.

—¿Sabías que Ben está bajo supervisión académica?

—¿Qué?

—Sí, se estaba quejando amargamente de eso cuando entré. Ah, y, toma. —Me da el celular—. Mantenlo apagado, ya que se consiga uno nuevo intentamos adivinar su código. Solo hay, hace sus cálculos, diez mil combinaciones posibles.

—¡Yo no lo quiero!

Rápido, Cody voltea hacia la ventana.

No hay forma, es imposible que nos haya oído, pero damos un brinco y chocamos. Hudson me jala y para cuando llegamos a su auto yo me estoy carcajeando, no sé por qué. No sé por qué tengo calor cuando el ambiente está todavía más frío.

—¿Aún quieres estudiar? —pregunta Hudson, sin aliento. Su chamarra está empapada y se le pega al torso—. Porque podríamos… no estudiar…

Me dejo caer en su trampa.

—¿Qué se te ocurre que hagamos?

Hudson insiste en que nos hagamos unos platos para atiborrarnos, pero casi se arrepiente cuando yo pido que no tengan cebollas. La pelea continúa mientras llevamos los contenedores grasientos por el camino a Cobbs Hill Reservoir.

Ya no llueve, pero nos traemos la chamarra extra que tiene en el asiento trasero y la ponemos sobre la banca que da a la vista de la ciudad. Él mira cómo destapo mi plato y me como un bocado lentamente.

—Esto es repugnante —digo con la boca llena—. Bueno, está increíble, pero ¿es malo?

—Correcto. —Y toma un bocado con el tenedor—. Esto te hace un verdadero rochesteriano.

—Lo dices como si yo no hubiera vivido aquí toda mi vida.

—Has vivido aquí, pero ¿realmente has vivido aquí?

Sinceramente, ya no sé. Es difícil amar Rochester, pero a veces me pregunto si no lo he intentado lo suficiente. Hay mucho más que ver que lo que he buscado.

Y no sé qué sea, si el brillo de las luces de la ciudad, o el agua congelada de la presa o el olor a la nieve derretida, pero no puedo dejar de mirar a Hudson.

Se voltea hacia mí.

—¿Qué?

De pronto estoy de vuelta en el futón de Miles, que me pregunta lo mismo mientras puedo ver el hueco entre sus dientes. El *nada* que le contesté fue tan inmediato que nunca dudé. Pero esta noche, inclino la cabeza hacia el cielo oscuro que se está despejando y comienza a dejar ver unas cuantas estrellas.

—Todo —contesto.

Es verdad. Estoy pensando en la manera tan incómoda como me vio Kathleen cuando me preguntó si estaba bien, en que claro que yo estoy bien, ¿por qué no habría de estarlo?

Estoy pensando en Hudson.

Estoy pensando en Cody. «Eres el novio de Maddie Price, ¿cierto?».

—Él me dijo que ella no le gustaba —empiezo, y aunque no menciono nombres, Hudson entiende de quién hablo—. Que la conocía mejor de lo que yo creía.

Hudson deja el tenedor sobre su comida.

—No hablábamos mucho de ella, pero cuando se juntaron, él se veía bastante embelesado, ¿no? Le parecía bonita, interesante, inteligente.

—¿De verdad? —Se me calienta el rostro, mi cuello empieza a sudar—. Pensé que solo quería coger.

—¿Y lo logró?

—Nop. ¿Tú y Charlotte se acostaron?

Hudson suelta una carcajada nerviosa.

—Me sorprende que te acuerdes de su nombre —comenta, y casi admito que no lo sabía hasta hace dos horas. Luego, medio insinúa—: Nunca he…

—¡¿Qué?! —Casi escupo una papa a la francesa—. ¡Pero si tienes condones en tu buró!

—Digo, casi nos acostamos. —Hunde un pie en el lodo—. Parecía inevitable que sucediera, pero… no. Creo que Charlotte se sintió insegura porque no lo habíamos hecho. —Hace una pausa—. Yo la hice sentir insegura. Al final, dije, bueno, qué más da, así que hice planes para que nos acostáramos, eh… terminando el baile de fin de año.

—El baile de fin de año, ¿eh? —La noche de la que no hablamos, excepto quizás ahora—. Clásico.

—Pero la cosa se pone peor. Ella reservó un hotel que yo no podía pagar e hizo que sus amigas lo decoraran con velas y flores. Yo ni siquiera pensé en eso. —Suspira y baja la mirada al piso—. Supongo que estaba nervioso con lo de… —busca la palabra— desempeñarme. Pero es que el sexo es todo un tema, ¿sabes?

No lo sé. No digo nada.

—En cuanto llegamos, ella fue al baño a cambiarse y se puso lencería, y cuando salió estaba toda emocionada y me dijo «¿qué te parece?» y yo le dije «me parece que deberíamos terminar».

—¡Hudson!

—Ya sé. Charlotte estaba furiosa, y con razón. Entonces, pedí un aventón al *after* al que todos habían ido y, pues, ya sabes, te hice sexo oral.

—Ay, por Dios. —Hundo la cara en mi bufanda—. ¿Por qué lo dijiste así?

—¿Quieres que lo diga de otra forma?, porque puedo —se ríe, y yo también, pero es una risa dolorosa, mortificada—. Sé que no hablamos de esto, pero ¿sinceramente no piensas en ello siquiera?

Ciertamente estoy pensando en eso ahora.

Aquella fiesta fue en una espectacular casa del lago que era del primo de la tía de Ben Sulkin, o algo así.

Fue una megapeda. Yo abrazaba la consola del karaoke y me paseaba jugando con el tul de mi vestido perfecto. Cody se la pasó besando a varias chicas de Lourdes entre nuestros duetos, lo que enfureció a Maddie, así que las Birds se fueron a animarla, y los chicos emborracharon a Miles con Keystone y shots de tequila.

Más tarde, Cody gritó por el micrófono «¡Miren quién llegó! Hudson y… oh-oh».

Yo me había ido a la cocina para prepararme un gin gimlet de una receta que me encontré. Estaba buscando limones en el refri y, cuando cerré la puerta, Hudson estaba frente a mí.

«¡Hola!», le dije, egoístamente feliz de verlo, pero confundida. «¿Y tu novia?».

Él le dio un trago a su cerveza, así que pensé que no me había oído. Luego se acercó todavía más y me dijo: «¿Cuál novia?».

«Ay, qué pena», y alcé los limones. «¿Quieres un gin gimlet de consolación?».

En ese momento me adjudiqué la misión de animarlo. Hice todo un show de mi mixología de mierda. Él se apoyó en la barra y me veía rebanar los limones, verter el jarabe, agitar la coctelera, pasarle la copa.

«¿Esto es un shot?».

Fingí un grito ahogado.

«¡No! Se supone que lo tienes que saborear». Y entonces sus ojos me recorrieron desde el escote hasta mis labios. «¡Salud!», le dije y chocó copas conmigo.

Cuando se terminó el gimlet de un solo trago, me dijo:

«¿Nos vamos a otro lado?».

Y, sí, tenía muchas ganas.

Nos fuimos al jardín, el ambiente era fresco, pero agradable, el cielo estaba despejado y lleno de estrellas. La alberca estaba demasiado fría para nadar, pero el agua brillaba, clara y ondeante.

Me acosté en un camastro y él se sentó en la orilla, descansando la mano en mi cadera.

«Qué pena que tu velada se fue al caño», le dije.

«Ahora está mejor». Hudson se acercó un poco más. «Por cierto, hoy te ves muy guapa».

Y luego me besó.

Fue algo repentino, un latigazo de la nada, un giro de la trama que no me esperaba.

Nunca antes nos habíamos besado, pero había pensado en eso, claro que me lo había imaginado, y ahora, con sus labios contra los míos, me pregunté por qué nos habíamos tardado tanto. Él alejó la cabeza y se disculpó, pero, carajo, yo quería seguir.

Lo deseaba.

Entonces dije:

«Cállate, Hudson» y lo volví a besar.

Se puso encima de mí y el camastro se bajó un nivel más. Me reí, dejé que me ayudara a levantarme y me llevara hacia los árboles, en lo oscuro, lejos de la vista de todos.

Y entonces hice lo que siempre hago: me puse de rodillas.

Pero Hudson me tomó de los codos para levantarme.

«Ay, ¿no querías que te lo hiciera?», pregunté.

Él se veía igualmente sorprendido.

«No, sí quiero, de verdad. Pero creo que si lo haces, esto terminaría muy pronto y no quiero eso. Te deseo, Jo».

A mí, a Jo.

Me volvió a besar y me derretí en ese beso, lo jalé al pasto conmigo. Me gustó sentir su peso encima de mí, que nuestras bocas encajaran tan bien, cómo puso su pierna entre las mías, levantó la rodilla y la meció contra mí.

Dejé salir un sonido, entre jadeo y gemido, que no sabía que podía emitir.

«Ay, por Dios, perdóname, qué vergüenza».

«No te disculpes por eso». Deslizó la mano por el escote de mi vestido. «Es sumamente sexy».

«Ay», dije, y me faltaba el aliento más que antes.

Mi cabeza daba vueltas: no puedo creer que esto esté pasando, no sabía que quería que pasara.

Pero pasó. Hudson y yo orbitábamos el uno con el otro, nos jalaba la gravedad, nunca chocamos. Él era diferente a los otros chicos: más amable, inteligente, simpático, astuto. Nunca me atreví a pensar que para él yo también fuera diferente. Que podría ser, no sé… especial.

Y esto con Hudson se sentía nuevo. Su boca contra la mía y su mano en mi seno y lo que estaba haciendo con la rodilla, en serio, eso de la rodilla… ¿Qué carajos era? Mi respiración se hacía más pesada y profunda.

Y luego Hudson se sentó sobre sus talones.

Bocarriba, me apoyé sobre los codos.

«¿Por qué paraste?».

Él sonrió.

«Me dijiste que lo saboreara».

Por tercera vez:

«Ay… Dios mío».

Él se rio, se quitó el saco del esmoquin y la corbata de moño. Recorrió el dobladillo de mi vestido con la mano.

«¿Son margaritas?».

«Ajá». Contuve el aliento mientras sus manos se deslizaban por debajo del tul, en mi entrepierna.

«¿Es tu flor favorita?».

«No creo tener una flor favorita, ¿por?».

«Me gusta saber qué te gusta». Y sus manos terminaron en mis caderas. «¿Te puedo quitar estos?».

Eso no era algo que yo hiciera. Yo era fácil e iba muy lejos, hacía de todo, pero nunca para mí. Los tipos con los que estaba durante la noche solo tenían una meta final en mente, así que yo controlaba cada beso y caricia, pero los desviaba cuando me rozaban el cierre, y les daba un manotazo cuando pensaban que estaba bromeando.

Pero alcé las caderas y asentí.

«Perdón», susurré.

«¿Por qué te sigues disculpando?».

«No sé. Porque estoy abandonando a tu pene».

«Esto puede ser para ti», dijo, una pregunta sin formular.

Volví a asentir.

Y entonces metió la cabeza debajo de mi vestido y yo morí, estaba muerta, y pensé en Hudson, en lo que estaba haciendo, que nunca antes me había pasado, y en lo que dijo: que me veía bonita, *por cierto*, y me sentí bonita y deseada, y yo también lo deseaba tanto, con tanta desesperación. Y me gustó.

En mi cabeza, *a él también le gusta* se convirtió en *a él le gusta hacerme esto*, que terminó en *le gusto*. Le gusto a Hudson. Pero ¿cómo podía ser cierto cuando hace apenas unas horas aún tenía novia?

El corazón me dio un vuelco de otro tipo. Apreté los ojos mientras mi cuerpo colapsó, como cuando las luces en un edificio se van apagando una a una.

«No», susurré, pero lo dije con firmeza. No.

Él se apartó.

«¿Estás bien?».

«Perdón, pero, no puedo». Me subí los calzones, y me sacudí la tierra de las caderas. La luz de la luna se reflejaba en los adornos de mi vestido y brillaba en la noche muy, muy oscura.

Él puso cara de confusión.

«¿Te sientes mal?».

Todo se sentía mal. Esto abrió algo dentro de mí, un deseo que no sabía que quería, y ahora me importaba que me dijera que todas esas palabras las dijo en serio. Porque me deseaba, a mí, a Jo, no a una chica que sanaría la herida fresca en su corazón.

Porque yo le gustaba.

«Acabas de terminar con tu novia». Quería que me leyera el pensamiento y supiera el resto sin que tuviera que decírselo.

Pero lo único que me contestó fue:
«Okey».

Ahora se oye cómo unas alas mueven las ramas de los árboles. Busco la fuente del sonido, pero me quedo callada, no sé qué decir.

Hudson suspira y baja la mirada.

—Supongo que yo estaba confundido. Te veías tan molesta…

—Pero no por algo que hubieras hecho tú. —Miro al horizonte, su luz naranja contra el cielo oscuro—. No quería ser la chica a la que acudiste porque estabas triste y te sentías solo y caliente, y yo estaba… —Cierro los ojos por un segundo—. Porque yo estaba ahí.

—¿Qué? —Hudson se voltea hacia mí—. No, y de verdad lo siento, Jo, eso no fue lo que pasó.

—¿Entonces qué fue?

Él se ve como si quisiera decir algo. Creo que yo quiero que él diga algo, pero su teléfono suena. Nervioso, lo saca del bolsillo.

—Perdón, es un recordatorio de que me vaya a dormir, mañana tengo que trabajar.

Guardo las sobras de mi plato.

—Entonces mejor vámonos.

De regreso a mi casa, pongo a todo volumen mi *playlist* de Billy Joel, pero él ni siquiera se burla de mí. Cuando se estaciona, le baja al volumen.

—Gracias. Por la plática —dice—. No nada más de lo de mí y Charlotte, sino de nosotros. —*Nosotros*—. Pienso mucho en eso, así que gracias, de verdad.

—Fue sencillo —miento a medias, y me salgo al frío, pero me quedo con la mano en la puerta, dudando, y me asomo al auto—. Entonces, ¿piensas mucho en hacerme sexo oral?

—No tal cual —dice poniendo los ojos en blanco y me mira—. Bueno, a veces sí.

Ay, por Dios.

—Buenas noches, Hudson.

Dentro, dejo lo que quedó de mi plato en el refri y me voy a mi recámara. Me siento rara, tanto que me quedo en la cama mirando el techo diez minutos seguidos.

Me sigo sintiendo rara, así que saco mi celular.

[9:02 p. m.] **JO:** Te tengo que confesar que no recordaba el nombre de charlotte

[9:03 p. m.] **JO:** la vimos hoy

[9:04 p. m.] **HUDSON:** ah, eso lo explica todo

[9:04 p. m.] **JO:** oh-oh

[9:05 p. m.] **HUDSON:** ntp

[9:06 p. m.] **JO:** otra confesión: yo también pienso en eso

[9:06 p. m.] **JO:** un montón

Veo los puntos suspensivos de que está escribiendo. Me muerdo el pulgar, ansiosa, pero demasiado para esperar.

[9:07 p. m.] **JO:** nunca me habían hecho eso

[9:07 p. m.] **JO:** así que...

[9:08 p. m.] **HUDSON:** así que qué?

[9:08 p. m.] **JO:** pues que me gustó...

Aviento el teléfono por la puerta del baño, suelto un grito, y de inmediato voy por él.

Su respuesta no me sorprende, aun así, ahogo un grito.

[9:09 p. m.] **HUDSON:** a mí tmb me gustó

No puedo lidiar con esto.

Me siento en el piso contra la tina, las losetas me congelan los muslos... y entonces miro la regadera desmontable.

Con las luces aún apagadas, abro la llave, me quito la ropa, me meto a la tina, me lavo el cabello, me pongo acondicionador, me lavo la cara y pienso qué hubiera pasado si no lo hubiera detenido... Nunca había estado tan cerca de... hacerlo. Nunca lo había intentado con un chico. Fue abrumador e increíble.

Sin pensarlo, zafo la regadera de su soporte y ajusto la intensidad, y me permito imaginarlo: su mano por debajo de mi vestido, lo de la rodilla, el *nosotros*, su boca ahí abajo y...

—Oh, por Dios —exclamo, apenas. Me sujeto a la cortina de la regadera y me muerdo un labio, mi respiración es entrecortada y superficial y vigorosa. Ahora lo entiendo. ¡Ya entendí, ya entendí!

En cuanto mi corazón alcanza un ritmo normal de nuevo, abro la cortina de la regadera. En el espejo oscuro, mi propio reflejo me mira de vuelta. Tantas personas han visto este espejo. Yo. Me parece injusto que yo permanezca en la oscuridad por lo que ellos han decidido ver en mí.

Enciendo la luz.

26

Estoy hecha un desastre, aunque de buena manera, más que nada. Esos mensajes de Hudson me llenaron con una sensación indescriptible cada vez que los releí. (Y los releí un montón). Lo voy a ver hoy en la noche en el boliche, luego voy a dormir en la casa de Sara por su cumpleaños. Hice mi maleta anoche, pero la volví a empacar hoy en la mañana porque se me olvidó meter mis calzones y el desodorante, y no, no estoy nerviosa por mi primera pijamada, para nada.

Por ahora, en la sala de conferencias de *ROC Weekly*, Tess y yo estamos diseñando mi póster para la Open House del próximo lunes. Traje una caja de zapatos con fotos y estoy escaneando las mejores (¿o peores?) para pegarlas en el póster. Tess me sugiere una de mí con un el listón de seda y un ramo de flores. De cuando gané el segundo lugar en el concurso de belleza.

—Hace mil años concursé —le digo—. Pero luego me prohibieron seguir compitiendo, así que…

—¿Ah, sí? ¿Qué pasó?

—No me acuerdo. —Sí, me acuerdo, *bah*, pero no quiero hablar de eso.

Tess levanta la pantalla de su laptop.

—Me encantaría escuchar la historia, si te acuerdas.

Dile. No sé de dónde vienen las palabras, tampoco qué le diría. No tengo nada que decir.

Tomo otra fotografía, de Cody y yo en secundaria.

—¿Ves a este chico? —le pregunto—. Es mi examigo, Cody. Él —*dile*—, él estaba hablando con Justin anoch, más bien Justin habló con él.

Tess frunce las cejas.

—¿Justin Lloyd?

—Sí, abordó a Cody en el estacionamiento de Village Gate, para *conversar* sobre su historia.

—Justin… —Tess cierra su laptop—. Disculpa.

—Oye, ¿puedo ir contigo? —La sigo a las escaleras y bajamos al tercer piso.

Justin está en una cabina de grabación cerca del fondo de la sala; su laptop le ilumina el rostro, y apoya los pies sobre la mesa. Está masticando el cable de sus audífonos.

Tess abre la puerta y él se sobresalta, por lo que se le desconectan los audífonos.

—¡Spradlin!

—Te dije que soltaras la maldita historia —lo regaña Tess. Mi primer instinto es reír, pero me aguanto y me obligo a quedarme quieta—. No solo no sueltas la historia, sino que también acosaste a un menor.

—¡Nadie en esa familia quiere hablar! El novio… él debe saber algo. —Justin voltea hacia mí—. ¿No es eso lo que hacen ustedes las chicas? ¿Contarles a sus novios sus secretos más profundos y oscuros?

Tess da un paso hacia mí como para protegerme.

—Es la historia equivocada, Justin. La perspectiva está mal.

—Cálmate —dice Justin y creo que Tess está a punto de matarlo—. Déjame mostrarte el panorama completo. —Se acerca el micrófono a la boca, luego lo aleja—. Mamá y papá se separaron el verano pasado. Mamá se queda con la casa; papá compra un loft de un millón de dólares. ¿Cómo pueden pagar ambos con un solo salario? Deben estar ahogados en deudas, luego la chica…

—Maddie —lo interrumpo.

—Se esfuma y ¿de pronto hay una página para recaudar fondos? ¿Eso no te parece sospechoso?

Tess se soba las sienes, como si quisiera mantener una jaqueca a raya.

—Cualquiera puede hacer una página para recaudar fondos, Justin.

—Fue el primo del papá —comento.

—¿Ves? Ahí está —dice Tess, luego voltea hacia mí—. ¿Cómo lo sabes?

Sonrío inocentemente.

—¿Saber qué?

Justin azota el puño contra la mesa.

—¡Fue una maldita desaparición fingida! —grita. Tess y yo nos quedamos calladas. La respiración de Justin se acelera, como si la cosa se estuviera poniendo buena—: Esta es una treta para conseguir dinero fácil, están usando esta desaparición para salir de deudas. Les apuesto lo que quieran a que saben dónde está esa chica para que luego la *encuentren* y se queden con el dinero de la recompensa.

—No hay recompensa —dice Tess en voz queda—. Cerraron la página de recaudación de fondos.

—Mejor aún. —Justin asiente, sin parpadear, perdido en su nueva historia—. Van a salir con que nadie ayudó y ellos tenían que salvarla.

—¿Salvarla de qué? —contesta Tess, exasperada—. Ella dejó una nota, Justin. Huyó de casa.

—No me estás escuchando…

—No, sí te estoy escuchando y te estoy diciendo que te equivocas. ¿De verdad crees que sus propios padres la secuestrarían? ¿Crees que la mantendrían cautiva?

—No, Spradlin —le dice él, con una sonrisa enfermiza en la cara—. Creo que la chica está involucrada en esto, que se puso triste y quería atención y…

—Deja la historia por la paz, Justin. Te lo digo en serio. —Tess me hace una seña de que me salga, pero ella se queda un momento más en el marco de la puerta—. ¿Y por qué estás en una cabina de grabación?

—Eh, pues… pensé que sería interesante explorar cómo se presentaría esta historia en formato de pódcast.

Tess se sale al pasillo.

—Se llama Maddie, imbécil —le grito desde el pasillo.

Esta vez, Tess no se va hacia el elevador y en vez de eso me lleva a la escalera, se espera a que la puerta se azote para decirme:

—Por favor, dime que me equivoco y que no estás jugando a ser la detective primeriza.

—Tú también estás investigando, pero lo ocultas.

—¡No estoy ocultando nada!

—Ajá. —Y me subo de un pisotón al primer escalón, me cruzo de brazos y levanto la cabeza, como para verme más alta—. ¿Quieres la historia para ti sola? ¿Para regresar a Nueva York?

Tess se quita los anteojos y comienza a limpiarlos.

—Tengo bloqueo del escritor, ¿recuerdas? —Vuelve a ponerse los anteojos—. Yo de verdad creo que Maddie huyó de casa. —Pausa—. Pero sería negligente si no explorara todas las posibilidades y tal vez eso implique alguna investigación superficial.

—Y bien, ¿qué puedes decirme? Por ejemplo, ¿has visto la nota? ¿Qué dice?

—Nada.

—¿La nota no dice nada?

—No, no sé qué dice la nota, y no te voy a decir nada.

—¿Entonces qué quieres saber?

—No haremos esto, Jo Guion Lynn —afirma Tess, pero es mentira. Lo sé por cómo me mira, como si esta fuera una alianza incómoda—. ¿Y las reflexiones que me tienes que mandar para el programa de mentores? Mejor enfócate en eso.

—¡Te las envié por correo! —Suena a excusa, como si dijera «mi perro se comió mis reflexiones», pero sí se las envié.

Tess frunce las cejas y saca su celular.

—Le he estado diciendo al de Sistemas que mi filtro de spam es demasiado agresivo. —Busca en la pantalla entre su correo no deseado—. Aquí están.

—Tal vez el filtro odie mi dirección de *email* de Culver —le digo de broma. Luego me quedo pasmada. Tess también lo piensa, y su dedo se dirige a la barra de búsqueda. Le susurro—: Maddie te envió un correo.

—Dios, eres en verdad metiche.

Pero yo sigo.

—En diciembre, Maddie te envió un correo, así que, ¿qué tal si ella…?

Tess inclina el teléfono para ver la pantalla en horizontal.

Recibidos: Spam «Price»

Dic. 28, 2:11 p. m. ¡Perdón por molestarte! Le doy seguimiento a mi correo original. ¿Te gustaría que nos viéramos? Estamos en las vacaciones de invierno, así que tengo mucho tiempo disponible.

Ene. 10, 6:32 a. m. ¡Hola! Sé que estás ocupada, pero me pregunto si tal vez mis correos estén entrando directamente como spam… De hecho te escribo por una historia en la que estoy trabajando y realmente necesito tu ayuda.

Ene. 31, 3:57 a. m. Por favor escríbeme cuando puedas. Creo que estoy más allá de mi límite.

27

Ahora esto me resulta tan notoriamente obvio. Estaba tan enfrascada con las historias que todos los demás estaban tratando de contar que nunca consideré siquiera que Maddie tenía la suya.

Es fue injusto. Voy a empezar de cero. Voy a volver a empezar con: Maddie estaba escribiendo una historia.

Hudson vuelve a leer el *screenshot*.

—«Creo que estoy más allá de mi limite». ¿Eso qué significa?

—No lo sé. —Apenas puedo pensar.

Literal, el último lugar en el que quiero estar es aquí, en el boliche, aun con mi novio de mentiras que hace que mi cuerpo se estremezca. Resulta que Hudson es terrible para los bolos, así que abandonamos nuestro carril y nos sentamos en un sofá de terciopelo verde que está en el bar. Los televisores aquí sintonizan ESPN, las Noticias del Nueve y a mi madre en el Canal 12.

Hudson se talla la cicatriz con el pulgar.

—Maddie estaba escribiendo una historia y se sentía más allá de su límite, así que, ¿estaba asustada?

Algo me punza por dentro. Maddie asustada, en problemas. «Creo que estoy…».

—No lo sé. —Tengo que usar palabras nuevas, así que agrego—: ¿Sería por lo de tu clasificación?, ¿lo de su historia? Pero…

—Yo soy el único que sufriría por eso —sugiere Hudson.

La acústica de este lugar está fatal, cada que la bola golpea los pinos y se traga los caídos es un maldito escándalo.

Miro hacia los carriles. Trey Gardner, todavía con cabestrillo, intenta lanzar la bola con la mano izquierda. La bola cae y rueda detrás de él. Ben Sulkin se carcajea con su horrible risa y le da un fuerte manotazo en el brazo. Pero se le cae la sonrisa cuando Cody Forsythe se aparece por aquí. Ben, de hecho, cierra el puño y se va directito hacia él.

—*Dude,* ¿por qué carajos me estás ignorando? Necesitas arreglar…

—No te estoy ignorando. —Cody se lo quita de encima—. Perdí mi teléfono.

—«Creo que estoy más allá de mi límite» —repite Hudson.

Arrastro mi uña por el terciopelo.

—Necesitamos descubrir sobre qué estaba escribiendo Maddie. Los del periódico deben de tener una lista de historias, ¿cierto? —Busco entre la gente a Gabe Figueroa en su chaleco perfecto de casimir, pero supongo que tiene vida, no como nosotros.

—¿Y qué hay de Daniele? —Hudson señala hacia el bar, donde ella está tomando una foto *aesthetic* de un coctel sin alcohol. Daniele Con Una Ele, directora de arte de *The Eagle Eye.* La razón por la que vinimos, aun si Sara tan solo la mira desde la distancia con cara ensoñadora.

Lo siento, Sara, pero me voy a robar a tu chica.

—¡Daniele Con Una Ele! —Le hago un gesto para que venga—. Hudson quiere ver la lista de historias de *The Eagle Eye.*

Ella entrecierra los ojos, pero no tengo una mejor mentira.

—Yo quería, eh, colaborar. Estoy en Diseño Digital y tenemos estos portafolios…

—Ya te la envié —dice Daniele Con Una Ele y se va.

—Eso es eficiencia, carajo. —Hudson abre su correo, luego el enlace con el documento: «Ideas y Trabajos asignados». Le quito el teléfono y recorro la lista.

IDEAS

M. PRICE: tips y trucos para chicos de último año; acción temprana vs. decisión temprana; opciones saludables en la cafetería (¿demasiado visto?); elaborar un expediente personal

—Ja —exclama Hudson, y es lo mismo que yo puedo decir.

Sin ofender a Maddie, pero estos son temas... superfluos. Incluso Tess lo dijo, ¿no?, que Maddie contaba mal sus historias, que no profundiza. Excepto por...

Archivo personal. Esa caja con candado rosa de la que Michaela me platicó que Maddie consiguió para el campamento de verano en la biblioteca. Puedo verla con tal claridad en mi mente... pero ¿por qué?

Sigo revisando la lista.

TRABAJOS ASIGNADOS

ANIVERSARIO DEL PARTIDO QUE NOS HIZO GANADORES (borrador para el 31 de enero): Maddie + Lee

Parpadeo, pero sigue ahí: Maddie + Lee. Pero Gabe me dijo que él necesitaba que Lee respondiera acerca de la historia, que necesitaba que la mayoría de los jugadores hablaran, y eso significa mi hermano.

Maddie + mi hermano, para una historia que tenía que entregarse cinco días antes de que desapareciera.

De que huyera.

—¿Alguna vez Lee mencionó esto? —pregunta Hudson.

—Nunca. —Le devuelvo el teléfono—. Me pregunto si siquiera Maddie lo contactó. Tal vez lo olvidó o algo. O ella... «Creo que estoy más allá de mi límite»—. No lo sé.

Lo que sí sé es que definitivamente me gustaría irme.

—Nos vamos —dice Kathleen y avienta mi abrigo sobre el respaldo del sofá—. Michaela rompió el riel de protección del carril, así que lo vamos a tomar como una señal del cielo de que debemos irnos.

—Diviértete mucho sin mí —dice Hudson, fingiendo una cara triste, como si no estuviera ansioso por irse ya, anudando las agujetas de sus tenis de bota. Se levanta y echa un vistazo al bar. Luego se queda mirando un punto específico y su rostro está más pálido que nunca. En voz baja me dice—: Jo.

—¿Qué? —Sigo su mirada a la televisión arriba del bar—. No. No, no, no, no.

¡ENTREVISTA EXCLUSIVA EN LAS NOTICIAS DEL NUEVE!

Kathleen entrecierra los ojos.

—¿Esa es…?

La señora Price, sentada en el sofá de cuero de su sala. Se ve hermosa, la verdad, aunque es extraño notarlo. Junto a ella, Sabrina Kim asiente, con mirada extraseria. «Y dile a esa señora que también se aleje de mí». Eso fue lo que dijo Cody, pensé que se refería a Tess, pero ¿qué tal si era a Sabrina?

Lo encuentro en el bar: Cody Forsythe, con la mandíbula tensa y pálido como fantasma, mirando fijamente la pantalla.

Sara y Michaela casi chocan con nosotros, hablan una por encima de la otra.

Todos los demás estamos callados.

Saco el teléfono de mi bolsillo y Hudson saca sus *earbuds*, me pasa uno y se acerca a mí para que podamos oír el *livestream* en mi teléfono. La señora Price está a media oración: «… acosada por los reporteros. Sé que están por sacar una historia en la que dicen que *nosotros* lastimamos a Maddie, que estamos endeudados y…».

La historia de Justin Lloyd. Alguien la filtró y la señora Price ya la está invalidando, punto por punto.

Los subtítulos casi no captan sus palabras, así que solo entiendo pedazos: «Yo jamás… Maddie jamás… yo no… entiendo que dejó una nota, pero... es una niña tan perfecta y... adónde... Por qué... ataques tan agresivos... rumores venenosos».

Sabrina se entiende mejor.

«Estoy batallando con la falta de interés fehaciente de sus compañeros y de sus amigos». Sara se tapa la boca, Michaela se mira los zapatos, y Kathleen se endereza, altiva, desafiando a quien sea que la mire. «Y de su novio». Cody se abre paso para salir al frío. «La policía sigue aceptando información de cualquiera en su teléfono de no emergencias. Alguien sabe algo. Alguien...».

Me quito el audífono y me tapo la cabeza con las manos. Mi cerebro da vueltas con cada frase: «Creo que estoy más allá de mi límite; creo que estoy en problemas, pero creo que tú puedes ayudarme; nunca nadie se puede enterar de esto; perdida, secuestrada...».

—Me robé una botella de ron para esta noche —dice Kathleen calmada—. Y creo que deberíamos irnos.

Porque todos se nos quedan viendo. Bueno, a ellas. Yo no soy amiga de Maddie.

Kathleen asiente.

—Creo que deberíamos irnos —repite.

Pero el teléfono en su mano comienza a vibrar, luego el de Michaela, el de los deportistas de Culver, y el de Daniele Con Una Ele, y Hudson me mira, su cara es indescifrable. Es igual que cuando la fogata, cuando se filtraron las fotos, de persona a persona, y creo que voy a vomitar, pero no puede ser algo de mí, no puede ser...

Entonces, mi teléfono también vibra.

Es una notificación de Instagram:

maddie.price_09 publicó por primera vez en mucho tiempo.

Me tiemblan los dedos, mi corazón late apresuradamente. Abro la app y doy clic al *post*. Es un *screenshot* recortado de una aplicación cualquiera de notas vibra.

Hola. Soy Maddie. Quiero aclarar las cosas. Agradezco la preocupación de mi mamá (y que todos uds también estén preocupados, igual la policía que ha ayudado) pero estoy bn. Estoy a salvo. Lo dije en mi nota.

Solo quiero que me dejen en paz.

28

Maddie Price no escribió ese maldito *post*.

29

—Maddie escribió ese *post*, ¿cierto? —dice Sara; Michaela, también. Muchas veces, ambas, una y otra vez: «Maddie escribió ese *post*». «Maddie está bien». «Maddie está a salvo».

¿Cierto?

Se dicen esta mentira hasta que suena a algo como cierto.

Más tarde, luego de que Sara y Michaela se quedan dormidas en la sala, Kathleen y yo nos escabullimos afuera y entre las dos nos acabamos lo que quedaba del ron. Sabe a protector solar. Estoy temblando, me estoy congelando, mi teléfono tiembla en mis manos. Vuelvo a cargar el perfil de Instagram. «Quiero aclarar las cosas…».

—Maddie no escribió eso —dice Kathleen, arrastrando las palabras.

Vuelvo a cargar la página, vuelvo a leer el mensaje. «uds», abreviado y sin punto; «bn» en vez de «bien».

Kathleen se asoma a mi teléfono, recarga la barbilla en mi hombro. Sus dientes castañetean un montón.

—No lo escribió ella. Está mal —susurra. Nunca la había visto tan borracha, pero yo también lo estoy. Se le cierran los ojos, pero me dice—: Eso no fue lo que decía.

—¿Qué quieres decir? —Volteo hacia Kathleen, pero veo a tres de ella y parpadeo, vuelvo a cargar Instagram…

«Usuario no encontrado».

30

A la mañana siguiente, el cielo es de un sorprendente azul despejado y el sol brilla con un blanco radiante. No puedo recordar la última vez que vi el sol, pero es hermoso y perfecto mientras caminamos. Así que eso es lo que pienso: «Esto es hermoso y perfecto».

Es la única manera de evitar que vomite.

Sara, por lo visto, es inmune a las resacas.

—¡Tengo dieciocho!

—Te digo esto con mucho amor —dice Michaela—, pero cállate la maldita boca.

Yo voy unas cuadras atrás, pero Kathleen me espera. Encontró unas gafas oscuras en su guantera; entre esto y que camina penosamente, apretándose el abrigo, parece una viuda cuyo marido falleció en circunstancias misteriosas.

—Estás muy callada —me dice con voz ronca.

Estaré mejor cuando coma. Quiero unas papas a la francesa, huevos estrellados tibios, tocino, panecillos de queso ricotta y un café helado con crema, sin azúcar, nunca con azúcar.

—Anoche… —comienzo, la oración para que ella diga el resto. El *post*, la cuenta que desapareció, otra vez. Maddie sigue desaparecida, pero al menos sabemos que «está bn», que está a salvo. Intento de nuevo—: Anoche te la pasaste diciendo que eso estaba mal. El *post*.

Kathleen mira al frente.

—Ni siquiera recuerdo haber dicho eso.

—Pero…

—¡Una *station wagon*! ¡Zape! —dice Sara corriendo hacia nosotros, y le da un zape a Kathleen.

—¡Oye! —Kathleen de inmediato le regresa el zape con fuerza.

Michaela se pone en medio.

—Sara, compórtate.

—¿Nunca han hecho un *roadtrip*? Eso dices cuando ves estas vagonetas con paneles de madera en la carretera. —Señala hacia la cafetería al otro lado de la calle y, de alguna manera, sé, antes de ver, lo que está estacionado ahí.

Ese auto. Un Buick Roadmaster Estate 96, con una franja blanca de paneles de madera. No sé nada sobre autos, pero sé todo sobre ese: su radio descompuesto, el tablero estrellado, lo áspera que se siente la alfombra de la parte trasera contra mi espalda, mis rodillas, un lado de mi rostro…

—Muévete. —Kathleen se pone las gafas de sol como diadema—. Espera, ¿estás bien?

—Necesito… —El vómito se me sale por la garganta. Caigo de rodillas al piso, haciendo arcadas.

—¡La loca de la fiesta! —grita Sara.

Kathleen me detiene el cabello.

—¿Jo? —No puedo hablar. No puedo… No puedo pensar. Veo el auto y ella también lo ve. Frunce las cejas—. ¿Qué tal si piden mesa? —les dice a las chicas—. Voy por un *ginger ale* para Jo.

Me ayuda a levantarme del codo y me lleva hasta la acera. Nos toma unas cuantas cuadras llegar a la tienda de la esquina, pero llegamos rápido. Más rápido que mi corazón, incluso, que está tan acelerado que creo que se me va a salir de las costillas y me romperá todos los huesos del cuerpo.

Me siento sobre la acera, estiro las piernas y Kathleen entra a la tienda. Regresa con una caja de galletas saladas y una lata de *ginger ale,* luego se vuelve a ir. Abro la lata y le doy un traguito. No hace gran cosa para calmarme el estómago.

Kathleen vuelve a salir con un café para ella. Le echa dos sobres de azúcar y una porción de crema. Mientras le da vuelta con el agitador y su vaso humea, me pregunta:

—¿De quién era ese auto?

El aire es frío, de esos que calan los huesos. Respiro profundamente.

—De Nick.

Como una afirmación fehaciente. La nieve es blanca. El cielo es azul. Ese es el auto de Nick.

—¿Nick? —Kathleen hace una mueca cuando se quema al darle un trago a su café—. ¿Nick, de Nick Price? ¿El hermano de Maddie?

El otro nombre en el diagrama de Venn entre nosotros.

—Tuvimos… algo. Casi nada. Fue una estúpida aventura de verano. Puedo contar con los dedos de la mano las veces que… convivimos. —Paso saliva, mi garganta está al rojo vivo—. Pero no terminó de la mejor manera y la última vez que lo vi se portó como un imbécil y, ash… Vive en Nueva York, ¿cierto? Así que no esperaba ver su auto, eso es todo.

—Qué pena.

—¿Qué pena por qué?

—Dijiste que se portó como un imbécil contigo la última vez que lo viste.

—En la fiesta de graduación de mi hermano —digo, poniendo los ojos en blanco. Mis padres me hicieron colgar series de lucecitas en la reja y decorar con fotos de Lee de cuando era niño. Me robé tres cervezas como premio—. Había pasado un año desde que había visto a Nick y supuse que nosotros… bueno, ya sabes, pero él…

—Necesitas respirar.

—Estoy respirando. —No estoy respirando.

Kathleen le quita la tapa a su vaso.

—Entonces, ¿fue el verano antes de eso, cuando ustedes... *convivieron*? —Asiento, luego ella también asiente y ambas asentimos hasta que dice—: Puedes contarme, si quieres.

—No hay nada que contar.

—Okey. —La luz en la intersección cambia de amarillo a rojo.

Me arranco un pellejito del labio, me río y digo:

—Fue esa maldita fiesta de alberca de Maddie.

Justo después de que oí a Maddie sollozar y decir que solo me invitó por buena onda, porque no le caía bien a nadie, que ni siquiera le caía bien a ella. Desde que entramos a Culver las cosas andaban raras entre nosotras, pero solo porque nunca nos veíamos. Se suponía que el verano sería diferente, mejor.

Me hizo pedazos esa prueba clara, innegable, de que ella ya no quería ser mi amiga.

No podía regresar a la fiesta, con todas esas chicas a las que tampoco les caía bien, que porque yo era escandalosa y mala onda y tan loca por los chicos que los invité para meter a Maddie en problemas, y tampoco podía ir a casa. No cuando mi hermano me había advertido que esto iba a pasar.

Así que me escabullí al jardín lateral de la casa de los Price y me senté en el pasto. El cielo comenzaba a oscurecerse, los mosquitos revoloteaban en mis talones y en mis muslos. Estaba jugando Tetris en mi teléfono rosa, que amaba tanto hasta que lo perdí más tarde ese verano cuando el auto... ese auto... se estacionó justo enfrente de la casa.

«La fiesta es al fondo» dijo Nick, asintiendo, mientras atravesaba el jardín.

«Ya lo sé».

Se detuvo. Lentamente se volteó hacia mí, como si yo fuera salvaje.

«JoJo, ¿cierto?».

«Sabes quién soy». Pausa. «Pero es Jo, de hecho».

Aunque nunca antes habíamos conversado, odiaba a Nick de parte de Maddie, tal como ella odiaba a Lee de mi parte. Eso nos unía, lo de ser la hermana menor. La luz dorada de Lee era tan brillante que yo sentía como si nunca hiciera nada bien; en cambio, Maddie, la bebé milagro, era tan claramente la hija favorita, a la que constantemente consentían, y también vigilaban, porque ella tenía que ser perfecta en todo momento, mientras que Nick podía hacer lo que le viniera en gana.

Esto, pensé, sería el fin de todo entre nosotras.

Luego Nick dijo:

«Qué contestona», pero sonreía. Yo me sonrojé. Sabía, aun si no lo sabía, que ningún chico me había mirado así antes. Le dio una patadita con su tenis a mi *teléfono plegable*. «¿Quieres dar un paseo y contarme lo que te pasa?».

«No me pasa nada», y miré mi teléfono.

«No es cierto».

Alcé la vista. Comencé a contarle, eh, que esto era un poco extraño, perdón, y que debería regresar a la fiesta o irme a casa o algo y, de todos modos, Maddie era mi mejor amiga…

Pero ¿Maddie era mi mejor amiga?

Habría enfurecido si se enteraba de que estaba hablando con Nick. Maddie nunca había tenido algo que fuera solo de ella, excepto yo, nuestra amistad. Yo era su único acto de rebeldía, pero ahora yo también me estaba rebelando y como que me gustó. Me gustó saber que podía hacer enfurecer a Maddie.

Así que me paré y me sacudí el pasto de las caderas.

Y seguí a Nick hasta su auto.

Él se estiró al asiento de atrás por una lata de Seltzer con alcohol, sabor sandía, igual que una de las copas del top de mi bikini, y me preguntó por qué estaba sentada en el patio de su casa. Le conté. Por alguna razón, le conté que ahora Maddie me odiaba y que no sabía qué le había hecho para que me odiara y que no le caía bien a ninguna otra de esas chicas, pero que yo no era tan diferente, ¿o sí?, y que por qué ellas no podían verlo.

¿Por qué no me podían ver a mí?

Ahora, aquí con Kathleen, le arranco el anillo a la lata.

—¿Sabes qué me dijo? : «Tú no quieres ser amiga de mi hermana, ni de esas otras chicas. Tú no eres como esas chicas». —Kathleen lanzó un suspiro—: Es curioso eso de no ser como las otras chicas, tú misma me lo dijiste.

—No, lo entiendo, pero Nick… él es mucho mayor que nosotras, ¿cierto?

El corazón me da un vuelco. Sé adónde va con esto. Siento cómo me empiezo a cerrar, como un puño apretado, como un puercoespín que se enrosca en sí mismo, con las púas paradas.

—Entonces, tú tenías quince —dice— y Nick tenía, ¿qué, veintiuno?

—No es gran cosa. —Sin querer pateo la lata, se derrama todo el contenido y burbujea en el pavimento.

—Tú también cumples años en junio, así que acababas de cumplir quince —dice Kathleen, y esto no me gusta, lo odio aún más cuando dice—: ¿Él intentó, eh, hacer algo esa noche?

—Él… yo… —Alzo la cabeza al cielo—. Simplemente sucedió.

Y es que fue así. Paseamos en auto, platicamos, y él me contó sobre el programa de arquitectura en Cornell, me dijo que Rochester es una ciudad espantosa, luego se estacionó en un parque, creo, pero no estaba segura porque estaba tan oscuro; le pregunté dónde estábamos, pero que si no estábamos muy apretados al frente, que si tal vez podríamos abrir la cajuela y sentarnos en todo ese espacio y que si quería otro Seltzer de sandía y que, guau, yo era tan linda y divertida y graciosa, que si ya había tenido novio y que qué tan lejos habíamos llegado y que por qué me decían *JoJo* y yo le dije que es solo *Jo*, y él me dijo que debería intentar con *Jolie* porque quiere decir «bonita» en francés y yo lo besé; o sea, yo lo besé a él, y nunca había besado así a alguien y él era tan pesado encima de mí y me sentí un poco mareada y luego él tenía un condón y yo pensé que solo me lo mostraba, lo cual es curioso, como si eso fuera una especie de confesión o yo qué sé, y yo quería decirle lo gracioso que resultaba esto, pero entonces él bajó el cierre de mis shorts y dijo «esto está bien, ¿verdad?» y como que no le dije nada, lo cual también es curioso: la chica que nunca se calla se olvida de hablar, hasta después, cuando Nick dijo que tal vez nos dejamos llevar y yo le dije que no pasa nada, no pasa nada, no pasa nada.

Le dije que no pasaba nada.

—Ay, Dios mío. —Kathleen se lleva una mano a la boca—. ¿Le contaste a alguien?

Niego con la cabeza.

—¿Contarles qué?

—¿Qué no te das…? —Me examina el rostro, pero yo no puedo leer el de ella. La imito: brazos pegados al cuerpo, hombros hacia mis orejas, luego me obligo a pararme, para liberar la tensión.

—Probablemente ya esté lista nuestra mesa. —Comienzo a atravesar el estacionamiento, sin esperarla. Sin ver cuando ella corre para alcanzarme, aunque se derramara el café por la abertura de la tapa de su vaso.

—Maddie sabía. —Kathleen no lo dice como pregunta.

—Yo era su amiga, pero elegí a Nick —respondo—. Sabía que le dolería, y fui y lo hice de todos modos.

En voz baja, me dice:

—Yo no creo que eso sea lo que pasó, Jo.

Lo que pasó es que Nick se quedó haciendo tiempo al fondo de nuestra calle, que porque lo mejor sería no aparecer juntos, así que quizá yo debería caminar el resto de la calle. Pero antes me acarició el interior de la muñeca y me dijo con voz baja y seria: «Nunca nadie se puede enterar de esto».

Lo que pasó fue que yo asentí, apabullada por… yo qué sé. Comencé a caminar, pero mis piernas se sentían extrañas e inestables, y tal vez necesitaba sentarme, así que me senté, justo ahí, en medio de la acera, junto al único poste de luz fundido en la cuadra.

Lo que pasó es que claro que Maddie sabía.

Las otras chicas estaban acurrucadas en la fogata cuando abrí la reja. Maddie se había cambiado de ropa y, aunque se había quitado el traje de baño, su piel quemada por el sol aún olía cloro.

«Te he estado buscando por todos lados», me regañó, furiosa, «oye, ¿estás borracha?».

Dio un paso atrás. Miró hacia la ventana de la recámara de Nick en cuanto se encendió la luz.

«¿Dónde es…? ¿Con quién…?».

No le contesté.

En vez de eso, me senté en una silla de jardín cerca del fuego crujiente.

Y miré a esas otras chicas y pensé: «Para nada soy como ustedes».

31

Mi cerebro simplemente no quiere callarse acerca de Nick. Todo el tiempo retumba «Nick está aquí. ¿Por qué está aquí? Está aquí, y probablemente se quede con sus padres, así que tal vez vuelva a ver ese auto, tal vez vea…».

A Nick.

La cuestión es que, de verdad trato de no pensar en Nick. Incluso en el año después de nuestra… aventura o encuentro o lo que sea, no es como si me la hubiera pasado llorando por él. Pasamos un tiempo juntos, tipo tres o cuatro veces más ese verano, solo muy tarde en la noche, cuando estaba ya oscuro. Yo fui quien decidió que nos viéramos, que nos besáramos, pero nunca amé a Nick, y yo sabía que jamás estaríamos juntos, pero tampoco era como si lo deseara, así que, ¿a quién le importaba?

A mí no.

Luego Nick regresó para una última noche.

La fiesta de graduación de Lee estaba fatal, así que me robé otra cerveza al tiempo y me vi con Nick en su auto, estacionado al otro lado de la calle, como si fuéramos dos vecinos que se ponen al día en la oscuridad. Él acababa de graduarse de Cornell, y al día siguiente se iba a mudar a Manhattan, donde había conseguido un fantástico trabajo en un prestigioso despacho de arquitectos.

Lo siento, pero a mí me daba igual. Acababa de cumplir dieciséis y quería que él viera lo mucho que había cambiado desde el verano pasado, que me viera como alguien digna de notar.

Dios, qué humillante suena eso.

Se pone peor. Me apoyé en su auto de una manera que esperaba fuera sexy. Y básicamente me le ofrecí, le dije que estaba dispuesta a todo. Nick se rio de eso, de mí, y dijo «por eso le gustas a todos los chicos» y, justo ahí, donde cualquiera podía vernos, me besó.

Él me besó a mí.

Luego puso mi mano en sus shorts.

Pero pude escuchar cómo rebotaba una pelota desde mi casa y la luz de la recámara de Maddie estaba encendida.

«Nick, tal vez debamos…», le dije.

«Ándale, Jolie», suplicó de broma, pero me soltó y dio un paso hacia la acera. «¿Tal vez debamos qué? ¿Qué creíste que iba a pasar?».

Se me cerró la garganta.

«O sea, esto, pero…».

Y me interrumpió con una carcajada, corta y malvada.

«¿Qué, querías cenar primero? Dios, ustedes las chicas siempre salen con estas mierdas. Sabes que nunca fue más que esto, ¿verdad?».

Negué con la cabeza, eso no podía ser cierto. No, no fue amor lo que pasó entre nosotros el verano pasado, pero era algo. Yo era algo. Yo era especial y diferente, y no era como esas otras chicas; él me lo dijo, y Nick me escogió a mí: a Jo.

Jolie.

La cerveza en mi estómago se revolvió. Arrastraba las palabras cuando le dije:

«Entonces, ¿por qué…?».

«Porque estabas ahí, Jolie». Y se rio otra vez, luego dijo: «Porque yo estaba aburrido y tú estabas ahí».

Como si yo hubiera sido tan estúpida para pensar que podría ser algo más.

Es domingo y todavía tengo resaca.

Nada más explicaría por qué Nick me está envenenando el cerebro. Cada vez que la puerta de Java's se abre, contengo la respiración, pero siempre se trata de tan solo un chico blanco con cabello castaño.

—¿Todo bien? —Hudson tamborilea su bolígrafo en mi libro de texto de Física. Estamos estudiando, más o menos, pero yo no he hecho nada.

Últimamente he mejorado mucho, he entregado mis tareas a tiempo, he pasado los exámenes, pero hoy estoy desmotivada, dispersa.

Le doy vuelta a mi café helado, la cuchara campanea contra el vaso.

—Estoy bien —le digo, y me obligo a sonreír, como diciendo «¡mira lo bien que estoy!». Volteo hacia la barra para tomar un respiro y ahogo un grito—: ¡Tess!

Ella se acerca a nosotros después de pagar.

—¡Jo Guion Lynn y su amigo!

—Él es Hudson, mi… —se me atraganta la palabra—. ¿Qué haces aquí?

—Tratando de evitar que *ROC Weekly* haga implosión por completo. —Se sienta y pone su laptop sobre la mesa—. Supongo que ya viste la entrevista. —Luego, a Hudson—: ¿Debo de asumir que estás al tanto?

Él asiente.

—Estoy al tanto.

Tess mueve el cuello como para deshacerse un nudo.

—Hay una investigación interna para saber quién filtró la información. Todos piensan que Sabrina le pasó la historia de Justin a los Price, pero ¿cómo la obtuvo?

Y de pronto siento cosquillas en mi mente, una memoria borrosa y humeante. Busco en mi mochila y saco la tarjeta de presentación de Sabrina Kim, Noticias del Nueve. «¡Una pista!».

—Ella me dio su tarjeta hace unas semanas, en el Barcade. También, sin querer, provoqué que ella hiciera match con Justin en Tinder.

Tess recarga la cabeza en sus manos.

—¡No me digas que ese hombre filtró la historia él mismo!

Solo había una forma de averiguarlo.

Me contestan al segundo tono.

—Habla Sabrina Kim.

Pongo el celular en altavoz.

—Hola, Sabrina —digo, con mi mejor imitación de mi madre. Tess y Hudson se ven igualmente impresionados y horrorizados—. Sí, habla Kate Kirby. Solo para felicitarte por la entrevista a la señora Price.

—¡Ay, gracias, Kate! Qué linda.

Tess escribe en su laptop lo siguiente que debería decir.

Leo:

—Estoy sorprendida de que tus fuentes fueran tan…

Pero Sabrina suelta una risita cantarina.

—¿Extraoficiales? Hice match con un escritor en una app de citas. Su editora canceló la historia, así que me lanzó esta idea *independiente* de hacer un pódcast. —Tess cierra los ojos—. Me envió todo lo que investigó para que pudiéramos *colaborar*. ¿Puedes cre…?

—Cuelga —dice Tess. Y la obedezco.

Se queda callada por mucho, mucho tiempo. Finalmente, abre una pestaña de su buscador y escribe «los mejores lugares para gritar a todo pulmón, Rochester, NY».

—Lo siento —digo apenada.

—No es tu culpa. Nunca confíes en un hombre con un pódcast. —Cierra su laptop y voltea hacia la barra donde recoges tus bebidas y luego nos mira—. He pasado por cosas peores. ¿Les conté cuando una de mis historias se hizo viral en mi último año en Culver? Viral en serio.

—¿De qué se trataba? —pregunta Hudson.

—Culver tenía fama de ser de las mejores académicamente, pero también querían mejorar sus deportes. Su programa de futbol era bastante decente, igual que los de beisbol y atletismo. Pero nunca habían tenido una temporada en que ganaran en basquetbol, jamás.

Y pienso en mi hermano: Lee Kirby, base del equipo.

—Contrataron a un maestro nuevo de Salud en mi último año y él les dijo que jugó un poco de básquet en la universidad y que tal vez él podría ser entrenador. ¿Y qué creen que fue lo que pasó?

—¿Empezaron a ganar? —sugiero.

—Invictos. El editor del periódico quiso que yo hiciera un artículo sobre el entrenador, así que comencé a investigar antes de entrevistarlo. Resulta que ¡el hombre mintió acerca de todo! Mostró un diploma de maestría falso de una universidad que no existe, falsificó una licencia de maestro, ¡en su vida había jugado básquetbol!

Hudson se inclina hacia ella, fascinado.

—¿Y qué pasó?

—La administración nos ordenó que no publicáramos. El equipo estaba ganando, así que… —Tess alza los hombros—. De todos modos, la publicamos, obviamente. Y todo explotó. Despidieron al entrenador de inmediato. Yo me gané un prestigioso premio para jóvenes periodistas y cuatro ofertas para pasantías antes de que siquiera me mudara a Nueva York. Básicamente eso fue por lo que entré a NYU —añade, como si nada.

Hudson alza un hombro.

—Eso suena genial.

—A nivel profesional, sí, pero mi vida social fue una pesadilla —se ríe, pero no es gracioso—. Mis compañeros de clase tasajearon las llantas de mi auto, llenaron mi casillero con amenazas de muerte.

—¡¿Amenazas de muerte?!

—A la gente le gusta ganar, Jo. —Tess se calla. Luego—: Para ponerlos en contexto, debo agregar que, encima, el entrenador era el papá de mi novio. —Escupo mi café en el vaso y ella levanta una mano—. Créeme, nadie está más sorprendida que yo de haber salido con hombres.

Pero esa no es la parte que me sobresaltó.

—¡Latte para Tess!

Se despide con un gesto militar.

—Nos vemos en la Open House de mañana. Gusto en conocerte, Hudson.

—Igualmente —le dice, luego, a mí—: ¿Qué carajos fue eso?

Planto las palmas sobre la mesa.

—Esa historia le dio a Tess fama y premios y pasantías y la admisión a NYU —contesto sin aliento, esperando a que Hudson entienda por dónde voy—. Maddie sabía que la cagó cuando no obtuvo esa carta de recomendación y que no estaba entre el diez por ciento de los mejores promedios, pero si tuviera una historia...

—Podría encontrar otra forma de que la admitieran —termina él.

La Experiencia Profesional era más que un punto para su currículum; Maddie quería trabajar con Tess Spradlin, egresada de Culver, por lo que había logrado hace diez años con su historia. Que, además, arruinó a su novio.

—Creo —digo— que sé sobre qué estaba escribiendo Maddie.

Diez minutos más tarde, toco a la puerta, toco el timbre, vuelvo a tocar y sigo tocando hasta que la puerta se abre. Miles Metcalf nos ve a mí y a Hudson, confundido. Tiene unos pants grises y una camiseta desgastada de los Beatles. Su calcetín izquierdo tiene un hoyo en el talón.

—¿Qué hacen...?

—Sé que haces trampa para Cody. Ahora quiero saberlo todo.

Porque entendí mal cuando Sara dijo que Cody engañaba a Maddie, y ella también lo malinterpretó. No la estaba engañando con alguien más, estaba haciendo trampa.

Hudson voltea bruscamente hacia mí.

—¡¿Qué?!

El viento remueve los rizos de Miles y se le eriza la piel. Suspira.

—Quizá sea mejor que pasen.

32

Miles está de pie frente al refrigerador abierto. No tiene gran cosa: leche, mantequilla, latas de refresco y frascos de mermelada.

—¿Les ofrezco algo de tomar?

Gruño como para decir que no. Hudson no dice nada, desde que entramos está callado. Primero, sus pasos removieron las líneas de la aspiradora en la alfombra limpia. Ahora, se sienta en un sillón duro, mientras mueve nerviosamente la pierna, lo cual hace que tiemblen las figurillas en la repisa de la chimenea.

Miles regresa con una Coca-Cola para él y se hinca frente a la mesita de la sala. Está solo en casa, sus padres fueron al cine o algo así.

Bebe un trago, tose por las burbujas.

—¿Cómo lo supieron?

Es cierto. Sabía que era cierto, pero ahora que él lo confirma, se siente diferente. Algo más grande, tal vez. Volteo hacia Hudson para ver si él también lo siente, pero se rehúsa a verme.

Volteo entonces hacia Miles.

—Cody me lo dijo, estaba borracho.

—¿Te dijo que yo hacía trampa por él?

Ahora estoy confundida.

—¿Y no es así?

—No, sí, lo hago. —Se talla el cuello, se le sonroja la piel—. Pues es que, eh, fuimos compañeros de laboratorio en segundo año. Él estaba batallando mucho y, si reprobaba, lo sacarían del equipo de futbol, así que ofreció pagarme si dejaba que me copiara en el siguiente examen. —Alza los hombros—. Así fue como empezó todo.

—¿Por qué? —pregunta Hudson, con tono de acusación.

—Ustedes no lo entenderían. —Miles menea la cabeza, con los rizos sin aplacar—. Ustedes dos son... populares. Yo ni siquiera existía para ustedes, para nadie, hasta que Cody me incluyó. Él solo me habría integrado si lo ayudaba, así que lo hice. —Su cara se pone todavía más roja—. Sin él, yo no era nadie.

Hudson suelta una risa cruel.

—¿Crees que esto te hace alguien?

—Tal vez no, pero al menos me da una maldita oportunidad para serlo.

Jamás había oído que Miles maldijera.

Dios, odio que sí lo entiendo. Yo quería caerle bien a los chicos, todos los chicos, cualquier chico, así que me reí de sus chistes malos. Dejé que pensaran que eran más inteligentes que yo. Me volví la chica que ellos querían que fuera, pero un montón de chicos me deseaba y ni siquiera así les caí bien.

Y mi cerebro piensa en Nick.

No voy a pensar en Nick.

—¿Qué es lo que haces? —pregunta Hudson, sin intentar ocultar su desprecio—. ¿Respondes sus exámenes? ¿Escribes sus ensayos? ¿O hackeaste el software de las calificaciones?

Su clasificación en el ranking. Hudson está tratando de atar cabos, cómo se relaciona esto de hacer trampa con su clasificación. Si Miles puede meterse con las calificaciones de Cody, entonces ¿qué podría, o haría, para joder a Hudson?

¿Pero, por qué? ¿Para ayudar a April, su exnovia, a que quedara en tercer lugar, porque Miles tiene celos de Hudson? No le veo el sentido.

Miles sonríe, bien arrogante.

—¿Por? ¿Te interesa participar?

Si yo no estuviera aquí, creo que Hudson le soltaría un puñetazo en la cara. Porque todo funcionó para Cody y Miles, ellos van a obtener lo que querían: MIT, lo más seguro; futbol en Duke. En cambio, él no tiene nada: no tiene clasificación ni dinero, aún no.

Hudson me mira, con los ojos negros de rabia, luego sale furioso.

—Dios, de verdad eres un imbécil. —Me paro—. Sé mejor que esto, Miles, yo sé que puedes ser mejor.

Se le cae la sonrisa.

—Yo solo… No quise insinuar que…

—¿Sabes qué? Suenas igual a Cody —digo y me salgo. Hudson está recargado en su auto, con los brazos cruzados y la cabeza hacia el cielo que comienza a oscurecerse.

—¡Esperen! —grita Miles desde la entrada. Da un primer paso, luego otro, sus calcetines se mojan con la nieve. Temblando, dice—: Sí saben que no pueden decirle a nadie, ¿verdad?

—¿Y si alguien ya lo dijo? —No me importa si estoy mostrando mis cartas porque por lo visto a Miles le importa un carajo. Estoy buscando un vestigio de vergüenza que no está ahí—. Maddie también sabía de esto.

Miles se rasca la barbilla con las cejas fruncidas. Como si no pudiera encontrarle el sentido.

—¿Maddie?

Me le voy a la yugular.

—Ella iba a destapar todo, Miles, estaba escribiendo una historia para el periódico y…

Todo se derrumba en cuanto lo digo. Como dijo Tess, «a la gente le gusta ganar», así que Cody y Miles encontraron la forma. Esto es demasiado familiar: el deportista y el nerd que hacen un arreglo de mierda.

Diablos, ni siquiera sé si esta es la historia de Maddie.

Pero Miles se pone pálido. Sacudí a Miles Metcalf hasta que dejó de sonrojarse y más bien entró en pánico.

—No sabía nada acerca de una historia… —Y se mete. Luego vuelve a salir con el celular en el oído

Debe de estar llamando a…

Cody Forsythe, y yo aún tengo su teléfono viejo en mi escritorio.

Hudson casi arranca la tapa del cajón.

—¿Cuál podría ser su contraseña?

—¿Su cumpleaños?

—No es tan estúpido. —Se sienta en mi cama, con *cringe*—. Perdón, no quise que sonara así.

No es el cumpleaños de Cody, ni tampoco el de Maddie. Hudson intenta 6969, que me parece bastante atinado, pero no, luego 0420, y entonces aparece una advertencia: «El teléfono se bloqueará por veinticuatro horas con el siguiente intento fallido».

—Mierda. —Avienta el celular al borde de mi cama, pero con demasiada fuerza, por lo que se resbala y cae al piso. No necesito ver para saber que se estrella. Hudson se estira en mi cama tratando de alcanzarlo y vuelve a decir—: Mierda.

—Probablemente siga funcionando.

Se queda mirando una grieta en el techo.

—¿Crees que expulsen a Miles? Entonces yo sería primer lugar y esa beca vale incluso más que…

—Espera, ¿por qué expulsarían a Miles?

—Porque le vamos a decir a Lund. —Se sienta con la cara roja—. Tenemos que decirle, necesito mi clasificación. Necesito ese dinero y tú sabías que nuestro *valedictorian* estaba, ¡está!, haciendo trampa a favor de uno de mis amigos, ¿y no pensaste en siquiera decirme? ¿Cómo pudiste ocultarme esto?

No puedo respirar, no puedo pensar.

—Yo ya confronté a Cody, en la fogata. Lo oí hablando sobre Maddie y pensé que él… —No sé qué pensé—. Cody mandó mis *nudes* porque lo confronté, se vengó de mí.

Y me amenazó con algo peor.

Sacudo la cabeza, pero no me puedo quitar la imagen: Cody, pálido bajo la luz del sótano, la piel agrietada cuando extendió su mano para pactar nuestra tregua. «Yo no diré nada si tú no lo haces».

Pero nunca nadie se puede enterar de lo de Nick. Nadie puede enterarse, pero le conté a Kathleen, y Maddie le contó a Cody, y Maddie sabe que Cody y Miles hacen trampa, y la historia no tiene sentido, pero aun así le dije a Miles y Maddie está perdida y Nick está aquí, y si Miles le dice a Cody que yo…

—Oye, está bien —dice Hudson suavemente. Estoy respirando demasiado rápido. Desliza las manos alrededor de mi cintura, su tacto es cauteloso, como si tratara que no me sobresalte—. Está bien, Jo.

Lo tomo del rostro.

—No puedo pasar por eso otra vez. No soportaría que él… —Parpadeo bruscamente—. No podemos decir nada, lo siento.

No es suficiente sentirlo, pero él asiente, como si no estuviera devastado. Como si yo no le estuviera arruinando todo.

—Entonces, buscaremos otra manera. Pero no quiero que me ocultes más cosas, ¿okey? Puedes contarme lo que sea.

—Lo haré —miento—. Lo prometo.

Me mira con ojos ensombrecidos y cansados. Aquí hay algo más, algo que me quita el aliento. Así es como me miró justo antes de…

Hudson lleva su boca a la mía, rápido. Luego la quita.

Pero yo necesito esto.

Necesito olvidar y borrar y remplazar todo en mi cerebro con él.

—Hudson. —Con toda la torpeza del mundo, me monto sobre él. Le beso el cuello, la mandíbula, la boca. Él es puro calor, yo también. Me toma de las caderas y me acerca más, contra sus muslos y yo jadeo, y otra vez, cuando repite el movimiento. Estoy mareada, exhalo—: Ay, Dios mío.

—Ay, Dios mío —repite él, como si apenas se diera cuenta de lo que estamos haciendo. Me aparta de él y se levanta, recoge su chamarra del piso.

—Ya me voy.

—¿Qué? ¿Por qué? —Y bajo la mirada hacia la parte de enfrente de sus jeans.

Él también baja la mirada y se tapa con la chamarra.

—Eh, mañana sería mejor que consiguieras aventón.

—¡Hudson, espera! —Lo sigo por las escaleras, pasamos de largo por donde está Lee en el comedor y…

Ese auto. Ahí, al otro lado de la calle, frente a la casa de los Price. Hudson también lo ve, se le queda mirando un momento más, luego se sube a su auto. Lentamente me alejo de la puerta. Lee ve todo por encima de su laptop.

Fingiendo toser, me pregunta:

—¿Ya viste que Nick está aquí?

—Sí. —Cierro los ojos—. Ya vi.

33

A la mañana siguiente, mi papá me lleva a la escuela. Por alguna razón, es patético tener que pedirle aventón a mi papá. Él se la pasa volteando a verme, como si tuviera la sensación de que algo anda mal, excepto que nada anda mal.

—Que tengas buen día, corazón.

Estoy subiendo hacia las puertas cuando me llama Kathleen. Me balanceo sobre la acera, mientras la espero, y saludo a Clare cuando pasa por aquí.

Kathleen llega, parpadeando nieve para quitársela de las pestañas.

—¿Hoy no viniste con Hudson?

—Sí, no sé.

—Okey —me dice, alargando la palabra—. Bueno, si alguna vez necesitas aventón, avísame. —Pausa—. Ah, y, tampoco me has contestado los mensajes.

Me mandó mensajes de texto preguntando si estaba bien, afirmando que ella feliz de escucharme si quiero contarle. Pero ¿qué hay que contar? Simplemente alzo los hombros.

—Lo olvidé. Pero sí, eh… Por favor, no digas nada. —«Nunca nadie se puede enterar de esto»—. De lo que te conté.

Kathleen me mira por un buen rato, pero al final asiente.

La recepción de la escuela está atascada, quizá todo mundo está atareado con lo de la Open House. Junto a la vitrina de trofeos hay globos negro y plata con serpentinas flanqueando tres retratos que mandaron a imprimir en mayor tamaño: Miles, April y Hudson.

—Parecen muertos —murmuro, luego me congelo.

Miles, April y Hudson, en ese orden.

Miles, primero. April, segundo. Hudson, tercero.

Primero. Segundo. Tercero.

—¿Pero cómo…? —Kathleen se detiene. «¿Pero cómo?», es lo único que tiene que decir. Hudson no ha llegado, no se puede enterar así.

Busco mi teléfono. Choco contra April Kirk, nuestra ahora *salutatorian*. Ella se mira a sí misma, el segundo póster de tres. Si pudiera encontrar las palabras, preguntaría que carajos pasó, pero no sé si ella sabe. No, su cara se pone demasiado pálida, incluso los labios se le ponen blancos.

Estira el cuello, como buscando a alguien en la recepción, a Miles. Él sonríe con la misma sonrisa que en su retrato: un hueco entre los dientes de enfrente, bien ñoño. Su mirada se dirige al segundo lugar: se le cae la sonrisa.

Miles, *valedictorian*, y April, *salutatorian*, y Hudson, aquí, junto a las puertas.

Me abro paso hacia él.

—Hudson, creo que…

—Hola —me dice, medio apático. «Hola», como si no nos hubiéramos besado en mi cama. «Hola», como si su vida no se hubiera derrumbado. Me mira a los ojos, luego más arriba, un poco a la derecha. Bajo la mirada. Dejo que lo asimile.

Uno. Dos. Tres.

—No me vayas a… —dice en voz baja.

Pero no le hago caso.

—Hudson…

Ignora a los fisgones (todos nos miran) y se va directo a la dirección. Más tarde le van a entregar una placa en la Open House, pero ¿a quién le importa una placa cuando acaba de perder diez mil dólares? Necesita el dinero. Lo necesita de manera muy tangible y urgente.

Si sus abuelos venden su casa y encuentran un lugar en Florida, se mudan…

Necesito hablar con Miles. Él está con sus amigos de la banda, la sonrisa le tiembla mientras sube el volumen de los vítores de sus amigos. Entrelazo mi brazo con el suyo y lo jalo a las escaleras.

—¿Hiciste algo? —susurro.

—¡No! No sé qué pasó. —Miles mira por encima de mi hombro, se pone pálido.

Entonces Hudson lo toma del cuello de la camiseta, que se arruga cuando aprieta el puño.

—¿Qué carajos hiciste?

—¡Nada! —susurra Miles con pánico en los ojos. Trata de zafarse de Hudson y dice en voz aún más baja—: Yo no hago esas cosas. No tengo acceso, soy de la vieja escuela.

Hudson le suelta la camiseta y da un paso atrás, justo contra Cody Forsythe.

Cody le da una palmada en la espalda.

—Lo siento, *bro*. —No parece sincero.

Se me cierra la garganta. ¿Lo habrá hecho él? No tiene motivo ni cómo hacerlo. Había estado hablando con reclutadores desde el primer año; sus proezas deportivas importaban más que una clasificación en el ranking.

—Vete a la mierda —dice Hudson.

—Relájate, *bro*. Oí que Florida es hermoso en esta época del año —le contesta. Hudson lo empuja del pecho, con fuerza, y Cody se tambalea hacia atrás, luego alza las manos—. Fue broma.

—Contigo nunca es broma. —Hudson se le pone cara a cara, y lo mira desde arriba—. Esto no, no lo que le hiciste a…

—Detente —le digo, porque sé que está a punto de decir mi nombre.

Y entonces se aparece Ben Sulkin gritando.

—¡Oye! —Y le da un puñetazo a Cody justo debajo del ojo. Yo ahogo un grito, todos ahogamos un grito. O sea, estos dos eran amigos y ¿siguen siendo amigos? En los bolos, Ben estaba furioso ¿y ahora esto? Cody se toca la mejilla; Ben se le lanza de nuevo. Cody cruza los brazos para bloquear el golpe.

—¡*Dude!* ¿Qué cara...?

No sé qué le dice Ben, pero calla a Cody de tajo.

Todo es un caos. El señor Conti está tratando de quitarle a Ben de encima; la directora Lund los regaña y les apunta con el radio. Entonces Hudson se desaparece. El señor Chopra silba para llamar mi atención y señala con la barbilla a Hudson, como dándome permiso para seguirlo.

—¡Hudson! —le grito mientras él abre bruscamente las puertas de la sala de ensayos de la banda—. ¡Cielos! Dime qué pasó.

No quiere verme.

—Lund dijo que podíamos hablar mañana. Pero tengo que ir a la Open House esta noche y actuar muy agradecido al recibir la placa. —Suelta una risa horrible y amarga—. Dios, qué estúpido soy. La idea de fingir que andábamos era para descubrir toda esta mierda y evitar que sucediera, pero en vez de eso me distraje y mira lo que pasó. ¡Maddie tenía razón! —Se tapa la cara con las manos—. No puedo hacer esto, Jo, ya no puedo seguir.

—¿Estás cortando conmigo? —Trato de decirlo como broma, pero su silencio, la manera en que alza los hombros y mira hacia todos lados excepto hacia mí es mi respuesta—. Ah. Hudson, no, yo no quiero... No entiendo, o sea, ¿por qué no puedes hacer esto?

Él se obliga a reír.

—¡Porque estoy enamorado de ti, Jo!

—¿Qué...? ¿¡Qué?! —Me arden los ojos por el frío.

—No me mires así —dice él—. De seguro lo sabes. ¡Todo mundo lo sabe! Todos saben que llevo persiguiéndote todos estos malditos años.

¿Lo sabía? No lo sé.

—Charlotte lo sabía mejor que nadie. Ella me mandó un mensaje de texto aquel día en que se toparon en Village Gate y me dijo que era un imbécil por arrastrarla en lo nuestro. ¡Y tenía razón! Ese día del baile de fin de año yo te deseaba a ti, Jo. —A mí. A Jo—. Eres inteligente y simpática y frustrante, y no puedo dejar de pensar en ti, y cuando no estoy contigo, quisiera estarlo. —Exhala, su aliento saca una nubecita de vapor—. Para mí, tú jamás has pasado desapercibida, Jo.

El mundo se detiene, juro que hasta la nieve se queda a medio caer.

Ahora es cuando. Este es el momento en que digo algo, pero no puedo hablar.

Hudson asiente.

—Lo siento. Esto se acabó.

Estoy a punto de perder la razón.

Puedo oír lo que todos susurran: «No es Hudson. *Salutatorian*. Ben. Puñetazo. Suspendido. Dos semanas. Miles. April. Qué mal plan. Maddie Price. Desaparecida. Ese *post*. Perdida. El ranking. Porque estoy enamorado de ti, Jo».

Lo último está solo en mi cabeza.

Estoy poniendo cero atención en clase. La cabeza me da vueltas, tratando de acomodar todo: Maddie le dijo a Hudson que su clasificación en el ranking peligraba. «Debiste renunciar a ella antes de que te la quiten». Ella quería que cediera su puesto, así que publicó la dichosa carta en el otoño pasado.

Pero Hudson se rehusó a ceder su puesto y ahora lo ha perdido, porque ¿alguien se lo quitó?

«Porque estoy enamorado de ti, Jo».

Durante el laboratorio de Física, miento y digo que tengo cólico y me dan un pase a la enfermería. Obvio no voy y más bien me dirijo al cuarto del periódico en el sótano. La puerta está cerrada, lógico, pero las luces están encendidas, así que toco y toco y toco hasta que me abren.

Daniele Con Una Ele, directora de arte.

—Perdón, no sabía que estaba cerrado —dice y marca un código (#1310) en el teclado. Hace *bip* y se quita el cerrojo—. ¿Necesitabas algo?

Obvio que sí, pero dudo.

—Daniele, esto tiene que quedar entre tú y yo. Necesito ver esa carta que publicaron. La original. —Pausa—. Creo que algo pasó con la clasificación de Hudson en el ranking.

Daniele Con Una Ele se apoya en el marco de la puerta. Su cámara está conectada a la computadora, está descargando fotos en el archivo. Saca una carpeta de un gabinete abierto y pasa las hojas.

—¿Qué es eso? —Me siento en una silla y giro, pero me detengo para quedar frente a los casilleros con candado en el fondo. La llave debe de estar en algún lado. ¿Y qué hay sobre el casillero de estudiante de Maddie?

—El registro de contraseñas. Todos en el *staff* tienen que dar su información de usuarios porque nunca nadie se acuerda de no guardar en su computadora de escritorio. ¡Aquí está! El inicio de sesión del *staff*.

Ruedo la silla para acercarme y entrecierro los ojos hasta que lo veo: MADDIE PRICE. Discretamente, levanto mi teléfono y saco una foto.

Daniele Con Una Ele inicia sesión y navega entre la bandeja de entrada de *The Eagle Eye*.

DE: anon_rank_throwaway@gmail.com
FECHA: 19 de octubre, 2:42 a. m.
ASUNTO: UNA CARTA ABIERTA A HUDSON HARPER-MOORE

—Qué mierda. —Tomo control del mouse y bajo hasta los nombres. Hay nombres. La carta se publicó como anónima, pero la original tiene un montón de firmas.

Una Ele golpetea con el índice la pantalla. «Danielle de Palma», con dos eles.

—¡Oye! Yo nunca firmé.

Sigo recorriendo los nombres. Las Birds firmaron y el entrenador Burke y una maestra que se jubiló el año pasado. Niños dos generaciones más abajo que nosotros, gente que no reconozco. «Jolynn Kirby». Como si ese guion no fuera una piedra en mi zapato, como si no supiera escribir mi maldito nombre.

Daniele Con Una Ele voltea hacia mí, atando cabos también.

—No diremos nada, ¿okey?

Porque no hubo carta, no hubo una coalición de estudiantes furiosos por la clasificación de Hudson, desesperados por que cediera su posición en el ranking. La falsificaron. Maddie publicó una carta falsa. Tal vez lo sabía, y por eso le advirtió, tal vez ella sabía que nunca fue su clasificación en sí.

Tal vez esto siempre fue sobre él.

Más tarde, en mi casa, busco en mi clóset algo para ponerme esta noche. El atuendo perfecto. Me conformo con un minivestido rosa, de manga larga, ajustado en las caderas, y el color completamente equivocado para el invierno.

Pero me siento tan bonita en él…

Milagrosamente, estoy lista temprano, así que me acuesto en el tapete de la sala y hago que Bay Leaf se drogue con un puro de hierba gatera. Mi madre me mira, a las dos.

—Te ves hermosa, Jo-Lynn.

Lo intenté. Me arreglé el cabello con secadora y me las ingenié para que el fleco me tapara la cara. Hasta me puse *gloss* en los labios, es rosa claro, apenas se nota, a menos que alguien se acerque, y espero que Hudson sea ese alguien.

«Porque estoy enamorado de ti, Jo». Hudson está enamorado de mí. Aun si esto entre nosotros comenzó como algo fingido, sus sentimientos por mí nunca lo fueron, y no sé qué diablos estoy haciendo, sinceramente. Pero sí sé que ayer que nos besamos fue algo real. Y que lo que pasó la noche del baile de fin de año también fue real.

Cómo me siento (cómo me hace sentir) a cada segundo que estoy con él, eso también es real.

Hudson se merece esa clasificación en el ranking y ese dinero, y me voy a asegurar de que lo consiga.

Porque yo no he acabado. Apenas estoy comenzando.

34

Como siempre, vamos tarde. Papá me deja frente a Culver y se va a buscar dónde estacionarse.

Durante los siguientes cuarenta minutos, las familias podrán explorar a gusto las fantásticas exhibiciones de los fantásticos estudiantes de Culver. Luego la parte aburrida, cuando los padres o tutores se reúnen en el auditorio para la logística de la graduación, y bla bla blá. Cuando entro a la recepción hay todo un alboroto.

Yo también estoy alborotada.

Busco a Hudson, su altura, su cabello un poco largo, pero en vez de él, me topo con Tess. Trae pantalones negros, blazer a cuadros y blusa de seda.

—¡La mujer del momento! —Mira hacia las puertas con las cejas fruncidas—. ¿Dónde están tus papás?

—Ah, en el estacionamiento.

Lee también vino, más que nada porque Gabe Figueroa lo *bulleó* con lo de la entrevista sobre el partido que nos hizo ganadores, la que se suponía que Maddie tenía que escribir.

Tess vuelve a fruncir las cejas, pero no hacia mí, sino hacia su teléfono.

—Disculpa —murmura y se pone a teclear una respuesta—. Mi editor está mandando a volar mi *email*. —Fingiendo de más, agrega—: Tengo el enorme privilegio de escribir el arco de redención de los Price.

—¿El qué? —Creo que este vestido está demasiado apretado, me está sofocando.

—Su papá está furioso por la entrevista de las Noticias del Nueve, así que, como castigo de que Justin se fuera por la libre, nuestro jefe de redacción les está dando la oportunidad de *aclarar las cosas*. —Las luces de su teléfono se encienden porque le entra una llamada—. Un segundo.

Me espero en la vitrina de los trofeos, donde están esos pósteres: Miles Metcalf, April Kirk, Hudson Harper-Moore. April también sigue viéndolos. No hay maquillaje que pueda ocultar sus ojos hinchados. Incluso ahora, inhala con fuerza, como a punto de volver a estallar en llanto.

Esto es extraño, muy extraño. Quiero decirlo: «Eh, esto es muy extraño», pero entonces llegan mis padres y Lee. Papá se está quejando del estacionamiento y mi madre está en modo Kate Kirby, molesta porque se tuvo que perder la transmisión de la noche. Lee recorre el lugar, incómodo.

—¿Qué te pasa? —le pregunto.

—Solo es extraño estar de vuelta —murmura, mientras guarda los guantes en el bolsillo.

Como un ángel del cielo, reaparece Tess.

—¡Hola! Soy Tess Spradlin, mentora de su hija en la Experiencia Profesional —dice y nos hace un gesto para que la sigamos al ala de tercer año—. Los pósteres están por aquí. Sé que soy neutral, pero el de ella es el mejor.

Ahí está, en todo su esplendor, justo al lado de mi retrato de tercer año. Dios, esa foto es una de las más graciosas que he visto. Me veo tan demente, parezco la chica que todos me dicen que soy.

En la base del póster hay una tarjetita:

NOTA DE LA MENTORA: Jo-Lynn es una chica brillante con una voz completamente única y mucho que decir. Me comen las ansias por ver qué historia va a contar.

En mi pecho siento una ternura cálida.

—Esto es muy lindo de tu parte, Tess.

—No es lindo, Jo Guion Lynn; es cierto.

Dios, muero por ver la cara de mis padres y de Lee, pero están hablando con el entrenador Burke. Él le da palmadas a Lee en la espalda, emocionado de que su estrella del basquetbol esté de vuelta y todos sonríen. Ríen.

Tess sigue mi mirada.

—Voy por ellos.

—No, no quiero. —Quiero que ellos quieran verlo.

Vuelve a sonar su celular.

—Pero te mereces…

—Deberías contestar —le digo y me voy.

No tengo adónde ir, pero no quiero estar aquí. Recorro dos veces el ala de tercer grado, luego subo las escaleras y camino hasta que lo encuentro al lado de las puertas abiertas del gimnasio. Hudson, tercer lugar.

Sin beca al mérito, sin honores. Solo el privilegio de haber estado cerca, pero no lo suficiente.

Cuando me ve, suspira, pero lo jalo de la manga antes de que pueda irse y lo llevo a la cafetería. Los tragaluces arriba muestran la noche estrellada.

—Jo, Dios, ¿qué estás haciendo?

Lo obligo a verme.

—Primero, siento mucho lo de la beca, lo de tu clasificación, de verdad. Pero conseguí el original de…

—No quiero hablar de esto. Ni de eso ni de… —Aparta la mirada, con cara de dolor—. Tú prohibiste que habláramos del baile de fin de año, así que yo prohíbo que hablemos de esto.

—¿Podrías callarte por cinco segundos para decirte que nada de esto —y hago un gesto para señalarnos a ambos— es no correspondido? —Frunce las cejas, no me está entendiendo. Bueno, usé doble negación…—. Estaba… confundida —digo y Nick regresa a mi mente, pero no quiero pensar en él—. Obvio me gustas, Hudson.

Su boca medio sonríe.

—¿Te gusto?

Pongo los ojos en blanco, pero estoy sonrojada.

—Sí, ¿okey? Es solo que me agarraste desprevenida. Nunca alguien me había confesado su amor, y tampoco nunca nadie había sonado tan agraviado por eso.

—Tú eres muy agraviante —responde y quiero que me bese, creo que está a punto…

Excepto que de pronto Sara me abraza por la espalda.

—Te ves como que sexy en tu retrato de tercer año, Jo.

—Y tu proyecto va a estar genial —dice Michaela, mientras me acomoda una hebra de fleco.

—Gracias. —Pongo los ojos en blanco de nuevo, y me sonrojo todavía más—. ¿Dónde está Kathleen?

—En el baño —responde Sara—. Ah, o más bien, justo ahí.

Justo detrás de mí, y me está clavando las uñas en el hombro.

—Los Price están aquí, los vi en la recepción. Jo, Nick está aquí —susurra—. Hablando con Tess.

De pronto veo todo como en un filtro borroso y descolorido.

—No pasa nada —digo, no sé cómo.

Porque así es. Tal vez Maddie no esté, pero ellos tienen que mantener las apariencias, ¿no? Ella sigue siendo alumna de aquí, aun si ya no está. No pasa nada si los Price están aquí, si Nick está aquí, hablando con Tess.

Tampoco pasa nada cuando Clare O'Mara se acerca a nosotros, con ojos pizpiretos sobre mi hermano. Él está hablando con Lund, probablemente detallando su plan para regresar a la Universidad de Carolina el próximo año.

Con el rostro encendido, Clare dice:

—Ese chico está lindo.

—¿El hermano de Jo? Es demasiado mayor para ti —dice Michaela, riendo. Kathleen le lanza una mirada que ella no capta, que no se da cuenta de que tiene que captar.

—¿Cuántos años tienes, por cierto? —pregunto, mordiéndome la cutícula—. ¿Doce?

—Tengo quince —contesta Clare.

—¡Claro que no! —Todos a mi alrededor se quedan callados—. ¿En serio tienes quince?

Nerviosa, ella se riza un mechón de cabello.

—Mi cumpleaños fue en diciembre.

—¡¿Tienes quince?! —Parpadeo y es como si la viera por primera vez: su rostro dulce y redondo, acné en la barbilla, la manera en que sus *brackets* le presionan la boca. Me toco la cara, recorro con mi lengua el retenedor que me fijaron en los dientes de abajo.

—¿Todo bien? —pregunta Hudson.

—Jo, tal vez debamos… —dice Kathleen.

—Denme un segundo.

Necesito más que un segundo. Necesito irme de aquí.

Atravieso el pasillo, hasta la puerta del salón de ensayos de la banda, y salgo a la noche fría y oscura. Mi respiración es demasiado rápida, pero no sé cómo hacer que sea más lenta. Me tallo los ojos con los nudillos, y me embarro todo el rímel.

En mis recuerdos con Nick, veo la imagen de mí ahora. Jo a los diecisiete.

Pero cuando cierro los ojos, puedo verme como era entonces. La boca con *brackets* que brillaban con el sol y tenían ligas que se estiraban de mis caninos hasta las muelas, el cabello ondulado de cuando Maddie y yo practicamos cómo hacer la trenza de cola de pescado, aquel estúpido y barato bikini de sandía que me robé arrancando las etiquetas con los dientes después de que mi mamá se rehusó a comprármelo.

Me agacho y respiro, respiro, respiro, hasta que el aire enfría mi piel quemada. Cuando alzo la cabeza, ahí está: el auto de Nick. ¡Gracias, universo! Qué broma tan pesada. Excepto que no es gracioso, ¿o sí?

Sigo esperando el clímax del chiste.

Pero tengo frío y estoy cansada y quiero irme a casa. Me enderezo y entro al pasillo. Las luces parpadean, a punto de fundirse. Camino y…

—Oye, ¡cuidado! —Nick pasa junto a mí, con la mano en el bolsillo para sacar su cajetilla de cigarrillos. Luego—: ¡Ay, mierda!

«Vete», me digo, pero me quedo pasmada, atorada, aun si quiero irme. «Vete, vete, vete».

Volteo para verlo a la cara.

Nick Price como es ahora. Trae pantalones de pana y una camisa blanca abotonada. Su cabello es más corto. La última vez que lo vi, era más bien un greñudo, la señora Price lo molestaba a cada rato para que se lo cortara. El Nick Price de entonces usaba sus camisetas de Cornell hasta que le salían hoyos en las mangas.

Lentamente, su rostro va dibujando una sonrisa.

—Mira nada más quién es.

«Mira». Me tallo las caderas con las manos, la tela es de las que se pegan. Lo odio, odio este vestido, quiero quemarlo. Quiero olvidar cómo se siente cuando me mira. Quiero saber lo que piensa.

Quiero vomitar de que alguna vez pensé eso.

—¿Cómo estás? —me pregunta. No digo nada. Inclina la cabeza, me mira y frunce las cejas—. ¿Qué pasó con tu «voz completamente única»? —Mi póster. Lo vio—. Creí que tenías mucho que decir. —Era una broma, pero no me rio. Se acerca—: Ah, yo estoy genial, gracias por preguntar. Mi departamento es genial, mi trabajo en uno de los mejores despachos en la mejor ciudad también es genial. Mi novia es genial. —Juro que hace una pausa después de esto último—. Quisiera que Maddie no nos tuviera en este infierno, pero ya conoces a mi hermana.

Yo no conozco a su hermana, ya no. Y no sé por qué está aquí o por qué no vino cuando recién desapareció Maddie, o cómo puede estar tan *genial* cuando su hermana está desaparecida.

Nick asiente como si no le molestara mi silencio y se aleja. Pero su olor se queda: cedro, humo, algo dulce. Al empujar la puerta me dice:

—Me dio gusto verte, Jolie.

—Jo. —Mi voz es más estable de lo que esperaba—. No me llamo Jolie, me llamo Jo.

Nick se detiene, y deja que la puerta se cierre lentamente hasta que hace *clic*.

—Está bien. Jo.

No aparto la mirada cuando se acerca a mí de nuevo, no puedo hacerlo. Si no conociera a Nick y lo viera en la tienda o algo así, no me llamaría la atención en lo absoluto. Él es un tipo cualquiera, así que no sé qué diablos tengo en la cabeza, ahora o en ese entonces, como para haberme subido a su auto.

—¿Qué haces aquí? —le pregunto.

—Control de daños. Consiguiendo un abogado. —Se limpia la nariz con el dorso de la mano—. Mi mamá está arruinándolo todo. ¿Viste esa entrevista? Nos hizo ver como unos tontos. Luego Maddie publicó ese estúpido *post*...

—¿Fue ella? —digo apenas.

—¿Quién más? —Saca un cigarrillo de su cajetilla—. Mira, no quiero hablar de mi hermana. Quiero que me cuentes de ti. Ha pasado una eternidad, ¿no? Pongámonos al día —dice y se oye casi sincero, al menos inofensivo. Y sigue—: ¿Vas a hacer exámenes de admisión a universidades? —«No»—. ¿Sigues siendo amiga de esos tipos? —«No»—. ¿Qué hay del chico con el que te vi? ¿El de cabello largo? ¿Ese es tu noviecito?

«Basta».

Se ríe. Se ríe en serio. De cerca, tiene los labios partidos y la piel seca. Hago el cálculo: Nick ya cumplió veinticuatro. Tiene veinticuatro y está *genial*, y yo tengo diecisiete y no soy nadie, y hay algo creciendo dentro de mí y voy a gritar si no lo puedo sacar.

Tengo que sacarlo.

—¿Alguna vez piensas en mí? ¿En ese verano?

—¿Otra vez con eso? —Nick suelta una risa amarga. Mira por encima de mi hombro, pero no hay nadie en el pasillo, solo nosotros. Se inclina hacia mí, bajando la voz y me dice—: Lamento que malinterpretaras lo que sucedió, pero no me digas que sigues obsesionada con eso.

—No lo estoy. —Porque no lo estoy.

—Porque no significó nada.

—Significó algo. —No de la forma en que pensé todos estos años.

—Tienes que soltar esto —dice Nick. Doy un paso atrás, pero él da uno hacia mí, y así hasta que estoy contra los casilleros—. Como yo lo recuerdo, te me lanzaste, Jolie. Fue vergonzoso. Cómo me mandabas mensajes, cómo me coqueteabas. Hasta me besaste tú primero, ¿o no?

—Sí... te besé... pero yo solo tenía…

—No lo digas.

—Quince.

Nick azota la mano arriba de mi cabeza, con la palma de lleno contra el metal. Trato de escabullirme, pero no tengo adónde ir.

—Te pregunté si estaba bien —dice y es raro cómo hablamos de ese verano, pero nos referimos a una noche en particular: la primera noche—. No sé por qué estás tratando de reescribir lo que pasó, pero no dijiste que no.

—No dije nada.

Nick me toma de la mandíbula, su palma me presiona la barbilla, la aprieta.

—No te hagas la maldita víctima, Jolie.

Las palabras desgarran algo en mi interior.

Nick me empuja contra el casillero; mi cabeza rebota contra el metal. Pero cuando me suelta, Sara y Michaela están junto a mí y Kathleen está gritando. Miro a Sara para ver por qué está temblando, pero no es ella, soy yo. Nick se va furioso hacia la recepción y choca contra…

Lee.

—¿Te golpeó? —me pregunta, serio. Niego con la cabeza. (Técnicamente, no lo hizo). Lee aparta a las chicas y me obliga a verlo a la cara. Con voz más baja—: Jo...

Me obligo a respirar, a dejar de temblar, a pararme derecha.

Y miro a mi hermano directo a los ojos.

Ahora es la noche de su fiesta de graduación y yo estoy deshecha, humillada, con las palabras de Nick en mi cabeza: «Porque estabas ahí». Lee está en la entrada de mi casa, bebiendo cerveza debajo del aro de básquet. Mira desde del auto al otro lado de la calle hasta donde estoy. Yo le sostengo la mirada, desafiándolo a decir algo. Decirle a alguien.

Pero no lo hizo.

Y ahora, Lee se va antes de que pueda procesarlo. Kathleen me grita, pero Lee se fue y yo voy detrás de él. Se quita el saco y se arremanga la camisa y grita «Nick» y…

No. No, no, no, no.

El puño de Lee conecta con la mandíbula de Nick con un terrible crujido.

Luego lo vuelve a empujar y Nick trata de taparse la cara para bloquear el golpe, pero Lee toma impulso con el brazo y, al fin, al fin, al fin, al fin, digo:

—No.

Dos letras, un enunciado completo.

Y vuelvo a enfocar todo. Papá y el señor Price tratan de detener la pelea. Tess me mira. Mi madre me mira. Hudson se queda viendo, confundido, y ahí está Cody con un ojo morado, fastidiando a Hudson.

—¿Qué no sabías? —le dice.

—No —repito, con voz tan baja que solo yo lo oigo.

Y entonces:

—Jo-Lynn. —Mi madre da un paso adelante, pero yo ya me estoy yendo hacia la puerta.

Ese es el problema con chicas como yo. No nos detenemos, no hacemos caso, no nos callamos, no decimos lo correcto, no decimos nada cuando más importa.

Y huimos, siempre de algo, nunca hacia algo.

35

Dejo de correr para solo trotar, luego una caminata veloz una vez que llego a la calle.

La casa está oscura, olvidamos encender la luz del porche. También olvidé tomar mis llaves. Mierda. Me siento en los escalones. Afuera la temperatura es baja, pero es un frío diferente, húmedo, bochornoso.

El terrible crujido del puño de Lee contra la cara de Nick me da vueltas en la cabeza. No estaba tan cerca como para oler la sangre de Nick, pero es todo lo que huelo ahora: metal, óxido, sal. Me inclino hacia adelante, con las manos en las rodillas. Algo espeso/viscoso recubre mi garganta justo antes de que vomite.

No sale nada.

No estoy segura de cuánto tiempo pasa cuando un auto se estaciona a la altura de mi casa. Parpadeo hasta que apagan las luces y alguien sale.

—Hudson. —«Viniste».

Lamento no haber podido venir antes. —Se sienta junto a mí—. Kathleen quería, eh… hablar.

Asiento lentamente. Quiero preguntar qué le dijo exactamente, palabra por palabra. Me pregunto si usaríamos el mismo lenguaje.

«Jo se fue a pasear con el hermano mayor de su mejor amiga».

«Jo se emborrachó con Seltzer».

«Jo se metió en la cajuela amplia del auto».

«Jo fue…».

Cierro los ojos y los aprieto con fuerza. Los abro cuando Hudson recorre suavemente mi mandíbula con sus dedos. Luego me levanta el rostro hacia el suyo. Comienza a hablar, dice mi nombre, pero nos deslumbran más luces. El auto de papá se mete a mi entrada. Lee sale antes de que papá frene por completo y mi madre se sale un segundo después.

—Métete, Jo —me ordena mi padre, serio—. Hudson, vete de aquí.

Hudson se levanta.

—Espera…

Cierro la puerta.

En el vestíbulo, mi madre se quita el abrigo. Papá enciende una luz. Mi hermano sale de la cocina con una cerveza en la mano, bebe un trago y se va hacia las escaleras.

—¡No te atrevas! —le grita papá. Él nunca grita. Jamás lo había visto tan enojado: el rostro morado, apretando los puños—. Quiero tu trasero en la sala. —Voltea hacia mí—: Tú también.

Lee se tumba en el sofá. Tiene los nudillos amoratados, hinchados. Me siento en la orilla de la silla donde Bay Leaf está dormida, roncando.

—Ni siquiera sé por dónde empezar. —El volumen en la voz de papá regresó a sus decibeles normales. Me aferro al dobladillo de mi vestido y arrugo la tela—. ¿Crees que si te arrestan podrás regresar a la universidad, Lee? Tienes suerte de que los Price no van a levantar cargos.

—Sí, mucha suerte —suelta Lee, y le arranca el anillo a su lata. Bay brinca al piso y trota a la cocina, no sin antes restregarse en las piernas de mi madre.

Mi madre, que no deja de mirarme.

Papá ni se inmuta.

—¿Qué carajos estabas pensando, Lee?

Él se bebe el resto de su cerveza.

—¿Por qué no le preguntas a ella?

Al mismo tiempo, todos me miran. De pronto estoy consciente del dolor en mi cabeza.

—No sé de qué estás hablando.

Lee se carcajea, con un sonido grave y malvado.

—¿Es en serio, Jo? —Aplasta la lata contra la mesita de la sala—. Yo les dije, carajo. Les dije que se estaba saliendo de la casa a escondidas para ir con él ese verano, y hoy básicamente la atacó, así que creo que…

Papá lo interrumpe.

—Cálmate, Lee. —Porque está gritando y mi madre le está diciendo que baje la voz y todo se derrumba, excepto este detalle.

«Les dije».

—¿Ustedes sabían? —Al principio lo digo en voz muy baja. Necesito que me escuchen. Alzo la voz—: ¿Ustedes sabían?

Todos se quedan callados. Se oye el *tictac* del reloj en la repisa de la chimenea, y cómo mastica Bay Leaf sus croquetas. Nadie más emite un solo sonido.

—Ay, por Dios. —Me río. No sé por qué me estoy riendo.

Papá avienta sus guantes a la mesita de la sala.

—No sabíamos que era él. Pensamos que tal vez era uno de los amigos de Lee.

—¿Pero sabían que había alguien? ¿Sabían algo? —Todas esas noches en que me escabullí de mi recámara y atravesé la calle para meterme en su auto y dejar que Nick me llevara a la oscuridad.

Nick, que en ese entonces me tocó suavemente la muñeca: «Nunca nadie se puede enterar de esto».

Nick, esta noche, que me tomó de la barbilla: «No te hagas la maldita víctima».

—Ustedes sabían y… —Quiero reírme de nuevo, pero mi garganta se cerró, me está ahogando. No me doy cuenta de que estoy llorando hasta que las lágrimas me caen a las rodillas. Pero yo no hago esto, no puedo hacer esto.

¿Cómo pudieron hacerme esto?

Me limpio un ojo con el dorso de la mano y otra lágrima cae, y otra, y luego me doblo, con la cabeza entre las manos y comienzo a sollozar. Todas las noches que juré que no diría nada, pero nunca fué necesario. Ellos sabían. Ellos vieron.

Ahora ni siquiera se atreven a verme.

Yo tampoco quiero verme.

36

Martes

Me duele muchísimo la cabeza. El dolor me punza en el cráneo cuando abro los ojos.

5:37 a. m.

Dios, me siento mal, físicamente enferma, como cuando me dio influenza en secundaria y mi cuerpo temblaba por la fiebre durante un examen parcial de Química. Me meto al baño. Sacudo una cápsula antigripal y me la trago con un poco de agua de la llave. Me garganta está seca. Si tratara de hablar, no saldría nada. Ni siquiera sé qué diría.

Regreso a la cama.

Oigo la voz de mi papá:

—Soy Joseph Kirby. Mi hija Jo-Lynn no se siente bien, no irá a la escuela hoy. —Pausa—. Tercer año. —Pausa—. Sí, yo también espero que se mejore pronto.

Medio dormida, aún un poco drogada, enciendo mi teléfono. Tengo docenas de mensajes de texto y un correo nuevo.

DE: tspradlin@rocweeklymag.com

FECHA: Feb. 26, 9:56 p. m.

ASUNTO: Por si lo necesitas

Este es mi número, Jo Guion Lynn. Estoy a una llamada de distancia.

Apago mi teléfono.

El antigripal fue un error. Es casi la medianoche, pero estoy completamente despierta.

Cada vez que cierro los ojos, siento un calambre en la base del cráneo, como la descarga aguda de cuando te tomas un líquido congelado demasiado rápido. Calambre. Los gritos ahogados de anoche en la recepción. Calambre. Ese auto. Calambre. La mano de Nick en mi mandíbula. Calambre. La mano de Nick en el cierre de mis shorts. Calambre. Nick…

Me siento en la cama, con náuseas.

Abro una nota nueva en mi teléfono y escribo todo, cada detalle. No uso puntuación. Cometo mil dedazos. Pero necesito sacar esto para que pueda leerlo algún día como la historia que alguien más contó. Tal vez pensaré: «¿Por esto estás tan abrumada? Muchas chicas se arrepienten de su primera vez. No es como si te hubieran…».

Me tapo la boca con la mano. Luego bajo la mano, abro una pestaña del buscador y escribo «Como sé si fui…» y suelto el teléfono cuando veo que entra el autocompletado. ¿Quién carajos necesita un cuestionario para saber? Qué humillante y, okey, ahora sí voy a vomitar.

Mis rodillas chocan contra las losetas del baño, levanto la tapa del escusado y hago arcadas, pero tengo el estómago vacío; no sale nada más que un hilo de saliva.

Es asqueroso.

Miércoles

Me voy a tomar otro día por enfermedad.

Duermo sin descansar hasta mediodía. Estoy sudando, tengo el cojín eléctrico a la máxima temperatura y a Bay acurrucada en las corvas de mis piernas. Y, ¿por qué desperté? El timbre de la puerta. Bajo las escaleras, quito el cerrojo, abro y…

—Hola. ¿Estás ocupada? —Sara me recorre de pies a cabeza—. Sospecho que no.

Michaela me muestra una bolsa de papel.

—Necesitamos con desesperación una boca extra para estos bagels.

—¿Qué no deberían estar en la escuela? —pregunto.

—¿Y tú no? Además —dice Kathleen un poco más amablemente—, no contestas los mensajes de texto.

Me insisten en que me bañe (sin usar la regadera de mano) y después de que me hago un chongo en la punta de la cabeza empapada y me pongo una camiseta tallas más grande de cuello redondo de Buffalo Bills, Kathleen se ofrece a llevarnos en auto adonde yo quiera.

Elijo High Falls.

El viento arrecia, el cielo está completamente gris. Nos apañamos una banca en el puente peatonal. Es algo increíble, una cascada que cae en el horizonte, justo en medio de la ciudad.

Las chicas hablan de temas equis para que yo no tenga que decir nada. Llevo medio bagel cuando se callan. Detrás de nosotros, una pareja pasea a un perro salchicha que trae un chaleco para nieve, y trota con sus patitas.

Kathleen choca su rodilla contra la mía.

—¿Quieres hablar de eso?

—¿Del perro salchicha? —La nariz me burbujea, como sucede antes de llorar—. Nunca quiero hablar de eso, pero tampoco quiero hablar de algo más.

—Tómate tu tiempo —dice Michaela—. En cuanto estés lista, te escucharemos.

Sara asiente.

—Siento mucho que te haya pasado esto.

Cielos, sé, de verdad sé que esto es exactamente lo que hay que decir, pero odio oírlo y odio odiarlo. Me paro de repente.

—¿Hay algún camino que lleve al brote de agua?

—Yo voy contigo a buscarlo. —Kathleen niega con la cabeza cuando las otras dos se paran para ir con nosotros, como diciéndoles *yo me encargo*.

Me lleva a la terraza nevada al otro extremo del puente. La vista desde este punto es aún más espectacular. Busco una escalera, pero ella me dice:

—Voy a hablar y tú te vas a callar y a escuchar, ¿entendido? —Hago un gesto como si cerrara un cierre en mis labios—. No voy a comparar mi experiencia con la tuya, pero mi ex y yo tuvimos un... incidente, durante las vacaciones. Estábamos a punto de... —Kathleen simplemente agita una mano—, pero él no tenía condón. Supuse que él sabía que no debía... pero lo hizo, y sé que es estúpido, así que no necesito que me juzgues por eso.

Otro gesto para abrir el cierre de mis labios.

—No te estoy juzgando.

—Ya sé que no —dice en voz baja—. No estoy tomando ningún anticonceptivo, pero Ryan... dijo que, si me embarazaba, era designio de Dios. Yo pensé que, si me embarazaba, mi vida entera quedaría arruinada. —Exhala y su rostro está rosa intenso—. Tendría que dejar todo, la Universidad de Rochester, el propedéutico de Leyes, la oportunidad de ser quien yo quiero, y él no perdería nada. Pero para mí es complicado, ¿sabes? Mi ministerio de la juventud protestó durante años contra la planificación familiar. Y necesitaba contarle a alguien, así que le conté a Maddie.

La mención de su nombre hace que me duela el pecho.

—Nos fuimos a una farmacia al otro lado de la ciudad para conseguir una píldora del día siguiente. Ella se quedó a dormir en mi casa. Solo estudiamos para nuestros exámenes parciales de Inglés, pero la verdad, fue lindo. —Kathleen vacila—. Luego le contó a su mamá.

El viento ulula.

—¿Qué? ¿Por qué?

—¿Porque Maddie puede ser cruel y despreocupada y mala amiga? Trato con todas mis fuerzas de no odiarla por eso, porque es humana. —Se aferra al barandal—. La mamá de Maddie le dijo a mi mamá. Mi mamá le dijo a la mamá de Ryan. Y ella le dijo a Ryan. Supongo que el sexo premarital es un pecado perdonable, pero yo me voy a ir directamente al infierno por tomar una pastilla.

—¿Tú crees eso? —Siento que decir esto no fue lo correcto. Debería decirle que lo lamento (y sí lo lamento) o que esas son patrañas (y sí lo son) y que ella se merece algo mejor (que es cierto).

Kathleen elige cada una de sus palabras.

—Me gustaba tener convicciones tan sólidas. Pero necesitaba permiso para equivocarme. Y me equivoqué, Jo. Especialmente acerca de cosas que no quería creer.

Exhalo, tratando de no llorar, pero lloro.

—No estás siendo sutil.

—No estoy tratando de ser sutil. Jo, lo que Nick hizo…

—Detente. Por favor. Se siente tan... mal. —Como si yo misma estuviera investigando mi pasado, reexaminando cada momento con lupa. Como si me hubiera golpeado un terremoto que nadie más que yo sintió—. ¿Cómo puede ser que sea tan malo para mí, pero para todos los demás solo sea martes?

—Miércoles.

—¿Qué?

—No es martes. —Pausa—. Perdón, eso no te ayudó en nada.

Pero ahora no puedo dejar de reír. Kathleen me abraza y yo medio lloro y medio río con su cabello en mi cara.

—No hay camino al brote de agua, ¿verdad?

—No —dice—, pero pensé que querrías verlo tú misma.

En vez de llevarme a casa, Kathleen me deja en Wegmans, como le pedí.

También, tal como le pedí, Hudson me espera en el estacionamiento. Está apoyado contra su auto, con las manos en los bolsillos, la cabeza agachada debido al viento.

—¿Te volaste la clase? —pregunto a la distancia.

Él alza la cabeza y medio sonríe.

—Necesitaba hacer unas compras —dice, me sigue adentro, su mano roza la mía—. Es bueno verte, Jo.

Pongo los ojos en blanco.

—Me veo fatal.

—No dije que fuera lindo mirarte.

—Cállate, Hudson.

—Aunque es bastante lindo mirarte.

Ahora soy yo quien se calla. De los anaqueles salen nubes de aromatizante. Pasamos por el departamento de flores, deambulamos hacia los quesos añejos.

—Entonces, he estado pensando en lo de tu clasificación…

—Me reuní con Lund el martes. Que yo estuviera en la tercera clasificación fue error de cálculo —dice secamente.

—Conseguí una copia de la carta original, Hudson. Falsificaron las firmas, nunca hubo un grupo en tu contra. —Paso por las cajas de leche y el pasillo de cervezas—. Creo que alguien quería intimidarte para que cedieras tu posición, pero tú te rehusaste.

—Entonces, ¿me tendieron una trampa?

—No lo sé —digo honestamente—, pero si te dieron la posición de *salutatorian*, te la mereces. —Deslizo mis manos por su cintura—. ¿Y qué diablos haría yo si te mudas a Florida?

Él asiente, sin dejar que la esperanza aflore aún. Sus dedos se enredan en mi cabello aún húmedo.

—Jo, no sé qué decir —admite. Ya no estamos hablando de su clasificación—. Yo, eh, le pregunté a mi terapeuta. Dice que esto debería ser sobre lo que tú quieres.

Quieres. Esa palabra de nuevo. Soy tan mala para saber lo que quiero.

Pero lo acerco a mí.

—Te quiero a ti.

—¿Segura?

—Nunca he estado más segura de algo —digo y lo beso, bajo el zumbido de los refrigeradores. Todo parece tan estúpidamente romántico.

Jueves

Me despierto con el sol. Su pálida luz brilla a través de mi ventana cubierta de hielo. Bostezo, me obligo a levantarme y a vestirme en capas: leggins de algodón, pants tallas más grandes, una camiseta térmica de manga larga y la sudadera de polar más gruesa que tengo, dos pares de calcetines.

En el borde de mi cama, Bay Leaf gruñe.

—Voy a caminar —le digo y le beso la cabecita.

Abajo, la voz de mi madre flota desde la sala porque mi papá tiene la transmisión del Canal 12 en su iPad. Está hojeando el periódico con sus anteojos para leer en el borde de la nariz. Alza la vista.

—Jo —dice, como si estuviera a punto de llorar al verme—. ¿Necesitabas al…?

No voy a ir a la escuela. Tal vez mañana, pero necesito un día más.

—Voy a caminar —repito. Y me voy antes de que pueda detenerme.

El frío es insoportable, de esos que te quitan el aliento. Lo respiro de cualquier forma, aunque me queme la garganta, y miro al otro lado de la calle.

Mi velada el día de la fiesta de la alberca terminó no mucho después de que empujé la reja. Había tomado algunos tragos de cerveza antes, Genny Light, Labatt Blue... pero solo fingía que se me había subido un poquito. Pero después de tres Seltzers con alcohol, no me sentía nada bien. Me temblaban las piernas y mi respiración se aceleró. Las chicas se sentían lejanas y confusas, el fuego se veía borroso, en el cielo las estrellas giraban y...

Vomité.

«¡Ay, no! ¿Está enferma?», preguntó una de las otras chicas, tal vez una de las Birds.

«No», dijo Maddie. «Está borracha».

Me deslicé de la silla y me acosté en el pasto durante una eternidad, aunque en realidad fueron como cinco minutos, luego una mano, la de la señora Price, se aferró a mi muñeca y me arrastró hasta que me levanté.

Nick también tocó esa muñeca. *Nick.* Miré hacia la ventana de su recámara con la luz encendida mientras él lentamente la cerraba.

«Maddie». Su nombre emergió enseguida. Las otras chicas se quedaron viendo desde la fogata, pero yo tenía que encontrar a Maddie.

No pude encontrarla por ningún lado.

La señora Price me jaló hacia la reja trasera, donde mi madre me esperaba. Entendí fragmentos de la conversación que tuvieron en voz muy baja.

«... invitó a esos chicos».

«... auto sin cerrar».

«... le robó el alcohol a Nick».

«¿Robar?», pensé. Me aferré a la reja para que todo dejara de mecerse.

«Yo no...».

Hablé en voz muy baja, supongo, porque nadie me escuchó.

De vuelta en casa, volví a vomitar. Vomité un montón. Mi madre me trenzó el cabello mientras tenía la cara en la taza del baño.

Se la pasó diciéndome:

«¿Qué diablos te pasa?».

Porque algo estaba mal conmigo, yo también podía sentirlo. Esto que me martillaba la cabeza y decía *dile, dile, dile, dile*. Digo, era mi mamá, se suponía que tenía que contarle sobre mi primera… que esto había pasado, ¿no? Tenía que decirle. *Dile*. Esta voz era más fuerte que la parte que me decía «nunca nadie se puede enterar de esto».

Me hice ovillo en el baño.

«¿Mamá?».

«Mañana a primera hora vas y te disculpas con esa chica, ¿me entendiste?».

«Dile», me decía mi cabeza.

«Pero…».

«Ay, por Dios, ¿qué le hiciste a tu bikini? Los tirantes están todos enredados».

«Dile».

«Mamá, creo que…».

«No quiero saber, Jo-Lynn».

Así que ya no traté de decirle.

Al día siguiente, el auto de Nick ya no estaba, por el momento, no para siempre. Maddie estaba sentada en los escalones de su puerta con un libro, así que me tomé tres ibuprofenos y fui con ella. Eché un vistazo al jardín lateral, pero eso hizo que me volvieran a dar ganas de vomitar.

«Se supone que debo disculparme». Mi voz era ronca. Pasé toda la noche viendo las estrellas que brillan en la oscuridad de mi techo, esperando al fin caer dormida, pero nunca pasó.

Maddie se rascó una roncha en el talón.

«¿De qué parte de todo lo que hiciste? ¿Arruinar mi fiesta? ¿O…?». Tenía la cara roja de furia, pero le temblaba un labio. «¿Cómo pudiste hacerme esto? ¿Cómo pudiste hacer eso? ¿Y con mi hermano?».

Pero nunca quise que pasara, y todo fue tan rápido. Fue como ver una película que él ya había visto; bajé la mirada por un segundo, ¡un segundo!, y cuando alcé la vista ya me había perdido del giro de la trama. Me había perdido de todo.

«Yo no…».

«¿Qué pensaste que iba a pasar?». Maddie negó con la cabeza y estaba llorando, pero nunca quise lastimarla así. Solo quería que enfureciera por lo que le dijo a su mamá en la fiesta. No pensé que… no sabía que él…

Dile. Las palabras me seguían punzando internamente.

«Creo que Nick…».

«No», dijo ella, así de fácil. «Tú y yo ya no somos amigas».

Yo también estaba llorando.

«Maddie…».

«Eres un asco».

He pensado en esto por tanto tiempo. El momento en que nuestra amistad terminó. El dolor era insoportable, lo sentía cada vez que la veía durante ese verano, y cada día desde entonces. Lo sentí cuando Nick me mandó mensaje de texto esa noche para decirme que no guardara su contacto, fue tremendo. Como si nos partieran en dos y nos rasgaran por dentro con saña.

Pero a veces me pregunto si fue algo más simple que eso.

Como cortar a la perfección una hoja en dos. Maddie Price ya no era mi amiga.

Si salgo a caminar me voy a congelar hasta morir.

Me meto a mi casa.

37

Aquí están todas las cosas que preferiría hacer en vez de pararme afuera de Culver: cortarme el cabello y comérmelo, una hebra a la vez; tallar el piso del vestidor de chicas con un cepillo de dientes; tragarme un ratón.

Literal, literal, preferiría hacer cualquier otra cosa.

Mis padres estaban listos para una pelea cuando tocaron mi puerta y me dijeron que me levantara, me vistiera, me subiera al auto, porque no podía seguir haciendo esto. Como si estuviera haciendo esto por berrinche. Yo ya me había bañado y arreglado mi mochila, pero ninguno de ellos lo notó.

Aunque quisiera quedarme en cama para siempre, tengo examen de Física y un parcial de Cálculo y tres semanas más de supervisión académica, y el mundo no dejará de girar por mí.

Así que, doy un paso, luego otro.

Luego, una mano cálida encuentra la mía.

—¿Lista? —pregunta Hudson.

—No —contesto, pero de todos modos, nos vamos.

Daniele Con Una Ele ha elaborado una historia convincente de que estuve enferma porque pesqué algún bicho. No sé si alguien le cree. Tampoco sé si yo le creería, pero todos me dejan en paz.

Antes de la hora del almuerzo, Hudson pasa a la dirección para pedir una cita con Lund, le va a enseñar la carta pública y esas firmas falsas. Si es necesario, le dirá también lo que Maddie le dijo en esos mensajes de texto que le envió la noche en que desapareción, que huyó.

Lo espero en el pasillo, recargada en la pared.

Luego un destello de cabello rojo: April Kirk. Ella frena en seco cuando me ve, casi se tropieza con sus propios pies. Por un segundo solo se queda pasmada, con los ojos bien abiertos y una postura como preparándose para un ataque. Aterrorizada. Esto debe ser sobre lo de la posición de *salutatorian*, ¿no? Pero esto es bueno para ella, así que no sé por qué sigue abrumada o por qué se desvía de mi camino tan rápido.

—¡April, espera! —Camino hacia ella, pero alguien, Cody, de inmediato se pone en mi camino.

—Justo a quien quería ver —dice, demasiado cerca—. ¿Tienes un momento, JoJo?

El moretón del ojo ahora se ve amarillo verdoso, tiene la forma de una luna creciente cerca de la sien. Esta es la última etapa antes de que sane; primero se tiene que poner feo.

Me toco mi propia sien en el mismo lugar.

—Apuesto a que Alexis te puede conseguir un poco de maquillaje para eso.

En voz baja y entre dientes, me dice:

—Nuestra tregua…

Me tardo en entender los puntos suspensivos en su voz. Ese cuello que cruje nervioso. Estoy sola con Cody, pero él es quien tiene miedo, porque ya no hay tregua.

—Ya no tienes nada con qué amedrentarme —respondo.

Nunca nadie se debió enterar de lo de Nick Price, pero Cody se enteró, y me amenazó con eso: «Jo tuvo que ver con el hermano mayor de su mejor amiga». Pero eso no fue lo que pasó, no así.

Doy un paso más cerca de él.

—No hay nada que me detenga de decirles a todos que tú y Miles…

—Yo no lo haría si fuera tú. —Trata de sonreír, mostrando los dientes, pero le tiembla la boca—. Yo soy el que te está haciendo un favor, JoJo. No sabes lo que sabes.

—¿Se supone que eso es una amenaza?

—Solo si lo interpretas así —comenta y empuja la puerta hacia la escalera, no sin antes darle un manotazo al marco de arriba, justo en un garabato en forma de cuña. Conti se va a infartar cuando vea ese grafiti.

Justo antes de que terminen las clases por hoy, recibo un mensaje de texto en el chat de la familia.

[2:27 p. m.] **PAPÁ**: Hoy en la noche, el equipo de UNC tiene partido en Syracuse… mamá y yo nos vamos c Lee ahora para k vea a sus entrenadores… regresamos tarde… tq

Le muestro el mensaje a Hudson.

—Tengo la casa para mí solita si quieres estudiar. Porque podríamos… no estudiar.

Hudson se acerca.

—¿Qué se te ocurre que hagamos?

38

He besado a montones de chicos, muchos, pero la emoción antes de besar a Hudson es nueva y tan, tan agradable. Mi cuerpo está electrizado y hasta zumba mientras vamos mi casa, subimos a mi cuarto, nos sentamos en la cama. Me pregunto si él puede oírlo, quisiera que lo oyera. Lo quiero a él.

Me siento con las piernas cruzadas y él hace lo mismo, nuestras rodillas se tocan.

—No me acuerdo de qué hay que hacer —le digo. No sé si es broma, así que me río, toda efusiva y sonrojada y muy nerviosa.

—Tal vez podemos ir despacio. —Y me besa—. Algo así.

—Algo así está bien —respondo y me vuelve a besar.

Estoy besando a Hudson Harper-Moore, al fin.

Al principio eso es todo, pero lo es todo. No sé quién comenzó con las caricias. ¿Las de él, que bajaron de mi cuello a mi cintura y luego a mi cadera? ¿Las mías, que recorrieron la parte frontal de sus jeans?

Me alejo, tapándome la boca, susurrando fingidamente.

—¿Puedo verlo? —Él pone los ojos en blanco, pero deja de hacerlo cuando me bajo los leggins—. Es lo justo.

—Es lo justo —repite. Veo cómo se desabotona los jeans, luego baja el cierre, y los desliza hasta la cadera. Los boxers se le pegan, a él, Hudson, y yo me le quedo viendo descaradamente.

—Dijiste que esto no era información pertinente. —Deslizo mi mano por debajo del resorte de la cintura.

Se ríe.

—¿Por qué nada más lo sostienes?

—¿Se supone que debería hacer algo más? —Inclino la cabeza, como si admirara una escultura en un museo. Él se vuelve a reír y me encanta. Me encanta cuando se ríe. Me contagia cuando le levanto la camiseta arriba del vientre y me acomodo de rodillas—. ¿Puedo?

—Sí.

Apenas llevo un minuto haciendo esto, así que me toma un poco encontrar el ritmo, y mi cabello como que me estorba en la cara. Pero la cosa va mejorando, cada vez más, mucho mejor, y eso puedo verlo en él, pero a mí también me gusta. ¡A mí también me gusta!

Y me gusta cuando baja la mano hasta mi muslo, por lo que no sé por qué levanto la cabeza tan rápido o digo «ay, perdón», toda agotada y ambos nos sobresaltamos.

Hudson quita la mano de inmediato.

—Está bien. ¿Estás bien?

—Sí, perdón. —Me pongo toda roja mientras él se reacomoda el resorte de la cintura—. Puedo… seguir haciéndotelo…

—Nop, tenías razón, qué horrible manera de decirlo —dice. Entre nosotros se abre un espacio extraño. Con ternura, me dice—: Podemos ir despacio, si quieres.

—No quiero ir más despacio, quiero volver a empezar. —Paso mi pierna por arriba de su regazo y lo beso de nuevo. Él desliza la mano debajo de mi camiseta, en mi vientre desnudo, y me estremezco.

—Jo, si tú…

—No. Está bien. Déjame… —Se me atora el codo en la playera cuando trato de quitármela y la camiseta sin mangas debajo. Y ahora, solo queda mi bralette. Es rosa y superlindo y, sí, me lo puse con la esperanza de que él lo viera—. Tengo muchas capas, soy una cebolla.

—Como Shrek. —Pausa—. Perdón por mencionar a Shrek en este contexto específico.

—Síguele, es tan sexy.

—Cállate, Jo —dice. Suelto un jadeo cuando baja un tirante con la boca. Trato de sentir. Mis manos se van a mi espalda, desabrocho el bralette y lo dejo caer. Hudson pone cara de bobo.

—Bien, estas son mis bubis. —No sé qué hacer con mis brazos—. La izquierda es la mejor, como ya habíamos establecido.

—Ambas son... —Finge unas cejas fruncidas—. Ah, sí.

—¡Te dije!

—Es broma. Eres muy hermosa.

—Bueno, ya lo viste —digo y él frunce las cejas en serio.

Pero no quiero pensar en eso, así que lo beso, como si volviéramos a empezar, y otra vez... y otra vez. Me pongo como loca, me apasiono cuando me acuesta. Sus dedos recorren el borde de mi ropa interior. «¿Esto está bien?» y asiento, «sí, eso está bien», y sus manos se hunden por debajo de la tela.

—¿Qué te gusta? —me pregunta.

—No sé.

—Ah —contesta. Odio la punzada de sorpresa—. ¿Me dices qué se siente bien?

Se siente experimental más que nada, y es un poco humillante. Estoy a punto de decirle que pare cuando... eso. Eso se siente bien. Y se da cuenta, supongo, porque lo sigue haciendo y se sigue sintiendo muy, muy bien.

No sé adónde mirar. Trato mirar su mano, luego su cara, pero sus ojos miran mi cuerpo. Mi respiración es entrecortada (no de esa manera). Estoy tan cerca de quedar expuesta por completo. Y necesito que deje de tocarme. No quiero necesitar que deje de tocarme.

—Hudson, espera —digo. Él ya se apartó. Toma mi camiseta de franela y mira fijamente la cobija de mi cama mientras me pongo la camiseta.

—¿Fue algo que hice? —Se ve tan confundido.

—Fui yo. Soy yo —contesto con el corazón acelerado. Me voy al baño y me apoyo en el lavabo, pero no me quiero ver en el espejo, y odio esto, me odio a mí misma, y estoy llorando. ¿Por qué estoy llorando?

Me siento encima de la tapa del escusado. Hudson se sienta en la orilla de la tina. Se cae la regadera de mano, pero ninguno de los dos bromea al respecto.

—¿Qué diablos me pasa? —pregunto en voz baja.

—No hay nada de malo en esto. Tal vez es demasiado pronto.

—Me gustas muchísimo —le digo—. Quiero hacer esto. No sé por qué mi cuerpo no está haciendo lo que quiero que haga. No sé por qué te gusto.

No era mi intención decir lo último en voz alta.

Al principio se queda callado.

—Me gusta cómo abres los ojos cuando tratas de no reírte, casi siempre de tu propia broma. Me gusta que te sabes todas las letras de Billy Joel con todo y sentimientos. Me gusta cómo nunca sé qué es lo que vas a decir porque hace que quiera contártelo todo. Y también tienes una maravillosa bubi izquierda.

Le doy un manotazo en la rodilla.

—Tal vez esto —y nos señala a ambos— no pueda suceder ahora mismo. Pero si tengo que elegir entre hacerlo o tú, te elijo a ti, Jo. Siempre.

Contengo un sollozo espantoso. Hudson se arrodilla junto a mí, yo me apoyo en su cuello y lloro y me doy tanta tristeza y digo:

—Ya te embarré de mocos la camiseta. —Y él se ríe.

Luego levanto la cabeza para verlo cara a cara.

—Me gusta que frunces las cejas cuando te concentras. Me gusta que el olor del café me recuerda a ti, así que pienso mucho en ti. Me gusta cómo te estacionas de reversa y que seas tan inteligente y que me preguntes qué me gusta y estoy enamorada de ti. ¿Te amo?

—¿Me estás preguntando?

—No, solo lo sé. Solo lo hago.

—Obvio yo también te amo.

—Me preguntaste qué quiero, y te quiero a ti, Hudson. —Lo beso con fuerza—. También quiero que me vuelvas a hacer sexo oral.

Él suelta una especie de gruñido.

—Podemos hacer que eso suceda.

Lo llevo a mi recámara y me acuesto con la cabeza en las almohadas y me mareo cuando él me quita la ropa interior. Mi piel está que arde. Me tapo la cara, siento que estoy en llamas.

—¿Por qué te tapas los ojos?

—Porque me da mucha pena.

Suavemente, me quita las manos de la cara.

—Créeme, no tienes nada de qué avergonzarte. —Su cara es muy seria—. Pero ¿está bien que haga esto? —Asiento—. Dime si de pronto no te sientes a gusto.

—Okey, yo te digo.

—Okey. —Me besa el cuello y un poco más abajo, la piel arriba de mi ombligo. Cierro los ojos. Trato de respirar profundo para expulsar mis nervios, trato de no pensar cuando sus brazos me rodean los muslos, mientras su boca…

Mi respiración comienza a entrecortarse. Él se ríe, como muy orgulloso de sí mismo.

—Cállate, Hudson.

Y se calla.

Empiezo a prepararme para un ataque de pánico, espero a que mi cuerpo de pronto se bloquee. Pero en mi cerebro algo cambia: no es que le guste a Hudson; él me ama. Sé que es verdad. Hudson me ve, a veces ve lo peor de mí, siempre mi verdadero yo, y aun así me ama. Este nudo de duda se desmaraña y me enfoco en esto. En él. En mí.

En mí.

Y cuando me respiración se entrecorta, cuando mis dedos le recorren el cabello largo, no puedo concebir cómo alguna vez pensé que merecía menos que esto.

39

Voy a ser honesta: me pierdo. Me pierdo por completo por dos semanas enteras. Estoy tan envuelta en esto, en el amor ¿será eso?, que paso los días flotando.

Lund le cancela a Hudson dos veces, así que él manda un correo a la asociación de alumnos y explica que la carta pública era falsa, que sus intentos para abordar el asunto han sido ignorados, que si él no tiene derecho a la clasificación o el dinero y si April sí, entonces le pertenece a ella, pero que él de verdad, de verdad apreciaría que volviera a revisar todo.

Me burlo de su *abordar el asunto* por dos días enteros, pero es perfecto.

Él es perfecto.

Es perfecto y las Birds son perfectas.

Incluso si Kathleen está convencida de que no estoy bien, que tan solo me puse un curita sin contener la herida. Pero es que exageré lo de Nick. Solo estaba sorprendida, eso es todo, no me encanta pensar en él, en esa noche, pero Nick ya no está.

El Audi al lado de la calle tampoco está, lo remplazó un Ford usado.

El *post* de Instagram borrado es prueba suficiente de que Maddie «está bien, a salvo» y la entrevista de las Noticias del Nueve terminó con todo el asunto de tajo y para siempre. También termina con la recaudación de fondos de sus padres. Aquí no hay ningún arco de redención.

Los Price publican una declaración a través del abogado que acaban de contratar: «el escrutinio de los medios ha mermado mucho el bienestar de nuestra familia; les pedimos respeten nuestra privacidad en este periodo de sanación y mientras esperamos a que nuestra hermosa hija regrese a casa. Regresa a casa, Maddie».

A veces mi corazón da un vuelco con esto: «Maddie perdida, secuestrada, muerta», pero si me obligaran a decirlo en voz alta, diría que creo que Maddie Price huyó de casa. No tengo nada para sugerir algo distinto.

Porque a veces las historias más simples con frecuencia son ciertas.

Porque necesito creer que es cierto o voy a perder la cordura.

¿Eso es negación? No estoy en negación de nada.

Soy perfecta. Estoy radiante. Estoy bien.

Pero estaría mejor si Tess dejara de plantarme.

La semana pasada se perdió la visita de la Experiencia Profesional en la academia de música en la que April tiene su mentoría, luego canceló nuestra reunión y, al parecer, canceló también lo de mañana, según me dijo Lund en el pasillo, antes de la hora del almuerzo, como algo equis que dejó de lado.

Como si no fuera nada importante.

—¿Qué carajos? —Me apoyo contra el alféizar de la ventana mientras Hudson escombra su casillero—. ¡No la he visto en semanas! No desde la Open House.

Él cierra su casillero.

—¿Es algo para preocuparse?

Mi estómago se revuelve.

—Ella me envió su número de celular, ¿debería llamarla? —Entro a mi correo de Culver: «TU CONTRASEÑA EXPIRÓ».

Gruño. Es un fastidio tener que actualizar todo lo que tiene que ver con nuestras cuentas porque solo se puede reiniciar sesión en los servidores de la escuela.

Por razones de seguridad o yo qué sé.

—Vamos al laboratorio, pues —sugiere Hudson y posa su brazo sobre mis hombros, y es tan perfecto que olvido que estoy fastidiada. Luego mi teléfono vibra con un mensaje de texto y me vuelvo a fastidiar.

[1:02 p. m.] **KATE KIRBY**: Cenamos a las siete. Y TÚ ESTARÁS AHÍ, JO-LYNN.

Hudson lee por encima de mi hombro.

—¿Es para festejar a Lee?

—Por desgracia —murmuro. Es el cumpleaños de mi hermano. Cumple veinte.

Casi no lo he visto, ni a él ni a mis padres, desde la Open House.

Pero nuestra casa es tan vieja que todo se escucha: Lee tuvo exámenes parciales la semana pasada y le fue bien, su rehabilitación ha progresado más de lo previsto, mis padres no saben qué hacer conmigo. Así fue como lo dijeron, «¿qué vamos a hacer con ella?».

Como si fuera una terrible infestación de murciélagos en los aleros del ático y no su maldita hija.

El laboratorio de Diseño está retacado; la próxima semana hay que entregar el proyecto que vale más para la calificación, así que los gemelos Spencer están aquí, también unos cuantos alumnos de segundo año. Y April. Cuando entramos ella se hunde en su asiento.

—Solo voy a cambiar mi contraseña —le explico a Chopra. Oficialmente, él no tiene problema conmigo. Nunca he tenido problemas con él, pero me ha dicho más de una vez lo orgulloso que está de mí, lo cual es lindo.

Hudson y yo nos sentamos donde siempre y enciendo mi computadora. En la pantalla aparece «CAMBIASTE TU CONTRASEÑA HACE 183 DÍAS» después de que la reseteo y…

—Hudson —susurro y le toco la rodilla—. Tengo el usuario y contraseña de Maddie. Cuando Daniele Con Una Ele me mostró la carta original de lo de tu clasificación, tomé una foto de su información de usuario, se me había olvidado por completo.

Nervioso, recorre con la mirada el salón.

—¿Qué buscaríamos?

No lo sé. Básicamente hemos dejado de buscar y punto, pero como tengo su información, inicio sesión.

«CAMBIASTE TU CONTRASEÑA HACE 19 DÍAS».

«Hace diecinueve días». Alguien cambió la contraseña de Maddie hace diecinueve días. Cuento en retrospectiva: fue un viernes. La noche del boliche, la noche de la entrevista en las Noticias del Nueve, la noche en que Maddie publicó aquel *post* en Insta. Pero Maddie ya no estaba hace diecinueve días.

—¿Qué carajos? —digo, demasiado alto. Todos voltean a vernos. Pero abro mi Instagram, busco su *handle* y me aparece «hemos enviado un enlace a m.price0109@culverhonors.edu» y «esta función se usó por última vez hace diecinueve días» y…

—¡Cómo crees! —dice Hudson, también, demasiado alto, y ahora el profesor Chopra y todos se acercan y miran mi pantalla y también dicen «¡cómo crees!».

Porque alguien cambió la contraseña de Maddie. Y no fue Maddie Price.

40

Literal, lo último que quisiera es festejar el cumpleaños de mi hermano.

Se armó todo un escándalo cuando salió que alguien hackeó la cuenta de Maddie para escribir aquel *post*. Los murmullos son incesantes. «Maddie está bien. A salvo. Está perdida. La secuestraron. Está muerta».

Ahora, después de todo ese rollo, el chico del cumpleaños se rehúsa a elegir restaurante. ¿Tailandés? No. ¿Italiano? Nop. ¿Mediterráneo o Tex-Mex o buffet? No, no, no.

Papá hace una decisión ejecutiva: un restaurante de pizzas al horno de leña en Village Gate. Cada pizza cuesta veintiséis dólares y ofrecen ingredientes como miel, avellana y cordero. Incluso las del menú de niños tienen jamón serrano en vez de pepperoni.

Papá se pone sus anteojos para leer de cerca en la punta de la nariz.

—¿Queremos alguna entrada?

Arranco un pedazo de pan de la canastilla.

—Como quieras.

—Como quieras —repite Lee.

El silencio reina hasta que aparece nuestro mesero para tomarnos la orden de bebidas.

—Me encantaría una copa de vino —digo con mi mejor imitación de Kate Kirby.

Papá interfiere:

—Tráigale un Shirley Temple.

—¿Para adultos?

—No —me dice mi papá, luego al mesero—: No. —Y a mí—: ¿Qué no sabes lo que le echan al Shirley Temple para adultos?

Lee remoja el pan en el plato con aceite de oliva.

—Sí, Jo, ¿cómo sabes qué tiene un Shirley Temple para adultos? —Le pateo la espinilla por debajo de la mesa. Él me patea de vuelta, luego se recarga en el asiento y cruza los brazos. Mira hacia la ventana, absorto, enseguida frunce las cejas—: ¿Ese es Cody?

Pues sí, frente a la ventana veo a Cody Forsythe cruzando. Trae un morral de Duke y sus shorts de basquetbol, a pesar del frío. De seguro tiene su clase de kickboxing. Camina con la cabeza agachada, pero yo me encojo de todas maneras, y oculto mi cara detrás del menú.

—¡Ah, me había olvidado de ese chico! —dice mi papá—. ¿Querías saludarlo?

Lee niega ligeramente con la cabeza. Mi madre lo mira a él y luego a mí, luego a él y luego a mí, y yo no quiero nada que ver con Cody, pero digo:

—Gran idea, papá. Ahora regreso.

La mayoría de las tiendas ya cerraron, pero estoy matando tiempo, así que saco mi teléfono y…

—Cody, tienes que creerme. ¡Por favor!

Me congelo. Me deslizo por la pared hacia el estudio de kickboxing. Es Cody con… Alexis Fitch.

Ella trae el rímel corrido.

—Te juro que yo no fui.

—¿Entonces por qué lo confesaste? —pregunta, con voz ronca y entrecortada.

—¡No lo hice! —contesta, pero él ya se fue. Yo debería irme también, antes de que ella me vea y…

Y me vio. De inmediato recobra la compostura limpiándose los ojos y respirando profundo.

—Yo no fui —dice Alexis otra vez, como si yo le hubiera preguntado, como si hubiéramos hablado—. Alguien le envió a Lund una confesión diciendo que yo hackeé el correo de Maddie para publicar ese *post*, pero yo no fui. —Se muerde el *piercing* del labio—. La próxima semana tengo una reunión en la dirección para ver si me expulsan o no por *ciberbullying* o algo así.

Las vibraciones de los bajos de la música en el estudio de kickboxing retumban y me zumban los oídos.

La mirada de Alexis se endurece.

—Me doy cuenta de cómo me miran todos y me juzgan. De cómo me miras tú —dice, y yo quiero negarlo. Quiero creer que no la miro de la misma manera como me miran a mí—. Nunca pasó nada con Cody, solo trataba de ser su amiga.

—Yo… lo lamento —le digo, pero tengo que irme. Ya. Me regreso al restaurante y me siento con mi familia. Mi bebida ya llegó, así que tomo un trago, rezando por que le hayan echado un poco de alcohol, pero no, es virgen.

—¿Cómo está tu amigo? —pregunta papá—. Siempre me pareció un buen chico.

Lee sube los brazos y se pone las manos en la cabeza.

—No lo es.

Mi madre se me queda viendo, otra vez, pero papá no se da cuenta de nada. Por eso pregunta:

—¿Y por qué ya no va a la casa?

—Porque ya no somos amigos —le digo, tan alto que los de la mesa de al lado nos miran de reojo—. No es mi amigo, y está saliendo con Maddie, así que…

—Ash, ¿a quién le importa Maddie? —exclama Lee—. Era mala amiga, Jo.

—¿Cómo sabes? —digo, furiosa. Y repito—: ¿Cómo es que tú lo sabes?

Para mí, ambas preguntas son diferentes. «Maddie + Lee».

—Estabas hablando con ella, por lo del artículo en el periódico —le reclamo. Él se me queda viendo—. Lo del partido que ganamos —explico y él se ríe, pero suelta el tenedor en su platito de pan—. Ella te iba a entrevistar, o sí te entrevistó y nunca me lo contaste.

—Porque fue un *email* sobre un jodido partido de basquetbol que jugué cuando tenía catorce.

—¡Oigan! —grita mi papá tratando de disimular—. Cuiden su lenguaje.

—Debiste contármelo.

—¿Por qué? No es tu amiga. —Lee reacomoda la vela que adorna la mesa—. Maddie se portó fatal contigo, Jo, incluso en ese entonces. Pero por alguna razón sigues dejando que ella te afecte de la manera más extraña. Me das pena, la verdad. Te ves demasiado desesperada.

Me levanto y la silla rechina contra el piso.

—Feliz cumpleaños, imbécil.

La llovizna afuera ahora es un aguacero. El frío me quema la garganta, la lluvia me empapa hasta los huesos. El calor sale de mí mientras camino más y más lejos.

Hasta que llego al final de la cuadra es cuando volteo hacia atrás.

Nadie viene por mí.

41

Estoy temblando; estoy, al mismo tiempo, calurosa, sudorosa y congelada, y así, toco el timbre de Hudson dos, tres, cuatro veces al hilo. Él abre la puerta bruscamente, fastidiado, pero cuando me ve me dice:

—¡Qué mierda!

—He decidido no ofenderme por eso. —Y entro a su casa. Trae una camiseta negra que se ve tan suave, pants y lentes. Su cabello está húmedo.

—Pensé que estarías en el festejo de Lee.

—Ahí estaba. —Mis botas crujen cuando me las quito—. Pero me fui. Él… —Meneo la cabeza, sigo furiosa—. Hubieras oído lo que me dijo.

Hudson me toca la manga.

—Mejor quítate esto.

—No seas tan descarado.

—No quise decir que…

—Es broma. Estoy de malas.

El espejo del baño aún sigue empañado de que Hudson se duchó. Coloca una toalla en el lavabo, abre la llave y mide la temperatura del agua.

—Voy a poner tu ropa en la… —Hudson levanta la mirada mientras me quito el suéter. Se esfuerza por mirar a otro lado—. ¿Necesitas, eh… algo más?

—Nop —le digo y él se sale del baño para que yo termine de desvestirme. Le aviento mi ropa al pasillo y luego cierro la cortina de la ducha.

Sin importar cuánto abra la llave, nunca se siente lo suficientemente caliente.

No logro quitarme el frío.

Cuando salgo del baño y entro a su recámara, Hudson está leyendo para su clase. La lámpara del buró es muy tenue.

—Tu ropa está en la secadora.

—Gracias. —Me aseguro la toalla alrededor del pecho y me siento junto a él, mientras me peino con los dedos y trato de desenredarme un nudo—. Auch.

Hudson se acomoda detrás de mí, con sus rodillas contra mi espalda. Me peina con sus dedos.

—¿Quieres hablar de eso?

—No —contesto, pero luego comienzo a decirle todos los espantosos detalles—: Lee dijo que soy una estúpida por dejar que Maddie me afecte, porque me importa. Según él, yo nunca le importé. ¿Puedes creerlo?

Me espero a una afirmación. Me espero a que se una a mi indignación.

Pero él coloca las palmas sobre mis hombros.

—¿Y si Lee tiene razón?

—No la tiene.

—¿Pero y si la tuviera? —me pregunta, y me doy cuenta de que esta no es la primera vez en que lo ha pensado.

Se siente como una traición.

Me paro.

—¿Cuánto falta para que mi ropa se seque?

—No quiero parecer un imbécil, pero ¿y si tu amistad con Maddie no era lo que pensaste? Eso no quiere decir que no importara o que no fuera significativa, pero creo que... —Se quita los lentes, se talla el rostro—. Olvídalo.

—Claramente quieres decir algo, así que dilo.

—¡Maddie era un asco! —Se ríe, pero de pura frustración—. Idealizaste tu amistad con ella cuando, por todo lo que me has contado, suena bastante mala, Jo. Tóxica. ¿Por qué te importa tanto?

—¡Porque creo que ella me vio! —Casi me atraganto con esas palabras—. Yo no tenía amigas, Hudson. Yo no sabía cómo ser amigas con otras chicas, pero lo deseaba tanto, y cuando tuve a Maddie, y todas las cosas que me hacían sentir diferente o mala o rara, para ella estaba bien. Así que, si después de todo eso, ni siquiera le caía bien, entonces tal vez yo no sea digna de caerle bien a nadie.

Mi patética confesión se queda en el aire un momento.

—¿Quién eres cuando estás conmigo? —me pregunta mientras me toma de la muñeca y me jala para que me vuelva a sentar. Me niego a responderle, así que me dice—: Te hice una pregunta, Jo. ¿Quién eres cuando estás conmigo? ¿Con Kathleen? ¿O Sara, o Michaela, incluso con Tess?

—Soy yo misma. —Se escucha tan insignificante. Apoyo la cabeza en su hombro—. Maddie se fue de su casa, ¿verdad?

Esa parte desesperada de mí pensó que Maddie me necesitaba. «Creo que estoy en problemas, pero también creo que tú puedes ayudarme», quería decir que sí me necesitaba. A mí. Que yo, nuestra amistad, significaba tanto para ella como para mí. Pero tal vez estoy tratando de resolver un misterio que no existe.

—Creo que necesito soltar a Maddie —digo.

Hudson asiente.

—Me parece buena idea.

Pongo los ojos en blanco y suspiro, toda dramática, y me subo completamente en él. Mi cabeza choca contra su barbilla y mis muslos chocan con…

—¿En serio, Hudson?

—Mira, sé que estamos peleando, pero también estás desnuda en mi cama.

Vuelvo a poner los ojos en blanco y me rio cuando él hace una mueca porque mi mano está helada. Pero no toma mucho tiempo para que ahora mi cuerpo esté hirviendo con un calor diferente, ni para que la toalla se deslice hasta mi cintura y luego al piso.

Dios, cómo me gustaría capturar cómo se siente cuando me mira.

Ahora es más intenso. Urgente. Sus manos y las mías, cómo nos besamos por todos lados. Lo sentimos exactamente en el mismo segundo, una descarga estática compartida, al mismo tiempo que un rayo atraviesa el cielo. Me mira, su rostro está rojo y serio.

Recorro la cicatriz en su labio con mi pulgar.

—¿Cómo te hiciste esto?

—Me caí de una reja cuando era niño. —Su aliento calienta mi palma—. ¿Debería ir por un…?

—Sí. Si quieres.

—Sí quiero. —Saca un paquete de su buró y, una vez que se pone el condón, no hacemos nada—. Ahora sí me puse extremadamente nervioso.

—Igual. Eh. Tal vez podamos… —Vuelvo a besarlo y me acuesto en la cama; él reduce el espacio entre nosotros, pero mi cuerpo de inmediato se tensa, mi respiración se acelera de un modo que no me gusta, así que pongo la palma contra su pecho y digo—: Lo siento.

—Está bien.

—Necesito… Espera —respondo y él se detiene hasta que vuelvo a asentir.

Es demasiado diálogo: «¿estás bien?» y «¿esto está bien», luego ya no hay mucho diálogo.

Además, la respuesta siempre es sí.

42

Me despierto en una cama que no es mía. Es la de Hudson. Su brazo sobre mi cintura y su pecho sube y baja con respiraciones profundas.

Tomo mi teléfono del buró. Una de dos: o tengo docenas de mensajes de voz de mis padres furiosos exigiendo saber dónde estoy y con quién y qué diablos me pasa, o silencio. No sé qué sea peor.

Pero mi teléfono está muerto, más que muerto.

—Hudson —susurro y le acomodo el cabello hacia atrás con los dedos—, me tengo que ir.

Él gruñe, pero mantiene los ojos cerrados.

—Deberías quedarte.

—Es tarde.

—¿Qué hora es?

—No sé.

Se estira por encima de mí para revisar su propio teléfono, que también está muerto.

—Entonces no sabes si es tarde.

—Un argumento válido —le digo, y no toma mucho para que él vuelva a estirarse hacia su buró. Luego, le digo—: Okey, ahora sí me tengo que ir.

Mi ropa sigue en la secadora, así que recojo su camisa del piso.

Parpadeo porque me sorprende entrar al baño y que esté tan iluminado; supongo que dejé las luces encendidas. Luego mi visión se ajusta y veo mi silueta en el espejo y... las luces apagadas.

¿Cómo?

Abro las persianas.

—¡Ay, no, Hudson!

Abro la puerta del baño y grito cara a cara con una mujer que sospecho es su abuela: ojos cansados, cabello canoso en una trenza gruesa. Me ve y luego hacia la puerta abierta de la habitación de Hudson.

—Te explico más tarde —dice él y me mete a su cuarto.

Desde detrás de la puerta cerrada, oigo:

—Culver ha estado llamando... Tu abuelo y yo necesitamos hablar contigo de...

Un segundo más tarde, Hudson regresa con mi ropa.

—Me puse esto ayer —le digo mientras me meto un chicle a la boca—. No traigo mi mochila y mi teléfono está muerto y...

«Anoche no llegué a casa». El pensamiento me sacude.

Llegamos a la escuela al final de la segunda clase y el inicio de la tercera. La señora Fitzgerald chupa una menta mientras llena nuestros pases.

—Hudson, la directora Lund quiere verte.

Él mira con cautela la puerta de la dirección cerrada.

—Pero...

—Eso fue una orden, no una petición. —Fitzgerald voltea hacia mí—: Vete a tu clase, Jo-Lynn. Eso también fue una orden.

Le aprieto la mano a Hudson y me voy hacia la recepción.

Y me topo con Miles Metcalf. Él baja la mirada, me escanea centímetro a centímetro; la misma ropa, el cabello enredado, el pase de entrada tarde. Se sonroja como siempre.

—¡Te he estado buscando! Quería decirte algo.

—Perdón, pero...

—Me admitieron en el MIT. —Sonríe y se sonroja todavía más—. Ayer recibí mi carta de admisión. Van a publicar los resultados el catorce de marzo. Día de Pi, ya sabes, tres punto catorce...

—Sí, ya entendí.

Deja de sonreír.

—¿No me vas a felicitar?

—Está bien. Felicidades. Realmente te lo ganaste. —Lo digo con voz lo suficientemente alta para atraer algunas miradas.

En su rostro algo además de lo sonrojado arde.

—Pensé que estarías contenta por mí.

Por ahí alguien susurra «Jo y Hudson, tarde, juntos, zorra». Por ahí, juro que oigo a Cody riendo. Siento que me hundo más y más, justo hasta donde estaba antes.

Al final de la cuarta hora me llaman para que vaya a la dirección.

Cuando toco a la puerta, la directora Lund sonríe, fría y seca.

Mi madre no sonríe.

No, está que arde. Vino desde la estación; su cabello está perfectamente peinado con rizos y trae un vestido azul ajustado. El azul es el mejor color cuando está ante la cámara porque hace que sus ojos resalten muy bien.

—Mátenme —murmuro.

—Señorita Kirby, yo no tentaría su suerte —dice la directora Lund, con una sonrisa tan tiesa que su amenaza pasa casi desapercibida—. Justamente le decía a su mamá que no estoy segura de qué hacer con usted hoy. Llegó tarde y sin preparar; me temo que es una distracción y eso no es justo para sus compañeros. Le sugerí a su madre que se la llevara a casa.

Pasan tres, cuatro segundos de silencio.

—Ah, ¿eso es castigo?

Porque me encantaría irme a casa.

—Espero que mañana regrese a la escuela lista para aprender. Ahora bien, Kate —dice Lund y abre una agenda con cubierta de cuero—, me gustaría agendar una cita para hablar de su estatus académico. —Mi madre inclina la cabeza. Yo cierro los ojos y aprieto—. Estoy segura de que estás al tanto. —Mi madre no está al tanto—. La próxima semana termina el periodo de seis semanas de supervisión académica, así que necesitaremos determinar cómo proceder de la mejor manera con su futuro en Culver. Mañana mi agenda está libre, si tú puedes venir.

Mi madre se para y me jala.

—Yo te llamo.

No creo que ella tenga autoridad para concluir la reunión, pero nadie nos detiene.

Sus tacones resuenan sobre el hielo del estacionamiento de visitas. Este silencio es peor que si me estuviera gritando. Mi madre nunca me grita, no así, pero si lo hiciera, yo podría defenderme, igualar su furia. En vez de eso, veo cómo enciende un cigarrillo y se espera a que el parabrisas se desempañe.

Exhala profundamente y me dice:

—Ni siquiera sé por dónde empezar.

Abro la ventana.

—Qué bueno que pudiste presentar las noticias de la mañana cuando yo estaba…

«Perdida». Anoche estaba perdida.

Ella mete velocidad.

—Te llamamos, Jo-Lynn. Nunca contestaste.

—Mi teléfono está muerto.

Tira la ceniza por la ventana. Aprieta los dientes, su mandíbula está tensa, debe estarse conteniendo de algo brutal. Mi cuerpo está demasiado tenso, se prepara, vibra con demasiado… esto es demasiado.

—Vas a venir conmigo al Canal 12 —dice y se detiene en la señal de alto. Prácticamente podríamos caminar a la estación desde aquí—. No te voy a premiar por…

—¿Por qué?

—Por no haber llegado a casa, por pasar la noche con tu novio, porque supongo que estabas con Hudson. ¡Por reprobar!

—Se le removió el maquillaje de la barbilla—. ¡¿Entiendes lo mal que se ve que mi propia hija esté en supervisión académica y yo no tenga ni idea?!

Bajo el visor de mi lado.

—¿Eso es lo que te importa? ¿Lo mal que te hace ver a ti?

—No, me preocupa que estés reprobando. ¿Por qué no me dijiste?

—¿Por qué no te diste cuenta? —Las palabras me queman la garganta.

Mi madre activa la luz direccional.

—¿De qué estás hablando?

—De nada.

—Jo-Lynn…

—Lo hice a propósito. —Me ahogo con el frío en el aire—. Lo hice a propósito porque quería que te dieras cuenta de que estaba reprobando, de que había tirado la mitad de mi guardarropa, de que no tenía ningún maldito amigo. Pero nunca preguntaste, nunca te diste cuenta.

Mi madre se estaciona en su lugar del estacionamiento. Las luces brillan con luz anaranjada. Apaga el motor.

—¿Qué te hizo ese chico?

—¿Hudson?

—El chico Forsythe y no me mientas.

Dile. Esto es todo lo que había querido: que mi madre se diera cuenta de que algo cruel, violento, ilegal me había sucedido.

—No puedo decirte porque vas a decir algo equivocado. —Mi voz se resquebraja al decirlo—. Vas a decir lo que yo ya pienso de mí y eso me va a matar. —Odio esto. Odio que estoy peleando con mi madre en el auto y estoy llorando, qué cliché.

—Lo que sea que esté pasando aquí —me dice mientras agita la mano hacia mí—, tiene que parar.

—Está bien. No digo más. —Abro la puerta y me voy a la estación. No es tan bueno como estar en casa, pero solía encantarme su camerino, puedo tomar una siesta en el sofá de gamuza rosa y acurrucarme en sus cuatro cojines de peluche.

O no. Ella me lleva a una oficina sin ventanas, a un lado de la cocineta. La computadora prehistórica zumba y el teclado tiene una gruesa capa de polvo.

—Tu teléfono —me dice estirando la mano.

—Sigue muerto.

—Que me des el teléfono —insiste. Se lo paso. Teclea el usuario y la contraseña para becarios—. Haz tu tarea. No hagas un solo ruido. ¿Entendido?

En cuanto se va, apago las luces y parpadeo hacia el brillo del monitor. Estoy al día en mis tareas, así que juego tres partidas de Solitario.

Luego busco a Maddie Price. Ya es como automático.

El artículo más reciente es el acompañamiento de la transmisión de las Noticias del Nueve de la entrevista con la señora Price. Incluye los detalles del *post* de Insta, la cuenta que se reactivó y luego volvió a borrarse. «Alexis Fitch hackeó a Maddie». Pongo a prueba la frase en mi cabeza, pero lo único que oigo es lo mucho que Alexis lloró diciendo que ella no fue. Y si ella no fue, ¿quién?

Pero voy a soltar a Maddie, ¿recuerdan?

Abro otra partida de Solitario cuando la computadora suena con una nueva notificación.

BECARIOS, RECUERDEN SIEMPRE:

- Asegurarse de que siempre haya cápsulas de café y sobres de azúcar en la cocineta.
- Rellenar el depósito de papel de la fotocopiadora.
- ¡Revisar la línea de denuncias!

La línea de denuncias… Me toma una eternidad encontrar la bandeja de entrada. Busco los correos más recientes: Hubo un apagón que ocasionó un nudo de tránsito en la vía rápida hace cuatro días. Alguien escuchó aullar a un coyote en los suburbios.

Bajo la pantalla hasta hace cinco semanas.

Sábado, 10 de febrero. 11:34 a. m. ¡Hola! Mi pareja vive en el mismo edificio de lofts del papá de la tal Maddie Price y la cámara de los timbres capturó una imagen la noche en que ella se perdió. Ver la imagen adjunta. (P. D. ¡Kate, soy tu fan!).

Esto no puede ser cierto. Maddie nunca fue al loft. Les mintió a sus padres acerca de dónde pasaría la noche, luego se escabulló a su casa para dejar la nota antes de irse.

Excepto que Maddie sí estaba en el loft.

Maddie estuvo ahí.

Me mordisqueo un labio y busco el archivo adjunto, pero no hay ninguno. Por suerte hay un teléfono de contacto de una tal Tori. Descuelgo el teléfono fijo y finjo ser una becaria que está confirmando la información de las denuncias y...

—Hola. ¿Eres Tori? —digo con la mejor imitación de mi madre. Mierda, la estrella del noticiero no confirmaría denuncias, pero me mantengo firme—: Soy Kate Kirby del Canal 12.

—¡Ay, hola! Qué divertido, soy una gran fan.

—¡Qué lindo de tu parte! De hecho, quería confirmar una denuncia que enviaste...

—¿La foto de los timbres? No sé qué tanto sea de ayu... ¿qué? —Tori grita la última palabra lejos del micrófono del teléfono. A mí me dice—: Perdón, estoy de turno, soy enfermera. ¿Qué me decías?

—Sí, bueno, desafortunadamente, la imagen no se adjuntó.

—La voy a reenviar cuando termine mi turno, aunque será después de la medianoche.

—¡Genial! Puedes enviarla a, eh, mi línea personal. —Le doy mi número. Con eso de que «la enviará a deshoras y así»; le agradezco por toda la ayuda. Giro en la silla hacia la puerta cerrada, como si la verdadera Kate Kirby pudiera irrumpir en cualquier momento—. ¿Conoces al papá?

—No realmente, no lo he visto en semanas. Tampoco conocí a la chica —explica Tori, lo cual, incluso ahora, me llega. «La chica». Ella agrega—: Aunque sí he visto a esa mujer.

Mi propia voz se me escapa.

—¿Cuál mujer?

—La novia del papá. Es una señora muy amable —dice Tori. Algo suena en el fondo—. Todo esto es muy triste, sabes, que esa chica pensara que su única opción fuera huir. Pero supongo que nunca sabes qué sucede detrás de cada puerta.

—Exacto. Gracias de nuevo. —Cuelgo el teléfono fijo.

Algo justo en mis narices se me está escapando. «Supongo que nunca sabes qué sucede detrás de cada puerta». Y bien, ¿qué pasa en la casa al otro lado de la calle? Maddie tenía que ir a casa esa noche para plantar la nota; quiero saber qué más dejó.

Le dije a Hudson que había soltado todo esto y que ahí quedaba. Y así será.

Pero primero, tengo que entrar a esa casa.

43

Estoy castigada por no haber llegado anoche a casa y por ocultar lo de mi supervisión académica.

Y por estar «completamente fuera de control».

Pero una amiga de mi papá está preinaugurando su restaurante y Lee reservó una sala de estudio en la biblioteca, así que estoy sola en casa esta noche y necesito a Hudson ahora. Mi madre me regresa mi celular antes de irse con mi papá. Entonces le mando un mensaje de texto a Hudson para que venga en cuanto la casa se vacíe. Diez minutos más tarde, abro bruscamente la puerta y le digo:

—Tengo que hablar contigo. —Y lo arrastro hasta mi cuarto.

—Okey. —Se sienta en mi cama—. Yo también quería hablar contigo.

—¿De qué? ¿De lo de anoche?

—¡No! No, eso fue increíble. Una experiencia diez de diez.

—Para mí también. ¿Qué es, entonces?

Él vacila.

—Tú primero.

—Creo que deberíamos meternos a la casa de Maddie.

Por un segundo, Hudson me mira con cara de asombro. Luego se inclina hacia adelante con la cabeza entre las manos y me dice:

—Continúa.

Hudson no es fan de esta misión, aun cuando le dije que no estamos allanando una morada porque vamos a usar la llave, así que técnicamente eso solo es meternos.

Aun así, él murmura:

—Odio esto.

—Será rápido.

Tiene que ser rápido. No sé adónde van los Price los jueves en la noche, tal vez una noche de cita o clase de spinning o terapia matrimonial, pero nunca se van por mucho tiempo.

Guio a Hudson por la entrada de atrás. El cielo es de un rosa pálido de atardecer. La alberca está cubierta por el invierno y el sauce está pelón, ni una hoja en sus ramas. Me voy directo a la rana de metal clavada en la tierra y meto la mano en su hocico, donde sé que esconden la llave de repuesto.

O escondían la llave de repuesto.

Me agacho y me raspo las uñas en la tierra congelada. ¡Mierda!

—¿Qué pasa? —pregunta Hudson, inquieto.

—La llave no está. —Miro hacia las ventanas. La del centro no tiene cerrojo, lleva a la lavandería, estoy segura—. Ayúdame a subir.

—Pero ¿qué no sería allanamiento? —pregunta y entrelaza las manos. Me impulso hacia arriba, deslizo la ventana más y más y me caigo sobre la secadora. Él se asoma—: En serio odio esto.

—Relájate. —Cierro la ventana con más fuerza de la que quería. Desde su cama, Tanner alza la cabeza y me mira con ojos adormilados—. Solo soy yo, ¿te acuerdas de mí? Dejo que olfateé mi mano y se reacomoda en su cama. Casi lloro, el único Price amable es su perro anciano.

Abro la puerta trasera para que entre Hudson.

Con cautela, entra.

—¿Qué estamos buscando?

—Lo que sea. Todo. La nota. —Abro un cajón de cachivaches; está repleto de ligas, sobres, lápices, bolígrafos, una goma mordida (iugh), calcomanías y un hueso para perros.

Hudson se va hacia el pasillo y señala con la cabeza el relajo en la mesa del comedor: la oficina improvisada del señor Price. Enciende la laptop en la cabecera.

—¿Cuál podría ser su contraseña?

—Ni idea. —Tomo su portafolio de la bufetera Tiene un candado de cuatro dígitos, pero de él sobresale un bolígrafo, lo cual deja un espacio suficiente para meter los dedos y abrirlo y…

—¿Lo rompiste?

—No creo. —Definitivamente lo rompí.

Medio lo reviso: listas de pendientes, correos aburridos sobre su trabajo aburrido, una nota adhesiva arrugada con una contraseña. Hudson la teclea y saco algo más.

CARTA DE COMPRAVENTA

Yo, Geoffrey Price, declaro la venta por $0 dólares y la transferencia de propiedad del siguiente vehículo a Nicholas Price.

—El señor Price le vendió su Audi a Nick —explico mientras ojeo el documento—. De hecho, se lo regaló.

—¿Por qué haría eso? —Hudson está revisando la bandeja de entrada del señor Price: notas de su calendario, spam de Viagra, minutas de reuniones—. Ese auto debe valer al menos sesenta mil dólares, pero él… ay, mierda.

DE: m.price0109@culverhonors.edu
FECHA: Feb.5, 5:14 p. m.
ASUNTO: [SIN ASUNTO]

Perdón por estar tan alterada en el teléfono, pero esto es muy importante para mí. ¿Alguno de tus clientes tiene contactos en NYU? ¿Podrías preguntar? POR FAVOR.

DE: m.price0109@culverhonors.edu
FECHA: Feb. 5, 6:05 p. m.

ASUNTO: [SIN ASUNTO]

Imbécil

Desde la ventana se ven unas luces de auto y nos tiramos pecho tierra de inmediato. Pasan seis, siete, ocho segundos. Lentamente alzo la cabeza.

—Creo que el auto nada más estaba dando la vuelta.

—Jo, por favor, ¿podríamos…?

—Solo quiero ver su recámara. —Subo las escaleras de dos en dos escalones y Hudson me sigue, a disgusto. Me preparo antes de deslizar la manija.

Es tal como lo recuerdo.

Las paredes verde limón. La colcha de flores como de acuarela. La lámpara de poste de pantallas baratas. El tocador tambaleante que nos encontramos en una esquina y que arrastramos cuadra tras cuadra, sudando y riendo y turnándonos para caminar en reversa.

—Esto sí que es verde —exclama Hudson.

Jalo la cadenilla del foco de su clóset, que parpadea antes de encenderse.

En la esquina, debajo de su vestido del baile de fin de año, hay una caja que dice «casillero». ¿El de alumnos de tercer año? Es como una pista etiquetada tal cual. Abro la caja y veo el contenido: un imán de fotografía de Maddie y Cody en la que él le besa la mejilla, ella y las Birds en el baile de fin de año.

También hay un sacapuntas, una taza con marcatextos, un espejo compacto.

—Jo, mira. Eres tú.

—¿Yo? —Voy con él al tocador, donde hay fotos metidas en el marco del espejo.

No solo soy yo, sino nosotras. Maddie y yo.

Esta era su foto favorita de nosotras. Habíamos pasado todo el día en Seabreeze, nos subimos a todos los juegos en primera fila, a los toboganes más altos. En la foto, tenemos la piel quemada por el sol, pero sonreímos. Maddie sostiene un delfín de plástico que gané para ella en la carrera de pistolas de agua.

Saco la foto, pero se cae otra escondida detrás.

—¿Es...? —comienza Hudson.

—April —termino de decir.

Maddie Price y April Kirk en sus uniformes de Nuestra Señora de Lourdes. Sonríen, posando con sus flautas en una mano y abrazándose con el brazo que les queda libre.

De nuevo los faros de un auto en la entrada y, ay, no, no, no, esto no está bien, está mal, muy jodidamente mal. Hudson me mira, aterrorizado.

—Van a entrar por el frente, nos salimos por la puerta de atrás. —Sin querer patea una cajita que sale disparada. La levanto y la abro—. Jo, ¡vámonos! —me grita en voz baja desde el borde de las escaleras.

Hay una llave. Pequeña, dorada, escondida. ¿Será la llave de ese casillero en el salón del periódico escolar?

—¡Jo, vámonos! —insiste Hudson y lo sigo escaleras abajo, por las ventanas sin cortinas. Tanner ladra (¿a nosotros? ¿a la nada?), pero nos desbocamos contra la puerta trasera, que se abre bruscamente. La noche es oscura, así que salimos disparados hacia la calle sin que nos vean.

—Eso estuvo... —dice él, pálido.

—Creo que esta llave abre el casillero de Maddie en el salón del periódico. —Se la muestro. Él menea la cabeza ligeramente y le digo—: Ve por las llaves de tu coche, ¿okey? Tenemos que irnos.

Milagrosamente, las puertas de Culver están abiertas gracias al partido de basquetbol del equipo *varsity junior*.

Abajo en el sótano tecleo el código del salón, #1310, gracias Con Una Ele, y me voy directo al casillero del jefe de redacción. La llave entra, tal como imaginé, pero el casillero está vacío. Me alzo de puntitas, paso la mano en el metal frío hasta que mis dedos se topan con algo.

—¿En serio? —Y saco otra llave, esta rosa y pequeña.

—Hay algo atorado. —Hudson se estira por encima de mi hombro y saca una nota adhesiva doblada que metieron por la ranura. La abre: *m.price0109pwr7Q_,?k2({4My"V'*. La clave para iniciar sesión de Maddie. La inicial de su nombre, su apellido, cuatro dígitos de su mes y día de nacimiento.

—Su nueva contraseña —digo y le arrebato la nota—. Esta no es su letra, ¿crees que alguien la plantó? ¿O quizá alguien le regresó la nota pensando que era suya?

—Intenta iniciar sesión —dice, así nada más.

Creo que está molesto conmigo, pero siento que estamos muy cerca de descubrir algo. Ingreso la contraseña y ¡funciona!

Los archivos en la computadora de Maddie están bien organizados, guarda sus borradores de forma meticulosa. Hago clic en PRICE_MAQUINAS-EXPENDEDORAS_0915. Es acerca de las nuevas máquinas expendedoras.

—Fascinante. —Presiono el botón derecho del mouse, navego por los archivos y selecciono el texto con el cursor…

—Hazlo de nuevo —me pide Hudson y arrastra una silla para sentarse junto a mí, de pronto muy interesado. Señala el número de palabras: 455 de 458—. Te faltaron tres.

Cambio el color de letra a negro y ahí mismo, al final del archivo, con letra pequeña: 2-19=875.

—Sé que reprobé Matemáticas el semestre pasado, pero eso no es correcto, ¿o sí?

Hudson apunta los números en un pedazo de papel.

—Intenta con otro archivo.

En PRICE_CODIGO-DE-VESTIMENTA_0923 encontramos 17-4=350. Ahora que sabemos qué buscar, los encuentro por todos lados: 8-21=1250; 9-4=600; 11-19 + 20-19=1400.

—Esto tiene que ser un código, ¿no? ¿Ecuaciones? ¿Fechas? Espera, no, no son fechas. —Me desgarro el cerebro. Empiezo a escribir:

A=1, B=2, C=3, y así. Parece tan simple, tan obvio, pero claro que estamos hablando de Maddie—. Si esto es correcto, entonces 2-19 es BS.

—¿Basta de sandeces? —sugiere Hudson.

Me pongo a pensar.

—¿Ben Sulkin?

Ben Sulkin, que acaba de regresar de su suspensión de dos semanas por el puñetazo a Cody, aunque sigo sin saber por qué. Va y viene por toda la escuela apretando los puños, como si estuviera a punto de pelearse.

—¿Y qué hay de los otros números sin guion? —pregunto. Hudson se queda viendo la pantalla con las cejas fruncidas, luego toma el teclado y agrega un signo de dólar. Me quedo pasmada—: Ben Sulkin pagó 875 dólares por algo.

—Algo —repite Hudson.

Examino la nota adhesiva una vez más, y le doy vuelta. Me congelo. Es un dibujo a lápiz de una figura rara, como un garabato en forma de cuña. Hudson me mira con cara de que él también lo entiende.

Este dibujo está por todas partes. Por todos lados: en sillas de la cafetería, en las orillas de escritorios, garabateado en los barandales, tallado en marcos de las puertas.

—Hay uno en el vestidor de hombres —dice Hudson, y ambos nos levantamos sin tener que coordinarlo.

Revisa que no haya nadie en los vestidores y me hace una seña de que puedo pasar.

Lo sigo hasta la última fila de casilleros.

—¿Qué será?

—Nos lo enseñaron en una clase de Historia del Arte el año pasado. Esta pieza es la última que agregas a un arco, es lo que asegura todo en su lugar; se llama *keystone,* la pieza clave.

Me paro en seco.

—¿Keystone?

Y todo hace clic. Tan rápido y repentino que ahora sé, incluso antes de mirar, qué casillero tiene el dibujo: #1313.

Ninguno de nosotros tiene que decirlo, pero yo lo hago:

—Miles Metcalf.

Cada recuerdo, cada momento aparece claramente en mi cabeza. Cody abrazándole el cuello, mientras le da a beber una lata de cerveza al tiempo. «¿Quieres un trago de Keystone?».

Ben Sulkin, medio borracho, trepándosele como mono araña. «¿Una Keystone, *dude*?».

Cada vez que pasaba eso, en el rostro de Miles se podía ver un atisbo de algo, pensé que era vergüenza. Pero no era porque le diera pena cómo lo trataban esos chicos, estaba asustado.

Estaba asustado porque…

—Miles no está haciendo trampa a favor de Cody —dice Hudson—. Organizó toda una maldita congregación.

44

Hudson está que se lo lleva la mierda. Va y viene de un lado al otro al lado de su auto, y yo lo veo, recargada en el cofre. Se la pasa subiendo y bajando el cierre de su chamarra; frío, calor. Está hirviendo.

—Malditos hijos de perra.

—Ya sé. —Yo no estoy hirviendo. No estoy nada.

Él deja de ir y venir.

—¡Carajo!

Aún estoy tratando de entender: Miles mintió cuando lo confrontamos, ahora me doy cuenta. Reformuló mis preguntas no porque no entendiera, sino para medir qué tanto sabíamos.

La historia de Maddie era acerca de esta congregación para falsificar calificaciones, Keystone.

—Tenemos que hacer algo. Decirle a la directora Lund. A Conti, a quien sea. —Inclina la cabeza buscando mi mirada—. Jo, te necesito aquí, no adonde quiera que fue tu mente.

—Solo estoy pensando.

Pensando en que cuando amenacé a Cody en la fogata en realidad lo estaba amenazando con lo de Keystone. Pero Maddie iba a sacarlo a la luz. No nada más Cody y Miles querrían silenciarla. Cualquiera de esos nombres en código escondidos en sus archivos querría que ella desapareciera.

Que se esfumara.

—Maddie… —comienzo.

Hudson se ríe, pero con esas risas amargas y ásperas.

—¿En serio quieres hablar de Maddie en estos momentos? Entonces, hablemos de cuando publicó esa carta, Jo, y que sabía acerca de Keystone y que no hizo nada.

—¡Porque estaba metida hasta el fondo! Estaba asustada.

—¿Qué tal si no? —Levanta un hombro—. ¿Qué tal si esto no era más que una historia para entrar a NYU? Si le hubiera importado que esto fuera injusto, ¿por qué se lo guardó? Tal vez Maddie simplemente es muy egoísta. —Menea la cabeza—. Tenemos que decirlo.

—¿Qué evidencia tangible tenemos? —pregunto genuinamente—. ¿Unos estúpidos códigos y una nota adhesiva con un dibujo?

Hudson exhala con fuerza y pareciera que escupe llamas de furia.

—¿Sabes para qué me quería ver Lund hoy?, para regañarme por pedir apoyo de la sociedad de alumnos. No me van a dar ese dinero, Jo.

—Pero…

—Hice todo lo correcto —dice—. Todo. Mis abuelos no se jubilaron por mí. Se cambiaron de distrito para que estudiara en esta escuela. Mi madre acababa de morir, y aunque yo solo tenía once años, sabía que no tendría nada sin buenas calificaciones.

Ni siquiera puedo mirarlo a los ojos, así que miro hacia el cruce. El semáforo se mece con el viento.

—Pasé el examen de admisión a Culver. Obtuve el segundo lugar en mejor promedio. Me uní al equipo de futbol. Me ofrecí como voluntario técnico en los eventos. —Se pasa una mano por el cabello—. Sí intenté entrar a la universidad, Jo. Hice una lista de las escuelas que me gustaban, pero necesitaba los comprobantes de pago de impuestos de mis abuelos para poder solicitar la exención de tarifa de solicitud. No tenía idea de qué estaba haciendo y no tenía quién me ayudara, así que... —Por un segundo, creo que está a punto de llorar—. Hice todo lo correcto —repite—, pero nunca iba a ser suficiente.

Le extiendo una mano.

—Hudson...

—Ya se vendió la casa, Jo. —Su voz es seca—. Era lo que mi abuela quería decirme en la mañana. Hicieron una oferta para un lugar en Sarasota y tengo que mudarme porque no tengo adónde ir y no tengo dinero para quedarme, y sospecho que en gran parte se debe a la maldita treta de Keystone.

—Hudson —repito, con el corazón partido—. Solo... quédate conmigo, ¿okey? —En cuanto lo digo sé que mis padres nunca lo permitirían—. O con Kathleen. —Lo cual tampoco es una posibilidad—. Esto no... Esto no... —Ahora yo soy la histérica—. No quiero que esto termine.

—No ha terminado, Jo, pero estoy furioso. —Se talla el rostro—. Traté de decirte cuando fui a tu casa, pero te urgía meterte en casa de Maddie porque no puedes soltar esto. Por favor, ya déjalo ir. —Baja la mirada—. Solo déjame ir.

Entonces, doy un paso atrás y él se sube al auto. Y se va. Me quedo viendo hasta que las luces del auto desaparecen.

Hasta que me quedo sola.

Me dejó sola y quisiera estar más enojada de lo que estoy. Su casa se vendió y Maddie sabía lo de Keystone y, ¡mierda! Suena la alarma de un auto. Giro bruscamente.

Cody levanta ambas manos.

—¡Caray, JoJo!, solo apreté el botón equivocado. —Baja las manos y cascabelea sus llaves—. ¿Por qué actúas como si me tuvieras miedo?

Pues porque le tengo miedo. Me asusta lo que me hizo, lo que pudo hacerle a Maddie.

—¿Por qué peleaban? —pregunta.

Suelto una risa.

—Keystone.

—¿La cerveza? —pregunta con cara de inocencia. Voltea hacia la escuela, luego hacia mí—. El equipo está perdiendo, por si quieres un aventón a casa. Prometo no lastimarte.

Como si fuera inconcebible que alguna vez me diera miedo subirme al auto de un chico. Pero Hudson me dejó aquí, y está frío y oscuro y no tengo mi pase de autobús y quiero saber lo que sabe.

Cody me abre la puerta del pasajero.

Me subo.

El interior huele a nuevo mezclado con algo más… sudor, lodo, pasto.

—¿Te importa si pasamos al McDonald's? —pregunta. Se siente tan familiar. Ordena, paga, recoge el pedido. Se mete una papa entre los dientes y me pasa la bolsa—. ¿Quieres una?

Tomo dos.

—Esto no me va a distraer.

—Déjame nutrir mi cuerpo. —Se devora la mitad de la hamburguesa de dos mordidas y se limpia la boca con una servilleta—. ¿Qué es lo que sabes?

En vez de: «¿Qué quieres saber?».

—No sé lo que sé —digo, haciendo eco a sus palabras—. ¿Miles lo organiza?

—No se merece todo el crédito.

—¿Tú también? —pregunto, claro que…—. Tú también. Estás involucrado en esto con él. —Entonces, la historia que Miles nos contó de él y Cody era un poco cierta—. En segundo año de preparatoria le pediste a Miles que te ayudara para que pudieras permanecer en el equipo de futbol, pero no terminó ahí, solo creció. —Enciendo la calefacción—. ¿Cómo funciona? He visto ese dibujo y los vestidores…

—Esa mierda es demasiado astuta en mi opinión. Ya lo tengo resuelto.

—Entonces, Miles hace el trabajo y tú, ¿qué? ¿reclutas?

Cody sorbe su bebida haciendo mucho ruido.

—Le caigo mejor a las personas. —Eso es debatible—. Sin querer les conté a algunos del equipo y ellos preguntaron si Miles también podía ayudarles. Fue una oportunidad de oro para ambos. No hice ni mierda para las clases y Miles necesitaba que lo incluyéramos.

Tiene que ser más que eso. Ninguno de ellos necesita el dinero, y, sí, Miles obtiene capital social, pero ¿y Cody? ¿Poder? ¿La emoción de tener algo contra alguien?

Le examino el rostro peca por peca.

—No tienes vergüenza, ¿verdad?

—Si la gente quiere pagar, ¿quién soy yo para impedírselo? —Se estaciona frente a mi casa. Al otro lado de la calle, la casa de los Price está completamente iluminada. Él ni siquiera voltea a verla.

—Sé algo más. —Me desabrocho el cinturón de seguridad y pongo la mano en la manija para abrir. Si esto sale mal, le hinco las uñas en la cara, le rasguño el ojo y huyo. Me salgo corriendo—. Sé que Maddie iba a revelar a Keystone.

Cody se me queda viendo un segundo. No está horrorizado, ni molesto ni furioso, sino… confundido. Entonces empieza a carcajearse, en serio. Es una risa sincera y genuina que no le he oído en años—. Maldita estúpida.

—¿Yo?

—¡Ella!

Me pego contra la puerta.

—Dios, es tu novia y tú…

—Ella no es mi maldita novia. —Todo es demasiado callado y demasiado ruidoso. El tic de su direccional derecha, mi respiración entrecortada.

No sé cómo, pregunto:

—¿Qué?

Cody arruga la bolsa de las hamburguesas.

—Maddie me pidió que habláramos en la bahía —dice. Ya siento náuseas—. Obvio, pensé que quería *hablar*. Pero me cortó, luego se paró y se fue, y yo tuve que fingir que seguimos juntos todo este tiempo. ¿Sabes lo sospechoso que me vería si no lo hiciera?

Cierro los dedos en la manija de la puerta.

—¿Hiciste algo?

—¡Por Dios, JoJo!, no hice nada. Iba a perdonarla…

—¿Perdonarla?

—…pero dijo que tenía que irse. —Estira el brazo por encima de mi cuerpo, pero no se va contra mí, sino que abre la guantera y saca el collar de granate de Maddie.

Veo puntos. Parpadeo con fuerza para expulsar la imagen de la mano de Cody en el cuello de Maddie.

—Ella ya no quería esto. —Recorre con el dedo la cadena de oro delicada, luego la tira en el portavasos—. Ella tampoco me quería ya. Yo la amaba y ella me rompió el corazón.

Él la amaba y está usando un tiempo pasado. Tengo que irme, tengo que salir de aquí, de su auto, pero aun así, digo:

—Pero ella sabía acerca de Keystone y…

—Maddie jamás revelaría a Keystone, JoJo, créeme. —Le quita el seguro al auto; no tenía idea de que la puerta lo tenía—. Y yo jamás la lastimaría. Su estúpido auto seguía atorado en la bahía cuando me fui.

Tomo nota: el auto de Maddie atorado en la bahía.

En cuanto salgo del auto y cierro la puerta, Cody avienta su mochila en el asiento. En el bolsillo del frente un #5 de cuando se unió al equipo de futbol se está deslavando. Durante años, su mamá bordó los números de sus hijos en sus mochilas. Los Cuatro Forsythe.

Cuatro números.

—Ay, y, ¿JoJo? —Baja la ventana y se inclina a través del tablero—. Tal vez deberías preguntarle a tu novio acerca de Maddie.

Antes de que pueda preguntarle qué quiere decir con eso, se va. Pero ¿qué tiene que ver Hudson en todo esto? ¿Y con ella?

Ni siquiera puedo pensar en él ahora.

Además, acabo de descifrar la contraseña del teléfono de Cody.

45

Corro escaleras arriba y saco los anuarios de Culver, en busca de los Cuatro Forsythe.

Logan, defensa: #7. Dustin, centrodelantero: #8. Parker, mediocampista: #2. Cody, delantero: #5.

Busco dentro de mi escritorio el teléfono roto de Cody y tecleo 7825.

El teléfono se desbloquea.

Mis dedos tiemblan, sudorosos, inestables mientras toco la pantalla. Abro los mensajes de texto. Necesito ver sus mensajes, ver qué le dice a Miles sobre Keystone, lo que le dijo a Maddie antes de que ella…

Cero mensajes. El historial de llamadas, vacío. Los mensajes de voz, borrados. El correo, desactivado. Rara vez publica en redes sociales; él vive y respira para el futbol, se la pasa ajustándose espinilleras y atando las agujetas de sus tacos. Pero también reviso sus redes: cada cuenta está desactivada debido a inactividad.

Me muerdo la uña, pensando. ¿Tal vez borró todo a distancia? Pero eso borraría todo en este dispositivo; tuvo que hacer esto manualmente *antes* de que Hudson se lo robara.

—¿Qué escondes, Cody?

Recorro sus fotos. Al menos esas no las borró.

Hay una foto de su perro, una hermosa labrador llamada Luna, con una pelota de tenis babeada en la boca. Una rebanada de pizza de pepperoni goteando grasa. La erección de Cody.

—Ay, por Dios. —Alzo la vista lejos de la foto, luego cierro un ojo hasta que paso a la siguiente que es de…

Maddie.

Le recortó la cabeza, está posando en su cobija de flores de acuarela con un bra de encaje. Su cuerpo se ve rígido. Me pregunto cómo hizo Cody para hacer que se tomara esta foto. «Ándale, bebé, no es gran cosa. Muchas chicas lo hacen».

«Jo lo hizo».

Se me revuelve el estómago. Sé lo que encontraré cuando vaya a las fotos de septiembre, pero espero, rezo por que me equivoque.

No me equivoco.

Una.

Dos.

Tres.

Cuatro.

Cinco.

Seis.

Esta última fue la que más reenvió la gente. Es del verano, un día caluroso a finales de agosto. Los chicos y yo fuimos a la playa, pero se nos olvidó llevar cerveza, así que en vez de eso, nos zambullimos al lago y lanzamos un Frisbee y comimos natilla. Me dolía la cara de tanto reírme.

En la foto estoy posando en el espejo de mi baño, con la cortina de baño detrás de mí. Estaba a punto de ducharme para quitarme todo el bloqueador solar, pero mi bikini me dejó una línea de bronceado alrededor de mis senos tan ridícula, que hice el gesto de amor y paz y me reí y tomé la foto.

No es sexy, porque esa nunca fue la intención. Pero a Cody no le importó, ¿o sí? Ni a él ni a nadie.

La cabeza me da vueltas: «Creo que estoy en problemas, pero también creo que tú puedes ayudarme». ¿Acaso Maddie temía lo que él pudiera hacerle?, ¿que le hiciera a ella lo que me hizo a mí?

Quiero borrar las fotos, las mías y la de ella, pero algo me detiene.

Me voy a las apps buscando yo qué sé y… hmm. Dos calculadoras: una instalada en el sistema y otra con un icono de clip-art. La toco para abrirla, pero no es una calculadora.

Es una almacén secreto.

Dentro hay cientos de mensajes de texto, encriptados, protegidos con una contraseña. Cody no es tan apto con la tecnología para hacer esto, pero Miles Metcalf, sí. Keystone. Así que Cody borró sus mensajes de texto, pero aquí debe de ser donde habla de Keystone.

Tengo que contarle a Hudson.

No puedo contarle a Hudson.

Las lágrimas hacen que me ardan los ojos. Mi dedo se desliza, pero ahí, aquí hay una conversación desbloqueada. Cody y un número del área 585.

Con fecha dos días antes de que Maddie desapareciera.

Sábado, 3 de febrero

[11:23 p. m.] **CODY:** no se quien eres pero ALEJATE de mi novia!

[11:26 p. m.] **DESCONOCIDO:** ?

[11:27 p. m.] **CODY:** maddie

[11:32 p. m.] **DESCONOCIDO:** Ah.

[11:33 p. m.] **DESCONOCIDO:** No te preocupes por eso, Cody.

[11:34 p. m.] **CODY:** quien eres

[11:47 p. m.] **CODY:** QUIEN ERES

«Aléjate de mi novia».

¿Esta persona está saliendo con Maddie? En todo esto, nunca consideré que tal vez Maddie engañara a Cody con alguien más. Su familia se quebró cuando su papá tuvo aquella aventura. Pero Cody la descubrió con alguien, ¿cierto? ¿Le encontró mensajes de texto? La descubrió con…

—Hudson —susurro.

No porque lo crea.

Sino porque es lo que Cody cree.

Incluso antes de que Hudson se alejara de él, Cody se mostraba frío y seco y cruel con él, preguntándole por qué estaba tan ocupado todo el tiempo, como si ya supiera la respuesta. Niego con la cabeza, me obligo a no imaginarlo. La relación entre Maddie y Hudson era neutral en todo caso, y él me ama a mí.

Pero pensé que Maddie amaba a Cody.

Tomo mi celular y marco *67 para rastrear ese número de teléfono y cuelgo de inmediato. No sé qué voy a decir si alguien contesta, si Hudson contesta.

Vuelvo a marcar. Suena el tono de línea. Suena. Suena. Vibra.

¿Vibra?

Me quito el celular de la oreja. «Lo sentimos, el número que usted marcó no tiene configurado el correo de voz. Favor de intentarlo más tarde». Vuelvo a marcar.

Luego salgo al pasillo, escucho. Espero.

Me quedo congelada en la recámara de mi hermano.

Lenta, muy lentamente, empujo la puerta. Me hinco frente a su cama. Me agacho y estiro. Saco el teléfono. Lo he visto antes: era mi teléfono, el segundo celular plegable que me dieron.

Cody intercambió mensajes con Lee…

Abro el *celular*. Solo hay dos conversaciones: la de Cody y la otra con un contacto guardado como M. Cierro los ojos, con náuseas, horrorizada ante la idea de lo que podría encontrar.

No quiero verlo.

Tengo que verlo.

Jueves 21 de diciembre

[2:23 p. m.] **M:** Mándame mensajes solo a este número.

Viernes 29 de diciembre

[8:34 p. m.] **M:** Llámame.

Viernes 12 de enero

[11:56 p. m.] **M:** Podemos hablar?

Lunes 15 de enero

[12:37 a. m.] **M:** Llámame.

Sábado 3 de febrero

[10:15 p. m.] **M:** Sigue lo de hoy en la noche?

Lunes 5 de febrero

[11:42 p. m.] **M:** Llámame.

[11:43 p. m.] **M:** Contesta.

[11:49 p. m.] **M:** Te necesito.

[11:53 p. m.] **M:** Por favor.

[12:01 a. m.] **M:** Por favor.

—Ay, Dios mío. —Estoy mareada. Sin aliento. «Te necesito. Por favor. Por favor». Son mensajes de texto que escribió la noche en que desapareció. Si él fue a verla, eso significa que tal vez Lee sea la última persona que vio a Maddie…

—¿Jo?

Mierda.

Me levanto, suelto el *celular plegable,* lo levanto, me lo meto al bolsillo. Salgo al pasillo cuando Lee termina de subir las escaleras. Frunce las cejas, me ve y luego ve su puerta abierta.

—¿Estabas en mi recámara? —Sabe la respuesta—. ¿Qué estabas haciendo?

—Yo… —Camino hacia atrás por el pasillo, lejos de él.

—¿Qué estabas haciendo? —me vuelve a preguntar, con cierta urgencia en la voz—. ¿Qué te llevaste?

Corro.

Lee estira un brazo contra la pared, pero me agacho y corro por las escaleras, tomo sus llaves de la mesa del recibidor. Él baja las escaleras y ve que tengo sus llaves, y se pone pálido.

Yo me voy, salgo por la puerta, atravieso el jardín.

—¡Jo! —Corre detrás de mí, medio cojeando y con la rodilla hinchada. Me subo al auto deprisa y enciendo el motor. Meto reversa.

Azota la mano contra el vidrio.
—No te atrevas, maldita sea.
Pero lo hago. Me voy.

46

Esta noche, soy la conductora perfecta: me detengo en las señales de alto y mantengo el límite de velocidad. Lo último que necesito es que me detenga una patrulla y no tenga licencia en el auto robado de mi hermano.

En mi teléfono aparece «Lee Kirby». Rechazo la llamada.

Luego, un mensaje de texto: «Jo, *wtf?*».

Deslizo el mensaje y ajusto el espejo, acerco el asiento al volante. Cuando llego a Culver por tercera vez en el día, las calles están vacías.

Abro una nueva nota en mi teléfono y escribo:

2:15 p. m. maddie + yo en la biblioteca

Las dos estábamos en el baño del personal. «Creo que estoy en problemas, pero también creo que tú puedes ayudarme».

Maddie estaba en problemas: Keystone y las fotos que le envió a Cody y sus mensajes con Lee.

Se fue, pero volvió para buscarme.

Luego, doy una vuelta por el estacionamiento de alumnos de tercero, donde se estacionan las bicicletas.

3 p. m. las birds en el estacionamiento

Maddie estaba tan alterada que se fue con las Birds y me plantó (¿o fue una trampa?) porque que la aceptaran en NYU le cambiaba la vida.

4 p. m. rechazan a maddie de nyu

Hay cuatro horas entre que la rechazaran y su mensaje a Hudson. ¿Adónde fue? ¿Al loft de su papá? Esperen, ¡la foto! Pero no me ha llegado nada de Tori.

Entra una llamada de Kate Kirby. La rechazo.

Escribo la dirección del señor Price en mi teléfono y atravieso la ciudad, conteniendo el aliento cuando tengo que incorporarme a la autopista y exhalando cuando veo aquel increíble edificio. Bien, digamos que Maddie vino aquí porque su papá no estaba en la ciudad y ella podía estar sola.

Cuatro horas después, le manda mensaje a Hudson diciendo que puede perder su clasificación.

8:15 p. m. más o menos maddie manda msj a hudson

Luego tiene que ver a las Birds.

9 p. m. más o menos planta de energía (las birds)

Tecleo la dirección de la heladería a dos cuadras de la planta. Maddie y yo caminamos desde ahí el primer verano que nos hicimos amigas. El sol derritió nuestros conos demasiado rápido y la espiral del helado de la máquina goteaba por nuestras muñecas y terminamos con chispas en las piernas.

Las torres de la planta sobresalen en el cielo oscuro y puedo ver los cables conectados. Bajo las ventanas y oigo cómo zumba la electricidad. Aquí Maddie les dice a las Birds que se va a ir de su casa.

Pero primero se fue a la bahía.

11 p. m.??? La bahía c/cody

Me detengo en el estacionamiento vacío cerca de la tienda para pescar. Mi teléfono sigue encendiéndose con mensajes: «Jo. Trae tu trasero a la casa. Jo. Jo. Jo, Jo, Jo. Voy a llamar a la policía, Jo». Me meto el celular al bolsillo y salgo. La noche es tan oscura, tan fría. Me abrazo y pego los codos a mi cintura, temblando. Mis botas se hunden en el lodo cuando camino en busca del sendero de las parejitas. No sé qué estoy buscando, lo que sea, todo, nada.

Tal vez solo necesite andar por donde pasó Maddie. ¿Así se sintió para ella?, ¿como si se le separara la piel del cuerpo?, ¿como si tuviera tanta energía y no supiera hacia dónde canalizarla?

¿Como si ella también vibrara con una corriente eléctrica?

Repaso todo en mi mente: Maddie estaba investigando a Keystone, la congregación para mejorar las calificaciones que organizaron Miles y Cody, su novio, el chico que primero fue mi amigo.

Cody, que se vio con ella aquí aquella noche.

Siento el otro teléfono en mi bolsillo, el plegable.

medianoche la bahía c/lee

Maddie, desesperada. «Te necesito. Por favor. Por favor». Mi hermano actuó como si odiara a Maddie, pero hablaba con ella. ¿Estaba saliendo con ella?

Vuelvo a leer sus mensajes y… esperen. Este no es el número de Maddie. O sí es el de ella, pero no es el que guardé hace tres años, cuando nos mensajeábamos un montón, tan seguido que se me acalambraban los dedos.

Entonces, ¿este es un teléfono desechable? Seguro que sí.

Reviso el historial de llamadas de Lee. La última fue el quince de febrero, en la madrugada. Fue cuando oí a mi hermano hablando. ¿Estaría hablando con ella? La llamada solo duró tres segundos, como si fuera un error. Marco el número en mi teléfono y no me molesto en esconder mi número, porque no estoy tratando de esconderme. Entra la llamada.

Oigo el tono del teléfono desechable de Maddie.

«El correo de voz de este número no está configurado. Favor de intentarlo más tarde». Vuelvo a marcar. Lo intento una y otra vez. ¿Aún tendrá saldo después de tanto tiempo? «El correo de voz de este número...».

Me quedo contemplando la bahía, los árboles irregulares a lo largo de los acantilados, las empinadas escaleras de madera que descienden hasta los muelles, la onda perfecta de la luz de la luna a través del hielo. Del lado derecho veo la luz de una casa, humo saliendo de la chimenea.

«El correo de voz...».

Mi linterna me guía de regreso al estacionamiento. Pongo el altavoz en caso de que Maddie conteste. (No contesta). Los tallos secos de espadaña se sacuden, suspiran al viento. La avenida está muerta, excepto por un auto negro que sube la colina. Luego se detiene.

Ahí, en medio del camino, se detiene. Luego retrocede muy, muy lentamente.

Se mete al estacionamiento.

Me apresuro a apagar la linterna y me agacho entre las espadañas. El sendero de las parejitas, de seguro vinieron a eso, así que una vez que el auto empiece a mecerse y las ventanas se empañen, salgo volando de aquí.

Pero el auto se detiene junto al mío, al de Lee, el auto que me robé.

Alguien sale del lado del pasajero. Es medio alto, trae ropa oscura y la capucha puesta. Se va hacia el parabrisas de atrás y apoya la frente en la ventana, buscando ¿qué? ¿algo?

¿Buscándome a mí?

Saco las llaves de mi bolsillo. Mi pulgar está justo arriba del botón de pánico.

Luego, mierda, juro que me está viendo.

Activo la alarma y esta persona corre a su auto. El motor se enciende y el auto sale a toda velocidad. Los asusté, yo misma me asusté. Apenas puedo respirar y mi corazón palpita con fuerza; corro por el estacionamiento y me subo al auto, meto la velocidad, giro el volante y me voy…

No. La llanta está ponchada. Le di a una piedra decorativa y la maldita llanta tronó. Quiero gritar o llorar o ambas cosas, pero necesito irme de aquí. Necesito a Kathleen, me dijo que la llamara si la necesitaba, y la necesito ahora.

Saco mi teléfono y… estoy en una llamada.

De cinco minutos, porque Maddie…

—Maddie —susurro y me pongo el teléfono en la oreja, luego digo con voz más alta—: ¿Estás ahí? ¿Maddie?

Nada más que aire muerto.

«El correo de voz de este número no está configurado. Favor de intentarlo más tarde».

«El correo de voz de este número no está configurado. Favor de intentarlo más tarde».

—Tienes mucho, pero mucho, que explicar. —Kathleen está en su pijama de franela rosa con un estampado de gatos negros cuando llega por mí.

Busco a tientas el asiento del pasajero.

—Solo vámonos —le digo, pero por su cara puedo ver que tengo que explicar mejor—. Me peleé con Hudson, no quiero hablar de eso. Vámonos, por favor.

Me mira un segundo más, pero al menos arranca.

Tenemos que entrar sin hacer ruido, sus padres se van a infartar si nos descubren. En su cuarto oscuro, Kathleen me pasa una camiseta y shorts, luego hace mímica de que se va a lavar la cara. Me cambio rápido, mi piel está rosa por el frío. En su buró, su celular se enciende con una notificación.

> `[12:12 a. m.]` **HUDSON:** `cielos. gracias, kath, yo le aviso a lee.`

Estoy que ardo de furia por dentro. No le pedí que no le dijera, pero ella debió saberlo.

Me siento en la orilla de la cama. Exhalo, exhausta. Ahora mi teléfono calla. Borro cada llamada, mensaje de texto, notificaciones de mensajes de voz de Lee y de mis padres y de Hudson y...

Hay dos mensajes nuevos.

> `[12:14 a. m.]` **DESCONOCIDO:** `Hola, Kate! Soy Tori. Aquí te mando la foto de la entrada al loft. La calidad no es la mejor, pero espero que te sirva!`

Kathleen cierra la puerta con mucho cuidado.

—¿Qué pasó?

La foto...

—¿Jo? —susurra.

Ahí está ella. Abrigo de lana negro, la capucha puesta. Cabello muy, muy oscuro. Los ojos fijos en la cámara de la entrada, como si supiera que tomaron foto. Como si ella también pudiera verme.

No es Maddie.

Es Kathleen.

47

No duermo.

Cada vez que cierro los ojos, veo el verde nítido y atractivo de los ojos de Kathleen viéndome en aquella foto pixeleada. Veo esos mensajes: «Te necesito. Por favor. Por favor». Veo el pene de Cody, ¡iugh! Veo ese garabato de keystone.

Veo a Nick y no sé si es como se veía cuando me azotó contra la pared o cuando me llevó a la parte trasera de su auto, pero me dan ganas de vomitar.

Veo a Hudson, asqueado de mí.

Veo a Maddie, mirándose a sí misma en el espejo: «Creo que estoy en problemas, pero…».

No oigo más que aire muerto en la línea.

Estoy mirando la pared cuando suena el despertador. Kathleen aplaza la alarma, pero yo me deslizo de su cama hasta el baño del pasillo. Me veo como zombi: ojeras, cabello enmarañado, piel grisácea. Estoy tan, tan cansada.

Me voy cuando Kathleen está en la ducha. Así nada más, me escurro por las escaleras, abro la puerta y me voy.

Camino por veinte minutos, y tengo esta sensación de que debería estar asustada, de que tal vez anoche alguien me siguió, pero estoy demasiado exhausta como para asustarme. Casi ni me importa que el auto de papá esté en el estacionamiento de visitantes.

El castigo de mi madre no funcionó anoche, así que ahora le toca al sensible de mi papá.

Justo cuando atravieso la calle, Hudson también lo hace. Paso por donde está él sin decirle palabra.

Él trota hacia mí.

—¡Jo, espérame!

Lo espero.

—Perdóname por lo de anoche, no debí dejarte sola aquí, de verdad lo siento, y tampoco quiero terminar contigo. —Se ve desaliñado, también tiene ojeras grises debajo de los ojos—. Pero tenemos que hacer algo acerca de…

—Sí, no, seguro —digo secamente—. ¿Tuviste algo que ver con Maddie?

Me mira por un buen rato.

—Eh, no.

Asiento, tan cansada que mi cuerpo podría derretirse.

—Eso fue lo que pensé. Pero Cody sí lo cree.

—¿Qué? —Hudson menea la cabeza—. ¿Por qué pensa…?

—Creo que tengo que ir con Lund —digo y lo dejo ahí.

La señora Fitzgerald no me dice nada, solo apunta hacia la oficina de Lund. Papá se levanta cuando entro. Ha estado llorando, mi querido papá ha estado llorando por mi culpa.

Lund sonríe.

—Dos días seguidos, señorita Kirby.

El segundo día en que me descubren llegando descaradamente sin material, en que voy a distraer a mis compañeros con mi relajo y no es justo. Oigo lo que me dice, pero apenas lo asimilo. «Errática. Fuera de control. Inaceptable».

«Zorra. Perra. Asquerosa».

—¿Me escuchaste? —pregunta Lund—. Simplemente quiero hablar de tu proceso.

Me perdí de algo.

—¿Mi proceso?

—Tu progreso en este periodo de supervisión ha sido extraordinario, así quiero asegurarme de que te hayas ganado estas calificaciones... —Lund hace una pausa, en la que tamborilea las uñas en el escritorio— de manera justa.

—¿Justa? —repito y me atraganto de la risa—. Yo no hice ninguna maldita trampa.

—No te estoy acusando de nada —dice, pero sí me está acusando. La directora Lund me está acusando de hacer trampa cuando Keystone está justo en sus narices. Miles y Cody, todos los nombres que encontramos encriptados.

Esos malditos imbéciles. Hudson tenía razón, tenía razón y yo lo decepcioné. Me enfrasqué tanto en lo de Maddie que ignoré lo que él necesitaba: que reveláramos a Keystone.

Apretando los dientes, explico:

—Hice mi tarea, ese fue mi proceso. Simplemente lo hice. Pero mejor sería que investigara sobre...

—¿Puedes entregarnos algunos de tus borradores? ¿Apuntes de clase? ¿Pruebas?

—¿Mi palabra no es suficiente? —En cuanto lo digo sé que no, no lo es.

Mi palabra no es suficiente.

—Jo, te voy a llevar a casa, ¿okey? —dice mi papá suavemente.

Pero Lee está en casa. No puedo estar cerca de él, no cuando se mensajeó con Maddie, no cuando él...

—Ve por lo que necesites de tu casillero —dice Lund—. Quisiera hablar un poco más con tu padre.

Me levanto y digo:

—Estas son patrañas de mierda. —Y me voy.

Cuando salgo al pasillo suena la campana, así que tengo que abrirme camino hasta mi casillero. Marco mi combinación, y la vuelvo a marcar. Algo se atoró. Meto los dedos para mover el ganchillo, sacudo la puerta hasta que se abre bruscamente y algo me cae en los pies: un sobre.

Lo desgarro y saco cinco páginas dobladas. En la parte de arriba de una de ellas hay una nota escrita a mano: «Pensé que querrías ver esto».

Me toma un segundo para entender qué estoy viendo. *Screenshots*, la imagen es borrosa, como cuando la tinta de la impresora se está acabando. Es una conversación de mensajes de texto entre Cody y…

Niego con la cabeza, aun si su nombre está justo ahí.

```
Jueves, 8 de febrero
[4:12 p. m.] CODY: jojo??? bro…
[4:13 p. m.] CODY: cuanto tiempo paso antes de que
             te la quisiera chupar
[4:14 p. m.] HUDSON: como cinco minutos
[4:15 p. m.] HUDSON: aunque la detuve
[4:15 p. m.] CODY: hiciste bn
[4:18 p. m.] CODY: no sabes dnd ha estado esa bo-
             quita
```

En ese entonces no era cierto, fue la noche del baile de fin de año. Eso lo hace todavía más humillante.

Hudson le contó a Cody algo cierto.

Paso las hojas: Cody diciendo algo horrible de mí, que soy una perra, que de alguna manera tengo que hacer que valga la pena, y Hudson dándole entrada, no lo detuvo.

—Jo, ¿qué es eso? —pregunta Hudson, inquieto.

—*Screenshots* de tus mensajes con Cody. —Le muestro una hoja—. Aquí hay uno en el que te pregunta si te he enviado un *pack* más reciente que le puedas reenviar.

Se pone pálido.

—No…

—¿Qué carajos, Jo? —irrumpe Kathleen. Tiene el cabello pegado a la frente—. Salgo de la ducha y ya no estás. Y, espera, ¿qué pasó?

La ignoro y mantengo la vista en Hudson.

—Eres un imbécil —digo, demasiado alto. Aviento las hojas, dejo que floten hasta el piso. Kathleen levanta una—. Eres igual que todos esos chicos. Dios, que estúpida fui al pensar que eras diferente.

Al pensar que yo era diferente, especial, para él.

Él está como loco.

—Corté todo contacto con él, Jo. Dejé de hablarle cuando lo nuestro se puso serio.

Kathleen levanta la cabeza, la inclina.

—¿Cuando qué se puso serio? —pregunta. Nos quedamos viéndola, y ella nos mira, con cara de que ahora lo entiende todo—. ¿Estaban fingiendo?

—Como si tú no hubieras ocultado cosas —le digo, y no debí decir eso. Me doy cuenta del momento exacto en que ella da un paso atrás, con el rostro descompuesto. Hudson se acerca hacia mí, pero le digo—: ¡No me toques!

—Jo…

No puedo con esto. No cuando todos están susurrando. No cuando mi hermano está en casa y papá me está esperando en la oficina y Kathleen es la de la foto de la entrada y Hudson hizo esto, y no puedo, no puedo, no puedo. Me abro paso por el pasillo, hacia el salón de ensayos de la banda y…

Miles, el estuche de su saxofón en mano. No se ve sorprendido de verme alterada. Lo sabe.

Miles, que organiza un grupo de tramposos que arruinó el futuro de Hudson.

Miles, en quien no confío, pero es el único que me puede dar respuestas.

Lo llamo con un gesto de la barbilla y le digo:

—Vámonos.

El trayecto es callado.

Mi respiración se sincroniza con los limpiadores del parabrisas. Izquierda, derecha. Inhala, exhala.

Miles se detiene en una gasolinera a unas cuadras de la escuela. El letrero en la puerta tiene una promoción de 2x1 en hot dogs. Se estaciona en la bomba, pero mantiene las manos en el volante, en posición nueve y tres.

En voz baja y tierna, dice:

—Solo quería que supieras la verdad.

La verdad: que Hudson le permitió a Cody menospreciarme. Él también me denigró. Esos mensajes de texto son asquerosos y no hay excusa y ¿cómo diablos pudo decir eso de mí? Me siento una estúpida, más que nada, por pensar que era diferente a todos esos chicos.

Otra verdad: Hudson era diferente, lo es. Lo ha demostrado una y otra vez. Hacer enfurecer a Cody significó perder un lugar donde quedarse. Así que, de una manera horrible, Hudson trató de conservarnos a ambos.

Pero, al final, me eligió a mí.

Miles se aferra al volante con fuerza.

—Te mereces algo mucho mejor que él.

—No. Él es lo mejor que tengo. —No es para hacerme valer; sí pienso que es lo mejor, aun si le enviara esos mensajes de texto a… a Miles, no.

Nerviosa, pregunto:

—¿Cómo conseguiste esos mensajes?

—Yo, eh, los encontré en el teléfono de Cody.

Pero esos mensajes no estaban cuando revisé el viejo teléfono de Cody anoche, y eso quiere decir que los borró antes de que Hudson se robara el teléfono, hace varias semanas.

Así que, ¿qué? ¿Miles tomó los *screenshots* antes?, ¿y los guardó todo este tiempo? ¿Se esperó hasta que él quisiera, o necesitara, separarnos?

¿Para que yo me quedara sola?

Mi corazón da un vuelco. Creo que la cagué: le dije a Cody que sabía lo de Keystone, ¿y si le contó a Miles? Claro que le contó. Y ahora estoy sola con él.

Deslizo mis dedos discretamente hacia la manija de la puerta.

Miles está perdido en sus pensamientos. Se limpia las manos en sus jeans.

—No te das cuenta de lo especial que eres. —Sé adónde va con esto, siempre me sale con esto—. No eres como las otras chicas.

—¿Cómo?

—¿Qué?

—No soy como ellas, ¿cómo?

—Eres, eh, ya sabes.

—No sé. Quiero que me digas.

Miles juguetea con sus anteojos, su pulgar mancha los lentes.

—Espera, ¿estás enojada porque te mostré los mensajes? Estoy tratando de ayudarte, lo sabes.

«Yo puedo ayudarte, lo sabes». Las palabras me llegan de golpe. Lo dijo por mis calificaciones, y ahora Lund cree que hice trampa y Miles es de la vieja escuela, así que, ¿y si consiguió mis trabajos y cambió mis respuestas equivocadas por las correctas? ¿Y si borró mi trabajo y lo remplazó con el suyo?

Keystone.

—Miles, ¿hiciste algo con mis calificaciones? —susurro.

Él mira al frente, sin parpadear. Luego toma impulso, con el puño apretado y golpea el tablero. Abro la puerta y corro; él da un segundo puñetazo.

—¿Qué otra cosa puedo hacer? ¡Dime! —me grita—. Dime por qué caes con chicos que te tratan como si fueras mierda cuando yo he estado ahí. Te he ayudado con tu tarea, te he llevado adonde quieras. ¡Soy lindo contigo!

—No te debo ni mierda. —Parpadeo la lluvia de mis pestañas—. Cielos, actúas como si nuestra amistad fuera una maldita transacción. Si hiciste algo con mis calificaciones pensando que eso haría que yo…

—Jamás toqué tus calificaciones. —Se pasa una mano por los rizos—. Nunca te lastimé como esos otros chicos. Jamás traté de estar contigo. Nunca te llamé *zorra* cuando…

—¿Cuando qué?
Miles me mira fijamente.
—Cuando te lo merecías.

48

No tengo adónde ir, así que camino. Adonde sea, por todos lados, por ningún lado. Camino hasta que la lluvia me empapa el cabello. Hasta que el frío me desgarra la garganta. Camino hasta que las piernas me queman y luego me dejo caer en una banca en el museo de arte. El metal congelado me quema las piernas.

Espero a llorar.

No lloro.

Todo esto salió muy mal.

Ese es el problema de chicas como yo, ¿cierto? Algo siempre sale malditamente mal.

Hudson es tan cruel como esos otros chicos. Kathleen es la de la foto. Miles nunca fue mi verdadero amigo. Mis padres están hartos de mí. Mi hermano estaba saliendo con Maddie, tal vez.

Maddie.

Ella fue mala amiga, y tal vez yo también fui mala amiga. Todo terminó la noche de la fiesta de la alberca, pero las grietas ya estaban ahí. Me aferré a ella porque pensé que me veía, pero ni siquiera yo podía verme.

Solo creí lo que todos decían de mí.

«Asquerosa. Zorra. Perra. Te lo merecías, estabas ahí, tú, tú, tú…».

—No. —Levanto la cabeza hacia el gran cielo en blanco. Respiro. Luego encuentro ese número que ojalá hubiera usado hace semanas. Al cuarto tono entra la llamada.

—Hola. Soy Jo Guion Lynn.

A los diez minutos Tess se estaciona y me dice que me va a llevar a la biblioteca.

La sigo hasta la sección de niños.

—Esto es aterrador.

—No lo es. —Tess se oye bastante confiada para ser un adulto que se acerca a un estante con libros con ilustraciones con cero niños y una adolescente. El estante retrocede y deja ver un cuarto pequeño y secreto.

—Te dije que esto era *cool*.

—No, dijiste que no era aterrador.

Eso fue mentira. Hay docenas de muñecas de porcelana alineadas en los estantes, y eso es lo más aterrador que se puede tener en un cuarto secreto. Tess toma una silla de plástico que está en una mesa rayada con plumón. Me siento en otra de las sillas, termino con las rodillas contra el pecho.

Me salto la conversación casual.

—¿Por qué me abandonaste?

—Me despidieron —dice francamente—. Me rehusé a escribir el arco de redención de los Price después de que… —Lo deja ahí—. Estoy tratando de escribir mi propio artículo. Si logro que publiquen uno de mis escritos en una buena…

—¿Regresarías a la ciudad? —Imaginarlo me entristece profundamente.

—Nah. Me gusta Rochester, aunque odio admitirlo —me dice. Creo que por primera vez, Rochester también podría ser bueno para mí, al menos quiero intentarlo. Ella continúa—: No vine aquí para darte una lección, Jo Guion Lynn. Estoy aquí para escuchar. —Pausa—. ¿Me vas a contar una historia?

Podría contarle muchas, pero no recordaba esta hasta que esperaba a que llegara por mí.

—Solía participar en concursos de belleza. Mi mamá fue Miss Tennessee adolescente, eso nos unía. Me veía así. —Señalo una muñeca con rizos rubios, ojos grandes y una mueca pintada de rosa.

Tess asiente, sabe adónde voy con esto.

—Mi último concurso fue el verano antes de terminar la secundaria. Había estado saliendo con este chico, el hermano mayor de mi mejor amiga. —Tomo un crayón y una hoja para colorear, garabateo, distraída, para evitar su mirada—. Mucho mayor. Me envió un mensaje de texto, no recuerdo qué, y yo estaba siendo un fastidio o, una chica de quince simplemente. Pero recuerdo que esta periodista tras bambalinas vio los mensajes por encima de mi hombro y me dijo que no merecía que me trataran así. Así que le di las gracias, obtuve el segundo lugar y azoté mi estúpida corona contra el piso. —Dejo el crayón—. Esa periodista eras tú.

—Era yo. —No suena sorprendida.

—¿Hace cuánto sabías?

Tess toma una sopa de letras.

—Desde el convivio con mentores. Me pareciste tan familiar. Más tarde encontré una foto del periódico sobre el concurso de belleza regional que habías ganado: JoJo Kirby.

—¿Por eso me elegiste?

—Sí y no. Ni siquiera terminé la reseña, pero estuve pensando en ti durante semanas después del concurso. Era demasiado obvio que no estabas bien, que sigues sin estar bien. —Vacila—. Nick Price era ese hermano mayor, ¿verdad? ¿Me vas a contar sobre él?

Me arden los ojos. Aunque muchas personas ya lo saben, lo sabían, aún me parece imposible decirlo. Llamarlo como lo que fue.

Pero tengo esa nota en mi celular.

Tess no muestra ninguna expresión al leer la nota. Es una tortura. La imagino pensando: «¿Y por esto está tan alterada? Tal vez si no hubiera usado ese bikini de sandía, si no se hubiera emborrachado, si no se hubiera metido a la parte trasera del auto, si no hubiera querido hacer enfurecer a Maddie...».

Me tiembla una pierna, y me obligo a que se quede quieta. Me llevo el pulgar a la boca, me arranco la cutícula, regreso la mano a mi regazo. Miro a Tess. Miro la mesa. Vuelvo a mirar a Tess. Me limpio un ojo. Me limpio el otro ojo. Me mordisqueo un dedo, me pongo la capucha, entierro la cara en la corva de mis codos.

Esta es la parte más tortuosa. Saber que cree cada palabra.

Después de una eternidad, Tess comenta:

—¿Entiendes lo que te hizo, Jo?

Asiento, solo una vez.

Me da un golpecito en el codo con un paquete de pañuelos desechables. Levanto la cabeza.

—Si él me hizo eso…

—Sí lo hizo.

—Entonces, ¿por qué lo volví a hacer con él? Yo lo decidí.

—Él era un adulto. Tú tenías quince, no eras capaz de tomar esa decisión.

Saco un pañuelo.

—No es justo. No es justo que tengo que ser esto cada día y él está bien. Él está genial. —Apenas puedo continuar—: Y perdí a mi mejor amiga por su culpa.

Tess acomoda una pila de crucigramas.

—No estoy defendiendo a Maddie —dice tentativamente, como midiendo las palabras—, pero tal vez esto también haya sido muy confuso para ella. Su hermano le hizo algo horrible e imperdonable a su mejor amiga. Esto no era algo que ustedes podrían entender.

—Pero yo…

—No. Nick hizo esto —afirma y me obliga a verla cara a cara, y pone una mano sobre la mía—. Por favor, te digo esto con la mayor compasión: necesitas terapia, con urgencia. —Pongo los ojos en blanco, aunque sigo llorando—. Te han estado tratando de la peor manera, y no sé si logras entenderlo. Cada adulto de tu vida te ha fallado. Te está fallando. Tus padres te fallaron.

Lloro con más sentimiento.

Tess se queda callada demasiado tiempo.

—Creo que sería un acto de gracia para ti misma si sueltas la idea de que seguirías siendo amiga de Maddie si esto no hubiera pasado. Y que en vez de eso, imaginaras que ambas crecerían y cada una haría su propia vida, aparte. —Aún más suavemente, agrega—: Te estás aferrando a esta amistad, pero yo no creo que Maddie sea a quien extrañas. Creo que te extrañas a ti.

Y pienso, inexplicablemente, en una foto.

Maddie y yo en la fiesta de la alberca, las mejores amigas por dos horas más. «Ellas solían ser amigas, sabes». Esas chicas jamás volverán a ser amigas. Creo que lo he sabido, pero tenía tantas ganas de creer que tal vez podíamos reparar nuestra amistad, que valía la pena salvarla, pero esto que nos pasó es irreparable.

Lo que Nick me hizo.

Esto terminó, para siempre.

Aun si existimos únicamente en el pasado, aun si resulta que nunca fue un problema, ella me pidió ayuda. Ella acudió a mí, y no puedo darle la espalda. No cuando todos me dieron la espalda. Quiero ayudarla.

Pero yo también voy a necesitar ayuda.

Me limpio la línea del ojo con un pañuelo.

— ¿Sabes?, Hudson y yo, aquel chico, estábamos investigando lo de Maddie. Fingimos tener una relación, luego se hizo real, pero creo que ya cortamos. También, descubrimos que hay una congregación que hace trampa en las calificaciones y que Maddie quería exhibir antes de desaparecer, antes de huir.

Tess parpadea.

—¡¿Qué?!

—¿Quieres oír la historia de Keystone?

—¿La cerveza? No, a ver, recomencemos —me pide. No tiene lógica lo que estoy diciendo, pero trato de explicarle lo mejor que puedo. Al final, Tess asiente y me dice—: Esto es demasiado, pero nos da un punto de partida.

—¿Nos?

—Por desgracia, aún me debes una historia.

Recargo la cabeza, demasiado exhausta para funcionar.

—¿Qué harías si fueras yo?

Ya no estamos hablando de Maddie.

—Iría con mi mamá. —Lo dice sin ninguna vacilación.

—¿Cuál sería tu segunda opción? —pregunto, pero me mira con una cara que hace que quiera volver a llorar. Suspiro con fuerza y digo—: ¿Qué tan lejos está la estación de noticias de aquí?

49

La credencial de visitante se mece en mi cuello.

Hay un corte comercial, así que mi madre descansa detrás del escritorio del presentador, medio escuchando al becario de meteorología. Aun bajo su maquillaje de presentadora de televisión (una capa gruesa de base y pestañas postizas), noto lo demacrada que se ve.

—¿Mamá? —la llamo y de inmediato comienzo a llorar.

La asistente de producción me ve (llorando) y luego a ella (corriendo sin zapatos por el set).

—¿Eh…? ¿Kate?

Mi madre me arrastra al camerino, me sienta en el sofá de gamuza rosa y se va ¿de vuelta al set? No, regresa al minuto con una botella de agua de la cocineta. Se sienta junto a mí.

—Jo-Lynn, ¿qué…?

—Traté de decírtelo. Traté de decírtelo justo después de que pasó. Eso. No lo de todo el verano, sino lo que pasó en la vagoneta. —Abrazo un cojín de peluche—. Vomité en la fiesta de la alberca y regresé a casa, y traté de decirte que Nick…

Que Nick…

Él…

Mi madre se pone una mano en el pecho.

—Estaba tan confundida, y traté de decírtelo, pero tú no querías oírlo. Necesitaba que me escucharas. Necesitaba a mi mamá

—digo y ambas nos quebramos. Me abraza, mi cabeza se hunde en su hombro, mi voz se amortigua entre su cabello sedoso—. Siento que ni siquiera te agrado.

—Dios mío, cariño, yo te amo. —Me acaricia el cabello, sus dedos encuentran un nudo—. Cuando me embaracé, estaba tan aterrada de tener una niña, pero luego te tuve…

—Esto no suena como un cumplido.

—…y me causaste un infierno, pero amo eso de ti. Y yo… yo no… perdóname Jo —dice, llorando. Mi madre nunca llora. Nunca me dice Jo, siempre Jo-Lynn, con las vocales cerradas—. Siento mucho que no pudiste… que no lo vi.

Soy un desastre. Sigo pensando en lo que me dijo Tess: que mis padres me fallaron. Tengo comida y un techo y casi siempre amor, y se siente egoísta querer más, pero necesitaba más. Algo horrible me pasó y fue imposible decirlo.

Aún no puedo decirlo, carajo.

En el tocador, el teléfono de mamá suena. Ella hace una mueca.

—Le mandé un mensaje a tu papá para que viniera por ti. Pero yo me voy con ustedes, ¿okey? Nos vamos todos a casa.

A casa. ¡Lee!

—¿Sería posible que Lee no estuviera? —Por favor, por favor—. Los necesito a ti y a papá, solo nosotros.

Aunque no lo entiende, asiente, y mira su teléfono.

—¿Por qué llamó Culver?

—Ah. Creo que estoy a punto de que me suspendan. Dijeron que hice trampa, aunque no hice trampa, y también dije varias maldiciones en la conversación con la directora Lund, pero te prometo que estaba justificado.

—Te creo —dice mamá. Me arden los ojos de las lágrimas. Ella voltea hacia mí, pone sus manos en mi rostro y me repite—: Te creo, Jo.

Palabras que no sabía cuánto necesitaba oír.

De vuelta en casa, le cuento una versión abreviada de lo que pasó a mi papá. Él llora. Mamá llora. Yo lloro. Bay Leaf también llora, pero porque quiere una lata de comida gourmet de gato.

Cuando mis padres y yo salimos para recoger el auto de Lee en la bahía, el cielo se está oscureciendo. Les advierto por anticipado que no me pregunten nada. Mi papá cambia la llanta por la de refacción mientras mi mamá lo ilumina con la linterna del celular.

Yo me quedo a un lado del auto, pateando grava, buscando marcas de llantas de aquel auto negro de anoche. Tiemblo de tan solo recordarlo, así que miro arriba, al cielo.

Hacia el letrero en el faro: «¡Sonríe, te estoy grabando!».

Hay cámaras.

—Ahora regreso —digo y corro a Ray's Bait & Tackle. Está puesto el letrero de «Cerrado», pero el hombre del muelle está viendo *Jeopardy!* en una minitele detrás del mostrador. Toco a la puerta.

Se espera hasta el corte comercial para abrirme.

—¿Ray? —Apunto al nombre del letrero. Él gruñe, así que lo tomaré como un sí—. Perdón por abandonar el auto aquí anoche. Gracias por no llamar a una grúa. —Respiro—. Creo que alguien me estaba siguiendo y vi tu letrero advirtiendo de las cámaras.

—Ah, mierda. —Se asoma a la minitele, a un anuncio de un abogado de accidentes—. Son pura finta.

—Ah. —Me decepciono—. Okey, una última pregunta. — Abro Instagram y busco una foto de las Birds en el baile de fin de año—. La última vez que lo vi, mencionó a «esas chicas», ¿eran ellas?

Entrecierra los ojos para ver la foto.

—Solo la de la derecha. —Maddie—. Ella y la pelirroja.

¿Pelirroja? Me viene a la mente otra foto, la que estaba metida en el espejo de Maddie, dos amigas.

April Kirk. «Esas chicas» que nunca supe que eran amigas.

—¿Venían aquí seguido? —pregunto.

—Solo esa vez. Se gritonearon en el muelle, la pelirroja le dijo a la otra que era una mentirosa, ya sabes. Quién sabe por qué se peleaban, pero esa… —Ray señala a Maddie— se cayó al lago congelado. El hielo no se partió, pero yo no iba a permitir que una niña se muriera aquí. Me aseguré de que llegara hasta tierra firme y les dije que se largaran.

Se oyen aplausos de la tele. Azorada, digo:

—Creo que *Jeopardy!* ya empezó.

Él apunta a mis pies.

—Se te cayó algo.

Miro al piso, el sobre en el que Miles puso los *screenshots*. Mi bota le dejó una huella de lodo en el dorso, con mi nombre estampado. «Jolynn». Sin guion ni ele mayúscula.

«Jolynn», escrito así. Tal como en la carta pública.

—Maldito Miles. —Me meto el sobre al bolsillo. Si no estuviera tan cansada, tal vez me reiría: Miles Metcalf no sabe cómo se escribe mi nombre.

Para cuando regreso, mi papá ya está quitando el gato hidráulico y mi mamá extiende la mano.

—Las llaves, por favor.

—Si juro que no arruinaré otra llanta, ¿puedo manejar? ¿Por favor? Contestaré el teléfono si me llamas y no me iré toda la noche.

Mis padres intercambian miradas, claramente esto no les entusiasma, pero papá dice:

—Que no te pare una patrulla.

—Regreso pronto a casa —contesto—. Lo prometo.

Cuando Hudson abre la puerta, se ve fatal. Detrás de sus lentes, puedo ver que sus ojos están rojos e hinchados.

También se ve sumamente confundido.

—Estoy aquí para escuchar tu disculpa. —Sé que tiene una—. Así que, anda.

Él va directo al grano.

—Jo, lo siento tanto, de verdad. Eso no es lo que pienso de ti, para nada. —Respira profundo y su pecho chifla—. No es excusa, y sé que es una cobardía, pero no sabía cómo callar a Cody sin arriesgarme a que se retractara de su oferta de quedarme en su casa. Yo solo… necesitaba un plan B. —Se talla los ojos—. Tú debiste estar primero.

—¿Primero que techo y comida? —pregunto—. Odio lo que escribiste, pero entiendo por qué lo hiciste.

—Siempre te he amado, y no espero que regresemos ni nada, pero…

—Cállate, Hudson —le digo y lo beso. Le creo. Estoy haciendo mi mejor esfuerzo y él también, y a veces nuestro mejor esfuerzo no es suficiente, pero prefiero intentarlo y equivocarme a nunca intentarlo siquiera.

Junta su frente con la mía.

—Lloro demasiado frente a ti, Jo.

Ante esto, me doy cuenta de que Hudson es quien más me dice Jo. Solo Jo, tal como me gusta.

—Vine por otra razón —le digo y saco el sobre dirigido a «Jolynn»—. Los *screenshots* estaban en este sobre. ¿Ves mi nombre? Así lo escribieron en la carta del periódico que Maddie publicó para pedirte que renunciaras al ranking. Es de Miles. No estoy segura de si fue él solo o Keystone o qué, pero sé que te jodieron. Ese dinero es tuyo, Hudson, y vamos a conseguirlo por ti.

Él asiente, sonriendo a medias, alzando una comisura. Me mata. Quiero quedarme aquí, con él, por el resto de la noche, para siempre, pero le digo:

—Estoy tan cansada que literal estoy a punto de caerme de bruces, pero te llamo mañana, ¿sí?

Hudson se sale al porche.

—Espera, ¿manejaste hasta acá?

—Por supuesto que sí. —Y se me caen las llaves.

—Necesitas ayuda.

—No, estoy bien. —Y sí lo estoy.

Voy a tomar el camino largo a casa.

Anoche repasé los pasos de Maddie.

Esta noche, repaso los míos.

El camino a la playa Durand Eastman está vacío, el lago está a mi derecha, las ruinas de la fortaleza de piedra, a mi izquierda. Hay historias de fantasmas acerca de esta parte del parque, leyendas de una Dama de Blanco deambulando por la playa en las noches de niebla, aullando a la oscuridad.

Su hija desapareció cuando fue a caminar al lago.

Pienso en la señora Price, llamando a Maddie.

La historia parece más triste que espeluznante.

Kilómetro y medio después, me meto al lote A, donde nos estacionamos en la fogata. Pongo la mano en la manija de la puerta, pero me quedo pasmada, pensando en aquel auto negro de anoche y siento miedo. Pero me acomodo las llaves entre mis nudillos, como un arma, por si acaso, y salgo al sendero que lleva a la playa.

Las imágenes de esa noche se superponen a esta: Hudson rozando mi mano con la suya, Cody sonriéndole a Ben a través de las llamas de la fogata, yo bañando a Maddie con cerveza. El desastre que dejó nuestra fogata desapareció hace mucho, pero queda otro, la leña carbonizada reluciente, encapsulada en hielo.

Miro a través del lago iluminado por un pálido rayo de luz de luna. Del cielo comienza a caer una ligera llovizna. Extiendo la mano y tiemblo cuando arrecia el viento y, okey, tengo demasiado frío para esto.

De vuelta en el auto, caliento mis dedos con la calefacción al máximo.

Me falta una última parada.

Resulta que «Parque Rochester» arroja 191 millones de resultados, y docenas de ubicaciones en el mapa. Recorro las fotos, esperando que el lugar al que Nick me llevó se cristalice. Casi todos se ven iguales, vallas de madera y señalamientos desgastados, pero me detengo en uno: el parque Ellison. De niña solía deslizarme en trineo en su colina empinada.

Como sea, está de camino a casa.

A cada lado del camino hay un bosque tupido, los faros de la calle están muy espaciados. Paso por estacionamientos, canchas de tenis, un parque para perros, una pista de hielo y me estaciono cerca del sendero que lleva al arroyo.

Y me bajo.

Una parte de mí pensó, o esperó, que me atacaría un sentimiento de certeza de que sí, de hecho, aquí fue donde sucedió. Pero no sé al cien por ciento si este es el lugar. Estoy buscando algo que nunca voy a encontrar.

Estoy buscando deshacer algo cuando yo soy la que se deshizo.

Eso es lo más insoportable, creo. Imaginar todas las chicas que pude ser si Nick no me hubiera hecho esto.

Tal vez estaría a punto de ir a la universidad. Tal vez me habría enamorado de Hudson hace años o tendría amigos de verdad o hubiera aprendido mucho antes que nadie me puede decir qué debo creer acerca de mí.

Nick me dijo que yo no era como esas otras chicas. Me dijo que estaba ahí.

Quiero que piense que yo era especial. Quiero que nunca más vuelva a pensar en mí.

Me siento en la tierra congelada y la imagino aquí junto a mí: Jo de quince en ese bikini de sandía. Si ella estuviera aquí, le quitaría el Seltzer de la mano. Colgaría el bikini de vuelta en su estante, le diría que no fuera a la fiesta de la alberca, le impediría que se subiera a esa vagoneta, evitaría que fuera a preguntarle a aquella chica al otro lado de la calle si quisiera ir a pasear.

Necesito regresar a un millón de decisiones para evitar que Nick haga una.

Dime. Le diría. A Jo de quince. Ahora estoy llorando otra vez, porque si ella, si yo, estuviera aquí, pensaría que esto es demasiado cursi. Pondría los ojos en blanco y no lloraría y se acostaría para ver el cielo y nada más, y ojalá esto se sintiera catártico, pero... no siento nada.

Se siente tan injusto.

No es justo que una noche descarrilara mi maldita vida entera y que para él fuera simplemente otra noche cálida de verano.

Estaba oscuro.

Era tarde.

No sabía dónde estábamos o cuánto tiempo nos habíamos tardado o en qué dirección estaba mi casa.

«¿Qué creíste que iba a pasar?». Eso no.

Estaba atrapada. Estaba borracha. Tenía quince.

No había nada que pudiera hacer.

Pero esta noche, sí.

Esta noche, me levanto y me voy.

50

Duermo durante diecinueve horas. Es el sueño más profundo que he tenido desde… ¿siempre?

Desayuno a las tres de la tarde.

Mis padres le dijeron a Lee que se quedara con nuestra tía esta noche, aun si no lo entienden. Yo tampoco lo entiendo. Me mareo cuando pienso en ello: Maddie + Lee. «Te necesito. Por favor. Por favor».

Mañana regresa a casa. Voy a tener que enfrentarlo.

Por ahora, tomo otra siesta.

Al día siguiente, domingo, me obligo a pararme de la cama a mediodía, porque Tess va a pasar por mí.

Me lleva a casa de Hudson con una pizarra blanca. Él acaba de regresar a casa de su turno en el restaurante, así que huele un poco a papas hashbrown. De pronto siento muchísima hambre.

Acomodo todo, cada pista, toda nuestra evidencia, en la alfombra: los códigos de Keystone, el registro de propiedad del loft del señor Price, el *post* de Insta hackeado, los correos a Tess, la carta pública, los teléfonos, la foto de Maddie y April, el garabato de la cuña.

La foto en la puerta de entrada de Kathleen, de hecho, esta me la reservo.

Los retratos del anuario de los atletas estrella de último año.

Hacemos un mapa para conectar todo.

MADDIE PRICE, LA CHICA PERDIDA

Lleva perdida cuarenta días; se siente casi bíblico, pero no soy religiosa.

Tess destapa un marcador y escribe «NYU» en la pizarra.

—El motivo de Maddie para huir —explica y tapa el plumón—. Supuestamente.

—Supuestamente —repito.

Es la historia más simple: la vida de Maddie Price era más o menos un asco y la aceptaron en NYU, la universidad de sus sueños, un sueño vuelto realidad, pero nunca fue suyo; fue un error. Además, hizo examen de admisión solo en esa universidad, por lo que cuando la rechazaron, no le quedaba nada.

Así que, se fue de su casa.

No lo vi antes. Cómo Maddie estaba tan desesperada por salir de casa. Éramos dos chicas viendo cómo nuestros futuros se desmoronaban. Yo estaba esperando a que esta pesadilla terminara; ella estaba esperando a que su vida comenzara.

—Pero también tenía la historia —dice Hudson—. Maddie iba a exhibir a Keystone.

—Aún no me cuadra —interviene Tess con la punta del marcador en la barbilla—. Es algo gravísimo: en la mejor escuela especializada de la ciudad reina el fraude académico, liderado por su *valedictorian* y su atleta estrella. Si esto la haría entrar a NYU, ¿qué estaba esperando?

—Estaba asustada —le digo. ¿Asustada por Keystone? Asustada por algo. Es un peso que me aplasta: Maddie Price, asustada, investigando en lo profundo, sin entender que estaba cavando su propia tumba.

—Sigamos —sugiere Tess y comienza a escribir.

CODY FORSYTHE, EL NOVIO

—Exnovio —aclaro. La distinción es clave.

La noche en que desapareció, se vio con Cody en la bahía y le rompió el corazón, supuestamente. Tal vez él no sabe por qué, pero a mí me queda claro: Maddie se enteró de la horrible verdad de que puedes estar equivocada acerca de la persona que amas. Tal vez lo cortó por Keystone. Apuesto a que el hecho de que él estuviera involucrado la perjudicó en el ranking y mostró lo peor de él, cosas crueles y fatales de la vida.

Supongo que lo de mis fotos no fue prueba suficiente.

Cody afirma que amaba a Maddie, en tiempo pasado. Esa distinción también es clave.

Su motivo para que ella desapareciera: ¿lastimarla?, ella lo cortó y sabía demasiado y podía quitarle su oportunidad de entrar a Duke. «El culpable siempre es el novio». La frase es evasiva, o sea, la dirías con un guiño o brindando con tu bebida. Como si no fuera absolutamente horrible la frecuencia con la que es cierta.

—Cody está en Keystone. —Tess dibuja una línea de la foto de Cody al garabato de la cuña—. Y Keystone también está conectado con… ¿cómo dicen que se llama?

MILES METCALF, ¿LÍDER DE LA CONGREGACIÓN?

Es brillante y sesudo y capaz de ser tierno, pero Miles no estaba contento con eso; quería capital social, ser popular. Keystone era su entrada al mundo que creía merecer.

Pero esos tipos no eran sus amigos. Y él tampoco era mi amigo.

—Él hace el trabajo, y lo hace como en la vieja escuela. —Tomo una cobija del sofá y me la pongo en el regazo—. Miles casi se infarta cuando le conté que Maddie tenía una historia. —Hago una pausa y pienso—: Solo le dije de la historia, de hecho, pero no que ella sabía.

Tess destapa el marcador.

—¿Entonces quería silenciarla?

—Él es *valedictorian*, le van a dar quince mil dólares y además lo aceptaron en MIT —explica Hudson—. Yo diría que tiene mucho que perder. También, él falsificó la carta pública pidiendo que yo renunciara a mi clasificación en el ranking.

Tess vuelve a tapar el plumón.

—Si él es el primero en el ranking, ¿cuál sería su motivo?

—¿Es un imbécil? —sugiere Hudson, bromeando a medias.

—Su exnovia también se benefició —digo, para establecer el punto—. Ella, la pelirroja.

APRIL KIRK, LA EXAMIGA

Maddie Price y April Kirk, flautistas de la orquesta.

«Esas chicas solían ser amigas, sabes». No tenía idea.

—Se pelearon en la bahía —les comento, según lo que me dijo el señor de la tienda de pescar—. Estaban en el muelle y April le dijo que era una perra mentirosa.

Hudson se apoya en el respaldo de su silla.

—¿Y si Maddie trató de contarle lo de Keystone, pero April no quería escucharlo? Luego intercambiaron mi clasificación con la suya y April se dio cuenta de que era cierto, ¿tal vez por eso estaba tan alterada?

Tess borra otra línea.

—¿Entonces Keystone está detrás de este cambio en el ranking?

—Miles está detrás de eso —aclara Hudson.

—O sea, ¿es personal y no académico?

«Personal». Miles se veía consternado al ver la cara de April en el retrato del segundo lugar, como si no se lo esperara, como si...

—Fue personal —digo—. Fue Cody.

Hudson suelta una carcajada de sorpresa. Casi puedo leerle la mente: «¿Por qué haría eso? Era mi amigo». Se ríe de nuevo, asombrado.

—Mierda. Sí fue Cody —dice.

—Creyó que tuviste algo que ver con Maddie —digo, y le doy un apretón en el brazo—. Encontró los mensajes de texto en el teléfono desechable de Maddie y te jodió con lo de la clasificación para vengarse.

—¿Mensajes de texto? —pregunta Tess.

—Los mensajes de texto entre Maddie y... mi hermano.

LEE KIRBY, ¿EL NOVIO SECRETO?

—Me encontré el teléfono desechable de él; Maddie le estaba enviando mensajes. Nunca le contestó. Ella nunca le cayó bien.

—No entiendo nada. Digo en voz alta—: No lo en...

Suena el timbre de la puerta.

Las Birds están amontonadas en la entrada, protegiéndose del frío.

Salgo.

—¿Recibieron mi mensaje?

—¿Por qué más estaríamos aquí? —pregunta Kathleen, castañeteando.

—Ash, ¿podrías no hacer eso? —Michaela la fulmina con la mirada.

Sara, literal en medio de ellas, dice:

—Sí, Jo. Recibimos tu mensaje.

En el mensaje les explico todo. Todo. Que Maddie me fue a buscar a la biblioteca y me tendió una trampa, que necesitaba una manera de entrar de nuevo al círculo, que Hudson y yo nos pusimos a investigar.

Cruzo los brazos a la altura de mi cintura, me estoy congelando.

—Entiendo si no quieren volver a verme o lo que sea, pero realmente disfruté que fuéramos amigas. —Me rehúso a llorar—. ¿Tienen preguntas, comentarios, inquietudes?

Sara alza una mano.

—¿Podemos pasar, por favor?

—Ay, perdón, sí, claro. —Abro la puerta y las dejo pasar, excepto a Kathleen, a quien le digo—: Tú vienes conmigo.

—¿Dónde conseguiste esto?

La foto: Kathleen vestida de negro, con la capucha puesta, sus ojos verdes mirando la cámara fijamente. La imagen está pixeleada, oscura, puedo ver cómo la confundirías con Maddie si lo único que vieras de ella fuera esa foto del anuario que salió en la tele.

Nos sentamos en la cama de Hudson. Solo ella y yo.

—Alguien mandó esta foto a la línea de informes del Canal 12 —explico.

Kathleen aprieta la cruz en su cuello.

—Maddie me llamó después de lo de la planta de energía. Solo a mí. —Entiendo lo que insinúa: Michaela y Sara no lo saben—. Había estado en el loft de su papá, él estaba de viaje de negocios, así que no la esperaba. En la lavandería encontró ropa interior de mujer. Dudo que Maddie esperara, o quisiera, que sus padres se reconciliaran, pero su papá le había dicho que él y su novia habían terminado. Le mintió.

—Oh-oh.

—Maddie comenzó a husmear para ver sobre qué más le había mentido. Él había dejado afuera un documento sobre cómo solicitar el divorcio, junto con una lista de preguntas para su consultor financiero acerca de retiros de dinero que no cumplían los requisitos de un plan 529.

—¿Qué es...?

—El fondo para la universidad de Maddie —dice. Yo ahogo un grito—. Él iba a recibir un bono, pero se retrasó, y le urgía el dinero. —Kathleen baja la foto—. Maddie les había escrito a sus padres una nota sobre su necesidad de irse y no quería perder tiempo regresando la nota a casa de su papá, así que me pidió que yo fuera a dejarla en su lugar.

Meneo la cabeza.

—Pero su mamá fue quien recibió la nota.

—No, fue su papá.

Ahora lo recuerdo: Kathleen, borracha de ron, diciendo una y otra vez que el *post* de Instagram de Maddie estaba mal. Se refería a lo que decía la nota: el *post* no decía lo mismo.

—Maddie destruía a su papá en esa nota, y también, medio le destruyó el departamento.

—¿Él supo desde el principio que Maddie había huido? y entonces, ¿qué, reescribió la nota? —Y dejó que su esposa mortificada se llevara la culpa, por eso él insistió tanto en que no se publicara nada. Dios, él es un imbécil. Sacudo la cabeza—: Entonces, espera, ¿tú no fuiste a su casa esa noche?

Pero la llave en la rana…

—No, pero Maddie sí. Antes de que nos viéramos, creo. Me parece que había enterrado algo en su jardín? —Kathleen se ríe a medias—. Dios, suena a que está trastornada. Iba a desenterrarlo, lo que sea que fuera, pero su mamá seguía despierta, así que tuvo que irse sin eso.

Maddie enterró algo. Me pongo a recordar todas esas veces que la vi en su jardín.

Kathleen suspira, cerrando los ojos.

—Se estaba demorando mucho, tipo: «ya me tengo que ir, necesito irme», así que le dije que se fuera de una maldita vez. Maddie quería que la convenciera de quedarse, pero yo quería que se fuera. Después de lo que me hizo… —Abre los ojos—. Tal vez Maddie no sea mi persona favorita en estos momentos, pero quiero ayudarte a ti, Jo, porque tú eres mi amiga.

—Te vas a arrepentir de eso —le digo y le explico todo acerca de Keystone.

En cuanto termino, Kathleen exclama:

—Sí, okey, me arrepiento de eso.

En la sala, Tess y Hudson pusieron a trabajar a las chicas. Michaela está arreglando el sistema de líneas de Tess, y Sara está descodificando los nombres.

11-19= KS, Kyle Spencer. 20-19=TS, Tyler Spencer.

Kathleen se sobresalta tanto que Sara pega un brinco.

20-7=TG.

—¡El maldito de Trey Gardner! Pero, ¿cómo?, ¿Keystone se robó mi trabajo de fin de semestre y se lo vendió?

Hudson me hace una cara, creo que pensamos lo mismo: no tiene sentido que Keystone se robara el trabajo de Kathleen. ¿Por qué arriesgarse? Les comento esto a todas.

—Además, los descubrieron —agrego—. Keystone no hubiera durado tanto tiempo si no fueran tan cuidadosos.

Sara ahoga un grito y saca su teléfono.

—Esperen, el otro día Daniele me mostró fotos de esa fiesta que organizó Ben y nos dimos cuenta de algo. Un momento.

Ella voltea su celular para que veamos: Trey Gardner en el barandal, con una sonrisa relajada, la boca muy abierta, los ojos entrecerrados y abrazando Ben Sulkin.

Trey y Ben, cácher y pítcher, no me parece tan extraño.

—Ahora vean esta —dice Sara.

Es un terrible intento de Daniele Con Una Ele y Gabe de tomarse una *selfie* con las cabezas en la dirección de las puertas corredizas. Entrecierro los ojos y logro ver a Ben con una cerveza, riendo, asomándose por el barandal. Cody está parado en la puerta. El ángulo está tan chueco que casi parece como si la cámara se hubiera caído. Se cayó.

—¿Esto es justo después de que Trey…?

—Hay menos de veinte segundos de diferencia en la hora registrada.

Michaela repasa las fotos.

—¡¿Ben empujó a Trey?!

Me pongo una mano en el pecho.

—Okey, Keystone se roba el trabajo de Kathleen y se lo pasa a Trey. Los descubren, Kathleen lo confronta y eso llama demasiado la atención. Keystone tiene miedo de que Trey los acuse, así que ¿hacen que Ben lo silencie?

—Entonces, ¿Ben también está involucrado? —pregunta Michaela, poco convencida—. ¿Él es el matón?

Hudson se golpetea la cicatriz del labio.

—Ben es un idiota que no sabe controlar su ira. Si Cody le dijo que hiciera algo, lo más probable es que lo hiciera. —Vacila—. Pero él y Cody ya no son amigos.

Encuentro 2-19=BS en la pizarra.

—¿Y si se pelearon por culpa de Keystone?, porque la habían estado cagando con lo del trabajo de Kathleen y Ben también terminó en supervisión académica, por eso estaba en malos términos con Cody. —Frunzo las cejas—. Y todo se conecta con Maddie, pero ¿cómo?

Tess apunta a mi retrato.

—Y contigo.

—¿Yo?

Pero tiene razón: yo también soy un común denominador.

Si incluyéramos mi retrato en la pizarra, podría conectar con todos los que ya están: Cody, el examigo; Miles, el *simp;* Lee, el hermano. Y todo lleva a Maddie, pero también lleva hacia mí. Hacia ambas.

Doy un paso atrás, trato de asimilar la red.

—Quiero que Keystone caiga. Quiero averiguar por qué Maddie me necesitaba. —«Si acaso me necesitaba», pienso—. Pero, primero —señalo la pizarra—, quiero arruinar a esos imbéciles.

51

Más tarde, Hudson y yo nos vamos a mi casa, donde nos besamos y formulamos un plan de ataque. Después de cenar él se queda dormido, lo dejo; mientras espero, su respiración es lenta y estable.

Necesito hacer la última parte yo sola.

La puerta de la recámara de Lee se abre un poco después de las diez. Lo sigo escaleras abajo, luego afuera. El aire es más o menos tibio, supongo que cuando te has estado congelando por tanto tiempo, todo se siente más cálido. Está unas casas delante de mí y desacelero el paso, sé adónde va.

La cancha de basquetbol detrás de nuestra antigua escuela primaria.

Lee toma un balón de detrás del basurero y comienza a rebotarlo, la pelota resuena contra el pavimento empapado. Lanza un tiro. Falla.

—¿Me estás siguiendo? —exclama.

Entierro los dedos en la reja.

—¿Aquí es adonde te escabulles?

El balón pega en el tablero.

—A veces.

—¿Otras veces te viste con Maddie? —sugiero. Él voltea de repente y se le dobla la rodilla—. ¿La viste la noche en que huyó? ¿Estaban saliendo?

—¡No! Jo, no fue nada de eso.

—¿Entonces qué fue? ¿Hicieron algo? —Estoy tan aterrada de la verdad que tengo el corazón en la garganta, pero necesito saber.

—Dios, no. —Se baja el cierre de la chamarra, tiene la cara toda roja—. Esa noche ella tuvo un accidente con Cody en la bahía, su auto se derrapó en el lodo y se quedó atascado. Me pidió que la ayudara a sacarlo. —Me acuerdo de la grúa toda enlodada de cuando fue por el auto de Hudson—. Eso es todo.

—No, eso no es todo. —Me niego a creerlo.

Al principio él se queda callado.

—Me envió un correo en diciembre —dice al fin, lentamente—: que porque quería entrevistarme para *The Eagle Eye* sobre el partido que nos hizo ganadores. Pensé que sería bueno para mí: buena publicidad, aun si fuera solo el periódico de mi preparatoria. Nos vimos en Java's, pero ella no quería hablar del partido. —Lanza un tiro—. Estaba escribiendo otra historia.

¿La de Keystone? Pero eso no tiene nada que ver con él.

Excepto que Lee baja la cabeza, la pelota golpea.

—Hiciste trampa —adivino.

Otro tiro.

—Iba a reprobar Física. —Falla el tiro—. Si reprobaba, perdería mi lugar en el equipo. —Tira—. Si perdía mi lugar, perdería la beca en UNC. —Falla—. Perdería todo.

—¡Hiciste trampa! —repito y entro a la cancha: este no es el punto para nada, pero debo preguntar—: Yo también estaba reprobando, ¿por qué no me dijiste de Keystone?

—Porque eres más inteligente que eso. —Mira el aro. Está roto y le urge una red nueva—. No quería que te involucraras en esa mierda. Y… —Rebota el balón—. No quería que supieras que hice trampa. —Se ríe, en voz baja, avergonzado—. ¿Sabes para qué quería hablar Maddie? —Tira. Falla—. Porque mi nombre era conocido.

Mi hermano, el chico dorado. El tramposo.

De repente, mi garganta se cierra y apenas puedo hablar cuando pregunto:

—¿Y no quisiste silenciarla?, porque si te nombraba, arruinaría lo de tu universidad y…

—Yo arruiné lo de UNC sin ayuda de nadie —me dice, todo casual—. Dejé de ir a clases hace semanas, me salté los exámenes parciales. Hice trampa para hacer lo único que amo, y ahora ni siquiera estoy haciendo eso.

—¿El basquetbol es lo único que amas?

Tira.

—Soy bueno para eso. —Falla el tiro.

—No estoy de acuerdo. —Me tallo los brazos—. Lo siento mucho, Lee.

Ni siquiera sé bien qué.

—Yo también lo siento. Siento que te oculté lo de Maddie, pero juro que no hice nada. No sé nada, te lo diría —asegura, serio—. O sea, le llamé por error…

—Desde el celular plegable, ya sé.

Esto hace que se ría.

—Eso fue lo que te robaste.

—Técnicamente, tú te lo robaste primero. Ese teléfono era mío de cuando compramos otro.

—Mira, cuando Maddie me pidió mi número, no le iba a dar el mío tal cual. —Me lanza la pelota, pero no la atrapo. Vacila cuando voy por la pelota, se ve apenado—. Cómo me enojaba contigo, Jo, porque eras descuidada y siempre te metías en problemas y… te juzgué por eso. Perdóname. —Hace una pausa—. También siento mucho lo de Nick.

La nariz me pica, pero no voy a llorar.

—Al menos, lo intentaste. —No fue suficiente, pero sí hizo lo mejor que pudo. En ese entonces, él también era un adolescente. Les dijo a nuestros padres; ellos eran quienes debían hacer más.

Reboto el balón una, dos veces, y me voy hacia la línea de tiro libre. Doblo las rodillas, tiro, y hago el peor *air ball* del mundo—. Hubiera sido genial que le atinara, ¿no?

—Nunca lo ibas a lograr con esa postura. —Toma el balón—. ¿Cómo diablos te enteraste de todo esto?

—Ni cómo decirte lo larga que es la historia.

—Inténtalo.

—Hudson y yo fingimos ser novios y…

—Olvídalo —interrumpe y me río.

—Tengo un chico sexy en mi cuarto, así que me voy, pero una última pregunta: ¿qué pensaste que me había robado de tu cuarto?

—El estúpido USB —dice con contundencia, como si yo debiera saber lo que eso significa—. Maddie tenía todo acerca de Keystone en una memoria USB, le dije que le cortaría los frenos del auto en la bahía si no me la daba. —Suelta el balón—. Claro que nunca le corté los frenos.

—¿Me la das? ¿Por favor? Creo que Tess quiere escribir sobre…

—Estoy dispuesto a hablar —dice—. Sí, te la doy, está en el primer cajón de mi escritorio. Pero dile a Tess que estoy dispuesto a hacer una declaración.

Ruedo la pelota hacia él.

—Muy noble de tu parte.

—No es noble, es simplemente lo correcto.

52

Hudson pasó la noche aquí. Mis papás no saben y no lo sabrán.

Pero lo odio cuando su alarma se dispara a las 4:16 a. m. porque se tiene que ir a trabajar.

Ninguno de los dos se levanta de la cama. Le acaricio la nuca.

—Entonces, le llevamos la información a Lund —susurro. El USB tiene una hoja de cálculo de cientos de códigos y cantidades en dólares, como las que encontramos en las historias de Maddie. Dos años de transacciones. Pruebas—. Si ella no hace nada, o se rehúsa a creernos, armamos un escándalo y lo llevamos a los medios.

—O sea, ¿a tu mamá?

—Mi mamá es los medios.

Con los dedos me roza todo el costado.

—Me devolverán mi clasificación en el ranking y el dinero, espero, y Keystone se vendrá abajo. Esos imbéciles van a caer, como querías.

Estoy por lograr todo lo que quiero. Excepto…

—¿Y Maddie? O sea, ¿adónde se fue? —Me quedo viendo al techo sin estrellas brillantes—. Siento que nos falta algo crucial—. Me quedo con la palabra en mente: *crucial*. Me muevo por encima de Hudson y me levanto de la cama.

Él gruñe.

—Creo que me desgarraste el apéndice.

Abro las persianas y miro al otro lado de la calle, al jardín lateral de los Price. Ya he hecho esto antes: pararme en la ventana de mi recámara, mirar afuera, ver que Maddie cava en su jardín. O aquella vez, el verano en que dejamos de ser amigas, cuando estaba excavando debajo del arbusto de lilas con algo pequeño y rosa en el pasto.

¡Lo crucial es la llave que encontré en su casillero!

—Prepárate para irte a trabajar, ¿okey? —le digo, mientras me pongo una chamarra—. Ya sé que nos falta.

Maddie coleccionó momentos de su vida en una caja fuerte para que su mamá no la descubriera y, para mantener el secreto, fue aún más lejos: enterró la caja.

Me escabullo en el jardín de los Price con una pala de jardinería y encuentro el lugar en el que Maddie se sentaba debajo del arbusto de lilas y le pego a la tierra congelada hasta que doy con metal. Me hinco y saco la tierra y escarbo. Ahí, tal como me imaginé, está la caja fuerte.

Cerrada, por supuesto, con un pequeño candado rosa.

Todavía tenemos veinte minutos antes de que abra el Flower City Diner, pero los otros cocineros no dejan que Hudson llegue a los preparativos cuando les dice que mi papá es Joseph Kirby. Nos vamos a una mesa de gabinete en el rincón y colocamos la caja fuerte entre los dos. Mis manos tiemblan cuando meto la llave en el candado.

Entra, y abre.

Y vemos un expediente personal de Maddie a los quince.

Hay un ejemplar de *Orgullo y Prejuicio*, su libro favorito en ese entonces, conchas de mar de un miserable viaje en las vacaciones de primavera en los Outer Banks, un pedazo de oreja de su conejo de peluche, ¿o era un cerdo, o un perro? Puedo verlo en su cama, gris rata, aunque alguna vez fue blanco o crema o rosa pálido.

Cámaras desechables, con el rollo sin revelar. Tomo una, cierro un ojo y pongo el otro en la mirilla, y veo a Hudson frente a mí, alzando un teléfono rosa intenso, más que muerto.

—Oye, eso es mío. —Lo perdí al final del verano. , ese verano. Amaba ese teléfono y así nada más se perdió, excepto que no fue así: Maddie lo tenía. ¿Maddie se lo robó?

Hudson examina la entrada del cargador.

—¿Por qué se quedaría con esto?

Pienso en lo que hay en ese teléfono: docenas de mensajes de texto entre Nick y yo, llamadas rápidas a medianoche en el historial, cuando me pedía que saliera, para estar en su auto.

Pruebas irrefutables de que algo pasó entre nosotros.

—Kathleen dijo que Maddie trató de desenterrar algo antes de irse. Estas cosas... la mayoría es de ella, pero el teléfono es evidencia. —Quiero vomitar debido a mi siguiente pensamiento, pero necesito preguntarlo en voz alta—. ¿Estaría chantajeando a Nick?

Hudson apila cápsulas de crema para café.

—Él está aquí, ¿cierto? ¿Tal vez ella quería un lugar donde quedarse?

—Dudo que la dejara quedarse en su casa nada más por la pureza de su corazón, le pediría algo a cambio.

—¿Por ejemplo el Audi de su papá?

—Ay, por Dios —digo, tan alto que Hudson se sobresalta y tira su pirámide—. Entonces, sabemos que su papá recibió la nota de que Maddie se iba de casa, no su mamá. Y Maddie descubrió que él robó de su fondo para la universidad, así que probablemente él quiera que ella esté desaparecida hasta que reciba su bono, ¿cierto? Entonces podrá depositar de vuelta lo que retiró antes de que Maddie le cuente a su mamá.

—¿Entonces huye a Nueva York y su papá soborna a Nick para que la reciba? ¿Maddie está bien?

Maddie está bien.

—Ay, por Dios —vuelvo a decir, y me río a mis anchas con la cabeza entre las manos. No tengo todas las pruebas, pero al final, la historia más simple es la verdadera: Maddie se fue de su casa.

—¡Mueve el trasero, Hudson! —grita uno de los cocineros auxiliares desde la cocina.

Él mira el reloj, los clientes empezarán a llegar pronto.

—¿Me dejas salir por la puerta de atrás? —le pido—. Voy a meter la caja fuerte en tu auto.

Él empuja la puerta para dejarme pasar.

—Ya lo resolvimos, ¿verdad?

—Supongo que sí. —Lo beso y le digo—: Nos vemos al rato.

Dejo la caja fuerte en el asiento del copiloto y atravieso el estacionamiento, hacia la calle. El sol comienza a salir, un rosa maravilloso que se extiende como pintura. Un cielo rojo en la mañana, ¿eso es bueno?

No, es una advertencia.

Mis tenis crujen en la grava. Imagino a Maddie en Nueva York y me pregunto si está viendo el mismo amanecer. Me gusta la imagen: Maddie trepada en una escalerilla para incendios con una cobija y una taza de café para calentarse las manos, como si hubiera conseguido lo que quería.

La vida de Maddie se estaba derrumbando en Rochester, pero NYU era la solución. Aun cuando perdió la recomendación y no llegó al diez por ciento de los mejores promedios, encontró una historia gracias a Keystone y…

Me detengo.

¿Cómo fue que Maddie se enteró de Keystone?

Creo que asumí que se enteró por Cody, que él le dijo borracho, como sucedió conmigo, pero cuando lo confronté sobre esto en su auto, no parecía sorprendido de que ella supiera. No, lo que le llegó fue lo de la historia. Dijo que ella era una «maldita estúpida». Lo mismo con Miles, ¿cierto? Él solo se mostró interesado, incluso asustado, cuando le dije acerca de la historia. Ellos sabían que ella conocía lo de Keystone.

No porque ella hubiera hecho trampa.

Ella estaba en Keystone.

—Maddie Price era una chismosa —digo, en voz alta. Maddie los iba a exponer, pero eso significaba exponerse a sí misma. Tengo que decirle a Hudson, tengo que…

Esperen.

Ese ruido… ¿pasos? El corazón me retumba en el pecho. Muy, muy lentamente, volteo. Una ardilla sale disparada del bote de basura.

Exhalo.

Y de pronto estoy en el piso y me duele la cabeza horrible, una punzada caliente y blanca.

«¿Qué carajos?».

«¡¿Qué carajos?!».

Trato de levantarme, pero me vuelven a tirar. Veo borroso, estrellas, pero logro distinguir algo, una mano izquierda, piel blanca, uñas mugrientas. Quien sea, me tapa la boca con la mano y con el pulgar me presiona la nariz.

En el estacionamiento, un auto arranca.

Él dice:

—Ayúdame.

Y conozco esa voz: ronca, áspera. Cada palabra me duele.

Cody Forsythe.

Ahora un segundo par de manos viene hacia mí. Están peleando entre ellos, yo estoy peleando con ellos, y luego mi cabeza…

53

Me duele la cabeza. Muchísimo. El dolor me parte el cráneo y se extiende, ¿eso es sangre? Creo que sí, es mía. Y el sol brilla demasiado y todo se está moviendo. Todo.

—Mira, ya se despertó. Está bien. Mierda.

Alguien más:

—Carajo.

Son dos: Cody y el otro. Me duele la cabeza y estoy en un auto, acostada en el asiento trasero, y la brisa helada de la mañana sopla por las ventanas. Me estiro (¿para qué?), pero mis manos están entumecidas, adormiladas, y mis muñecas están… ¡No! Trato de zafarme los cinchos de plástico. No, no, no, no.

—En el semáforo dobla a la izquierda. Gracias por manejar, *bro*. Me mareo cuando veo…

—Cállate, carajo.

—Okey.

Me preparo para un ataque de náuseas. Me obligo a abrir los ojos. Tengo enfrente el asiento, es beige, el cinturón de seguridad está enredado; veo sangre, mi sangre, y algo más metido en el cojín. El envase de un Starburst.

Cody Forsythe y Miles Metcalf.

Esos malditos imbéciles.

54

Cuando apagan el motor, estoy más alerta. No sé cuánto tiempo estuvimos en el auto, ¿quince minutos?, ¿veinte? El sendero sube y sube, en espiral, y Cody toma las curvas muy cerradas, con todo y que Miles le dice a su «bro» que tenga cuidado por el pavimento congelado.

Y me quedo pensando: ¿De cuándo acá Miles le dice «bro» a Cody?

Es un pensamiento estúpido, considerando la situación.

La puerta a mis pies se abre. Oigo las palabras «ojos vendados».

—Ya sé quiénes son, idiotas.

No sé si es lo mejor, pero la cabeza me duele demasiado como para asustarme, como si el impacto me hubiera arrancado un pedazo de cerebro, la parte del temor.

—Te dije —murmura Cody.

—Te vamos a ayudar, ¿okey? —dice Miles—. Solo…

Lanzo una patada y me topo con unas ingles.

—Perra —gruñe Cody, y me saca a jalones del auto.

Podría tratar de correr, pero no puedo. Ni siquiera puedo ver bien.

Miles toma mi otro brazo y me llevan adentro. Aquí está oscuro, dondequiera que sea, y estoy mareada y con náuseas por el viaje en auto. Cody me arrastra hacia adelante, hacia otra puerta y me hace bajar unas escaleras. De pronto, estoy asustada. Me voy contra él con todo mi peso.

—No —le grito, pero él me empuja en el último escalón.

Caigo con fuerza. Lentamente, me siento, mareada. Está oscuro y húmedo, un sótano con un tapete naranja y paredes de madera. En una esquina hay un catre, un mueble para la televisión y una puerta a un baño pequeño. No hay ventanas, todo huele a humedad, y en la esquina se extiende una mancha de moho. «Hoy fui a la cabaña de mi tío, está justo en…».

La bahía.

—¡Miles! —grito, porque esta es la cabaña de su tío. Tal vez fue la que vi encendida la otra noche, como si Miles estuviera preparando todo, como si me hubiera estado esperando.

Se quedan hablando arriba, luego Miles baja, se ve pálido. Verde. No estoy segura de dónde estoy sangrado, tal vez mi cara, mi coronilla, pero claramente le provoca náuseas.

—No se supone que eso pasaría —murmura, y se acerca. Le lanzo manotazos con las manos amarradas—. No, a ver. —Rompe el amarre con su llave. Le soltaría un puñetazo si pudiera apuntar bien—. Ya está.

—¿Me has estado siguiendo? El restaurante… El otro día en la bahía… —Frunzo las cejas—. El auto en la bahía no era el tuyo, conozco tu auto.

—Tomé prestado el de mi papá. Y cuando te dieron tu celular nuevo, nunca desactivaste tu ubicación de la app que compartimos. —Alza los hombros—. Yo, eh, de hecho, necesito tu teléfono, por favor.

—No lo tengo. Seguramente se cayó en el estacionamiento —le digo. En el Flower City. ¡Hudson! Tal vez él lo encuentre, y me encuentre a mí.

—Ah —dice Miles, en voz baja. En el fondo de los ojos siento una punzada—. ¿Estás muy lastimada?

—Cody me noqueó, Miles.

—¿Puedo, eh, traerte algo?

—No. —Quiero un antiinflamatorio o una bolsa de chícharos congelados o a mi mamá. Quiero salir de aquí e irme a casa. Quiero unas malditas respuestas—. ¿Por qué están haciendo esto?

Miles se sienta en el catre y mira el tapete.

—Todo estaba saliendo mal: te habías metido en muchos problemas en la escuela, tTus amigos estaban enojados contigo y tu novio te cortó. —La manera en que lo dice, frases entrecortadas, estáticas… parece que lo hubiera ensayado—. Viste cómo todos se preocupaban por Maddie cuando se fue y querías llamar la atención, así que huiste. Pero en dos días vas a regresar y te vas a disculpar por asustarnos a todos.

Me retumba la cabeza.

—¿Por qué?

—Así nadie creerá nada de lo que dices si tratas de denunciar a Keystone.

Quiero llorar.

—¿Me estás convirtiendo en una fuente poco creíble?

—Yo me gané mi lugar en el ranking, Jo. Soy *valedictorian*, y voy a ir a MIT, y yo… —divaga, se atraganta, pero no llora—. Tengo un buen futuro por delante, pero sin Keystone, perdería todo. No puedo perderlo todo.

Con eso, se levanta y comienza a subir. A media escalera, le grito:

—Espero que te des cuenta de lo patético que resulta esto.

Miles se queda al final de las escaleras un buen rato.

Lucho lo más que puedo por no dormirme. Esa es la cuestión con los golpes fuertes, ¿cierto?, no te puedes dormir. ¿O tal vez es lo contrario y debería dormir más? Sospecho que sí me dormí, porque de pronto abro los ojos y ¿qué...?

Oigo pasos. Dos personas en las escaleras. Miles y…

—Ay, Dios mío. —April Kirk hace una mueca. Me obligo a sentarme, atontada, pero tal vez ella pueda ayudarme. Tal vez ahora lo cree, lo que sea que Maddie le dijo en la bahía.

Luego April voltea hacia Miles.

—Par de idiotas.

O sea…

—April, tienes que ayudarnos —le ruega él.

—Yo no tengo que hacer nada. Te dije que ella estaba arruinando todo. —No sé si se refiera a mí o a Maddie o a ambas—. Te dije que iba a hacer que nos descubrieran.

El cerebro me duele demasiado para esto.

—Tú también estás en Keystone.

April no me mira.

—Maddie arruinó todo —continúa, como si yo no hubiera dicho nada—. Ella admitió que se robó ese estúpido trabajo y nos arriesgó a todos. —Lo del trabajo parcial de Inglés de Trey y Kathleen—. Y ni siquiera así me creíste.

—¿Por eso te peleaste con ella? —pregunto—. ¿En la bahía?, lo cual, por cierto, es muy raro. Deberían tratar sus asuntos en un lugar menos espeluznante.

Ahora April voltea hacia mí, solo un segundo, pero Miles la interrumpe.

—Lo siento, April, pero…

Oigo más pasos: Cody corriendo por las escaleras, buscando el control remoto.

TRANSMISIÓN DE LAS NOTICIAS DEL NUEVE

3:33 p. m.

LA POLICÍA DE ROCHESTER BUSCA A UNA ADOLESCENTE PERDIDA

La policía pide al público su ayuda para localizar a una adolescente reportada como perdida. Jo-Lynn Kirby de diecisiete años fue vista por última vez el lunes a las seis de la mañana en el Flower City Diner. Se pide a cualquiera con información que llame de inmediato al 911.

Se apaga la televisión. Miles tiene el control remoto en la mano, no sé en qué momento lo tomó. Se queda mirando la pantalla en blanco.

—Okey, okey, me temo que la gente, eh, pueda estar mortificada de que ella esté perdida.

—¡No me sorprende! Yo solo… no lo pensé.

—¿Qué pasó con que la mayoría decide? —pregunta April, furiosa, con ojos llorosos.

Cody refunfuña.

—Dos de tres es la mayoría en este momento.

—Porque Maddie no está —les digo, pero nadie me mira—. Entonces, ¿Maddie les pidió que la pusieran en el diez por ciento de mejores promedios de nuestra generación, pero le dijeron que no? ¿La mayoría votó que no? —Miro hacia Cody—. Cuando cambiaste la clasificación de Hudson, ¿fue por mayoría de votos?

April se limpia un ojo.

—No.

—Ustedes dos están celosos porque descubrí cómo hackear las calificaciones —dice Cody.

—No hackeaste nada, tuviste suerte de que la señora Fitzgerald dejara su contraseña a la vista.

—¿Sí sabes que no hubo nada entre Maddie y Hudson? —le digo a Cody. Se le descompone el rostro—. Creo que lo sabías. Creo que estabas paranoico e inseguro y decidiste creer lo peor de tu amigo y de tu novia, en vez de usar tu cerebro por cinco segundos.

Miles tose y le sale urticaria en el cuello.

—Oigan, tenemos que resolver esto.

«Esto». Yo. Me punza la cabeza y mi mente está apagada. Pasmada.

—Esto se pondrá peor, lo saben. La gente me va a empezar a buscar. —Jo-Lynn Kirby, perdida, secuestrada, muerta—. Y me van a encontrar, o los encontrarán a ustedes primero. No soy la única que sabe sobre Keystone, imbéciles. —Los tres se quedan callados. Exhausta y mareada, agrego—: ¡Los van a atrapar!

Cody se rasca la nuca.

—Tal vez simplemente deberíamos dejarla…

—No —dice Miles con firmeza—. Para mañana en la mañana todos lo olvidarán.

TRANSMISIÓN DE LAS NOTICIAS DEL NUEVE

5:56 a. m.

LA POLICÍA PIDE INFORMES SOBRE UNA ADOLESCENTE PERDIDA

En la mañana, despierto y veo a April Kirk en el último escalón con su laptop sobre las piernas.

Hoy mi dolor de cabeza está peor. Me quejo cuando me siento.

—Estoy haciendo un horario —dice, de lo más normal—. A mí me acomodan mejor las mañanas; Miles y Cody se turnarán en las tardes y nos reuniremos en las noches. —Frunce las cejas ante la pantalla—. Ups, hoy en la noche tengo clase de flauta.

—¿Te estás oyendo?

Seguramente tampoco me oye, porque ignora mi pregunta.

—Creo que así va a funcionar —dice, se levanta y gira su laptop hacia mí.

Ahí están los nombres de mis vigilantes en una hoja de cálculo a colores, con fecha de hoy y hasta que me liberen. April agregó un comentario en las celdas de la tarde: «Tengo que prestarle el auto a mi mamá, así que se las arreglan uds solos, ¿okey?».

Lo vuelvo a leer.

La sintaxis, esa abreviación…

—Tú hackeaste el Instagram de Maddie —le digo. April cierra la laptop—. Te metiste a su cuenta y publicaste ese *post*. No fue Alexis Fitch, fuiste tú.

Mete la laptop en su mochila.

—Alguien tenía que cargar con la culpa. Si investigabas más sobre Maddie, eventualmente descubrirías a Keystone. Pensé que todos dejarían de investigar si creían que estaba a salvo. Y funcionó, hasta que tú descubriste el cambio de contraseña.

—Vas a hacer que expulsen a Alexis, April.

—Hice lo que debía para protegernos.

Me le quedo viendo: April Kirk, esta chica que apenas conozco. Diablos, ni siquiera había pensado mucho en ella, aun si nuestros casilleros están uno junto al otro.

—¿Cómo fue que te metiste en esto? —pregunto. No me importa. O sea, me vale un rábano, pero si comienza a hablar…

—Por el dinero. Despidieron a mi papá y él quería que dejara la flauta.

—¿Y Maddie?

April se queda callada un momento, como si debatiera qué tanto contarme o si lo mejor sería no decirme nada.

Al fin, contesta:

—Keystone estaba creciendo demasiado, y Miles y yo necesitábamos ayuda para escribir los trabajos, ensayos y respuestas cortas, así quee pregunté a Maddie si quería hacerlo.

Niego con la cabeza y al hacerlo, me punza la cabeza.

—¿Por qué accedería?

El dinero es muy atractivo, pero Maddie no lo necesitaba, no tanto como April. ¿Para estar cerca de Cody? Aunque es un riesgo enorme para… pues para él.

Otra pausa, más larga.

—Maddie escribía para *The Eagle Eye*, pero ella quería, o más bien necesitaba, ser editora para poder tener ventaja para entrar a NYU. Si ella nos ayudaba, nosotros la ayudaríamos —dice April—. En ese entonces, la mitad del personal estaba haciendo trampa.

—Entonces, ¿ella los chantajeó?

—Ella usaba la información a su conveniencia para obtener lo que quería.

—¿No es lo mismo?

—¿Sabes?, Maddie fue mi amiga primero —me dice, de la nada. Tiene el rostro ardiendo y los ojos llorosos—. Yo me había ido al campamento de la banda. —Odio que mi primera reacción sea querer hacer una broma sobre un campamento de bandas, su flauta y demás—. Y tú me remplazaste.

Me arrastro a la orilla del catre.

—No quise remplazarte, yo no sabía. —Le toco la muñeca, pero ella se zafa de inmediato—. April, te mantendré fuera de esto si me ayudas, ¿okey? Por favor.

Pero me dice:

—Tengo que irme a la escuela. —Y se va sin siquiera voltear a verme.

Me duermo porque no tengo nada mejor que hacer. Y cuando ya no puedo dormir más, me pongo a pensar.

Pienso en mis padres y en Lee y en si creerán que me fui. Yo nunca me iría.

Pienso en Hudson y en Kathleen y en Sara y en Michaela y en Tess. Tienen que darse cuenta de que Keystone me hizo esto, ¿cierto? Tienen que hacer algo. Deben de estar haciendo algo.

Pienso en Maddie en algún lugar allá afuera.

Pienso hasta que me canso demasiado y me vuelvo a dormir.

TRANSMISIÓN DE LAS NOTICIAS DEL NUEVE

4:57 p. m.

LA POLICÍA SOSPECHA ACTO CRIMINAL EN DESAPARICIÓN DE ADOLESCENTE LOCAL

Ya está oscuro cuando Cody llega y me avienta una bolsa de McDonald's a la cabeza.

—Cómete eso.

Mi estómago cruje. No he comido desde, ya ni me acuerdo. ¿El domingo en la noche? Cuarenta y ocho horas. Le aviento la bolsa de vuelta.

—Necesitas comida. —Cody saca una papa.

Me hago ovillo.

—¿Qué está pasando allá afuera?

«¿Por qué nadie te ha seguido? ¿Por qué no me han encontrado?».

Abre con los dientes una bolsita de cátsup.

—Es un desastre de mierda. Afuera de la escuela hay un montón de camionetas de noticieros. Aunque no he visto mucho a tu novio, está bastante ocupado en la estación de policía, respondiendo preguntas.

«El culpable siempre es el novio». Voy a vomitar.

—Esto no es bueno para ti, Cody. Él se va a dar cuenta de que fueron tú y Miles. Les va a decir a los policías y…

—Y ellos van a pensar que este chico paranoico está tan triste porque no se ganó el dinero de la beca, que está inventando todo para evitar que sospechen de él. Ah, no, espera, eso ya pasó —agrega con un entrecejo fruncido fingido—. En serio, todo va a estar bien, JoJo. Relájate.

—¿Relajarme? ¡Me secuestraste! —Estoy que ardo, me pica la piel—. Dios, eres un monstruo. —Me río, porque lo que estoy a punto de decir es tan trillado—: ¡Me arruinaste la maldita vida, Cody!

Él tiene la desfachatez de mostrarse confundido.

—¿Y yo qué te hice?

—Te robaste mis *nudes*. Se las enviaste a todo mundo. ¿Qué no te acuerdas?

Se pone pálido.

—JoJo… yo…

—Pero no puedo hacer nada al respecto, porque yo soy la que lo va a padecer, me van a culpar a mí. —Mi voz es pesada, gruesa, algo que no puedo ubicar. Rabia. Una furia pura y absoluta. Planto los codos sobre mis rodillas—. Mírame, Cody. —Tiene cátsup embarrado en la barbilla—. Tú vas a obtener todo lo que quieres: vas a ir a Duke a jugar futbol en una fraternidad.

Ya puedo verlo: Cody sirviéndose cerveza de un barril, disfrutando de las novatadas.

—Te vas a pegar a otro *loser* desesperado como Miles. Vas a conocer a una chica, montones de ellas, y las vas a tratar como si no valieran nada. Tal vez hagas algo peor. Y luego te vas a graduar y a conseguir un trabajo fabuloso y a casarte con una mujer que no te ve por quien eres, o, más bien, no le va a importar, y tú vas a vivir bien malditamente a gusto por el resto de tu vida.

Trato de verlo por quien solía ser: el cabello como si se acabara de levantar, unas cuantas pecas, la sonrisa traviesa antes de que nos metiera en problemas.

—¿Desde cuándo dejé de ser una persona para ti? —pregunto, con la garganta cerrada—. Éramos amigos, Cody.

Y, con un carajo, Cody Forsythe empieza a llorar.

—Largo de aquí —le digo.

Y se va.

Esa noche, me despiertan unas voces. Miles, arriba, solo (creo). Subo las escaleras y escucho.

—Esto se está yendo al caño, no sé qué hacer. —Pausa—. ¿Qué hago?

TRANSMISIÓN DE LAS NOTICIAS DEL NUEVE

6:17 a. m.

VIDEO DE CÁMARA DE SEGURIDAD GRABÓ UN ATAQUE BRUTAL

Y entonces atestiguo eso, mi «ataque brutal».

Veo cómo me quedo a mitad del estacionamiento. Escucho. Cody, vestido de negro, me tira al piso. Llevo extraviada dos días, pero hoy me liberan. En la mañana.

Ahora.

Los oigo arriba, tres personas, la tele a todo volumen. ¿Qué están esperando? Subo las escaleras y pongo la oreja contra la puerta.

—¡¿Qué hacemos?! —Miles está histérico—. Se ve muy claro que Hudson no es el del video. ¿Y si los policías le creen por esto? ¿Y si nos interrogan? No sé qué hacer, ¡no sé!

—Solo déjala ir y ya, carajo —contesta Cody con voz ronca—. Así ni siquiera tendríamos que hablar con la policía. Ese siempre fue el plan, ¿cierto? Ella no dirá nada. Ella... Todo va a estar bien.

April:

—Va a hablar.

Cody:

—¿Entonces qué sugieres?

Miles:

—Tal vez tengamos que deshacernos de ella.

—¡¿Qué?! —dice Cody, medio riéndose—. No. —Pausa—. Oigan, no. ¡No!

Y se quedan callados.

—No —digo, y me estoy aterrorizando, al borde de un ataque—. Se supone que hoy me liberan. Dijeron dos días y luego aparecería. No voy a decir nada, lo juro. ¡Lo juro! —Le doy un puñetazo a la puerta—. ¡Déjenme salir!

Nadie me contesta.

«No». Me siento en el escalón de hasta arriba y apoyo la cabeza en mis manos. Mi cabello está grasoso, mi cuero cabelludo está débil. Me urge bañarme, pero aquí no lo voy a hacer. Lo haré cuando salga.

Tienen que soltarme.

Ese fue el trato: estaría perdida por dos días, luego regresaría arrastrándome, dizque arrepentida, diciendo lo mucho que sentía haber preocupado a todo mundo y que lo que yo quería era llamar la atención, porque ese es el problema con chicas como yo, lo único que queremos es atención.

Lo único que yo quería era copiarle a Maddie Price.

Pero a Maddie la hicieron pedazos. La prensa, nuestros compañeros. El chisme durante esos primeros días fue despiadado, cruel, sin que lo mereciera. No tiene sentido que yo decidiera pasar por lo mismo después de ver lo que le hicieron. El motivo no cuadra.

Está mal.

Alzo la cabeza.

—La historia no cuadra.

No tiene lógica y no suena como una que Miles diría.

Suena como a Maddie.

55

addie Price me tendió una maldita trampa.

56

Sola, cuando nadie puede detenerme, me lanzo contra la puerta con todo mi peso, jaloneo el picaporte, araño las bisagras hasta que mis uñas sangran.

Nada.

Sola, aunque nadie puede oírme, grito.

Nada. ¡Nada!

El pánico me lleva a la inacción. Estoy congelada, pasmada.

«Tal vez tengamos que deshacernos de ella».

Me acuesto en el catre y me quedo mirando el techo manchado de moho. Me volteo de lado y miro las paredes, las salpicaduras de agua en las tablas de madera. Enciendo la tele y veo las noticias.

TRANSMISIÓN DE LAS NOTICIAS DEL NUEVE

11:34 a. m.

CONTINÚA LA BÚSQUEDA DE ADOLESCENTE EXTRAVIADA

…su desaparición recuerda la de otra chica local: Maddie Price, de dieciocho años. Sin embargo, las autoridades insisten en que cualquier similitud es coincidencia.

Nuestros retratos aparecen en la pantalla, uno junto al otro.

Jo-Lynn Kirby y Maddie Price, las chicas extraviadas.

Todo este tiempo pensé que el problema eran las chicas como yo. Eso provocó que me volviera una chica que merecía que la trataran fatal. Me tomé esas fotos y mi contraseña era fácil. No tuve la firmeza suficiente con un chico que me gustaba.

Más historias que he contado mal.

Porque puedo tomar una estúpida foto si quiero. Tengo derecho a sentirme linda y capturarlo y no sentirme avergonzada. No es mucho pedir que mis amigas, que quien sea, me vea como humana.

Y no le di cuerda a Miles porque nunca le debí nada más que lo que le di. Él trató nuestra amistad como una transacción que yo solo podía retribuir de una manera.

Y mi impulso de ocultar lo que había pasado con Nick en aquel verano no era porque nadie lo entendería, era porque yo no lo entendía.

Aun ahora, lo estoy contando mal: fui víctima de un chico mayor.

Nick era un adulto, tenía veintiún años y yo llevaba una semana de haber cumplido quince.

Él provocó que yo perdiera a mi mejor amiga, que yo mintiera y me escondiera. Me dijo que «nunca nadie se puede enterar de esto» y de cualquier forma, yo no podía encontrar las palabras, pero tal vez las he tenido más tiempo del que creí.

Esa noche en el auto, cuando acababa de pasar... eso fue abuso sexual. Nick me violó. Me dijo que era especial y diferente y nada y que simplemente estaba ahí, y le creí cada palabra.

Pero a pesar de todo lo que hizo para quebrarme, sigo aquí, maldita sea.

Y voy a salir de aquí.

57

Unas cuantas horas después, oigo que se abren las puertas del garaje.

Luego, unos pasos: Miles. Ya reconozco su modo de andar, lento y pesado, arrastrando los pies.

Baja las escaleras con una bolsa de papel grasienta y un refresco gigante.

¿Para mí? El olor me revuelve el estómago.

—Se te hizo temprano —le digo. Eso no me gusta. No me gusta que se haya salido de la escuela o fingido estar enfermo o haya venido a escondidas.

Él suspira, los rizos le caen sobre los ojos.

—Hoy sacaron a la directora Lund —dice, casi con monotonía—. También al señor Conti. Creo que lo de Keystone terminó. Creo que todo esto es...

No hago planes, no pierdo el tiempo.

Me le voy encima a Miles Metcalf.

El golpe lo agarra desprevenido, se tambalea, tira el mueble de la televisión, tira el refresco, que es sabor cereza, yo creo, porque es rojo medicina y pegajosa. Se riega por todos lados. Trato de subir las escaleras corriendo, pero él se aferra a mi tobillo, me lanzo hacia adelante.

—Deja de...

Le pateo la cara.

Sangre (suya) le chorrea por la nariz. También le rompí los anteojos, el lente izquierdo. Se sienta sobre sus talones, con el rostro completamente pálido. Con el corazón a toda velocidad y sin poder respirar bien, subo las escaleras, desesperada. Araño la madera y salgo bruscamente por la puerta del sótano y…

—Maddie.

Ni siquiera sé cómo es que digo su nombre.

Maddie Price, con el cabello decolorado y a la altura de la barbilla, como si ella misma se lo hubiera cortado con tijeras sin filo.

Maddie Price, con la ropa arrugada, apestando a coche rancio.

Maddie Price, aquí.

Ambas nos miramos como si nunca antes nos hubiéramos visto. Luego Miles tose, vomita, y Maddie se asoma por la escalera del sótano. Es como si el sonido la hubiera regresado a este momento.

A mí.

Cuando habla, su voz es firme:

—Tenemos que sacarte de aquí.

58

Maddie Price está aquí, la encontraron, está viva, y lo primero que hago es tirarla al piso.

—Me tendiste una maldita trampa.

Ella me mira, impactada.

—¡¿Qué?! Jo, ¡no! No lo hice. No lo hice.

La ayudo a levantarse.

—Entonces, ¿cómo es que estás aquí?

Aquí, en Rochester, Nueva York. Aquí, en esta cabaña, en la bahía.

Examino el lugar. Cortinas pesadas y muebles desgastados y migajas en la barra de la cocina. Miro la puerta. «¿Cómo es que conseguiste la llave?». Miro también a través de la ventana, su Prius blanco está en la entrada, con la defensa destruida, rayado con pintura roja.

—¿Llamaste a la policía? —le pregunto.

—Voy a explicar todo.

—Eso ya lo has dicho. —Además, no me contestó.

—Lo haré, lo prometo. Pero tenemos que irnos. —Baja la voz—: Nadie debería estar aquí. Según la hoja de cálculo, deberías estar sola. —Me toma de la mano y me jala hacia la puerta porque, ¿Maddie está aquí para salvarme? Maddie regresó por mí.

Luego otra mano me toma y me jala hacia atrás.

Miles, pálido, enfermo y con los lentes rotos. Nos mira: Maddie, yo; Maddie, yo; Maddie.

—¿Qué haces aquí? —pregunta, confundido. Sí, confundido y no sorprendido.

A Miles no le sorprende ver a Maddie Price aquí, y ella no está sorprendida de verlo a él, y él aún me toma del brazo y está bloqueando la puerta y no sé qué está pasando y odio esto, ¡odio esto!, así que me zafo y corro a la puerta corrediza del muelle trasero, pero no hay cómo salir al sendero. Mierda.

El aire es frío bajo el cielo gris. En las canaletas se ve hielo derritiéndose. La cabaña está colina arriba, desde la bahía. Docenas de pasos llevan al muelle más abajo, el cual se extiende por la orilla del agua, hacia la carretera.

Mi corazón late con esperanza. Eso es: puedo seguir el muelle hasta la carretera.

Maddie me sigue afuera, con las manos arriba, hasta que se para enfrente de mí.

—Miles, solo déjala ir y no diremos nada.

—Sí, lo haré. —Y la quito de mi camino—. ¿De verdad crees que Keystone vale la pena? Es patético, Miles. Quieres que te consideremos buen tipo, pero no eres más que un maldito *loser*.

Él niega con la cabeza y un chorrito de sangre se desvía hacia su ojo.

—Es mi futuro.

—¿Por qué importa tanto tu futuro? ¿Qué hay del mío?

—Porque…

—¡No! —digo fuerte y claro. Y entonces hago lo más peligroso que puedes hacer en frente de alguien como Miles Metcalf: me río—. ¿Sabes cuánto tiempo he desperdiciado pensando que el problema soy yo? Pero me equivoqué. El problema son tipos engreídos, arrogantes, que se sienten con el derecho, como tú.

Se abalanza sobre mí y me tira. Mi cabeza se azota contra el muelle, con fuerza y, Dios, veo estrellas, mi visión deslumbra, mi dolor se intensifica. Miles es pesado, pero débil cuando ve sangre, así que lo empujo lejos de mí.

—¡Maddie! —grito.

Ella me ayuda a levantarme, ambas corremos y nos estiramos para tomarnos de la mano. No nos soltamos al bajar corriendo las escaleras. Bajo nuestro peso, las maderas crujen.

—¿Crees que él esté…? —pregunta Maddie.

Sí, él nos viene persiguiendo, unos cuantos pasos detrás. Hasta que una tabla se quiebra. ¡La madera se rompe!

Miles se aferra al barandal, pero su pierna cae en el hoyo. Se levanta. La madera astillada le desgarró los jeans hasta la rodilla, le abrió la piel de la espinilla y se le ve el tejido, incluso el hueso.

Maddie ahoga un grito.

—¡Ay, Dios mío!

Él se mece, pensando.

Luego se regresa por las escaleras, lejos de nosotras.

—Vámonos. —Pierdo la noción de mis pasos, solo pienso en las piedras, el hielo, el muelle que lleva a la carretera. Bajo nuestros pies, la madera rechina. Maddie se detiene, vacila, pero la jalo hacia el muelle hasta las escaleras. Estoy decidida a seguir y seguir.

—Jo, ten cuidado…

La tabla cruje de nuevo, mis piernas caen y perforan el hielo. El impacto del agua helada me deja sin aliento, pero las manos de Maddie encuentran las mías y me jala. Ahogo un grito, estoy temblando y llorando, ella me envuelve con sus brazos.

—Lo lamento tanto, Jo —susurra.

Veo las luces de un auto en el camino serpenteante, a través de los árboles. Y sirenas. Ya no estamos solos. Ahora están los médicosy los policías. Algo, en algún lugar, huele a humo. Alguien (¿un paramédico?) me envuelve con una cobija.

—¿Eres…?

—Jo, soy Jo.

—¿Y tú?

—Maddie —dice, confundida, mirando hacia la cabaña. Se sorprende al decir su propio nombre, así que dice—: Espere, yo también estaba perdida. Soy Maddie Price. Sabía que ella estaba en problemas, que podía ayudarla. Yo…

Y continúa diciéndolo, una y otra vez, tan enfrascada en la historia que no se da cuenta cuando le suelto la mano.

Epílogo

Las cosas no estaban saliendo bien para Maddie Price, esa parte es verdad.

Sus padres se separaron el verano antes de su último año de preparatoria. El señor Price era imprudente con sus gastos, además de infiel e imbécil. La señora Price era abrumadora y metiche. Maddie, su milagro perfecto, amado y adorado, estaba atrapada en medio.

Las cosas con las Birds tampoco iban bien, sobre todo entre ella y Kathleen. Es como si hubieran aprendido idiomas nuevos y ya no se entendieran la una a la otra.

Y luego estaba Cody, el novio, que no era tan bueno como ella lo había imaginado. Era lindo con ella, lo cual es un estándar muy, muy bajo. Y además, él tenía esas fotos de ella…

Pero todo esto terminaría pronto, porque Maddie estaba a punto de entrar a NYU. Era su sueño de toda la vida, así que solo hizo examen de admisión para entrar ahí, en las admisiones anticipadas, segura de que la admitirían.

Y lo logró.

Pero después ya no.

Eso le rompió el corazón, la dejó devastada, y, sinceramente, nunca planeó irse de su casa, pero hizo todo lo correcto y, aun así, después de todo eso, no le estaba yendo bien en ningún aspecto.

Así que, al final, la historia más simple es la verdadera: Maddie Price sí se fue de su casa.

Pero…

Algo falta en el motivo que Maddie tuvo para huir: Keystone.

Tan solo puedo hacer suposiciones en gran parte de esto. Maddie nunca ha negado formar parte de Keystone, pero en cada entrevista, mantiene ambiguos los detalles de su involucramiento: «Preferiría no hablar de eso».

Keystone había crecido demasiado para April y Miles, y Cody no ayudaba más allá del reclutamiento, así que necesitaban a alguien. De preferencia alguien que pudiera escribir. Entonces, ¿Maddie?

Ella chantajeó a todos hasta llegar a ser jefa de redacción en *The Eagle Eye*, pero nunca hizo trampa hasta que, de pronto, se encontró fuera del diez por ciento de los mejores promedios. Encima, había perdido su carta de recomendación a NYU, por lo que de verdad necesitaba esto, y pidió un poco de ayuda.

Le dijeron que no, por mayoría de votos. Maddie Price, al parecer, estaba tocando fondo.

Pero si exponía a Keystone, se exponía a sí misma. Era una buena historia, pero con una perspectiva equivocada, y nada de lo que escribiera podría mantenerla al margen.

Tess Spradlin podría ayudar, o tal vez podría convencer a Lee Kirby de que declarara. Maddie necesitaba una historia lo suficientemente buena para que NYU no tuviera más opción que aceptarla, aun si era un riesgo siquiera escribir la historia.

Porque Keystone podía ser violento. Clavículas fracturadas y expulsiones y porno venganza y una cabaña en la bahía (aún no esta última, pero pronto). Si le hacían eso a gente de fuera, ¿qué no le harían a alguien de dentro?

Luego la rechazaron de la universidad, así que, ¿qué más daba todo lo demás?

Maddie necesitaba salir de Rochester y quería ir a la ciudad de Nueva York.

Nunca se llevó bien con Nick, quizá la culpa es de la diferencia de edades; aun así, llevó su auto chocado a la ciudad y tocó a la puerta de su departamento a altas horas de la madrugada y le pidió que la dejara quedarse, tan solo unos días, y que por favor no dijera nada.

Él de inmediato le avisó a su padre.

Pero el señor Price también recibió la dichosa nota, y Maddie le destruyó el loft cuando encontró los papeles de divorcio, el brasier y su fondo para la universidad saqueado. Él le pidió a Nick que por favor, por favor, la dejara quedarse con él hasta que pusiera todo bajo control. Y Nick recibió su bono.

Porque necesitaba una compensación.

Por ejemplo, aquel Audi convertible de dos plazas rojo cereza.

Cada vez que Maddie cuenta la historia, menciona vagamente que a las tres semanas de llegar a la ciudad tuvo que arreglárselas sola en Nueva York. La verdad es que Nick la corrió. Fue sincero cuando me dijo que había regresado a Rochester para el control de daños, pero el verdadero daño sucedió en el segundo en que Lee le dio el puñetazo.

Y entonces Maddie ya no solo era una molestia, también era un riesgo para Nick.

Yo era un riesgo.

En su primera noche sola, Maddie durmió en las estanterías de la biblioteca de NYU, como cualquier estudiante cansado. A la siguiente, tomó un tren hasta el final del trayecto y se quedó dormida en los asientos de plástico. , se despertó antes del caos de la mañana, caminó varias cuadras, hasta que recordó que había dejado su mochila debajo del asiento.

Miles de dólares, el dinero que había ganado en Keystone, perdido.

Ya no le quedaba nada.

Y Miles Metcalf la estaba llamando a su teléfono desechable.

Durante días, Maddie borró las llamadas de Miles, sus mensajes de texto y de voz, en los que le preguntaba si iba a exhibir a Keystone.

Pero ella se había quedado sin dinero, así que la siguiente vez que llamó, le contestó.

A él le aterrorizaba que ella estuviera dispuesta a caer junto con Keystone. A cambio de que se quedara callada y le prometiera que la historia no saldría a la luz, Miles le compró tarjetas de prepago para un hostal, para comprar comida y lo básico, y le dictó los dígitos por teléfono.

Y después de todo eso, la siguió llamando.

Le aterrorizaba que Hudson y yo estábamos muy cerca de descubrir todo. Estaba muy asustado de que le arruinaríamos su plan, el de todos. Maddie le dijo a Miles que él tenía que lograr que yo me quedara callada, pero nunca le dijo cómo, y jamás le sugirió *eso*.

Hasta que había dado los primeros pasos de su plan fue cuando le contó lo que había hecho. Ella le sacó los detalles a la fuerza: la dirección de la cabaña, el código para entrar al garaje, el horario de colores que decidía quién y cuándo me vigilarían.

Ahí fue cuando se asustó.

Entonces, Maddie regresó para salvarme.

Aun con la tibia rota, mareado, con náuseas por la sangre que le chorreaba por la piel abierta, Miles se arrastró hasta la cabaña y se metió a su auto. El clima cálido de los últimos días había derretido la nieve en aquel camino serpenteante, pero luego el frío volvió a congelarla de un día para el otro.

Tal vez fue el hielo invisible en el pavimento o las sirenas que subían por la colina o su mareo, pero Miles se estampó contra esos árboles. Nunca frenó, nunca desaceleró.

Miles sobrevivió por dos semanas, pero luego él también se fue.

Maddie cuenta esto una y otra vez, en *Today Show*, luego en *Good Morning America*, y también en una exclusiva para las Noticias del Nueve, y de nuevo en el pódcast de Justin Lloyd.

La historia de la chica perdida que salvó a la chica perdida.

Nuestra historia.

Al final, Maddie obtuvo su historia.

Agosto, cinco meses después

Se me hace tarde para la fiesta de graduación.

Claro que, también me estoy graduando dos meses más tarde, así que estoy en onda.

Ya está atardeciendo, el sol poniente es cálido y dorado, pero el calor es insoportable. Todos se pelean por la sombra debajo del roble de atrás. Miro desde la ventana de atrás: Sara besa en la mejilla a Daniele Con Una Ele, Michaela se agacha para tomar una foto, Kathleen le tapa los ojos a Clare.

Como si pudiera sentir mi mirada, Kathleen me encuentra en la ventana, y me muestra el dedo y una sonrisa traviesa. Me río y la imito. Qué bien le he enseñado.

Todas (excepto Clare, obvio) se graduaron en junio. Para entonces, todo en Culver se había derrumbado. La directora Lund y el señor Conti fueron obligados a renunciar de inmediato. Antes de que también expulsaran oficialmente a Alexis Fitch. Tal vez ya hayan limpiado su nombre, pero lo último que oí es que sus padres la inscribieron en Nuestra Señora de Lourdes para el periodo de otoño.

En los dos años de existencia de Keystone, más de ciento cincuenta estudiantes se involucraron. Se sancionó a más de ochenta. Dieciséis estudiantes de mi generación sufrieron la revocación de su admisión a la universidad. Por ejemplo, Ben Sulkin, que perdió su beca de beisbol en Vanderbilt y además recibió un cargo de agresión por delito menor por empujar a Trey Gardner del barandal; April Kirk fue rechazada de la Escuela de Música de SUNY Postdam Crane School y Duke también rechazó a Cody Forsythe.

Mi abogado (qué locura decir *mi abogado*) me dijo que me preparara para una larga y dolorosa contienda legal. Si Miles estuviera vivo, él se llevaría la peor parte de los cargos (secuestro, encarcelamiento ilegal). Pero April y Cody hicieron acuerdos con la fiscalía, por lo que se declararon culpables de cargos menores con tal de que yo no tuviera que ir a juicio.

Ninguno de los dos merece crédito por tal bondad.

Quién diría que Cody fue el primero en caer.

Lo que dijo Miles cuando se voló las clases, «tal vez tengamos que deshacernos de ella», fue lo que detonó que Cody le contara todo a la policía, y mientras lo hacía, lloraba a mares.

Después de la sentencia (libertad condicional y una multa) me dijo «perdóname, Jo». Así nada más. Su rostro con pecas estaba pálido. Fue la primera vez en su vida que pidió perdón.

La primera vez que me llamó Jo.

«Voy a levantar una demanda civil», le dije. «Por lo de la porno venganza. Mi abogado te contactará».

Asintió lentamente.

Al día siguiente, encontré un sobre sin etiquetar metido en la ranura de mi buzón, era una carta escrita a mano de parte de sus padres. Cody es buen chico y tiene un buen corazón, él solo quiere seguir adelante y ¿por qué arruinar su futuro por esto? ¿Qué chico no ha cometido un error tan tonto?

Más tarde, mis padres me ayudaron a encender una fogata en el jardín y quemé esa mierda.

—¡Oye! —grito por las escaleras—. ¿Dónde están las llaves del auto?

—¡En la mesa del recibidor! —grita Lee.

Él se retiró formalmente de UNC en abril, dos meses antes de que cumpliera con el requisito para regresar a los deportes. Tal vez juegue de nuevo. Probablemente no. Ahora es aprendiz de tiempo completo en el taller.

También tuvo un papel importante en la historia de Tess Spradlin con la que cubrió Keystone.

Maddie tenía razón sobre eso: Lee era el nombre más conocido.

Las reacciones en contra del atleta que hizo trampa porque pudo fueron inmediatas, pero tampoco es como si no tuvieran razón. Lee lo sabe. Está tratando de mejorar, lo cual es más de lo que puedo decir de la mayoría de la gente. Está yendo a terapia, y yo también.

Dos veces por semana, aunque antes iba tres, eso sin contar nuestras sesiones de terapia familiar cada quince días.

Mi terapeuta se llama Macy, tiene unos rizos fantásticos y muchos vestidos de lino, y me deja hablar y hablar acerca de nada, hasta que, al fin, le doy algo.

Okey, mesa del recibidor. Donde ahora están los retratos de Lee y mío, uno al lado del otro.

—Las llaves no están —reclamo.

—¡Atrápalas! —grita Hudson, saliendo de la cocina.

No las atrapo.

—Sabes que esto no es lo mío.

—Manejar tampoco es lo tuyo, pero aun así, conseguiste la licencia. —Me da las llaves, luego planta las manos en la mesa del recibidor, una a cada lado de mis caderas—. ¿Te vas a ir de tu propia fiesta?

—Uy, buena idea. —Deslizo mis manos por su cintura—. Busquemos algo mejor que hacer.

—¿Qué se te ocurre que hagamos? —me pregunta.

Finjo poner los ojos en blanco, pero mi respiración se acelera, como siempre cuando estoy con él, aun ahora.

En cuanto encontró mi teléfono estrellado en el estacionamiento del restaurante supo que algo terrible había pasado. Le dijo a la policía una y otra vez que era Keystone, pero no le creyeron. Había protestado mucho sobre su cambio de clasificación, y, después de todo, se trataba del novio…

Solo que Kathleen corroboró su información, y también Sara y Michaela. Y Tess les contó a mis padres lo que habíamos descubierto, y ellos fueron con la directora Lund, y la policía ya iba en camino hacia Culver cuando Miles se escapó de la escuela para ir a la cabaña.

La policía nunca se disculpó con Hudson, aunque tampoco lo esperaba. Lo más que obtuvo fue un cheque, veinticinco mil dólares completitos, de parte de la asociación de alumnos, e inmediatamente después cancelaron la beca.

En mayo, sus abuelos se mudaron a una comunidad para jubilados en Sarasota. La pareja que compró su casa planeaba rentarla de todos modos, así que le ofrecieron un descuento. Pero Hudson sigue en mi casa todo el tiempo para preparar recetas en nuestra cocina.

O para estar conmigo haciendo travesuras, eso también, por qué no.

Lo estoy jalando hacia mí para besarlo cuando se oye un estruendo metálico afuera, tan repentino que hasta Bay Leaf se sube corriendo las escaleras. Volteo hacia la ventana y veo el camión de mudanza en la calle. A esta hora la casa ya debe de estar vacía; el camión ha estado aquí por horas.

—Estás nerviosa —dice Hudson.

—No estoy nerviosa. —Suena a mentira—. Está bien, es solo que me sentiré mejor cuando llegue Tess.

Y como si mis palabras la teletransportaran, se estaciona en la acerca y sale de su auto, con una caja de cartón. Salimos y Hudson se adelanta para tomar la caja, que, por la manera como se le vencen los brazos, debe de estar pesada. Los alcanzo en el pasto.

—Dios, ya no tengo condición física —exclama Tess, abanicándose—. Ven, Jo Guion Lynn, el honor es tuyo.

Esta es la otra celebración, la más importante, sin ofender. Rasgo la cinta adhesiva usando las llaves. Abro la caja. Mi corazón se acelera cuando echo un vistazo.

—¿Y bien? —pregunta Tess.

Se oye otro estruendo de ese condenado camión. Los de la mudanza cierran la parte trasera y se gritan por encima del ruido del motor.

Tess me toca el brazo y grita:

—Te voy a dar un momento. —Y se va al patio de atrás; enseguida, el camión arranca y se va.

Y nos quedamos Hudson y yo. Se siente bien, todo con él se siente bien, no es perfecto, porque nada lo es. Solo bien. Se sintió bien cuando brinqué a sus brazos la primera vez después de todo y nos dimos un cocazo. Él se rio y dijo «¿en serio, Jo? ¿Otra vez?».

Se sintió bien que, aunque yo estuviera llorando y me atragantara cuando le dije «cállate, Hudson».

Se siente bien que lo quiera y me deje querer.

Hudson me toma del rostro, es tan maravilloso y exasperantemente sexy. Sus ojos se ponen dorados con el reflejo del sol.

—¿Lista? —me pregunta.

—Sí. —Yo también lo tomo del rostro—. Estoy lista.

Porque al otro lado de la calle, tal como sabía que sería, está la linda y cordial Maddie Price.

Está recargada en el roble de la calle, mirando la casa que ya no es suya.

—¡Maddie! —le grito.

Ella voltea hacia mí, pero hoy no parece sobresaltarse. No, Maddie tiene un nuevo brillo, algo suave y resplandeciente. El sol la cubre cuando se acerca a mí, su cabello es más claro, y le cae ondulado más allá de la barbilla.

—Jo —dice, más o menos sonriendo.

Maddie y Jo. «Esas chicas solían ser amigas, sabes».

Señalo con la cabeza la casa vacía.

—¿Día de mudanza?

—Supongo —contesta, pero después de su reaparición, nunca regresó a su casa. Su mamá metió la demanda de divorcio cuando se supo que el señor Price sabía lo que había pasado, que lo mantuvo oculto y de inmediato la cosa se puso fea. Creo que Maddie se ha estado quedando con una tía.

—¿Cómo te ha ido? —me pregunta, dudosa.

—Pues, ya sabes…

La verdadera respuesta es que depende. Algunos días me siento excepcionalmente normal. Otros, estoy ardiendo de rabia, tanto que se me olvida respirar. Cada cosa horrible y espeluznante que sucedió (mi «ataque brutal», el sótano manchado de moho, las escaleras podridas del muelle) me duele, aunque ya no tanto. Nadie duda que pasé por algo terrible.

Yo ya no lo dudo.

—¿Y tú? —pregunto por cortesía.

Maddie resplandece.

—Superbién. Apelé el rechazo a NYU y me admitieron.

—¡Vaya! —Ya lo sabía. Michaela y Sara me contaron. Kathleen trató de ver a Maddie una vez, solo una vez, pero aún le molesta demasiado. Trato de sonar más entusiasmada—: Felicidades, en serio.

—¿No es…?

—¿Puedo preguntarte algo? —No me espero a que diga que sí—. Cuando me buscaste en la biblioteca ese día, ¿qué quisiste decir con que estabas en problemas?

Eso es lo único que me carcome.

Por un segundo, creo que va a decirme una mentira. Puedo verlo por cómo arruga la nariz y mira el cielo despejado.

—Miles nos había enviado un mensaje de texto, a los de Keystone. Dijo que tuviste una reunión con el señor Conti al día siguiente y que si reprobabas, quería que interviniéramos.

Respiro profundo, trato de mantener la calma.

—Yo estaba con Cody en su auto y él se puso como loco. Se puso muy necio diciendo que no podíamos hacer nada. Era demasiado arriesgado porque él ya te había callado una vez. —Se refiere a la fogata—. No sabía que esa había sido la razón. Pero yo también le había mandado unas fotos, aunque nada tan revelador como lo tuyo…

—Gracias, Maddie.

—…como sea, me asusté. No quería que reenviara esas fotos si cortábamos o… —Parpadea para quitarse una gota de sudor del ojo—. Mi historia… Yo necesitaba escribir esa historia, pero tenía miedo de qué sucedería si la publicaba. Necesitaba tu ayuda, Jo, porque tú sabías acerca de Keystone.

Niego con la cabeza.

—Yo no sabía acerca de Keystone.

—Pero sabías algo y yo sabía que podías ayudarme. Lo que Cody te hizo… hubiéramos podido usarlo, ¿sabes? Para protegernos. —Inconscientemente, se rasca un hombro, su piel está rosa bajo el calor del sol veraniego—. Sé que es extraño, pero ¿quieres hacer algo antes de que me vaya?

Me quedo callada un momento.

—¿Qué quieres hacer?

Lo piensa.

—¿Ir a caminar? ¿Tal vez ir por un helado? Me gusta salir a caminar contigo y simplemente hablar.

Así como está ahora, con el viento soplándole el cabello, veo a la chica que era hace cuatro años, cuando era mi mejor amiga.

Suelta una risa suave.

—Suena aburrido, ¿no?

Suena aburrido porque era aburrido. Las cosas que me gustaban de ella eran mundanas: sentarme en su sofá, preparar coditos con queso de caja y comerlos directo de la sartén, salir a caminar, hablar. Aun cuando no hacíamos nada, con ella, se sentía como lo mejor.

Una pequeña y desesperada parte de mí sí quisiera este tour de despedida de nuestra amistad, pero…

—No creo que sea buena idea.

—Tal vez tengas razón. —Se estremece, a pesar del calor—. Todo entre nosotras terminó muy mal.

—Porque tu hermano me violó, Maddie.

Nick Price me violó. Practico decirlo en terapia. Practico decirlo mientras espero en las filas, como si mientras más lo diga en voz alta, menos dolerá.

No ha dejado de doler, y me aterroriza que nunca deje de hacerlo, porque a Nick nunca le va a pasar nada. Nunca levantaré cargos.

Él nunca sufrirá, y a veces me siento como una villana que quiere que sufra, tan solo un poco, y no sé qué se consideraría justicia, pero tal vez mi única justicia es que lo que pasó con Nick se acabó y, Dios, eso es tan injusto.

Aquí, finalmente, Maddie dice en voz baja:

—Ten cuidado con ese tipo de acusaciones.

Esas no son palabras suyas, lo sé. Tal vez sus padres se las dijeron, o Nick, porque Maddie sí lo creyó. Lo cree. Guardó en su caja fuerte las pruebas de lo que él me hizo.

Me pregunto si planeaba darme esas pruebas.

Eso es lo que decidí creer, como un acto de bondad para ambas.

Sea o no cierto, creo que algún día Maddie recordará el verano en que dejamos de ser mejores amigas, que pensará en mí, se escabullirá en su antiguo jardín lateral y excavará la evidencia que ya no está ahí porque quiere que yo la tenga.

Me pregunto si sabe que ya tengo esas pruebas.

—Buena suerte en la escuela, Maddie —le digo—. Me da gusto que hayas conseguido lo que querías.

—¡Espera! Tengo algo que decirte. He estado hablando con un editor en *Chirp*. —Levanta la barbilla y el sol le da directo en la cara—. Quieren que escriba la historia, el editor cree que tal vez me sirva como trampolín para conseguir un buen trato para un libro. ¿Te imaginas? —Maddie juguetea con sus aretes, los brillantes resplandecen—. Solo quería que supieras.

Asiento una vez, dos veces.

—Claro, Maddie. Es tu historia.

—Sabía que…

—No me dejaste terminar.

La sonrisa se le borra, apenas un poco, pero se le cae por completo cuando azoto la revista a sus pies.

—¿Qué es esto? —pregunta en voz baja.

Mi proyecto no oficial con Tess. Después de todo, le debía una historia.

Para la prensa yo soy «la otra chica perdida», una persona equis en los registros de la corte. Como si yo ya no formara parte de mi propia historia. Tess me ayudó a desenmarañar todo y volver a hilarlo, una historia correcta con el ángulo correcto. Luego lanzó la idea a *New York Magazine*, les gustó para la portada, en donde usaron una foto que yo misma tomé: un autorretrato con mi foto del último año de preparatoria.

Lentamente Maddie se agacha hacia el pasto y levanta la revista con manos temblorosas.

—¿Qué es esto, Jo? —vuelve a preguntar, de nuevo en voz baja.

—Tú tienes tu historia —le digo— y yo tengo la mía.

Con eso, me volteo de espaldas a ella.

Para siempre.

Y veo la revista en mis manos, veo la foto y me veo a mí misma: Jo a los dieciocho, escandalosa y brillante y difícil y aquí, tal como esas otras chicas con historias que contar y, finalmente, con la voz para contar la historia yo misma.

Es lo que merezco.

Nota de la autora

Nunca he sido buena para describir *Una chica diferente.* En serio. Usualmente usaba la frase «Es una pequeña y divertida historia de misterio con un poco de romance de mentiras», que, técnicamente es cierto, pero no del todo atinado.

Así que intenté ser más específica.

Este libro es acerca de una ruptura entre dos amigas adolescentes y sobre cómo navegar esa pérdida es tan devastadora en sí. Este es un libro sobre el primer amor. Es un libro acerca de tener diecisiete y organizar desastres en tu comunidad. Es un libro sobre privilegios y poder y sentirse con derechos.

Es un libro sobre agresión sexual.

La cuestión es que no me di cuenta de que había escrito un libro sobre agresión sexual.

En gran parte de *Una chica diferente,* Jo se rehúsa a reconocer lo que le pasó, lo que Nick, el hermano de su ex mejor amiga y varios años mayor que ella, le hizo: la violó. Reconocerlo implicaría lidiar con ello, y lidiar con ello implicaba decirlo, y simplemente Jo no está lista.

En los años que pasé escribiendo, reescribiendo y revisando este libro, con frecuencia fui poco clara acerca de lo que había pasado con Nick. De cualquier forma, la mayor parte de las veces, «eso que pasó» ocurría fuera de página, así que sentí que se justificaba que me rehusara a decirlo.

Y si llamaba *violación* a eso que le pasa a Jo, entonces, ¿eso qué quería decir sobre lo que me pasó a mí?

A finales del verano de 2021 comencé a pensar acerca de una noche en la que no me gustaba pensar.

No podía dejar de pensar en ella, ni de soñar con ella, y era profundamente irritante. Me quejaba con mis amigas, tipo «No tengo por qué sentirme rara acerca de esto, ¿verdad? ¡Ya pasaron años! ¡No fue nada! No es como si me hubieran atacado ni nada de eso».

Pasaron los meses, el verano se volvió otoño y comencé a ver a una nueva terapeuta por Zoom. En los últimos minutos de una de las primeras sesiones, esa noche (la única en la que seguía pensando y en la que seguía tratando de no pensar) salió a la conversación. Cuando le conté lo que pasó, lo hice de manera super casual. Es más, probablemente puse los ojos en blanco, incluso tal vez reí.

Yo estaba esperando a que ella también se riera, pero en vez de eso, me agradeció compartirle esto. Me dijo que lamentaba que termináramos la sesión con algo tan pesado y que lamentaba que esto me hubiera sucedido.

Justo después, salí de la sesión y me quedé mirando la pantalla de mi laptop.

Y dije: «¿Qué carajos me pasó?».

No me di cuenta de que había escrito un libro sobre agresión sexual porque yo no sabía que me habían agredido sexualmente. O lo sabía, pero no quería creerlo.

Tal como Jo no quiere creerlo.

Antes de esa sesión de terapia, antes de comenzar mi propio proceso de aceptación, había estado revisando *Una chica diferente* para enviárselo a agentes literarios, pero me tomó semanas incluso volver a abrir el documento. Sabía que encontraría mucho de mí entretejido con Jo. Todo en esas páginas, la confusión y la rabia y la devastación y el dolor... eso era mío.

En mi aplicación de notas escribí comentarios incoherentes y plagados de errores de dedo acerca de que probablemente debía dejar este libro en el estante, por lo pronto o quizá para siempre. Lloré. Mucho. Me mataba imaginar que soltaba esta historia. Además, eso no se sentía justo para mí.

Sentí que era otra decisión que no estaba tomando por mí.

Si toda la confusión y la rabia y la devastación y el dolor eran míos, eso quería decir que la pizca de esperanza en la historia de Jo también era mía. En lugar de guardarlo en el estante, escribí lo que sí pasó en el auto con Nick. Lo llamé por lo que era, aunque aún no podía decirlo en voz alta para mí.

Este libro es inseparable de mi propio camino de sanación, por muy desastroso y poco linear que sea, y por mucha resistencia que tuviera para aceptar lo que me pasó.

No obstante, *Una chica diferente* ya no me pertenece solo a mí, ahora le pertenece a todo el que lo lea. Escribí este libro porque lo necesitaba. Si lo estás leyendo porque también lo necesitas, por favor, permíteme decir que lo lamento. De verdad.

Seas un sobreviviente, o víctima, si ese término se siente mejor, de violencia sexual o conoces a alguien que lo sea (y, según las estadísticas, seguramente así es), y tengas las palabras o aún estés tratando de encontrarlas, espero que te sientas menos solo.

Espero que puedas encontrar consuelo en Jo, una joven graciosa, imperfecta, a veces autodestructiva, que sabe lo que merece: padres que la protejan, amigos que comprendan su dolor y se rían de sus chistes, experiencias sanas, consensuadas con alguien que ama.

Justicia, aun si ella tiene que definirla para sí.

Mi justicia es que tengo la oportunidad de contar esta historia, la mía y la de Jo.

Meredith

Agradecimientos

Durante mucho, mucho tiempo, me aterrorizaba compartir este libro con cualquiera. Era profundamente personal de maneras que yo no entendía, y tan solo pensar que alguien más leyera estas palabras, conociera esta historia, me abrumaba por completo. A veces me pregunto si alguna vez podré dejarlo ir...

Pero hay una verdadera belleza en dejar entrar a los demás, ahora lo sé. Estoy increíblemente agradecida por todos los que se unieron a mí, que me guiaron, y me ayudaron a hacer de este escrito un libro.

Gracias, Alex Borbolla, mi genio editor y compañero acuario de febrero, tus ediciones son consideradas y sabias y tan divertidas, y durante cada vuelta editorial, yo pensaba en lo afortunada que era. Soy incluso más afortunada de que desde el inicio entendieras el corazón de *Una chica diferente* y supieras la historia que quería contar implícitamente. También me hiciste sentir capaz de poder contar la mía. (La nota de la autora nunca se habría escrito sin ti). Eres el defensor perfecto para este libro y estoy superemocionada de que podremos trabajar juntos en el siguiente.

Gracias al resto del increíble equipo en Bloomsbury Children's, por vitorear este libro desde el día uno. En especial, gracias a Oona Patrick y Kei Nakatsuka, por sus contribuciones y observaciones; a Yelena Safronova y Jeanette Levy, por su increíble dirección de arte; a Dana Ledl por capturar perfectamente a Jo en la maravillosa ilustración de la portada; a Erica Barmash, Lily Yengle y Lex Higbee por ser el equipo creativo de marketing y publicidad más alentador que pude pedir. Gracias también a los increíbles compañeros de Bloomsbury Reino Unido, incluyendo a mi editor, Alex Antscherl, por su entusiasmo y arduo trabajo para llevar este libro a todavía más lectores.

Gracias a Andrea Morrison, que es absolutamente la mejor agente (¡la mejor!). Estaré por siempre agradecida de que vieras potencial en *Una chica diferente* y en mí como escritora. No solo aprecio (y admiro) tu bondad, paciencia y perspicacia, también tu verdadera habilidad mágica para desenredar hasta el punto de la trama más enmarañado con una sola sugerencia. Más que nada, estoy superagradecida por cómo me hiciste sentir segura y apoyada con un libro tan vulnerable. Gracias por hacer que algo difícil se volviera fácil. Tu fe inquebrantable en mí me obliga a tener fe en mí misma.

Gracias a todos en Writers House, no solo son fantásticos en lo que hacen, también son genuinamente encantadores. Estoy tan feliz de haber aterrizado ahí. Infinitas gracias a Amy Berkower, Alessandra Birch, Cecilia de la Campa y Hayley Burdett Wilmot.

Y gracias, desde el fondo de mi corazón, a Genevieve Gagne-Hawes. Quién sabe cómo las estrellas se alinearon cuando *Una chica diferente* aterrizó frente a ti. Sigo bien asombrada por haber tenido la oportunidad de hacer revisiones contigo y con Andrea. Tus ediciones agudas (¡y chistosas!) transformaron cada página de este libro, también aprendí muchísimo como escritora. Gracias por querer a Jo primero. Podría seguir, pero en vez de eso, imagina que te estoy pasando una servilleta que dice «gracias por todo».

Gracias a Beth Revis y Cristin Terrill, y Wordsmith Workshops. Necesitaba tanto esta comunidad; sin ella, y sin ustedes y todos en ella, seguramente seguiría en números negativos de palabras diarias escritas. Gracias por abrir este espacio para nosotros.

Gracias a mis primerísimos lectores: Julie, quien tiene un sentido innato de esta historia y ni una sola vez me desvió del camino; Malice, quien siempre supo cómo hacer brillar los momentos emocionales, y Scott, quien no solo nombró a Keystone, sino que apaciguó mi pánico muchas, muchas veces. Lamento hacerles leer este libro aproximadamente tres veces cada uno. Estoy agradecida de que lo hicieran.

Gracias a mi ultimísima lectora, Rachel Rose, quien leyó una versión completamente desarticulada de este libro, a la que le faltaba la mayor parte del medio (¡espero que te haya gustado, por cierto!). Tu mordacidad me hizo reír a carcajadas, además de que le diste al blanco. Me hace muy feliz que nuestros días de descanso y ocio nos reunieran.

Gracias a mis amigas, que entusiastamente leyeron versiones pasadas de este libro una y otra vez: Caroline, Jennie, Anna C., Chantal, Eleni, Nicole, Zoe, Sandra, Anna M., Sally, Amanda, Cassandra, Melissa y Aubrey. Las quiero a todas.

Y muchas, muchas gracias a los compañeros autores que leyeron *Una chica diferente* y proporcionaron reseñas y comentarios bondadosos, y a los increíbles distribuidores que han apoyado este libro desde el día en que salió al mundo.

Al maestro Craddock y la maestra Gamzon, mis maestros de escritura creativa en la Facultad de Arte. Ellos leyeron todo, ¡todo!, lo que escribí en la secundaria y la preparatoria. En mi último año de preparatoria, justo antes de graduarme, me dijeron que tenía *algo*. Gracias a todos los maestros y bibliotecarios que pelean por que los jóvenes lectores tengan acceso a los libros que necesitan.

Gracias a mi terapeuta por darme un espacio cada semana, especialmente en las más difíciles, y aprender tanto acerca de la industria editorial.

Gracias a mis infinitamente talentosos y genialmente simpáticos amigos. Gracias también a los amigos que cambiaron mi vida, a pesar de que ya no están en ella. A The Peachies por celebrar conmigo desde el inicio y gracias a todos en The Salon por su sincero entusiasmo y apoyo aun cuando éramos más bien extraños. Tengo suerte de haber encontrado estos extraños rincones del mundo. Gracias a Amanda, Aubrey, Laurel, Rachel y Rosie: jamás querría sobrevivir a la adolescencia con nadie más.

Gracias a Wegmans, donde hago todas mis compras y donde revisé la mayor parte de este libro.

No agradezco en absoluto a mis gatos, Pearl y Josephine, que repetidamente obstaculizaron este proceso caminando encima de mi teclado y brincándome en la cabeza a las cuatro de la madrugada.

Gracias a mi abuela, la Jo original. Me mata que nunca podrás leer lo que escribí, pero quiero pensar que te agradaría tu tocaya. Eso o que dirías «¡Dios!, ¿por qué esa chica maldice tanto?».

Gracias a mi madre por dejarme tomar tan solo un libro más (o tres) de Nancy Drew y fingir que no se daba cuenta cuando mi lámpara seguía encendida hasta bien pasada la medianoche. Gracias por dejarme enamorarme de los libros.

Y gracias, lector. Generalmente me abruma imaginar que *Una chica diferente* ya salió al mundo y, cuando esto me parece demasiado intimidante, pienso en ustedes. Estoy pensando en ustedes. Durante demasiado tiempo, Jo cargó sola su dolor. Si tú o alguien cercano a ti está sufriendo de agresión sexual y vives en México, podrás encontrar recursos aquí:

http://cerotolerancia.inmujeres.gob.mx/#quehago

http://www.gob.mx/inmujeres/acciones-y-programas/vida-sin-violencia

http://vidasinviolencia.inmujeres.gob.mx

http://www.gob.mx/inmujeres/articulos/redes-de-apoyo